U0937731

让心灵去旅行

CHICKEN SOUP FOR THE SOUL

心灵鸡汤全集

读者文摘
百年精华

图书在版编目（CIP）数据

让人快乐幸福的读者文摘/杰利·哈普特编著. —北京：人民日报出版社，2003.9
ISBN 7－80153－739－4
Ⅰ. 让… Ⅱ. 杰… Ⅲ. ①散文－作品集－世界－现代 ②随笔－作品集－世界－现代 Ⅳ. I16
中国版本图书馆 CIP 数据核字（2003）第 087230 号

书　　名：让人快乐幸福的读者文摘
心灵鸡汤

编　　著：杰利·哈普特
责任编辑：曼熳
装帧设计：天地人工作室

出版发行：人民日报出版社（北京金台西路 2 号　邮政：100733）
经　　销：新华书店
印　　刷：北京富达印刷厂

开　　本：710mm×1010mm　1/16 开
字　　数：1100 千字
印　　张：75
印　　次：2004 年 1 月第 1 版　2010 年12月第 3 次印刷

书　　号：ISBN 7－80153－739－4/I·056
全套定价：108.00 元（本册 36.00 元）

前言

愉悦心灵的阅读，在现代人的生活中已成为新的时尚。忙碌的工作之余，诵读一篇篇洋溢着至善至美的真情故事，如澄澈甘甜的泉水滋润着我们的心灵，丰富我们的生命。

本书收录的几百个精彩故事，温馨生动，真挚动人。用心去看去领悟，或许某些故事会给读者以智慧的启迪，有的会让你感动落泪，有的会有特别的感受，有的则会让你会心一笑。你会感受本书如同春风轻轻吹拂你，帮你从平凡的生活中找到一份舒畅甜美的心境。

有意义的作品，能照亮心中的黑暗。本书的故事大多是作者的亲身经历，每位作者都提供了他们的生活体验和处世哲学。书中一个个充满温情和理性的精彩故事，会引导你在生命的各个阶段都壮志满怀，蓬勃向上。

慰藉心灵的阅读，在我们的记忆中会永远留下清香。阅读该书，会给你带来前所未有的喜悦。

目录
CONTENTS

生活的内涵非常丰富，它的每一个年轮，都交织着悲愁喜乐，珍藏着希望，热爱生活的人，将永远得到生活的青睐。唯有踏踏实实走进生活的人，方能真正品味出平平淡淡才是真。

人天生就爱美，大部分人不必接受任何教诲就懂得美是来之不易的。因此，当他们见到美好的事物时，他们的心灵就会立即作出相应的感应,而如果能让他们觉得自己本身就是美的一部分，那么，他们不仅不会去糟蹋美，而且会想方设法去爱护美，进而还会为美锦上添花。

一朵花就创造了一个美的世界，它把美送给人，借以观察人。人也像花一样在创造美的世界。

河流不能放弃岸，船不能放弃河流，不能放弃水，山中的许多树木不能放弃船，山中的大地不能放弃树木，这些不能放弃的东西是宝贵的，它们都是灵魂的化身。

有的成功是在一念之间就能够实现的，与这种成功相对的是另一种情况，付出了太多的努力，成功却依然不肯光顾，但只要坦然处之，把它当成一种准备，你就不会失败，用积极的心态做事，这是成功的必要条件。

生活中不能没有情亲，情亲是每个人心灵深外的港湾，亲情似水，淡淡的只有用心去品，才会发觉其个中滋味，亲情似酒，久而弥醇，让人长醉而不愿醒来。

衡量一个人是否幸福，我们不应看他拥有多少高兴的事，而应看他是否正为一些小事烦恼着。只有幸福的人，才会把不关痛痒的事挂在心上，才会对鸡毛蒜皮的小事有感觉；那些正经历着大灾大难的人，是无暇顾及这些小事的。

生活不是没有美，而是缺少发现美的眼睛。生活不是没有感动，而是缺少能够感动的心灵。很多的感动，或许，只是缘于瞬间的小事，让我们的心中充满感动。

人生的旅途中没有人会一路坦途、会有痛苦、会有磨难、会有风雨、但只要我们好好的活着，善待自己、善待生命、无论经历怎样的打击与不幸，只要活着，一切就会有希望。

生活真谛

生活的内涵非常丰富，它的每一个年轮，都交织着悲愁喜乐，珍藏着希望，热爱生活的人，将永远得到生活的青睐。唯有踏踏实实走进生活的人，方能真正品味出平平淡淡才是真。

给生活添一抹色彩

如果一位女士能够告诉你她的年龄，那么她就能告诉你她的一切。所以我不想说我的年龄，但我可以告诉你，二战时期我很喜欢唱歌而且唱得相当不错，你随便说一首那时的歌，我都能把它从头唱到尾。

当我买那辆红色低座小摩托车时，你也许会觉得我发疯了。是的，我是有点。买车的念头萦绕在我心头已好几年了，朋友和家人们总是感到不解："你买那东西做什么？"我告诉他们我想在路上兜兜风，看看风景。"那你完全可以在汽车里看。"他们不知道我想在路边停下来闻闻野花浓郁的芳香，听听小溪潺潺的流水声。

"骑那玩意你会把自己给弄死的。"他们告诫我。是的，我也很清楚，我看到过汽车从悬崖上冲下去，不幸的人飘在风中，像是斗牛士挂在牛角上。所以，当我来到摩托车商店时，我都有点怀疑我是不是真的想买这危险而又奇妙的玩意。我想我不是叶公好龙，不至于自己把自己给吓住了，我都说了好几年想买了，这不是机会来了吗。那辆红色的低座小摩托车非常合我的意，要是我一再犹豫，绚丽的生活就又会失去一种颜色。这样的事情我见过很多——你没去干你喜欢的工作，因为你害怕去遥远陌生的城市；你没有参加惊险刺激的漂流，因为你害怕小船会翻掉。生活的门一扇扇地被你关掉，你生存的空间也变得越来越窄小。

我给那辆红色的小怪物签了张支票。

家门口的路上一般很少有车子通过，但是第一次把这小怪物拖到路上时，我紧张得像条松鼠尾巴，我不时提醒自己加速器和刹车在什么地方。一辆卡车在我后面按喇叭了，快！快！赶快转到路边去。乡间的小路总是中间高两边低，布满砾石。我把握不住车把了。刹车呢？刹车在什么地方？我猛踩踏板，可车速一点也降不下来。

卡车终于过去了，我的手已被恐慌牢牢地焊在了加速器上，刹车原来也在车把上。我下了车，把它推回了家。

几天后，我彻底地放松自己，慢慢地骑，这回可以闻到野草和嫩苗的青香味了，我甚至可以看到它们的根。身边的景物像是一幅巨大的挂毯，缀满青枝绿叶、鸟语花香。

我找了个安全的地方练我的车技，那是条通向一家工厂的马路，工人们下班后或者休息日，那条路便是我的了。我在那条路上来回穿梭，不停地兜圈子、猛冲、急刹、急拐，没几天，什么都会了，我不禁大笑起来。迎风疾驶时那种令人兴奋的感觉能让人忘掉一切。

有天我顺着小河一直骑了好远，支起车架，我拿起吃剩的面包卷去河边喂鸭子，两个小男孩看到我的摩托车便向我跑过来。“我和他，”其中一个说道，“想用我们的自行车换你的摩托车。”

我笑起来，但为了小男孩长着雀斑的脸上一本正经的神情，我随口说道：“你们的自行车确实很漂亮，但我一个人用不了两辆。”小男孩点点头。“你叫什么名字？住在哪儿？”他喋喋不休，“这车子能跑多快？它值多少钱？”

喂完鸭子走的时候，两个小男孩还呆在那儿，我走路都飘起来了，我跟他们谈了足有半个小时，他们并不是怕羞的孩子，好像我也不是一个远离他们的老太太。我得感谢我这辆小车，它在缩短我和这些年轻人的距离。

邻居们的神情也有所变化，我骑车从他们门口经过的时候，他们总是挥着手，满面笑容：“你好啊！”开始我以为是我的头盔和有角架的双光眼镜、皮手套、厚夹克看起来很滑稽，但慢慢地我从他们的眼神中看到了他们对我飞奔而过的羡慕。

一次有个骑着大马力摩托车的小伙子一下子超过我，他突然回头竖起两个手指做了个胜利的手势，大声喊道：“女士，向前冲啊！”

“我在冲呢！”我兴奋不已，跟着大喊。这车子正带着我在一条意想不到的路上飞奔，给我的生活增添了新的内容，更多的时候，让我觉得生活的天地还是那样的广阔。

骑车是有点风险，但什么事没有风险呢？有个朋友最怕骑摩托车，可她在浴缸里摔断了骨头；还有一个朋友想去上大学，但又害怕学校里的年轻学生笑话她，结果整天郁郁寡欢。生活就是这样，也许比冒险更加危险的就是不去冒险。年老时我们往往会畏缩不前，但面对生活，我们应该永远向前，不管我们有多么老，这才是生活的真谛。

面对生活，我们就要永远的向前。

风轻轻吹

男孩侧着头，凝神聆听着风的声音。他的眼睛睁得大大的，调皮的小舌头在嘴边露出红红的一点。他十分轻微地点点头，仿佛同意风儿的话。风在向他讲述这些天里的许多事情。

黄昏降临了，橘红色的夕阳给男孩的脸涂上一层金色的光辉。公园里的人几乎都走了。秋叶在晚霞的映衬下，如火在燃烧般壮观。池塘看上去宛若一泓金池。有两只鸭子摇摇晃晃地走向池塘，扑入水中。它们驶过涟漪荡漾的水面，俨然是公海上的两只金色的帆船。

男孩坐在公园的长椅上，两条腿快乐地来回荡着。他不知道爸爸是否也听到了风的声音，于是扭头看看自己的身边。

父亲的脸上没有光辉，眼睛没有看到池塘，耳朵也听不到风的声音。他正注视着手提电脑那闪烁的屏幕，脑子吃力地思考着屏幕上的数字。他皱着眉，双唇紧紧抿成一条线。他烦躁地看一眼腕上的手表。还有一小时，他就可以将男孩送回前妻那儿了。他原先一直很愿意带儿子出游，但后来，妻子离开他了，生意也愈发难做。现在，他只能在前妻同意的情况下带儿子出来，而她却总在他最不方便的时候允许儿子见他。下周就要开董事会了，这些材料必须准备好。

男孩用力拽拽父亲的衣袖。

“干吗？”父亲只是点点头，眼睛没有离开屏幕。

"你听到风儿说话了吗?"男孩悄悄地问。

父亲摇摇头,没注意儿子在问什么,手指继续敲击键盘。

太阳的光芒愈发灿烂,整个池塘在闪烁,如同溶化了的铁水。池中的鸭就像刚从神话世界回来似的美丽而神圣。一只小麻雀从树上掠过,飞到池塘的一边,伸出尖尖的小嘴喝水。它看到了男孩,晃晃头打招呼。男孩高兴地笑了,微风抚爱着他的脸,拨弄着他长长的睫毛。

"爸爸?"

父亲叹了口气,注意力从屏幕上移开。他习惯了屏幕的阴暗,金光让他感到刺眼。过了一会儿,他转向男孩。

"什么事?"语气颇不耐烦。

"我问你听到风儿说的话没有。"男孩咬着嘴唇。

"啊?"

"风,"男孩加重了语气,"风在说话。"

"没有,她没对我说。"

"不对,她对谁都说。"

父亲有些尴尬地关上电脑,伸手捋捋男孩的头发,疲惫地笑着说:"是吗?那她说了些什么?"

男孩靠着椅背,两手抱着双膝,脚上的袜子一只裹着小腿肚,另一只落到脚踝处。

"她说你错过了看落日。"

"噢,是的。"父亲舒展了一下疲惫的双臂。他听到脖子上的关节嘎吱作响。"我没听到她说话,我在工作。"

男孩笑了。"对,风儿是这样说的,她说你太忙了,都感觉不到时间了。"

"孩子,爸爸工作是为了挣钱。"

"为什么要挣钱?"

"钱可以买食物,买衣服,买住的房子,还可以做许多许多事情,比如请新教练,比如买冰淇淋。"

"那么,我长大后也要挣钱吗?"

"是的,有了钱你就可以拥有所有的好东西。"

"那,我也得像你一样带着电脑,整天盯着屏幕吗?"

父亲顿了一下。"也许吧。"

"那我就听不到风说话,也看不到落日了。"

"你可以在假期里听风说话嘛。"

"可我想天天听。"

"那你就必须挣很多很多钱。"

"为什么?"男孩问,"看落日也要花钱吗?"

父亲沉默了几分钟,他的手无意识地摸了男孩的头。他看到了金色的池塘,看到了池塘中的鸭子;他感觉到风儿吹拂着他的脸颊。

"不,"父亲说,"不必花钱。但所有人都得挣钱。有时,我们会很忙、很累;有时,我们会没时间仰望天空。"

男孩还是不明白。"为什么?看看天空又不用花钱,而且也不用花很长时间。"

天渐渐黑了,在天的尽头出现一抹深红色,转瞬便消失,夜幕降临了。星星开始闪烁,一弯金黄色的月牙高悬在上空;树叶在风中沙沙作响,像在低声说着什么。

父亲决定不再辩论了。孩子,你还太小,不明白生活,父亲在心里说。

"我想你是对的。"父亲让了一步。

男孩灿烂地一笑,抓住父亲的手。"那么爸爸,你肯和我一块儿听风说话了?"

"是的。"

两人静静地坐着。风儿变凉了,吹在身上有些冷。但她吹走了父亲脸上的疲惫——他的眉头舒展了,他的眼睛变亮了。

"你知道吗?风会讲一百万种语言。"男孩刚学会"一百万"这个词,所以他总喜欢用。

"是吗?"

"是啊,她吹过每个地方,要跟每个人交谈,所以她必须懂一百万种语言。"

"那她一定很聪明。"

"她是很聪明。她给我讲故事。有时,在晚上睡不着觉的时候,我会打开窗让她进来。她告诉我各个地方、各种人的事,她给我讲沙漠和海洋、冰山和岛屿。"

"真不错。不过,你读的书是不是太多了?别老陷在书堆里。"父亲开始为男孩担忧。

男孩笑着:"不,爸爸,我没老是陷在里面。"

天已经很黑了,千万颗星星在闪光。

"我们该走了,你妈妈在等你呢。"

他们起身走出公园。男孩想，鸭子夜里在哪儿睡觉？他决定待会儿问问风。

在母亲的住所前，男孩亲了亲父亲，父亲答应下个周末再来看他。

父亲回到家，换上休闲服。他给自己倒了杯咖啡，打开电脑，坐在了桌前，十指熟练地击着键盘，屏幕上的字开始跳跃。

他感到头痛，于是去开窗。窗户已经很久没打开过了，满是灰尘和锈垢。他使劲一推，窗开了。

屋顶上空荡荡的，窗户玻璃反射着邻家的电视屏幕，他听到电视中有人在笑，有人在叹息。

四周没有风，他闻到空气中有香水味、汗味和烟味。

他想起了男孩说的话。是啊，从什么时候开始，他不再仰望天空，不再闻得到空气中海的咸味了呢？

他抬起头，祈祷风会再来。风真的来了，先是微微的，逐渐强烈起来。他闻到了海，闻到了灌木丛；他闻到越过荒野的沙漠风暴，他闻到漂浮在深海中的冰山。

他用力吸着气，清新的空气滋润着他的肺。他记起了许多事，他记起小时候对世界的疑问和好奇。他的记忆色彩缤纷，明媚亮丽。

他回到桌前，关上电脑。他将椅子拖到窗前，坐了下来，将双脚放在窗台上。

他闭上眼睛，想着儿子。风儿阵阵，从窗前吹过。

"很久很久以前……"风儿甜蜜温柔的声音向他讲述。多么熟悉啊，他被带回到童年的时光、童年的地方。

男孩在另一个地方，倾听着风的故事。他知道父亲在和他一起听，风儿已经告诉他了。

月光下，男孩仰着头，脸上有一层柔柔的银光。

生活和工作的压力，是否让你忽略了家人和生活中的美好事物。

闪光的礼物

打9岁起我就得挣钱了。于是，我就问米瑟利先生能不能给我一条放学后送报的线路，他是当时美国《先驱报》在芝加哥的代理人，住在我们家附近。他说如果我有自行车，他就分一条线路给我。

我爸爸替我买了辆旧自行车，可随后他就因肺炎住院，不能教我骑车了，而米瑟利先生并没有提出要亲眼看我骑自行车，而只是提出看看自行车，所以我就把车推到他的车库去给他看，然后就得到了那份工作。

起初，我把报袋吊在车把上，推着车在人行道上走。可推着装着一大叠报纸的自行车走，显得很笨。几天后我就把车留在了家里，拿了妈妈的带钢网的购货两轮手推车。

我总是把手推车停在人行道上，遇到两层楼的门廊，第一投没投准，就再投一次。遇到星期天，报纸又多又沉，我把每份报纸拿到台阶上，而不是一扔了事。如果下雨，我就把报纸放到玻璃门里面。如果是公寓楼，我就放在大厅的入口处。碰到下雪或下雨，就把爸爸的旧雨衣盖在手推车上面，给报纸挡雨雪。

用手推车送报比用自行车送要慢，但我不在乎。我每次都会遇到附近的许多人——意大利裔、德国裔或是波兰裔人，他们都总是对我很友善。

爸爸从医院出来，重新开始干活。可他身体太弱了，许多活只好放弃了，于是我家就把自行车卖掉了，我不会骑自行车，卖掉它我也不反对。米瑟利先生大概知道了我一直没骑自行车送报，可他对此却只字不提。实际上，他本来就不怎么对我们这帮男孩讲话，除非是遇到有人投诉漏递了一份报纸或是把报纸扔到了水坑里。

我用8个月的时间，把我原来只有36个订户的线路增加到59户，这些新订户都是通过老订户介绍的。有时，人们在街上拦住我，要我把他们也添到我的订户单上。

我每送一份报挣一分钱，星期天每份挣5分，每星期四晚上收报钱。由于多数订户每次都要多给我5分或一角的，很快，我得到的小费就比从米瑟利先生那里得到的工钱要多。情况当然不错，因为爸爸还干不了多少活，我把我的大部分工钱都交给了妈妈。

1951年圣诞节前的那个星期四晚上，我按响了第一个订户家的门铃，里面的灯都是亮的，可没人来应门。于是我又来到第二家，还是没人应门，接着下去的几家都是这样。

不一会儿，大部分订户的门铃都被我按过了，可好像哪一家都没人在。

这下我可着急了：每个星期五我都得交报钱。圣诞节快到了，我竟从来没想过他们会出去买东西。

当我沿着人行道走向戈登的房子时，我听到里面有音乐和好多人在说话，这下我高兴起来。我按响了门铃，门应声而开，戈登先生简直就是把我拖了进去。

他家的客厅里挤满了人——几乎全都是我的59家订户！在客厅中央，停放着一辆崭新的名牌自行车。车身是苹果红的，上面还有一盏电动前灯和一个铃铛。车把上挂着一个帆布袋，里面装满了五颜六色的信封。“这辆自行车是送给你的，”戈登先生说。“大伙凑的份子。”

那些信封里装着圣诞卡，还有那一周的订费，大多数还装有慷慨的小费。我惊得目瞪口呆的，不知道说什么好。最后，还是其中一位妇女叫大家都安静下来，并把我轻轻地领到屋子的中央。“你是我们见过的最好的报童！”她说。“你没有哪一天漏投过或迟到过，没有哪一天的报纸给弄湿过。我们都看见过你在外面冒着雨雪推着那辆购货车，所以大家都认为你应该有辆自行车。”

我所能说的只有：“谢谢你们。”

这句话我说了一遍又一遍。

回到家后，我数了一下，小费一共有一百多美元——它使我成了我家的英雄，它给我们家带来了一个欢乐的圣诞节。

我的订户们准是给米瑟利先生打过电话，因为第二天我到他的车库去取报时，他正在外面等我。“明天上午10点，把你的自行车推来，我来教你骑。”他说。

后来我把车推去了。待我骑在车上觉得自在以后，米瑟利先生要我再报送一条线路，这条线要投42份报纸。骑着新自行车投递两条线路，比推着手推车投递一条线路还要快。

其实，那些善良的芝加哥人送给了我另外一份圣诞礼物：即使最卑微的职业，也都有闪光和引以为荣的地方——一份我总是经常使用的礼物。

即使最卑微的职业，也有闪光和引以为荣的地方。

命运打不垮的执著

第一次见到拉马·多德是在佐治亚艺术城的艺术博物馆，那还是十五年前的事了。当时博物馆正在为他举办绘画艺术展览，我们社团的人都想去那儿一饱眼福。

多德在艺术城可谓传奇式人物。他激励鼓舞了新一代年轻艺术家，并在佐治亚大学创办了一个全美声望卓著、赫赫有名的艺术系。可是，对于我来说，更重要的不在于他是位出色的老师，而是一个敢在生活中实践自己的梦想，敢在生活中认定目标并朝着目标发愤图强的人。

多年来，我一直在一所国立大学做管理教员的工作。这所学校管理上的教条死板，行政上的官僚主义作风令我时时感到沉闷、压抑和窒息。而今，我面临人生的十字路口：或墨守成规，一成不变，继续维持我在那儿的安安稳稳；或下定决心，开创我自己的事业，实现我久久以来心底的秘密，完成我久久以来梦寐以求的夙愿。

当丈夫和我踏入博物馆大理石铺成的地面的时候，我留意到男人们身着晚礼服，妇女们穿着雪纺绸花边服，相互之间熟悉近便，彼此都很聊得来。在这些充满自信的成功者面前，我自愧不如，觉得好不相称。

我俩走近他的身旁，多德朝我们望了一眼，那双浅蓝色的眼睛里忽闪出明亮的光泽，不由得使我心头为之一震。我们简短地交谈了几分钟，忽然我注意到，他交谈的时候,眼神却全然落在我的身上。从他的举止言谈里,我强烈地觉察到似有某种意蕴含于其中。

那晚过去了,我未曾想还能够再见到多德。不料,一周后,他来了个电话,特邀丈夫和我去做客。

多德在他的家门口迎接我们,把我们引进他的画室。画室的中央,立放着一个画架,画架子上铺展开一张巨大的画布。右边的小桌上,满是散乱地摆放着装有各种各样颜料的油缸、画笔和调色板。几百张画布分塞在各个不同的小橱柜里,房子里仍有很多的空间空着、闲着。

多德想在他的画里描绘表现出病中人物的精神面貌。他讲述了如何创造一种人物心底的喧嚣骚动，生涯里的饱经沧桑以及精神上渐渐痊愈的视觉上最佳表现手法。他还和我丈夫讨论了如何摄取那种视觉上的心像技法。"那么,您呢,您意下如何,亲爱的?"他突然问我。

后来,他自然而然地把我也纳入这场讨论之中。喝完咖啡,我发现自己竟也情不自禁地谈起我的梦想,那种渴望开创一项事业的梦想。这项事业一方面使我能够从事教学工作,另一方面又可以着手进行写作,可谓两全其美,是我最爱做的事情。

"你还是胆怯了,"他语态中肯,一针见血地指出,"我深知这种症状。"他讲,"勇气,不过是种蹩脚的执著,而我偏偏不乏勇气。它意味着每天起床,做你不得不做的事情。一旦结局不佳,心情不顺,得咬牙坚持下去;一旦受到别人阻挠干扰,更须拼命做下去。我高中毕业后,上了佐治亚技校学建筑,"他接着说,"当时我心不在焉于学习，却极尽能事地想讨别人的欢心，无心注重自己是否真正快乐。结果,不到一年,我便弃学回家,伤感于失败,成天把自己关在房子里。"

"那你怎么得以解脱的?"

"亏得后来在亚拉巴马州的一所小学校找到一份工作,教教美术。由于和年轻人一起工作,我摆脱了疑虑多端的内心恐惧,一头沉进画画当中。我曾向自己许过诺,不管心态如何,每天都要坚持做下去。"

"那么一切都已过去了,"我心想,"但愿对我来说也能那样地容易。"

然而,对拉马·多德来说,接下来的生活也并非那么顺顺当当。我发现,他的生活也充满着我们所有的人都感受过的困扰,以及由这些困扰所带来的同样的焦躁,同样的疑虑。不同的是,他自始至终想方设法去战胜横挡在面前的这些障碍。

拉马和我成了朋友。

我常去他家拜访,他总是不断鼓励我,要我鼓起自我设计的风帆,可我犹犹豫豫，尚未打算开始我梦寐以求的事业。他一边和我说话，一边洒脱自如地泼画出一连串绚丽多彩的水彩图画。画中幕幕景致源于他在意大利科陀拉观望向日葵的美好记忆，源于他对缅因海滩边渔夫们的无尽情思。他的丰富想像力和创作力似乎永远也无止境。

此后不久，拉马遭受到一次意外的打击——中风了。

好几个礼拜，我都怕见到他。他的右手，那只用来做画的、妙笔生花的手瘫痪了。我肯定，他的勇气也会因此受到严重影响。

我决定去探望他。敲门时，我听得见沉沉的脚步渐渐挪近，声声缓慢，步步艰难。门开了，依然是那头蓬松而熟悉的白发，不过他的眼神显得有些茫然惆怅，唯独眸子的深处依然闪烁着倔强不屈的光芒。

“真高兴，亲爱的！”他兴奋起来，说起话来声音如稍稍脱了速的播放的录音一般。他依歪地撑着镶金顶的手杖，右手搭放在头顶上。我们一同走进画室旁的休息室，谈起了许多事情，但只字未提他的不幸遭遇。渐渐地，他又以他惯有的南方人绅士派头转换话题，谈起我所关心的事情，以及我个人的抱负。

离开他家以前，我去了趟盥洗室，返身道别时，看见他已经进入画室里，拖移着步子走到画架跟前，聚精会神地站立在那里。眼前，一幅大画框里坐放着的是一张壮观岛屿的油画。岛屿兀突地向前伸出，蓝绿色的浪涛汹涌地拍打着海岸。我站在走廊默默地凝注着，我的心为他感到极度悲伤。端望着自己再也做不了的作品，他会是多么的伤感啊！

然而奇异的事情发生了。拉马左手拾起一支画笔，一步一挪地朝着画布移动。他把画笔放进那只毫无知觉的右手，竭力把笔夹放在两个手指当中，笔柄紧贴住掌心，然后再用左手牵导着，小心翼翼又神色痛楚地把画笔猛然向前推去。画笔横划过画面，留下了一道色彩浓重的完美线条。

过了好一会儿，他才转过身来，见我正在凝神注目，便慢慢地放下手中的画笔。

“不过试试，亲爱的。”他说，“勇气无非是种蹩脚的执著而已。”此时的我只觉得一股热泪涌上眼眶，禁不住扑向他的跟前，亲吻着他的面颊。是的，我从他那里找到了自己的路。

是的，我从他那里找到了自己的路。

春天就要来了

几乎一个礼拜了，在威斯康星我的木屋这一带，气温始终不超过零度。

一眼看去，造化对这样的深冬似乎不怎么照顾。森林简直像一幅粗略的蚀刻板画——荒凉、死寂、暗淡。含蓄的美景还是有的——白雪点缀松树枝梢，雪地反映浅蓝的月色。但是深冬如此，你所寻找的与其说是美景，不如说是有什么征兆暗示春天未被遗忘。

造化应付严寒的实际方法，几乎像古老传说一样神奇。冬天给野生动物两大选择：若不搬家就得苦撑。有些地方四望空寂，像一只踢翻的水罐。混杂成群的牛鸟和椋鸟等多达10万只，聚齐了准备大举迁徙，把树枝全压弯了。定居在北美洲的鸟类里，有三分之二迁到较暖的地区。

多达一亿只的丛斑蝶像飞舞的野花，有时竟会远征4000英里外的墨西哥、得州、加州。冬天刚降霜，驯鹿就从高纬的北极地区源源南下。灰鲸为了取暖觅食、追求阳光，不惜远航几千英里。

话说回来，迁徙也不必全要远征。许多动物只要搬到近处，有时不过几英里外，就可得地利之便，找到所谓小气候。科罗拉多州的麋鹿只要从高地搬到附近的谷地。阿拉斯加的秃雕寻找空阔的水乡。在威斯康星这一带的林地，白尾鹿就找朝南的山坡，好晒晨曦。

其他动物也各有对策应付严冬。公麝背着零下的冰风而立，放慢呼吸，先用鼻孔把极地酷冷的空气加温，然后吸进肺里。北极熊的保暖之道，是在每平方英寸几乎有一万根毛的皮裘之下，堆积7英寸厚的层层脂肪。这种熊肉趾粗糙，在冰上可以防滑。

有些禽兽的求生本领简直神奇。例如山雀，体重只有1／3盎司，真像一星生之火花，丢给时速40英里的冰风去摆布。山雀在冬天的进食量为夏天的两倍。为了储存一层脂肪供寒夜取暖，山雀在白天几乎不断进食。这种鸟到冬天会多长三成羽毛，还会把毛耸起围住一股暖气。

等到酷寒来临，山雀就会缩进一种紧控的超低温状态，把体温从正常的华氏104度降低20度之多，使能量的消耗减缓。稍有转暖的迹象，山雀就会飞出矮树密蔽的洞穴，不断地啄食。

许多冷血动物为防冻僵，会钻入土中，渐渐陷入半死状态。林蛙真的会冻僵像冰块，等春来才解冻。青蛙把周身的血液注满葡萄糖，因为这是天然的防冻剂，可防细胞受损——这一招，蛇、昆虫、花金水龟也会使用。

在森林的某处还有黑熊在冬眠。每到秋天，黑熊触动了古老的冬天之记忆，就会开始拼命进食。黑熊一天吸收的热量，高达2万卡路里，因此增加三成体重。初雪一降，黑熊就冬眠——深藏在空心的木材里，岩穴里，铺了草的浅坑里。有时候它会窝在老树的断干之中，离地高达90英尺。它的心跳降到每分钟10次，而且一住定了，就是四个月到半年。

熊对于春回大地的绝对信心，令我难忘。它认定太阳会再光临，而使河水解冻，百花盛开。

我正要转身回家，却听见那山雀一呼双响的轻唱。我四下寻找，看见一只毛茸茸的啄木鸟正绕着一棵桦树飞上去，红艳艳地，鲜明如一条火舌。在地面，刚才还只见雪白一片，现在竟发现兔子脚印了。

这些生命的细微踪迹，令人对春天恢复了信心。这些踪迹引导我欣赏冬天的残余之美，并且提醒我寒冷不会久留。每一个足印、每一声鸟鸣、每一荚冻僵的种子，都是对生命的肯定，对严寒的否定，都是一线生机。

它们似乎在说，鼓起勇气来。春天就来了。

只要有信心，春天就会到来。

无价的珍珠

那是我中学毕业前夕，我们20位毕业生，被召集起来开会。

我们的科学老师约克先生过早地秃了头，不过，他的蝴蝶领结配上他那副有角质架的眼镜就显得富有个性了。他递给我们每人一只用缎带系着的白色小盒。

“在你们的盒里，”他说道，“你将可看到镶有小粒珍珠的手镯或领夹，那珍珠意味着你们的潜能，这个世界是牡蛎，你们犹如放入牡蛎中的一粒籽，能长成一颗无价的珍珠，所以，你们每个人都拥有一颗伟大的种子！”

我依稀记得从我懂事起，母亲就每星期从她杂货店挣得的钱中留下几块美元供我和姐姐玛丽安娜将来上大学用。

我中学毕业后和丹结婚了，丹大学毕业时，我们有了第二个孩子，沉重的家庭担子使丹放弃了自己的事业，参了军。我们过着极不稳定的生活，我凝视着手腕上的小珍珠，想不出我有什么“伟大”的潜能，最后，我把手镯塞进了抽屉。

过了10年接连不断的搬迁生活，丹终于找到了一份文职工作，最小的孩子也上学了。我开始投身于儿童剧院，合唱团，弹奏风琴，帮助那些因病或有事而闲居家中的人做好事。我还做过百货公司的营业员、花店管理员、心肺健身法教员，甚至邮递员。

我忙极了，我帮助别人，又为自己增加了收入。不过，我会打开抽屉，看着手镯沉思：我做的哪一件事会像约克先生对那颗小“种子”所寄予希望的那样?

晚上，我在床上翻来覆去不能入睡，昔日上大学的目标时时在我脑中萦回。但我已经是35岁了！已有17年没有参加过考试了。

我母亲大概猜出了我的心思，一天下午我们通电话时她说：“马西娅，还记得为了想让你上大学而存蓄的那笔钱吗？它还在呢！”

我拿着话筒发愣，我决心要实现母亲的梦想。

六个月后，我鼓起勇气，进了附近一所大学。我的能力测试报告指出，我很适合当教师，我简直难以置信，教师是像约克先生那个充满信心的人。然而，我还是注册了教师进修课程。

可是，读到第二学期的期末时，我想退学了。在大学，我要跟比我年轻一半的聪明伶俐的同学展开竞争。到了家里，由于没有人做家务，大家只能吃泡面，屋子里又积满了灰尘。

在我大学一年级五月的一个下午，我上完了一堂特别紧张吃力的课后，噙着泪驱车回家。“上帝啊！”我祈祷，“如果您真的想让我留在大学学习，请给我引路吧。”

说来也巧，几天后我竟在牙诊所碰到约克太太，我告诉她那颗小珍珠怎样激励我重返校园。“但是，功课实在变得太难了，”我抱怨道。

“我很理解你，”她同情地说，“我丈夫也是到了30岁才开始上大学的呢！”

她跟我讲述她丈夫的奋斗经历，我听得入神，我原以为约克先生已执教多年。

那次的巧遇使我坚持读完了以后的三年。

大学毕业时，我已经发觉并领悟了约克先生当年所看到的“潜能”是什么了。我在当地一所中学教英文，我力争把日常生活寓于教学之中，我把教学生广泛阅读报纸、领他们参观工厂、邀请社会名人到学校作报告看得与教、授莎士比亚文学一样重要。

第一学年快要结束时，校长提名授予我首年教学优秀奖，我简直受宠若惊。申请这种奖，本人必须讲出其中的某位老师曾经如何唤起自己执起教鞭的。当然，我叙述了小珍珠的故事。

1990年9月，我荣获“百名教师首年教学优秀奖”，更重要的是约克先生也获得了“教师贡献奖”。当我们两个接受记者的采访时，我才发觉时间竟如此的巧合：约克先生明年就要退休了。

那天，约克先生向记者说，他年轻时缺少自信，是什么促使你回心转意呢？“看到别人信任我。”他说道。

突然，我仿佛又看到了在科学教室正在打开白色小盒子的20位同学。“那就是我们的共同点，是吗？”我恍然大悟。“那些你赠送珍珠的学生都是你认为缺乏自信的年轻人。”

“不，你们都是我认为怀有伟大种子的年轻人。”约克先生回答道。

人有时缺少的不是能力，而是信心。

睡在鞋子里的小松鼠

在那些凉爽宜人的初夏的上午，我经常带着两个女儿来到我们自己农场的一片草地上，安静地观察一群土松鼠在它们的地窝里高兴地蹦进蹦出。这个快乐的小巢建筑在一个圆面包似的隆起的土堆上，我的孩子们把这个圆土堆昵称为“月亮岛”。

有一天，风和日丽，万里无云。一只年幼的松鼠经不住大自然的诱惑，独自一个漫游到农场另一边的大花圃中。正当它只顾贪婪地啃嚼仙人球上粉红色的小花瓣时，一只墨西哥鹰张着巨大的黑翅从高空盘旋而下，在猝不及防中伸出它的利爪将小松鼠抓起，然后又直冲蓝天。

“妈妈！”贝基突然大喊，“看，妈妈！”在我们头顶上的高空中，几只苍鹰正在为争夺那只小松鼠而斗。它们拍打着翅膀，用铁爪和利喙彼此搏杀。正打得天昏地暗时，我看见那只小松鼠从松开的鹰爪中随风落下，像一片秋后的树叶落到地上。

贝基像箭一般地冲过去，用手轻轻捧起血绒绒的小松鼠，“妈妈，小松鼠流血了。”

小松鼠的尾巴已经被咬掉了一截，头上背上都鲜血淋淋，它伏在贝基的手上，痛苦地战栗。

贝基仰着头对我说：“妈妈，我们把小月光带回家，好吗？”

"小月光"是贝基给小松鼠起的名字。

吃饭的时候，贝基向她的弟妹们宣布说，小月光是个女孩，因为它的肚皮上长了几粒小豆豆。贝基又把小月光放在爸爸的腿上，高兴地对他说："妈妈准备把小鸟笼修理好，让小月光住到里面去。"

那天晚上，我和贝基为小月光的住宿忙了半天，我们先在笼底垫上一层雪松木刨花，又在笼子的角落放进一小碗清水和一碟玉米粉。

一切整理停当之后，贝基将自己的音乐盒放在鸟笼上面，满脸天真地说："现在，小月光可以睡个好觉了，它会在快乐的音乐中忘掉关于老鹰的噩梦。"

两天过去了，小松鼠缩在笼子里一点动静也没有。"它为什么不出来玩呢？"贝基担心地问。

"也许它仍感到害怕，"我告诉贝基，"我想，它不会有事的。"虽然这样说，我还是怕它有什么不测，于是我给宠物店挂了一个电话。他们告诉我说，可以把苹果片上涂些花生奶油放在笼子里，这样小松鼠就会出来。

当小松鼠从松木刨花里探出小脑袋时，贝基低声喃喃道："这是一个多么可爱的小东西呀！"它小心翼翼地爬出来，用小爪子抓起了一小块涂着花生奶油的苹果，把它藏到雪松木刨花里去，过一会儿，又从刨花里将它找出来，放进小嘴里吃掉。

我的孩子们常常和小松鼠玩一些很危险的游戏，乐此不疲地对小月光干一些恶作剧。詹妮喜欢把它放在桌子上，让它在一堆油盐胡椒瓶子中间捉迷藏；艾咪，这个连话都还说不清楚的小女儿，却喜欢把小松鼠捉住放在小磁牛的背上；小儿子布达则老是把自己盘子里的利马豆硬塞进小月光的嘴里让它吃。

一天晚上，司科特又别出心裁地说："我要让小月光骑一回马。"看着电动小黑马驮着小月光在地上兜着圈子奔跑的时候，孩子们都激动得发出尖利的欢叫声。

渐渐的，连我自己也被小月光可爱顽皮的样子逗得神魂颠倒。出门有事时，我把它从笼子里拿出来，装在我身上的口袋里，让它跟着我一起到外面去呼吸新鲜空气。当我把它放在手掌上，这个小家伙就歪着身子坐着，偏着漂亮的小脑袋看我，有时还故意挤眉弄眼。

到了七月，小月光站起来就有五英寸高了。虽然它的毛尾巴缺了一截，看起来仍然很有生气。你根本看不出它是个野生的动物，特别是贝基给它穿上一件红色的玩具娃娃外套并在脖子上戴一只小项圈之后，更显得神气活现。然而，等到岁近晚秋的时候，我感觉小松鼠的眼睛老是显得迷盹盹的，快乐的叫声也听不到了，很多时间它只静静地躺在笼子里一声不吭。

我想，它是不是有点想自己的家呢？我该不该把它送回去？我打电话到野生动物研究所，将小月光的近况和我的想法告诉了一位专家。他说，现在小鼠的身上已经没有了自己家族的气味，如果现在放回，原来的家族只会把它看成敌人。"等到春天"，他说，"雄性松鼠到处寻找情人，那时小月光再回到自然中去就不会孤独无伴了。"有一天，我突然发现鸟笼门开着，小松鼠却不见了踪影。

贝基难过极了，她趴在地板上找遍了房子里的每个角落，一边找，还一边叫着小松鼠的名字："月儿！月儿！"我在笼子上悬了一根长梯，上面挂着小月光最喜爱的花生奶油苹果片，还有涂着红色果冻的蚕豆和比尔制作的牛肉干。我想，这些东西也许会引来小月光，并且使它变得心情愉快。

两个月过去了，我们连小月光的影子都没见着。一个冬日的夜里，我和两个孩子躺在床上，看着比尔将一根火柴架在火炉里燃烧，突然间，贝基不知从哪里冒了出来。"妈妈！我看见了小月光！它在我们的小阁楼里，它正在艾咪的一只鞋子里睡觉！"

我们一齐奔向阁楼，可爱的小松鼠正闭着眼睛安静地躺在鞋窝里，像个熟睡的婴儿。

比尔滑稽地将一根指头勾了几下："这叫做冬眠。"他说。我和贝基连忙把小笼子提到阁楼里，将小月光轻轻放进去关上，比尔在笼子外放了一只微型电暖器，这样，小月光就可以更舒服地过冬了。

三月来临，万物复苏，小月光的身子开始慢慢地蠕动，嘴里发出低低的叫唤。有一天，我终于看见它坐了起来，用两只小爪子把脸反反复复地擦揉，然后扭过头用舌尖舔抚身上的毛发："小东西，你总算醒了。"我如释重负地叹道。

我告诉孩子们，我打算把小月光放回月亮岛去。他们当然都不太情愿，但他们最终听从了我的意见。

那天晚上，大家轮流把小松鼠抱在怀里，和它说悄悄话，像老朋友一样亲密。贝基一个人躲在厨房里，她把一些红色的奶油蚕豆放进小月光睡觉的鞋子里。

"你这是干什么，小宝贝？"比尔问她。

"妈妈要把小月光带走了，它喜欢红色的东西。"突然，小贝基忍不住哭了起来，"我不想让小月光走，我舍不得它，我爱它。"

"可是，它是野生的动物，"比尔一边为贝基擦眼泪，一边说，"大自然才是它的家，它需要有同类的朋友。”

“但是，它会忘记我们的。”

“不会的，好女儿，”比尔把贝基抱在怀里，“动物永远都不会忘记那些关怀过它们的人。”说着，他从口袋里掏出一块牛肉干和红蚕豆放到一起，“好了，现在小月光也会记住我了。”

我带着小月光来到它原来的家——月亮岛。当我将它从口袋里拿出来放在掌中时，立即听见一声清脆的叫声从前面传来。我看见另一只小松鼠正从月亮岛里钻出来望着我们。小月光马上把腰伸直，更响亮地叫了几声。那边的小松鼠听见了回应，顾不上我在眼前，大胆地蹦出来，一边跳跃前进，一边摇动着尾巴，欣喜之情溢于言表。

我用手指轻抚着小月光的脑袋。在即将分别的时候，我心里也像贝基一样十分难过。几个月来，这个陌生的小动物给我们带来了那么多快乐时光；不仅如此，它还让我的孩子们，包括我和比尔明白了一个事实：除了人类之爱，世界上还有更博大的爱存在，因为我相信，我们的小月光一定也在心里爱着我们。

地上的那只小松鼠还在跑来跑去地叫唤，我凝神看着小月光，它也偏着头，用两只闪亮的眼睛盯着我。

“去吧，它在等你。”我将手掌一倾，小月光“唰”的一声跳了下去，它的新伙伴立即从那边奔了过来。它们交颈而歌，发出兴奋快乐的吱吱声。当它们觉得已经认识了解了以后，双双奔向月亮岛中的小巢。

我看见小月光在洞口前停顿了一下，向我投来最后一次注视。

除了人类之爱，世界上还有更博大的爱存在。

想 笑

几个人凑在一起聊天而不能笑的话，会令人兴致索然。即使是商量正事儿，在告一段落时还是想笑。根本不笑，可就过于一本正经了。当然在发生悲剧事件后和商量紧迫的事情另当别论。

笑并不是加到谈话中的佐料儿，也不是装饰高雅餐桌的漂亮鲜花。笑是使谈话变得有滋有味的老酒。不，笑就是谈话本身，我们有时甚至就是为了笑而谈话的。

从前在日本军队里，新入伍的士兵笑就会挨揍。我倒没有因为笑挨过揍。可是和我同年入伍的Q却一年到头因为笑挨揍。因为他越认真他的脸看起来就越像是在笑。

有一天，中队开慰问会。所谓慰问会就是演节目。会演节目的新兵一个接一个登上临时舞台，唱民谣、演口技之类。不知是第几个，Q上场了。

Q说的是单口相声《貉子变色了》。就是那个貉子为报恩变成色子的故事。

真是绘声绘色，功夫老道。滑稽得要命，我们笑得前仰后合，有个谁都害怕的老资格下士甚至笑过了头，上气不接下气。

应大家的要求，Q又说了一个《时荞麦》。这个也让大家听得捧腹大笑，热烈鼓掌，他可真露了脸。

可是这并不能使Q免除不幸。那天晚上熄灯后，他被下士左右弓狠抽了一顿耳光。

第二天早上，我问他："怎么了？昨天晚上。"

Q避开我的目光伏下肿胀的脸说："他说赌博、欺诈这样的事太不像话。"

"岂有此理！他不是也哈哈大笑了吗？"

"本来是想让大家乐一下。"Q又变成像笑的面孔而无可奈何地小声说。然后又小声加上一句说："笑口常开鬼自来。"(译注：日本谚语有：笑口常开福自来。)

这个格言或警句是有一些真实在里边的。笑和使人发笑在现代日本容易被人认为没有威严、不端庄、轻薄等。

然而，无鬼也无福。谁都知道谈笑的乐趣。含有笑的成分的话语就像肥豚、牛肉那样非常有味道。

如果大家都在谈笑，只有一个人默默不语，是很煞风景的。于是，大家想办法尽力要把他拉入到谈话中来。

沉默的人也有缘由。也许有点儿自卑或是胆怯，无意中变得沉默不语。由于周围的人对沉默若过于关注，反而使沉默者觉得别扭，愈发不开口了。他并不是心情不快而沉默，然而在持续的沉默中心情变得抑郁了。

这样一来，大家都扫了兴，不知不觉就冷了场。过一会儿又会觉得这实在无聊，于是便无视沉默者的存在，说东道西，东拉西扯，谈笑风生，终于又达到了笑的饱和状态。谁说上一句，大家一起笑起来，接着来一句引起大笑，再来一句又引起哄堂大笑，如果周围变成这样，沉默者实在是觉得心塞。

二十年前，我有过这种体验。

晚上的客厅除我之外还有几位。都围着主人聊得起劲，笑声不断，只有我一个人沉默着。那时我不识啤酒滋味，刚才勉强喝了几杯啤酒，反而使我更加忧郁。我顽固地闭口无言。

突然，主人从桌子对面微笑着对我说："你把袜子脱了试试，很舒服。"

这可是我没想到的，半信半疑地按主人说的做了。真的，立刻就舒服了。好像除掉了附在我身上的什么东西一样，我开始侃了起来。

旁边有人劝我喝酒，我想拒绝，主人制止了我，他隔着桌子伸出了自己的杯子，开玩笑地说："帮助弱者哟。"

我第一次和大家一起笑起来。

笑是生活中最美丽的风景。

初恋

我依然记得光映在她秀发上的样子。在喧闹的五年级教室里，她回过头，与我目光相接，我们彼此短暂地会意。我感到自己的心仿佛地猛地一击。这样，我开始了自己的初恋。

她的名字叫雷切尔。我稀里糊涂地从小学升入中学，一见到她，我就会怦然心动，张口结舌。有谁会像我这样，久久地徘徊在夜影中，被她窗内淡淡的光吸引，像一只夏日里落魄的昆虫？那种极度兴奋后的眩晕，来得奇快，久久地缠绕着我，令我窘迫笨拙，话音沙哑，而现在，这种感觉已不可能有了。我知道我当时备受折磨，可我不能确信记忆让我做了些什么。我又是为何而苦不堪言？

我看到她穿行在林荫道上学、下学，我会远远地伴她同行。她看上去总是那么泰然自若。回到家里，我会回忆每一次邂逅，为我不足的表现惴惴不安。即使这样，当我们进入少年，我还是感到她对我出于柔情的宽容。

无论如何，我对雷切尔的爱一直是单相思。我们高中毕业后，她上了大学，而我参了军。当美国卷入第二次世界大战后，我被派往海外，有一段时间我们通信，她的信是那些无尽的难熬的岁月中最令人高兴的。一次她寄给我一张她身着浴衣的快照，不禁使我浮想联翩。我在回信中提到了结婚的可能性，从此她的回信日见少了，也很少提及个人了。

我回到美国后第一件事就是去拜访雷切尔，她的母亲为我开了门。雷切尔已经不住在那儿了。她嫁给了在大学里遇到的一位学医的学生。“我想她写信告诉你了。”她母亲说。

我在等待退伍时终于接到了她以“亲爱的约翰”作称呼的来信。她委婉地向我解释为什么我们之间的婚姻是不可能的。回想起来，虽然在头几个月里我痛不俗生，但我还是很快地恢复了。

然而最近，事隔40年，我又得到了雷切尔的消息。她的丈夫死了。她从城里经过，从我们的一位朋友那里了解到我的下落。我们同意相见。

我感到双方都很好奇和兴奋。在过去的几年里，我没有想到过她，一天早上她突然打来的电话又将我带回了从前。见到她时我吃了一惊。这位白发苍苍坐在饭店桌旁的老妇，难道就是我朝思暮想的雷切尔，那位快照上的窈窕淑女吗？

然而时间给予了我们相互的比照与尊重。我们像老朋友一样交谈，很快发现我们都已是祖父母了。

"还记得这个吗？"她递给我一张旧纸片。那是我还在学校时写给她的一首诗。我琢磨着那粗糙的格式和平淡的韵脚。她看着我的脸一下抢过那首诗，放回到她的钱包里，好像怕我毁掉它似的。

我告诉他我是怎么带着她的快照度过了战争岁月。

"你知道，这不会有什么用处。"她说。

"你怎么这样肯定？"我反问，"啊，我的爱尔兰姑娘，那经历的确该是很壮丽的——我的爱尔兰式的良心和你犹太人的内疚！"

我们的笑声惊动了邻桌的客人。在余下的时间里，我们的目光都躲躲闪闪。我想我们彼此看到的否定了我们这些幸存者从前的情感。

我把她送上出租汽车以前，她对我说："我还希望再次见到你，告诉你一件事情。"她的目光与我相遇。"我想感谢你曾经那样爱过我。"我们吻了一下，她离开了。

从一间橱窗的玻璃中我看到里面的我在盯着我——一位两鬓斑白的老人在一阵晚风中打了个寒噤。我决定步行回家。她的吻仍在我的唇上燃烧。我感到浑身乏力，在公园的长凳上坐下。在我的周围，花草树木在斜阳中焕发出光彩。有种物质从我体内升腾出来。似乎有什么事情完结了，我眼前的景象变得异常美丽，令我想欢呼雀跃。

像任何事情一样，这件事很快就过去了。现在我能站起来，走上回家的路。

我依然还记得五年级时她的样子。

神奇的蝴蝶

大卫来参加我们的夏令营时刚好10岁。他是带着生活中的许多“垃圾”来的。他有个酗酒的父亲:脾气暴躁,总是用拳头说话。大卫曾不止一次地目睹父亲把母亲打得死去活来。他还有个12岁的姐姐,正如许多在这样家庭中长大的孩子一样,她已变得内向寡言,并且很善于不让别人注意自己。而大卫刚好相反,他执拗地反抗父母的暴怒,但每次都在暴打中败下阵来。他被贴上了一大堆诊断性的标签,比如注意缺陷障碍、学习能力障碍、行为障碍、品行障碍等。尽管他吃过六种药,但是没效,他在学校里仍然经常和别的孩子打架。大卫初来营地时,我们看到的是一个面色苍白、怒气冲冲的孩子,他的目光总是躲着别人,走起路来双肩低垂,拖着沉重的步子。一句话,一副垂头丧气的样子。

开营的第一天,大卫就和别的孩子扭打起来。奇迹!10秒钟的争斗就在他脸上留下了“痕迹”——他的下唇给打肿了。这棒极了,因为他再一次被打败,被伙伴们疏离,而这正好反映了他那时内心的感受。于是,你可以想像,在开始的两天里,大卫很不容易接近,他抗拒,与别人保持距离,不与其他孩子接触。

然而,随着活动的展开,他开始渐渐地信任我们了。终于,在第三天做小组活动的时候,我们有了突破。大卫谈到他的父亲,谈到家庭中的暴力,谈到他的恐惧愤怒和忧伤……

他哭了,泪水涤荡着他内心深处的伤害,涤荡着多年来一直占据内心的悲伤。慢慢地,他的哭泣变成了抽泣,深深的抽泣……

从那以后,大卫变了。他的脸色红润起来,他开始笑了,能与人对视,也能与其他孩子融洽地相处了。他甚至允许成年咨询员搂着他的脖子。他终于活过来了,一步步从自我保护的硬壳里钻出来,重新成为他自己,这过程简直令人难以置信。他成了我们那周夏令营里最大的奇迹。

夏令营结束前一天下午(第二天家长们就要来把孩子接回去了)，大卫又和别的孩子打起来了。从夏令营第一天之后，他已一直没再打过架了。不过，营员们在父母来接他们的前一天感到焦虑是很常见的，有的孩子会意识到自己将重新回到不健康的环境，有的孩子会感到悲伤，因为他们即将离开已经非常亲密的新朋友。

我们把两个孩子分开，让他们自己解决争端，然后我请大卫和我一起出去走走。我边走边对他说，在那一周中他所做的一切努力是多么令我骄傲，他曾怎样勇敢地开放自己，他信任我们，允许我们走进他的内心，一周来他有了多么大的改变。就在那时，一只美丽的蝴蝶飞过来，扑扇着翅膀在我们身边飞舞，然后，停在前方小径上离我们不远的地方。于是我们停下脚步，欣赏它的美丽。

我告诉大卫，这只蝴蝶来得正好。在印第安民间传说中，人们相信，如果一只蝴蝶在你行走的路上停留，这象征着你已经或者即将发生重大的转变，就好像毛毛虫羽化成蝴蝶一样。这只蝴蝶的到来正好证实了我刚才的那些话——他已有了很大的进步。

可是，大卫抬头看着我，脸上又现出他旧有的垂头丧气的神情，“说不定这只蝴蝶不是为我来的呢，也许它是为你来的！”

哦！我一时语塞，脑中飞速地搜索，想要找到可以抚慰他的话。但就在这时，大自然一如它惯常的奇妙替我解了围。那只蝴蝶忽然飞到空中，又围着我们飞舞，最后正好落在大卫的胸前！

我们什么也没说，什么了不必说了。但我永远忘不了在那个神奇的时刻，那个孩子看着那只蝴蝶，脸上是怎样的神情！那神情充满着纯真的喜悦和希望。就是在那一刻，他知道了，他相信了，他会和从前不一样，他的生命和未来会和以前不一样。似乎也正是在那一时刻，他在那一周内所学到的一切都涌入了他的心田，比如“我可以信任别人，允许别人进入我的内心是安全的，不论我是怎样的，这个世界上会有人真正关心我、爱我、接受我”。

有时，我会为夏令营中和大卫一样的孩子担心，因为幼小的他们不得不回到那个不健康、缺少爱和支持的家庭环境中去。但我也相信，由我们小组咨询、咨询员，还有那只奇妙的蝴蝶所营造的那些神奇时刻会深深地植入他们的心田并留下些什么。当他们在生活中遇到伤害，需要记起自己实际上是多么可爱、多么了不起的时候，他们会在自己的心田里找到那只神奇的蝴蝶。

他们会在自己的心里找到神奇的蝴蝶。

沉默是金

美国新泽西州一家印刷公司的老板知道另一公司想买下他的一部旧印刷机后十分高兴。他仔细计算后，把卖价定为250万美元，还想好了怎样谈这笔生意。

他坐下来和对方洽谈时，心里有一个声音叫他："先等一等。"对方很快就打破缄默，滔滔不绝地指出那部机器的好坏。他则一句话都不说。然后对方说："我们给你350万美元，一分钱也不能再多。"不到一小时，生意谈妥了。

日常与人往来时，"闭嘴"可以使你得到好处。有时候还可以免掉自讨苦吃之虞。比方我的朋友班，他和我们很多人一样，在不知如何是好或是要表示客气礼貌时，有时信口说出一些日后会后悔不已的话来，班的新嫂子第一次请他在家吃饭，做了个番茄肉冻。那是他讨厌吃的，但为了恭维嫂子，他大加赞赏说："真好吃！"嫂子听了好得意，记在心里。于是，以后15年班每次到她家去，她都不忘飨以番茄肉冻！

有时不假思索说出的话，无论怎样言之无意，都可能引起严重后果。一天深夜，赫罗德夫妇在他们住的公寓大厦里碰见邻居的一位太太。他虽然惊讶，但为了表示亲善便说道："听说你们有喜事！"跟着是一阵难堪的沉默。后来他的妻子提醒他，那位邻居不久前曾经小产。赫罗德说："现在我即使一时惊诧不知所措，也会先数十下才开口。"

懂得在什么时候不开口，不单明智，而且有实际好处。律师都讲过这样一个故事:有个人被控在打架中咬掉对方的耳朵,辩方律师花了整个早上盘问控方的主要证人后,以为自己已把证人的供词驳得体无完肤,忍不住再作最后一击。

“你已承认当时并不十分接近现场，也没有看到我的当事人咬掉对方的耳朵。你怎么能指证他？”辩方律师质问。

证人踌躇片刻,然后微笑道:“我看到他吐出耳朵！”

诚如有人说过的“历来很少有人因为不开口而后悔。”

丈夫在我们的第一个孩子出世时,工作压力非常沉重,对我和宝宝都疏于照顾。两三个星期后,情况依然如此,我心疲力竭,恨不得立刻把闷气发出来。

一天,我写了封大动肝火的信给他,后来不知怎样把信搁在一旁。次日丈夫主动替宝宝换尿布,并说:“我想这该是我学习做这些工作的时候了。”

我始终没发现是什么令他改变态度的,不过我很欣慰地把信撕掉了。嗣后他对我好极了。

等待是人们在日常生活中往往忽略了的策略。有时,缄口沉默一会儿,会产生不可思议的神奇效果。

母亲回忆她在圣诞节后大减价时陪友人玛莉安到商店去退礼物的事。当时店内人头攒动,情况一片忙乱。玛莉安要求退钱,但忙得团团转的店员说衣服是不能退的,跟着转身招呼另一位顾客。玛莉安便把那件衣服丢在收银机旁,一声不响地等着。

10分钟后,店员回来了,在收银机前忙碌工作。玛莉安只是微笑,继续等候。就这样又静静地过了数分钟后跟着店员一语不发拿起那件衣服走开。大概三分钟后,她回来了,手上拿着钱!有礼貌地耐心等待使玛莉安如愿以偿。她要是大声唠叨不休,很可能不会达到目的。

当然,有时候千万不要不开口,例如在主持正义、安慰朋友、解释误会的时候。在那些时刻,我们都必须开口,不过要措词恰当。同样,思量一下也能使你的话更精确、更有力。

米雪是我的大学同学,从小就受教友会教徒式的养育,但她的祖父母却是犹太人,在大战时死于纳粹集中营内。去年,她的朋友不知道米雪的犹太背景,发牢骚说他们的儿子和犹太女子结了婚，他们拒绝跟新媳妇见面，令儿子日子不好过。米雪虽然很珍惜彼此的友谊,但很讨厌那种过份的偏见,权衡二者的轻重后,决定讲出她的心头话。“我对自己的家庭传统引以为傲。你们有那样的感受我很难过,”她对他们说,“你们的意见令我很不高兴。”

那对夫妇亦为之惊怔，立即向她道歉，并把她说的话记在心里。不久，他俩便与媳妇和好了。

米雪说这些话之前曾经仔细思量过话的效果，然后才把话率直坦白地说了出来，结果是增进了彼此的了解。你决定是否开口以前，必须记住的一项最重要原则是：先问问自己，你所说的话能不能改善情况或关系。

研究对话节奏的学者发觉，在我们与人对话和交往时，轮流发言是非常重要的。“沉默可以控制聆听与说话的节奏，”洛杉矶加州大学心理学教授古德曼说，“与人交谈时沉默的作用如同数学里的零，虽无表面价值，但极其重要。没有沉默就沟通不成”。

你感到愤怒和焦虑，想插嘴的时候，不妨呷一口茶或特意叉起双手，然后微笑。你会发现这些简单动作能帮助你控制大局。

《要怎样说话孩子才会听，要怎样聆听孩子才会说话》的作者之一法布尔讲起一位母亲如何成功运用不开口的战术把8岁儿子乔纳森哄上床睡觉。

一天晚上，乔纳森一如往常地从床上走下来，对母亲说：“妈，我睡不着！”

噢，你睡不着吗？唔……”他妈妈答道。她停下来，以同情的眼光看着他，并且等着。整整一分钟，彼此都不说话。

最后乔纳森说：“我想要是换上我喜爱的那套睡衣，我会比较容易入睡。”跟着他便回床睡觉去了。

让你所爱的人感受痛苦、挫折或愤怒而袖手旁观不是一件容易的事。你想替他们解决问题，而不让他们自己找出解决的方法。

法布尔的十几岁女儿乔安娜有一天放学回家，神情烦恼。法布尔说：“乔安娜，发生事情了？”她女儿却哭起来。“我们坐在沙发上，她在我怀里不断啜泣，”法布尔回忆说，“10分钟之后，她深深吸了口气，看着我，又叹了一口气。‘谢谢你，妈’她说，然后站起来走开了。”

法布尔始终不知道发生了什么事。乔安娜当时最想得到的是有人充满爱心地紧紧拥抱着她，然后她便会自行去解决问题。

“你沉默的支持可以助人找到解决方法，”法布尔说，“沉默并不意味退缩，而是表示尊重。那即是说：‘我在这里等着你，但不会碍你的事。’”

作曲家都明白音符之间的空白，其重要性绝不亚于个别音符。同样我们必须明白沉默跟我们所选用的字同具丰富表达力，令关系更和谐、更有力。

沉默并不意味退缩。

花的祝福

一个年轻的女音乐家重病垂危，绚丽的生命就要结束。

一天，一个小偷敲开了她的房门，这小偷手里捧着一束鲜艳的玫瑰。这是小偷惯用的伎俩，若无人应门，他便撬门行窃，若有人开门，他便问："是你叫送的鲜花吗？"

小偷敲开了女音乐家的门，他看到的是一双美得叫人心悸但分明闪耀着生命的最后火花的眼睛。就在他还在发愣时，他手中的玫瑰已被轻轻接去。"多美的花呀！"女音乐家说。她一边忘情地嗅着玫瑰，一边转身把它插在钢琴旁的花瓶里，一双颤抖的手陶醉地抚摸着它说："但愿你比我的生命开放得更长久……"

完全被冷落在门口的小偷呆了。他盯着女音乐家弱不禁风的背影和举止出神，注视良久，悄然离去了。从那以后女音乐家的门铃每天都会响起，开门的时候，只有一束鲜艳的玫瑰花……

当邻居发现她家门前堆着很多玫瑰花的时候，女音乐家已经静静地在家中去世，人们发现屋里到处是枯萎的玫瑰花。

感动自己，感动他人和为他人所感动，实际上是一种轮回。完成了这个轮回，你会突然发现原来自己并不孤独，这世界，原来是很具魅力、不会叫人失望的。

感动自己，感动他人和为他人所感动，实际上是一种轮回。

活着就有希望

活着就有希望，哪怕就是苟且地活下去。

这是一本二战时从亚代克集中营带出来的日记本。我花了整整40年时间为它找到阿德勒安先生。他已经是一个坐在轮椅上的古稀老人，用干枯的手接过泛黄的日记本时，泪流满面。这次会面让我不得不再次回想起在亚代克集中营度过的两年非人生活。

日记本的主人叫墨妮卡。墨妮卡比我要早到集中营，看上去她和日本兵打得火热，我们每天必须去种植园干活的时候，她只需待在集中营里给人看病。或者帮日本人缝衣服，读报纸。

墨妮卡貌似神通广大，能通过日本人买到药品、酒，甚至面包和香烟。可在我们眼中她就是条地地道道的狗。因为她可以弄到药品，我们谁也不敢得罪她，只是她的药价贵得离谱，几片退烧药需要一块瑞士手表交换，她则拿我们的钱或东西去讨好日本兵换昂贵的伏特加，每天晚上她都要喝上一杯。我们指责她，她总是不屑一顾："生存就有希望，有希望便是光明的。"在集中营里，我们不知道她所谓的希望是什么，事实上，我们依然过着暗无天日的生活。

在我进集中营半年后的冬天，费雷太太的女儿杰茜卡因淋雨高烧不退，求墨妮卡帮她买退烧药。墨妮卡想了想说可以，不过要用费雷太太脖子上穿着戒指的项链交换。"简直就是抢劫！"费雷太太指着墨妮卡大骂，"我们都是美国人，可你拿我们的钱给那些日本猪，你比魔鬼还可怕！"墨妮卡没有任何反应，坐在床边，一口口地啜着酒，冷冷地说："世界上一切人对我而言，除了加以利用外，没有别的好处。"

费雷太太只好求当地人帮忙从黑市弄药，价钱便宜很多，不过风险很大，如果被日本兵发现，就可能没命。他们约在种植园旁边的原始森林里交易，在回来的路上，费雷太太被日本兵抓了个正着。第二天一早，我们看到她已经被拉到太阳底下跪着，周围插满尖尖的竹片，稍微一动身，竹片就可能把她扎死。所有人都认为是墨妮卡告的密，杰茜卡发疯一样找墨妮卡："你为什么要出卖我妈妈，那枚戒指是我爸爸上战场前留给她唯一的物品！"墨妮卡没有反驳，冷漠地推开杰茜卡。她的态度更让我们认定就是她告的密。晚上，她领回本要被处死的费雷太太，费雷太太静静地把戒指脱下来给了墨妮卡。

雨季到来的时候，集中营的厕所坏了，日本兵挑中我们这帮身强力壮的年轻女孩去干活。连续几个月，火辣辣的阳光烤得我们浑身脱水。汗水，指甲缝的血水和脚上泡破的脓水一起淌下。而远远地，墨妮卡和在树阴下死盯着我们的警卫调情。

支撑不住的我猝然倒在了沟渠上，醒来的时候，发现已经躺在住的地方。墨妮卡说："你中暑昏倒，最好吃点中暑药。"我见识过这个魔鬼的厉害，使出全身力气爬起来对她吼："我没钱给你！我不想活了，在这个地狱里死了算了！"墨妮卡甩了我两个耳光："你这个胆小鬼，不管怎样，都要活着出去！"晚上，她给我喂了几片药，还给我一个涂着黄油的面包，我简直不敢相信这是真的。吃过药我沉沉睡去，整个晚上我感觉有人摸着我的头，伴着浓浓的酒味。

很快日本兵投降，我们要离开集中营，但没人愿意带墨妮卡一起走。最后我和费雷太太决定带她走。经过丛林的沼泽时，墨妮卡不小心掉了进去，泥浆淹到她腰部，我们拼命用树枝拉住她。费了好大力气终于把她弄出来，我们把她背到一个废弃的房子里。

微弱的火光下墨妮卡脸色惨白，双眼深陷。她从贴身的口袋里掏出戒指还给了费雷太太："我没把它给日本人，告密的不是我。"接着拿出日记本交给我："其实我从来都不是医生，战前我只是个哲学教授。如果可能，请把日记本交给我丈夫阿德勒安。"墨妮卡在那个夜晚闭上了眼睛。

40年来我始终没有放弃寻找阿德勒安。终于通过一个老兵得知阿德勒安的下落，战争结束后，阿德勒安到了佛罗里达州。通过这本日记我才知道，墨妮卡和日本兵拉关系是为了帮我们弄到药，让我们尽可能活着出去。而她的药价那么昂贵是因为她早已罹患胃癌，不得不依靠烈酒缓解疼痛，得以存活，给我们带来希望。

希望存在于每一个活着的人心中，只有死去的人才没有希望。

深恩重如泰山

有这样一个老先生，他总是趁着红灯时穿梭在车阵当中，并且敲着别人的车窗。

很多人总担心他会不会是精神异常，不知是否具有攻击性，所以第一个反应就是赶紧锁上车门。但几次下来，只看到那个老人在险象环生的街道间游走，即使有驾驶员把车窗摇下来响应他，也只见他简单地说着话，于是人们开始好奇，期待他有一天会来敲自己的车。

有一天当红灯闪起，一个人的车刚好停在这个老先生面前，他一如继往地敲了那人的窗户，对着车中的女士说："小姐，要记得系上安全带喔！"

然后他就走向下一部车，留下有些吃惊的女士。

"这或许是某商家的宣传新花招、或许是着急的祖父在寻找失踪的孙儿、也或许……"之前，每每看到他敲旁人车窗时，很多人心中就不断地推测答案，但怎么也没想过竟会是这样简单的一句——要记得系上安全带喔！

后来有人说："那位老先生姓陈，报纸上曾经报道过此事。一年前，陈先生的儿子在那个交叉路口不幸出车祸死亡，那并非是个大车祸，只是他儿子没有系上安全带，头撞上了挡风玻璃，当场就去世了。"

有爱的能力的人，不会沉溺在自己的故事里，他们时常能体验到"感同身受"这句话的意境："看到别人受伤，仿佛自己受伤；看别人遭逢生离死别，自己的心也在淌泪。"

这个故事到此真相大白，陈老先生竟然在白发人送黑发人的悲伤情绪之下，还勉强自己站在伤心地，阻止另一个可能的家庭悲剧发生。这样的感情不仅是老人对自己孩子的爱，更是天下父母对子女的爱！

五位丈夫被问到同样一个问题：假设你和母亲、妻子、儿子同乘一船，这时船翻了，大家都掉到水里了，而你只能救一个人，你救谁？

这问题很老套，却的的确确不好回答，于是——

理智的丈夫说："我选择救儿子。因为他的年龄最小，今后的人生道路最长，最值得救。"

现实的丈夫说："我选择救妻子，因为母亲已经经历过人生，至于儿子——有妻子在我们还会有孩子，还会是个完整的家。"

聪明的丈夫说："我会救离我最近的那个，离我最近的那个最可能被救起来。"

滑头的丈夫说："我救儿子的母亲"——至于是指我自己的母亲还是儿子的母亲，你们去猜好了。

最后，老实的丈夫确实不知道应该怎么样选择，于是他只有回家把这个问题转述给自己的儿子、妻子和母亲，问他们自己应该怎么办。

儿子对这个问题根本不屑一顾："我们这里根本没有河，怎么会全家落水呢？不可能！"他的年龄使他只会乐观地看待目前和将来的一切。妻子则对丈夫的态度大为不满："亏你问得出口！你当然得把我们母子都救起来。我才不管什么只救一个人的鬼话呢！"女人总是认为丈夫必然有能力，也必须有能力负担起他的责任。

最后，老实的丈夫又问自己的母亲。母亲没等他把话说完，已经大吃一惊了，紧紧抓住儿子的手，带着惊慌的神情说："我们都掉水里了，孩子你不是也掉进水里吗？我要救你！"

老实的丈夫顿时泣不成声。爱是伟大的，人世间最伟大的爱莫过于父母对子女的爱，感受父母的深恩，在心灵深处为父母祈祷吧！

人都应该有一种对父母深恩的感悟，应该知道怀胎十月一朝分娩，父母为我们付出了多少辛酸与困难，应该知道父母对我们从小的关心爱护是永远都不会变的。我们身为人子，没有理由不尽孝道，真正在生活中爱我们父母家人。

爱是伟大的，人世间最伟大的爱莫过于父母的爱。

已经很好了

前几日同学聚会，我狠下了一番工夫。做头发，买衣服，折腾了好一阵。怎么着也算小有薄名，何况大学毕业10年了，谁都想让自己看起来仍旧玉貌朱颜。

只有她，显得那么寒酸。旧的衣服，黯淡的脸色，头发上胡乱别了个卡子，骑着一辆旧自行车赶来。

同学会，一般就是虚荣心的攀比会，可是她仍然来了，带来了自家树上结的石榴。她说，这是她和他，恋爱时种下的石榴树，如今，都结果儿了。

大家都知道她的情况——她下了岗，丈夫又出了车祸，她一个人打几份工，甚至晚上还要在歌厅的卫生间旁为人递热毛巾赚钱。我们曾遇到过，我是消费者，她是递毛巾的那个人。

聚会上，我们都在抱怨，怨天怨地怨社会不公平，怨房价太高，怨工资太低，怨生意不好做。发了财的说现在的人都变坏了，没发财的说那些做生意的都不是好东西，当官的显摆自己有多大的权力，平头百姓则假装着清高说反腐倡廉……只有她，一个人静静地笑着，守着那几个大红的石榴。

她，没有抱怨，而是劝我们，多吃菜呀，看这菜多好，糟蹋了就可惜了。我问她，你怎么能这么平静呢？她说，已经很好了啊！

是啊，她说，你看，我下岗后马上就找到工作了，孩子很听话，丈夫的身体也越来越好了，大夫说如果再晚送一会儿他就没命了，而他现在还在我身边，这多好啊！还有，你看，我们老板还放我假让我来参加同学会，我又能看到大家了，多高兴！

我惊呆了。原以为她会像祥林嫂一样诉着苦，抱怨上天对她多么不公平，但她非但没有，反而要感谢生活赐予她这样多，而我们一直觉得生活给予我们的太少，一直在索要，却总是觉得不够。于是郁闷，不快乐。

已经很好了。这是一句禅语啊！我看着她，有了淡淡皱纹的脸，淡定地笑着，我终于明白，即使抹上世界上最高级的护肤品，也无法拥有这样的快乐。幸福指数全在自己掌握，心态才是最重要的因素。如果我们经常对自己说一句“已经很好了”，那么，我们的生活也会满园芬芳，树梢枝头都挂满了那种叫做幸福的露珠儿了吧。

心态才是最重要的。

生命的养料

一个小男孩几乎认为自己是世界上最不幸的孩子，因为患脊髓灰质炎而留下了瘸腿和参差不齐且突出的牙齿。他很少与同学们游戏或玩耍，老师叫他回答问题时，他也总是低着头一言不发。

在一个平常的春天，小男孩的父亲从邻居家讨了一些树苗，他想把它们栽在房前。他叫他的孩子们每人栽一棵。父亲对孩子们说，谁栽的树苗长得最好，就给谁买一件最喜欢的礼物。小男孩也想得到父亲的礼物，但看到兄妹们蹦蹦跳跳提水浇树的身影，萌生出一种阴冷的想法：希望自己栽的那棵树早点死去。因此浇过一两次水后，再也没去搭理它。

几天后，小男孩再去看他种的那棵树时，惊奇地发现它不仅没有枯萎，而且还长出了几片新叶子，与兄妹们种的树相比，显得更嫩绿、更有生气。父亲兑现了他的诺言，为小男孩买了一件他最喜欢的礼物，并对他说，从他栽的树来看，他长大后一定能成为一名出色的植物学家。从那以后，小男孩慢慢变得乐观向上起来。

一天晚上，小男孩躺在床上睡不着，看着窗外那明亮皎洁的月光，忽然想起生物老师曾说过的话：植物一般都在晚上生长，何不去看看自己种的那颗小树。当他轻手轻脚来到院子里时，却看见父亲用勺子在向自己栽种的那棵树下泼洒着什么。顿时，他一切都明白了，原来父亲一直在偷偷地为自己栽种的那颗小树施肥！他返回房间，任凭泪水肆意地奔流……几十年过去了，那瘸腿的小男孩虽然没有成为一名植物学家，但他却成为了美国总统，他的名字叫富兰克林·罗斯福。

爱是生命中最好的养料，哪怕只是一勺清水，也能使生命之树茁壮成长。也许那树是那样的平凡、不起眼；也许那树是如此的瘦小，甚至还有些枯萎，但只要有这养料的浇灌，它就能长得枝繁叶茂，甚至长成参天大树。

爱是生命中最好的养料，哪怕只是一勺清水，也能使生命之树茁壮成长。

希望的播种

小时候，克奇尔每年夏天都要随父母去内布拉斯加的爷爷那里。

克奇尔记忆中的爷爷是佝偻着身子，瘸了腿的老人。听爸爸说，爷爷年轻时很英俊，很能干，他做过教师，26岁时就当选为州议员了，正是事业如日中天的时候他患了病——严重的中风。

宽阔的原野，高高的草垛，哞哞的牛声，脆脆的鸟鸣，使克奇尔流连忘返。

“爷爷，我长大了也要来农场，种庄稼！”一天早上，克奇尔兴致勃勃地说出了他的愿望。

“那，你想种什么呢？”爷爷笑了。

“种西瓜。”

“唔，”爷爷棕色的眼睛快活地眨了眨，“那么让我们赶快播种吧！”

克奇尔从邻居玛丽姑姑家要来了5粒黑色的瓜子，取来了锄头。在一橡树下，爷爷和克奇尔翻松了泥土，然后把西瓜籽撒下去。做完这一切，爷爷说：“接下去就是等待了。”

当时克奇尔并不懂“等待”是怎么回事。那个下午，克奇尔不知跑了多少趟——去看看他的西瓜地，也不知为此浇了多少次水，把西瓜地变成一片泥浆。谁知，直到傍晚，西瓜苗却连影子也没有。

晚餐桌上，克奇尔问爷爷：“我都等了整整一下午了，还得等多久？”

第二天早晨，克奇尔一醒来就往瓜地跑。咦！一个大大的、滚圆滚圆的西瓜正瞅着他笑呢！克奇尔兴奋极了——他种出世界上最大的西瓜了！

稍大些，克奇尔知道这个西瓜是爷爷从家里搬到瓜地里的。尽管这样，克奇尔不认为那是一种游戏，是慈爱的爷爷哄骗孙子的把戏，那是在一个不懂事的孩子心中适时播下的一颗希望的种子。

如今，克奇尔已有了自己的孩子，事业上也有所成就。而克奇尔觉得自己乐天的性情与成功的生活是爷爷为他在橡树底下播的种子长成的——爷爷本来可以告诉他，在内布拉斯加州种不了西瓜，八月中旬也不是种瓜的时节，而且树荫下边也不宜种瓜……但是他没有这么做，而是让克奇尔实地体验了“希望”与“成功”的滋味儿。

要让自己永远生活在希望当中。

感悟生活的美

在亚里桑那沙漠过第一个夏天，布莱克斯觉得自己会被热死的，因为那里炙热的高温都快把土豆烤熟了。

现在刚到四月份，布莱克斯就开始为如何过夏天担忧，三个月的炼狱般的生活马上就要来了。

一天，当他在小镇的一个加油站给车加油时，和主人戴维森先生聊起这里可怕的夏天。

“先生，为过夏天担忧，有那个必要吗？”戴维森先生说，“对炎热的害怕，只能使夏天来得更早，结束得更晚。”

当布莱克斯付钱时，他意识到戴维森先生说得是对的。在自己的感觉里，夏天不是已经来了吗？

“这个该死的夏天，又将是五个月的热浪肆虐！”布莱克斯心里咕噜着说。

“像迎接一个惊人的喜讯那样对待酷暑的来临，”戴维森先生说着，找给布莱克斯零钱，“千万别错过夏天给我们的各种最美好的礼物……”

“该死的夏天，还能给我们带来最美好的礼物？”布莱克斯急切地问。

“难道你从不在清晨5点～6点起床？你想想，六月的黎明，整个天空挂着漂亮的玫瑰红，就像少女羞红的脸；七月的夜晚，满天繁星就像深蓝色的海洋里漂浮的流水：一个人只有当他在常人无法承受的高温里跳进水里，他才能真正体会到游泳的乐趣！”

当戴维森先生去给另一辆车加油时，站在一旁的一位年轻加油工杰夫笑着对布莱克斯说：“布莱克斯先生，今天你得到了戴维森的特别服务——他的人生哲学，这是你开汽车跑多少里路也学不到的。”

使布莱克斯惊奇的是，戴维森先生的话果然有效。他不再怕夏天了。

当高温天气真的到来时，清晨，布莱克斯在天堂般的凉爽中修剪玫瑰花；中午，他和孩子们舒舒服服地在家里睡觉；晚上，他们在院子里玩游戏，做冷饮，吃冰激凌，真是痛快极了。整个夏天，他们还欣赏了沙漠日出和日落特有的壮观景象。

几年之后，布莱克斯一家搬到北部的克莱米德，不到九月，邻居们就为过冬担忧了。当十二月的大雪真的落下来时，他们的孩子，8岁的吉米和10岁的迈克真是兴奋极了，他们忙着滚雪球，邻居们都站在一旁盯着看"这两个从没见过雪的愣头愣脑的沙漠小子"。

后来，孩子们坐着雪橇上山滑雪、去湖面滑冰，回来以后，大人、小孩都围坐在家中的壁炉旁，津津有味地吃热小甜饼。

一天下午，一位中年邻居感慨地说："多年来，雪只是我们铲除的对象，我都忘了它真能给我们这么多欢乐呢！"

几年之后，布莱克斯一家又搬回沙漠。当布莱克斯开车到加油站时，新主人告诉他戴维森先生因年事已高把加油站卖了，在不远处又经营了一个小型加油站。

布莱克斯开车到那儿，拜访戴维森先生，并让他再给自己加油。他更瘦了，满头银发，但是他那愉快的笑容仍然那么灿烂。

布莱克斯问："戴维森先生，你现在感觉怎么样？"

"我一点不担心变老，"他说着从车篷下走出来，"在这里光欣赏生活的美都欣赏不过来呢！"

戴维森先生边擦手边说："我们有5棵果实累累的桃树，卧室窗外还有一个蜂鸟窝，想想还没有我指头大的美丽的小鸟，看上去真像一只小企鹅。"

戴维森先生一边找零钱，一边说："黄昏时，长耳大野兔奔跑跳跃；月亮升起来时，小狼在山坡上成群出现。我从来没有看到有这么多野生动物在春天活动。"

布莱克斯开车离开时，他朝布莱克斯喊道："去观赏吧！"

生活中并不缺少美，而是缺少一双发现美的眼睛，缺少一颗发现美的心灵。

有尊严地活着

在美国的伊利诺斯州，有一个因失业而贫困潦倒的流浪汉。

这一天，他有气无力地走进了一个院子。看得出，这是一个非常富有的家庭，男主人正斜躺在一把精制的摇椅上晒太阳。

流浪汉说："主人，有什么活可以让我为您效劳吗？我已经很长时间没吃东西了。"

主人斜了斜眼睛，挪了挪身子，满脸的厌恶之感。

"没有，"说完他一扭脖子又对仆人说，"喂，约翰，快拿点剩饭来，把这讨厌的家伙打发走。"

还没等这位男主人讲完，流浪人就猛地一转身，大步地离开了院子。

可是他实在太疲倦了，走了一段路之后，不得不坐下来歇会儿。

这个村子就要到了尽头，在离他不远的地方是最后一户人家了。

"去，还是不去？"他犹豫着，"用尊严去换一餐残羹冷饭，还是继续走，哪怕死……"

过了好一阵子之后，他重新站起来，还是决定再去碰碰运气，天下人不一定全都像刚才那般的无礼吧。

到了那家门前，他踌躇着，犹豫着，但还是鼓足最后的勇气，走了进去。

主人正在院子里修剪花草，是位女性。他不太敢去打量她的样子，小心翼翼地问道："请问，有什么可以为您效劳的吗？我已经很久没有活干了。"

女主人转过身来，打量着眼前这位疲惫的流浪人。

她看得很仔细，他也昂着头，但不敢直接面对她。

1分钟，2分钟，她不说话，他等待着被拒绝。"如果她也喊约翰，就把她……算了，还是自己走吧……”

正这样想着的时候，听到女主人说道：“有啊，我这儿正有很多活需要您干呢。”她的声音很亲切。

他昂着的头不自然地低了下去。

“不过，看您已经很累了，还是先歇一会儿，吃点东西再开始干活吧。”女主人体贴地说道。

他真的很累了，而且非常饿，真希望能美美地大吃一顿，然后好好地睡上一觉。但是……

“不，让我先干完活，然后……”声音很大，他几乎是用力喊出来的。

女主人犹豫了一会儿，终于点了点头，接着用手随便一指。

“好吧，就请您帮忙把那些柴禾搬到西墙角吧，我早就想搬了，可是我搬不动，有您帮忙真是太好了，我去给您准备些吃的吧。”

说干就干，流浪汉突然感到浑身充满了一股从未有过的劲，马上动手搬柴禾去了。

那堆柴禾其实并不多，半个小时后，最后一根也被搬到西墙角了，整个院子现在整整齐齐，清清爽爽的。主人的饭菜也准备好了，一阵阵醉人的香味飘出来，弥漫着整个院子。

这是流浪汉吃得最香甜可口的一次。他觉得自己在很富有的时候也从没有吃得这么好。女主人陪着他一起吃，但吃得很少，满脸的表情慈祥得像圣母玛丽亚。

流浪汉终于吃好了，他又逗留了一会儿，把刚才堆柴禾的地方又清扫了一番，跟主人的小儿子玩耍了一阵子后，道过谢，愉快地上路了。

流浪汉走后，主人的小儿子突然向妈妈提出了一个问题：“妈妈，那堆柴禾从东搬到西，又从西搬到东，都已经好几十次了。每次要饭的人来，您为什么都让他们那样搬来搬去呢？前天不是才有一个人把柴禾从西墙搬过来的吗？”

“他们不都是自己要干活的吗？我又没有别的活要他们做。”妈妈反问。

“可是，那些柴禾根本就没必要搬动啊。没有活要他们做，您直接给他们饭菜吃不就行了吗？”小儿子还是不懂地问。

“不，孩子，你现在还不懂，你不能让任何人用尊严来换一顿饭，让他们用劳动换就足够了。你现在还小，以后会明白的。”小儿子似懂非懂地点了点头。

流浪汉在面临饿死的关头都不肯接受别人的施舍，而是靠自己的劳动获得了尊严。

有尊严的活着，他的生命是骄傲。

太阳总会升起

人天生就爱美，大部分人不必接受任何教诲就懂得美是来之不易的。因此，当他们见到美好的事物时，他们的心灵就会立即作出相应的感应,而如果能让他们觉得自己本身就是美的一部分，那么，他们不仅不会去糟蹋美，而且会想方设法去爱护美，进而还会为美锦上添花。

最后1美元

20年前那个雨雪霏霏、北风冽冽的季节，刚刚中学毕业的我，带着对音乐的狂热，只身来到纳什维尔，希望成为一名流行音乐节目主持人。

然而，我却四处碰壁。一个月下来，口袋里差不多已空空如也。幸而一位在超级市场工作的朋友用那里准备扔掉的过期食品偷偷接济我，我才勉强度日。最后，我只剩下1美元，却怎么也舍不得把它花掉，因为上面满是我喜爱的歌星的亲笔签名。

一天早晨，我在停车场留意到一名男子坐在一辆破旧不堪的汽车里。一连两天，汽车都停在原地。而那名男子每次看到我都温和地向我挥挥手。我心里纳闷，这么大的风雪，他待在那儿干吗？

第三天早晨，当我走近那辆汽车时，那名男子把车窗摇下来。我停住脚步，和他攀谈起来。交谈中，我了解到，他是到这里应聘的，但因早到了3天，所以无法立即工作。口袋里又没钱，只好呆在车里不吃不喝。

他忸怩片刻，然后红着脸问我是否可以借给他1美元买点吃的，日后再还我。然而，我也是自身难保。我向他解释了我的困境，不忍看到他失望的表情而转身离去。

刹那间，我想起口袋里的那1美元。犹豫了片刻，我终于下了决心。我走到车前，把钱递给了他。他的两眼顿时亮了起来。“有人在上面写满了字。”他说。他没有留意那全是亲笔签名。

那一天，我尽量不去想这珍贵的1美元。然而时来运转，就在当天早晨，一家电台通知我去录节目，薪金500美元。从那以后，我一炮打响，成为正式节目主持人，再不用为吃穿用发愁。

我再没见过那辆汽车和那名男子。有时候，我在想他到底是乞丐，还是上天派来的使者。但有一点是清楚的，这是我人生碰到的一次至关重要的考试——我通过了。

好心有好报。

第六枚戒指

我17岁那年，好不容易找到一份临时工作。母亲喜忧参半：家有了指望，但又为我的毛手毛脚操心。

工作对我们孤女寡母太重要了。我中学毕业后，正赶上大萧条，一个差事会有几十、上百的失业者争夺。多亏母亲为我的面试赶做了一身整洁的海军蓝，才得以被一家珠宝行录用。

在商店的一楼，我干得挺欢。第一周，受到领班的称赞。第二周，我被破例调往楼上。

楼上珠宝部是商场的心脏，专营珍宝和高级饰物。整层楼排列着气派很大的展品橱窗，还有两个专供客人看购珠宝的小屋。

我的职责是管理商品，在经理室外帮忙和传接电话。要干得热情、敏捷，还要防盗。

圣诞节临近，工作日趋紧张、兴奋，我也忧虑起来。忙季过后我就得走，回复往昔可怕的奔波日子。然而幸运之神却来临了。一天下午，我听到经理对总管说："艾艾那个小管理员很不错，我挺喜欢她那个快活劲儿。"

我竖起耳朵听到总管回答："是，这姑娘挺不错，我正有留下她的意思。"

这让我回家时蹦跳了一路。

翌日，我冒雨赶到店里。距圣诞节只剩下一周时间，全店人员都绷紧了神经。

我整理戒指时，瞥见那边柜台前站着一个男人，高个头，白皮肤，约摸30岁。但他脸上的表情吓我一跳，他几乎就是这不幸年代的贫民缩影。一脸的悲伤、愤怒、惶惑，有如陷入了他人置下的陷阱。剪裁得体的法兰绒服装已是褴褛不堪，诉说着主人的遭遇。他用一种永不可企的绝望眼神，盯着那些宝石。

我感到因为同情而涌起的悲伤。但我还牵挂着其他事，很快就把他忘了。

小屋打来要货电话，我进橱窗最里边取珠宝。当我急急地挪出来时，衣袖碰落了一个碟子，6枚精美绝伦的钻石戒指滚落到地上。

总管先生激动不安地匆匆赶来，但没有发火。他知道我这一天是在怎样干的，只是说："快捡起来，放回碟子。"

我弯着腰，几欲泪下地说："先生，小屋还有顾客等着呢。"

"我去那边，孩子。你快捡起这些戒指！"

我用近乎狂乱的速度捡回5枚戒指，但怎么也找不到第6枚。我寻思它是滚落到橱窗的夹缝里，就跑过去细细搜寻。没有！我突然瞥见那个高个男子正向出口走去。顿时，我领悟到戒指在哪儿了。碟子打翻的一瞬，他正在场！

当他的手就要触及门柄时，我叫道：

"对不起，先生。"

他转过身来。漫长的一分钟里，我们无言对视。我祈祷着，不管怎样，让我挽回我在商店里的未来吧。跌落戒指是很糟，但终会被忘却；要是丢掉一枚，那简直不敢想像！而此刻，我若表现得急躁——即便我判断正确——也终会使我所有美好的希望化为泡影。

"什么事？"他问。他的脸肌在抽搐。

我确信我的命运掌握在他的手里。我能感觉得出他进店不是想偷什么。他也许想得到片刻温暖和感受一下美好的时辰。我深知什么是苦寻工作而又一无所获。我还能想像得出这个可怜人是以怎样的心情看这社会：一些人在购买奢侈品，而他一家老小却无以果腹。

"什么事？"他再次问道。猛地，我知道该怎样作答了。母亲说过，大多数人都是心地善良的。我不认为这个男人会伤害我。我望望窗外，此时大雾弥漫。

"这是我头回工作。现在找个事儿做很难，是不是？"我说。

他长久地审视着我，渐渐，一丝十分柔和的微笑浮现在他脸上。"是的，的确如此。"他回答，"但我能肯定，你在这里会干得不错。我可以为你祝福吗？"

他伸出手与我相握。我低声地说："也祝您好运。"他推开店门，消失在浓雾里。

我慢慢转过身，将手中的第6枚戒指放回了原处。

人性是善的，命运掌握在自己的手中。

如果……

如果在众人六神无主之时，
你能镇定自若而不是人云亦云；
如果在被众人猜忌怀疑之日，
你能自信如常而不去枉加辩论；
如果你在成功之中能不忘形于色，而在灾难之后也勇于咀嚼苦果；
如果听到自己说出的奥妙，被无赖歪曲成面目全非的魔术而不生怨艾；
如果看到自己追求的美好，受天灾破灭为一摊零碎的瓦砾，也不说放弃；
如果你辛苦劳作，已是功成名就，还是冒险一搏，哪怕功名成乌有，
即使惨遭失败，也仍要从头开始；
如果你跟村夫交谈而不离谦恭之态，
和王侯散步而不露谄媚之颜；
如果他人的爱憎左右不了你的正气；
如果你与任何人为伍都能卓然独立；
如果昏惑的骚扰动摇不了你的意志，你能等自己平心静气，再作答时——
那么，你的修养就会如天地般博大，

而你，就是个真正的男子汉了，我的儿子！

这是诺贝尔文学奖得主吉卜林写给他12岁的儿子的一首诗。面对一连串“如果”，应该作出回答的又何止诗人的儿子呢？

应该作出回答的又何止诗人的儿子呢。

四个字的奇迹

我登上了南行的“151”号公共汽车，凭窗而望，芝加哥的冬日景色实在一无是处——树木光秃，融雪滩滩，汽车溅泼着污水泥浆前进。

公共汽车在风景区林肯公园里行驶了几公里，可是谁都没有朝窗外看。我们这些乘客穿着厚墩墩的衣服在车上挤在一起，全都给单调的引擎声和车厢里闷热的空气弄得昏昏欲睡。

谁都没作声。这是在芝加哥搭车上班的不成文规矩之一。虽然我每天碰到的大都是这些人，但大家都宁愿躲在自己的报纸后面。此举所象征的意义非常明显：彼此在利用几面薄薄的报纸来保持距离。

公共汽车驶近密歇根大道一排闪闪发光的摩天大厦时，一个声音突然响起：“注意！注意！”

报纸嘎嘎作响，人人伸长了脖颈。

“我是你们的司机。”

车厢内鸦雀无声，人人都瞧着那司机的后脑勺，他的声音很有威严。

“你们全都把报纸放下。”

报纸慢慢地放了下来。司机在等着。我们把报纸折好，放在大腿上。

“现在，转过头去面对坐在你旁边的那个人。转啊。”

使人惊奇的是，我们全都这样做了。但是，仍然没有一个人露出笑容。我们只是盲目地服从。

我面对着一个年龄较大的妇人，她的头给红围巾包得紧紧的，我几乎每天都看见她。我们四目相投，目不转睛地等候司机的下一个命令。

“现在跟着我说……” 那是一道用军队教官的语气喊出的命令，“早安，朋友！”

我们的声音很轻，很不自然。对我们其中许多人来说，这是今天第一次开口说话。可是，我们像小学生那样，齐声对身旁的陌生人说了这四个字。

我情不自禁地微微一笑，完全不由自主。我们松了一口气，知道不是被绑架或抢劫。而且，我们还隐约地意识到，以往我们怕难为情，连普通礼貌也不讲，现在这腼腆之情一扫而空。我们把要说的话说了，彼此间的界限消除了。“早安，朋友。”说起来一点也不困难。有些人随着又说了一遍，也有些人握手为礼，许多人都大笑起来。

司机没有再说什么。他已无须多说。没有一个人再拿起报纸。车厢里一片谈话声，你一言，我一语，热闹得很。大家开始都对这位古怪司机摇摇头，话说开了，就互相讲述别的搭车上班人的趣事。我听到了欢笑声，一种以前我在“151”号公共汽车上从未听到过的温情洋溢的声音。

公共汽车到了我要下车的那一站，我跟同座的妇人说声再见，然后一跃下车。另外4辆公共汽车也驶进站来，卸下乘客。这些车上未下车的乘客全都像石头那样坐着——默不作声，一动不动，和我那辆汽车上的乘客完全两样。我微笑看着乘客神采飞扬的面孔。我心情愉快地开始了这一天，比平时的日子有一个更好的开始。

我回过头来看那位司机。他正在看后视镜，准备把车从车站开出。他似乎并不知道，他刚创造了一个星期一早晨的奇迹。

美好的一天就是这样开始的。

生日礼物

我的儿子上一年级了，一个星期后，他就带回家一个新闻：他在游戏场上跟班上唯一的黑人孩子罗杰在一块玩。我忍住气，不动声色地说：

"好呀。要过多久才会有别的孩子跟他一块玩呢？"

"噢，我要永远跟他一块玩下去。"比尔回答。

又过了一个星期，我得知比尔要罗杰与他同桌。

除非你像我一样，也生长在一个白人至上的国家里，否则你不会明白这将意味着什么。

一天，我去找比尔的班主任老师，她用疲倦而略带嘲弄的眼光迎接我。

"噢，我猜您也是想为您的孩子找个新同桌吧。"她说，"您能稍等一会儿吗？我正要接待另一个孩子的母亲。"

我抬头看见一位年龄与我相仿的妇女。当我认出她就是罗杰的母亲时，我的心跳猛然加快了。她矜持沉静，端庄稳重，但仍然掩饰不住她向班主任老师问话中透出的不安：

"罗杰表现怎么样？我想他跟别的孩子还处得来吧？如果不是这样，请您照直告诉我。"

她犹疑了一下，又接着问老师：

"他给您添什么麻烦了吗？我是说，因为他老是调换座位。"

我可以感觉到她内心可怕的紧张，因为她明白问题的答案。我真佩服这位老师，只听她语言温和地回答：

"不啊，罗杰没给我添麻烦。在开头几周里我要把所有孩子的座位都调换一遍，好让他们每个人都有个正好合适的同桌。"

我作了自我介绍，并且说我的儿子将是罗杰的新同桌，我希望他们俩要好。

即便是在当时，我也知道这不过是几句表面的应酬话，并不是内心深处的愿望。但我可以看出，这话给她帮了忙。

罗杰两次邀请比尔到他家去，我都找借口回绝了。后来就发生了那件使我永远负疚的事情。

我生日那天，比尔放学回家，带回一只脏兮兮的折成方块形的纸盒。打开一看，里面有3朵花，一张用蜡笔写着“生日快乐”的卡片和一枚镍币。

“这是罗杰送的。”比尔说，“这是他的牛奶钱。我说今天您过生日，他非叫我把这带给您不可。他说您是他的朋友。因为全班就您一位妈妈没有强迫他再调换一个同桌。”

一个朋友真诚的祝福。

勤奋的般特

释迦牟尼有一个徒弟，名为般特，生性十分愚钝，佛祖让500名罗汉天天轮流教他，可是般特仍然不开窍。

有一天佛祖把他叫到面前，亲自一字一句地教他一首偈：“守口摄意身莫犯，如是行者得渡世。”佛祖对他说：“你不要认为这首偈很平常，如果能学会这首偈，也是相当不容易的了。”

于是，般特翻来覆去地就学习这一偈，天天念、天天揣摩，终于有一天他领悟了其中的深意。

过了一段时间，佛祖派他去给附近的众尼讲经说法。大家都知道般特是个很笨拙的人，所以心中都不服气，众尼心想：“这么愚钝的人也能讲经说法吗？”虽然这么想，不过表面上她们对般特仍然礼貌有加。

般特惭愧而谦逊地对众尼说道："我生性愚钝，在佛祖那里只学得一偈，现在给大家讲述，希望你们静听。"

接着便念："守口摄意身莫犯，如是行者得渡世。"

话音刚落，众尼就哄笑："原来只会念这一首启蒙偈，我们早就倒背如流了，还用得着你教我们吗？"

般特不动声色，从容地往下讲，说得头头是道，新意迭出。一首普通的偈，竟然能道出如此深邃的佛理，众尼听后大受启发："一首启蒙偈，能理解到这种程度，实在非常人所能企及呀。"

顿时，众人对般特肃然起敬。生性愚钝的般特虽然只学会一首偈，但是他一丝不苟，身体力行，终于成为著名的大师。

没有人能只依靠天分就取得成功的，勤奋才是最重要的。

不认输就不会输

保罗从祖父手中继承了一片森林庄园，可是，没过多久，一场雷电引发的山火就将其化为灰烬。面对焦黑的树桩，保罗感受到了从未有过的绝望。但是年轻的他不甘心百年基业毁于一旦，决心倾其所有也要修复庄园，于是他向银行提交了贷款申请，但银行却无情地拒绝了他。接下来，他四处求亲告友，依然是一无所获。

所有可能的办法全都试过了，保罗始终找不到一条出路，他的心在无尽的黑暗中挣扎。他知道，自己以后再也看不到那郁郁葱葱的树林了。为此，他闭门不出，茶饭不思，日渐消沉，他甚至后悔当初不该从爷爷手中继承这份遗产。

一个多月过去了，他的外祖母获悉此事，意味深长地对保罗说："小伙子，庄园成了废墟并不可怕，可怕的是你的眼睛失去了光泽，一天天地老去。一双老去的眼睛，怎么可能看得见希望呢？"

保罗在外祖母的劝说下，一个人走出庄园，走上了深秋的街道。他漫无目的地闲逛着，在一条街道的拐角处，他看见一家店铺的门前人头攒动，他下意识地走了过去。原来，是一些家庭妇女正在排队购买木炭。那一块块躺在纸箱里的木炭忽然让保罗眼睛一亮，他看到了一线希望。

在接下来的两个多星期里，保罗雇用了几名烧炭工，将庄园里烧焦的树加工成优质的木炭，分装成箱，送到集市上的木炭经销店，结果，木炭被一抢而空，他因此得到了一笔不菲的收入。

不久，他用这笔收入购买了一批新树苗，一个新的庄园出现了。几年以后，森林庄园又渐渐恢复了它原有的生态。

无论陷入什么样的困境，他都能够永远立于不败之地。

机会靠自己去寻找

20世纪50年代初期，有个叫丹尼尔的年轻人，从美国西部一个偏僻的山村来到纽约。走在繁华的都市街头，啃着干硬冰冷的面包，他发誓一定要闯出一片属于自己的天空。

然而，对于没有进过大学校门的丹尼尔来说，要想在这座城市里找到一份称心如意的工作，简直比登天还难，几乎所有的公司都拒绝了他的求职请求。

就在他心灰意冷之时，有一天，他接到一家日用品公司让他前往面试的通知。他兴冲冲地前往面试，但是面对主考官有关各种商品的性能和如何使用的提问，他吞吞吐吐一句话也答不出来。说实话，摆在他眼前的许多东西他从未接触过，有的连名字都叫不出来。

眼看唯一的机会就要消失，在转身退出主考官办公室的一刹那，丹尼尔有些不甘心地问："请问阁下，你们到底需要什么样的人才？"主考官彼特微笑着告诉他："这很简单，我们需要能把仓库里的商品销售出去的人。"

回到住处，回味着主考官的话，丹尼尔突然有了奇妙的感想：不管哪个地方招聘，其实都是在寻找能够帮自己解决实际问题的人。既然如此，何不主动出去，去寻找那些需要帮助的人？他想，总有一种帮助是他能够提供的。

不久，在当地一家报纸上，登出了一则颇为奇特的启事。文中有这样一段话……谨以我本人人生信用作担保，如果你或者贵公司遇到难处，如果你需要得到帮助，而且我也正好有这样的能力给予帮助，我一定竭力提供最优质的服务……

让丹尼尔没有料到的是，这则并不起眼的启事登出后，他接到了许多来自不同地区的求助电话和信件。原本只想找一份适合自己工作的丹尼尔，这时又有了更有趣的发现：老约翰为自己的花猫咪生下小猫照顾不过来而发愁，而凯茜却为自己的宝贝女儿吵着要猫咪找不到卖主而着急；北边的一所小学急需大量鲜奶，而东边的一处牧场却奶源过剩……诸如此类的事情一一呈现在他面前。

丹尼尔将这些情况整理分类，一一记录下来，然后毫不保留地告诉那些需要帮助的人。而他，也在一家需要市场推广员的公司找到了适合自己的工作。不久，一些得到他帮助的人给他寄来了汇款，以表谢意。

据此，丹尼尔灵机一动，辞了职，注册了自己的信息公司，业务越做越大，他很快成为纽约最年轻的百万富翁之一。

后来，丹尼尔告诫自己的孩子：成功无定律，幸运从来不主动光顾你，要靠自己去寻找。有时候，给别人帮助的同时，其实也为自己创造了最好的成功机会。

成功无定律，幸运从来不主动光顾你。

购买上帝的男孩

一个小男孩捏着1美元硬币，沿街一家一家商店地询问："请问您这儿有上帝卖吗？"店主要么说没有，要么嫌他在捣乱，不由分说就把他撵出了店门。

天快黑时，第29家商店的店主热情地接待了男孩。老板是个60多岁的老头，满头银发，慈眉善目。他笑眯眯地问男孩："告诉我，孩子，你买上帝干嘛？"男孩流着泪告诉老头，他叫邦迪，父母很早就去世了，是被叔叔帕特鲁普抚养大的。叔叔是个建筑工人，前不久从脚手架上摔了下来，至今昏迷不醒。医生说，只有上帝才能救他。邦迪想，上帝一定是种非常奇妙的东西，我把上帝买回来，让叔叔吃了，伤就会好。

老头眼圈也湿润了，问："你有多少钱？""1美元。""孩子，眼下上帝的价格正好是1美元。"老头接过硬币，从货架上拿了瓶"上帝之吻"牌饮料，"拿去吧，孩子，你叔叔喝了这瓶'上帝'，就没事了。"

邦迪喜出望外，将饮料抱在怀里，兴冲冲地回到了医院。一进病房，他就开心地叫嚷道："叔叔，我把上帝买回来了，你很快就会好起来的！"

几天后，一个由世界顶尖医学专家组成的医疗小组来到医院，对帕特鲁普进行会诊。他们采用世界最先进的医疗技术，终于治好了帕特鲁普的伤。

帕特鲁普出院时，看到医疗费账单那个天文数字，差点吓昏过去。可院方告诉他，有个老头帮他把钱全付了。那老头是个亿万富翁，从一家跨国公司董事长的位置退下来后，隐居在本市，开了家杂货店打发时光。那个医疗小组就是老头花重金聘来的。

帕特鲁普激动不已，他立即和邦迪去感谢老头，可老头已经把杂货店卖掉，出国旅游去了。

后来，帕特鲁普接到一封信，是那老头写来的，信中说：年轻人，您能有邦迪这个侄儿，实在是太幸运了。为了救您，他拿一美元到处购买上帝……是他挽救了您的生命，但您一定要永远记住：真正的上帝，是人们的爱心！

世上无难事，只怕有心人。

不要放弃最后的希望

一位孤身旅游者在大漠中迷失了方向，他口干舌燥，浑身无力，步履越来越艰难，几乎要倒在了如火的焦阳下。在他濒临彻底绝望之际，突然发现衣袋里还有一只梨子。他惊喜地喊道：“太好了，我还有一个梨，它能救我的命！”

他把那个梨紧紧地握在手中，继续在大漠里行走。望着茫茫无际的沙海，他很多次对自己说：“吃一口吧！”可是转念一想：“还是留到最干渴的时候吧！”

于是他顶着炎炎烈日，继续艰难地跋涉。就这样一直坚持了3天，终于走出了大漠。他久久地凝视着手中的那个梨，它早已经干瘪了，可是他还是把它像个宝贝似的攥在手里。

就是这一个梨给了他希望和勇气，他才能走出沙漠，挽救自己的生命。

洪水泛滥之季有一个人掉到河里去了，水流湍急，他被水冲向下游。他拼命地在水中抓，想要抓住什么东西来救自己一命，但是手里抓的除了水，什么都没有。

他心想，“这下完了，没救了！”正这样想着，他马上就没有力气了，停止了挣扎，慢慢地向水下沉去。

忽然，他看到在不远处的河岸边有一棵树，树枝一直伸到河水里面，如果他可以抱住那棵树，就还有生还的希望。活下去的希望在他心中重新燃起，于是他使出最后的力气挣扎到那棵树那里。可是伸到河里的那一截树枝早已枯死了，他刚抓到树枝，就听到“咔嚓”一声，树枝断了。

就在这时，救援的人及时赶到，将他从河中救了上来。事后他说：“要不是心中想着那棵树，我根本等不到救援人员的到来！”他看着手中那截枯树枝，感慨地说，“是它给了我生存的力量！”

未来仍属于你。

永远的坐票

有一个人经常出差，经常买不到对号入坐的车票。可是无论长途短途，无论车上多挤，他总能找到座位。

他的办法其实很简单，就是耐心地一节车厢一节车厢找过去。这个办法听上去似乎并不高明，但却很管用。每次，他都做好了从第一节车厢走到最后一节车厢的准备，可是每次他都用不着走到最后就会发现空位。他说，这是因为像他这样锲而不舍找座位的乘客实在不多。经常是在他落座的车厢里尚余若干座位，而在其他车厢的过道和车厢接头处，居然人满为患。

他说，大多数乘客轻易就被一两节车厢拥挤的表面现象迷惑了，不大细想在数十次停靠之中，从火车十几个车门上上下下的流动中蕴藏着不少提供座位的机遇；即使想到了，他们也没有那一份寻找的耐心。眼前一方小小立足之地很容易让大多数人满足，为了一两个座位背负着行囊挤来挤去有些人也觉得不值。他们还担心万一找不到座位，回头连个好好站着的地方也没有了。与生活中一些安于现状不思进取害怕失败的人，永远只能滞留在没有成功的起点上一样，这些不愿主动找座位的乘客大多只能在上车时最初的落脚之处一直站到下车。

车上不是缺少座位，而是缺少寻找座位的耐心。

活在希望中

亚历山大大帝给希腊世界和东方、远东的世界带来了文化的融合，开辟了一直影响到现在的丝绸之路的丰饶世界。据说他投入了全部青春的活力，出发远征波斯之际，曾将他所有的财产分给了臣下。

为了登上征伐波斯的漫长征途，他必须买进种种军需品和粮食等物，为此他需要巨额的资金。尽管如此，他为了斩断一般将士都必然怀有的儿女私情，轻身出发，将所有的王室财产，从珍爱的财宝到他拥有的土地，几乎全部都给臣下分配光了。

群臣之一的庇尔狄迦斯深以为怪，便问亚历山大大帝说：

“陛下带什么启程呢？”

对此，亚历山大回答说：

“我只有一个财宝，那就是‘希望’。”

据说，庇尔狄迦斯听了这个回答以后说：“那么请允许我们也来分享它吧。”于是他谢绝了分配给他的财产，而且臣下中的许多人也仿效了他的做法。

我的恩师，户田城圣创价学会第二代会长，经常向我们青年说：“人生不能无希望，所有的人都是生活在希望当中的。假如真的有人是生活在无望的人生当中，那么他只能是败者。”人很容易遇到些许的失败或障碍，于是悲观失望，消沉下去。或在严酷的现实面前，失掉活下去的勇气；或恨怨他人；结果落得个唉声叹气、牢骚满腹。其实，身处逆境而不丢掉希望的人，肯定会打开一条活路，在内心里也会体会到真正的人生欢乐。

保持“希望”的人生是有力的，失掉“希望”的人生则通向失败之路。“希望”是人生的力量，在心里一直抱有美“梦”的人是幸福的。也可以说，抱有“希望”活下去，是只有人类才被赋予的特权。只有人，才由其自身产生出面向未来的希望之“光”，才能创造自己的人生。

在走向人生这个征途中，最重要的既不是财产，也不是地位，而是在自己胸中像火焰一般熊熊燃起的一念，即“希望”。因为那种毫不计较得失、为了巨大希望而活下去的人，肯定会生出勇气，不以困难为事，肯定会激发出巨大的激情，开始闪烁出洞察现实的睿智之光。只有睿智之光与时俱增、终生怀有希望的人，才是具有最高信念的人，才会成为人生的胜利者。

生命是有限的，但希望是无限的。

生命的柠檬茶

一对情侣在咖啡馆里发生了口角，互不相让。然后，男孩愤然离去，只留下他的女友独自垂泪。

心烦意乱的女孩搅动着面前的那杯清凉的柠檬茶，泄愤似的用匙子捣着杯中未去皮的新鲜柠檬片，柠檬片已被她捣得不成样子，杯中的茶也泛起了一股柠檬皮的苦味。

女孩叫来侍者，要求换一杯用剥掉皮的柠檬泡成的茶。

侍者看了一眼女孩，没有说话，拿走那杯已被她搅得很混浊的茶，又端来一杯冰冻柠檬茶，只是茶里的柠檬还是带皮的。原本就心情不好的女孩更加恼火了，她又叫来侍者。“我说过，茶里的柠檬要剥皮，你没听清吗？”她斥责着侍者。侍者看着她，他的眼睛清澈明亮，“小姐，请不要着急，”他说道，“你知道吗，柠檬皮经过充分浸泡之后，它的苦味溶解于茶水之中，将是一种清爽甘甜的味道，正是现在的你所需要的。所以请不要急躁，不要想在3分钟之内把柠檬的香味全部挤压出来，那样只会把茶搅得很混，把事情弄得一团糟。”

女孩愣了一下，心里有一种被触动的感觉，她望着侍者的眼睛，问道：“那么，要多长时间才能把柠檬的香味发挥到极致呢？”

侍者笑了：“12个小时。12个小时之后柠檬就会把生命的精华全部释放出来，你就可以得到一杯美味到极致的柠檬茶，但你要付出12个小时的忍耐和等待。”

侍者顿了顿，又说道：“其实不只是泡茶，生命中的任何烦恼，只要你肯付出12个小时忍耐和等待，就会发现，事情并不像你想象的那么糟糕。”

女孩看着他：“你是在暗示我什么吗？”

侍者微笑：“我只是在教你怎样泡制柠檬茶，随便和你讨论一下用泡茶的方法是不是也可以泡制出美味的人生。”侍者鞠躬，离去。

女孩面对一杯柠檬茶静静沉思。女孩回到家后自己动手泡制了一杯柠檬茶，她把柠檬切成又圆又薄的小片，放进茶里。

女孩静静地看着杯中的柠檬片，她看到它们在呼吸，它们的每一个细胞都张开来，有晶莹细密的水珠凝结着。她被感动了，她感到了柠檬的生命和灵魂慢慢升华，缓缓释放。12个小时以后，她品尝到了她有生以来从未喝过的最绝妙、最美味的柠檬茶。女孩明白了，这是因为柠檬的灵魂完全深入其中，才会有如此完美的滋味。

门铃响起，女孩开门，看见男孩站在门外，怀里的一大捧玫瑰娇艳欲滴。“可以原谅我吗？”他讷讷地问。

女孩笑了，她拉他进来，在他面前放了一杯柠檬茶。“让我们有一个约定，”女孩说道，“以后，不管遇到多少烦恼，我们都不许发脾气，定下心来想想这杯柠檬茶。”

“为什么要想柠檬茶。”男孩困惑不解。

“因为，我们需要耐心等待12个小时。”后来，女孩将柠檬茶的秘诀运用到她生活中的各个层面，她的生命因此而快乐、生动和美丽。女孩恬静地品尝着柠檬茶的美妙滋味，品尝着生命的美妙滋味。

记住那位侍者的话："如果你想在3分钟内把柠檬的滋味全部挤压出来，就会把茶弄得很苦，搅得很混。"

人生需要细心的品味。

没有热情，能打动谁

我成为一名推销员，并非命中注定；成为一名优秀的推销员，也并非命中注定。先前，我从来没想过我会靠推销吃饭；现在，我却因推销而闻名。命运反复，谁能预料！

起初，我是一名职业棒球手，效力于约翰斯顿队，甲级球队，月薪175美元，因此我的生活既体面，又滋润。谁知老板竟然要解雇我。因为年轻，我并不在意。老板斥责我说："我们不需要懒惰者，你像职业球手吗？你有职业精神吗？"

"是的！我懒惰！我没有精神！那又怎么样?！"我大声回敬了他，恼羞成怒，毫不在乎地离开了球队。

现在想想，我感到惭愧。老板说的一点儿没错，直到今天，我还会想起我在赛场上蔫头蔫脑、没精打采的熊样儿。

竞争淘汰孬种，苦难使人成熟。

我的生活窘迫起来，不得不降低颜面，加入了宾州的切斯特队，级别很低，月薪只有25美元。我感叹自己是虎落平川遭犬欺，心中燃不起一点热情。经常有熟人跟我打招呼，那更糟，简直是一种折磨。

我徘徊了一星期，决定离开那鬼地方，去远远的康州纽黑文队。月薪仍然是25美元，但没有人认识我，我可以治疗一下心情，从头开始。

看天际孤云，我对自己说："我要重新振作！一定要重新开始！我才22岁呢，怎能不生龙活虎！"

热情燃烧起来，我奔驰于赛场，像骏马，像洪流，像炮弹。我感到身体内波涛汹涌，必须奔跑才能释放。我的力量也大得出奇，投过去的球差点儿震落队友的手套。我感染了队友，他们跟着我奔跑；队友感染了观众，他们站起来呼喊。我没有杂念，没有感觉，只想着打球；我浑身是胆，孔武有力，只想着奔跑；我热血沸腾，豪情奔放，只想着胜利。我成了赛场的中心。

那一阵子，我真感到自豪，是神奇的精神力量在支撑着我，驱赶我，鞭策我。成绩和荣誉也让我感到骄傲。昔日被解雇的人，在今天却成了明星。州报刊印我的照片，记者总来"打扰"我，写文章称我为"锐气"，说我是"有史以来第一个给不能入级的球队注入了'灵魂'的人"。真没想到，我会获得那样的赞誉，现在提起来就让我神往。

有耕耘就有收获，我的月薪涨到了185美元，那可是一大笔钱啊。两年后，月薪竟然涨到770美元。那段日子我是多么幸福，你简直无法想象。多么成功！多么舒服！多么惬意！

但是，我注定成不了明星。在芝加哥的一场比赛中，我挥舞右臂，球脱手的一刹那，剧痛穿心而来，我的胳膊骨折了。我简直要为它哭泣，胳膊啊，你是我的生命啊，我爱你！现在你却要让我永远地离开赛场！那打击跟战争中失去一条腿没有差别！好战士宁可战死沙场，也不愿苟延残喘！

但是有些事情是不可逆转的。我一脸心灰意冷地回到了费城老家。接下来的日子很艰难。我先做了两年收款员，骑着脚踏车，一条街一条街，帮家具厂收款，报酬是1美元一天。没有阳光，也看不到希望。命运反复，谁能预料！

然后，我又加入寿险公司，想碰碰运气。干推销，完全是为生活所迫，因此，我只想试一试。8个月后，我准备退出。

如果我的奋斗没有成功，我不知道是否会用这样的态度来看待当时的困难：

"那一段日子真是折磨人啊，你实在是看不到一点儿希望。开始，他们总是鼓动说'某某某又签下一单，提成多少'，我热血沸腾：他签一单等于我做一年，干嘛还不行动呢？可是8个月下来，我什么都没有拉到。既然不适合做推销，还待在那里干什么?！"

我又开始翻招聘广告了。无意中翻到了戴尔·卡耐基先生的成功学讲座。他的名声我早听说了，抱着死马当作活马医的态度，我决定去听听。

谁能想到，戴尔·卡耐基先生随手一指，竟要我当场发言。惶惶无主中，我战战兢兢地立起身来，感觉手无处放，结结巴巴吐出一点声音来。

“等一等，先生，请等一等！”

戴尔·卡耐基先生摇头摆尾，毫不客气地打断我，“拿出生气来，年轻人！您这样讲话，哪一个爱听？没有热情，能打动谁？”

戴尔·卡耐基先生就此大谈“热情”话题。讲到激动处，他挥手摔断了一条椅腿，演讲也戛然而止。声音洪亮，感情饱满，目光坚定，意气奔放，余音绕梁，回肠荡气，这就是我对那堂课的印象。

“没有热情，能打动谁！”那晚我失眠了，反复念叨着那句话。

“‘开谈多含情，话终有余响’。他的热情就是这样的吗？我的热情在哪里呢？纽黑文的快乐时光为什么一去不复返了呢？我的热情消失了，我的生命枯萎了。我怎么能这样呢？不！决不！我怎能一事无成！”

“现在不奋斗，更待何时？等我老了吗？那怎么行啊！我怎能随波逐流！”一夜辗转反侧，我决定要改变自己的命运。太阳升起，我又一次听见了婉转的鸟叫。

那天打出的第一个电话，我永生不忘。我精神饱满，信心十足，没有任何畏惧。那一次真是速决战，对方立刻答应面谈。会谈时，我热情洋溢，妙语如珠，对方当场就签了单。他是费城的谷物商安蒙斯先生。他说：“如果我的员工都有您这样的热情，我的生意一定能好十倍。”然后我们成了好朋友。他是我的第一个顾客，我一辈子都记得他。

从那一天起，我感受到奋斗的乐趣，第一次体会到“做自己主人”的美好感觉：没有热情，能打动谁！

没有热情，能打动谁。

天使没腿也能飞

在我上次到波兰华沙的旅程中，当我说我们想去拜访人民时，导游吓坏了，他负责接待我们30个从加州圣地奥人性自觉机构来的市民外交家。

“别再带我们看美术馆和天主教堂！”我说，“我们要和人民见面！”

这个导游名叫罗勃特。他说：“你们在开我玩笑？你们一定不是美国人，可能是加拿大人，美国人才不要和那些人碰面。我们看过《朝代》和其他的美国电视剧，美国人对人不感兴趣。告诉我实话吧！你们是加拿大人还是……英国人是吧？”

令人难过的是，他不是在开玩笑。他很正经，我们也是。在关于《朝代》和其他电视剧和电影的漫长讨论后，我们承认，是的，有很多美国人喜欢如此，但有更多美国人不是。我们再次要求罗勃特带我们和人们碰面。

罗勃特带我们到一个为年长女性设立的疗养院。最老的女人已经100岁了，她们说她是沙俄时代的公主。她以各种语言朗诵诗歌给我们听。虽然有时首尾不太连贯，但她的优雅、吸引力和美丽已展露无遗，且她不愿让我们离去。我们被护士、医生、服务人员及医院的行政人员陪伴着，在这间收有85个老妇的疗养院欢笑、握手。有些人叫我“爸爸”，要我拥抱她们，我照做了。当我看见在她们衰弱的身体中美丽的灵魂时，我不断地掉下眼泪。

我们拜访的最后一个病人最令我们震惊。她是医院里最年轻的女人。奥加只有58岁。过去八年，她一直一个人留在她的房间里拒绝起床。因为她深爱的丈夫去世了，她也不想活。这个女人曾是一名医生，八年前曾企图跳火车自杀，火车碾断了她的两条腿。

当我看着这个丧失许多东西、走过地狱之门的妇人时，我克制自己的悲伤和同情，跪下来亲吻和触摸她的双腿。好像有一股冥冥中的巨大力量叫我这么做。

当我如此做时，对她说的是英文。不久我发现，她的确知道我在说什么。但这无关紧要，因为我几乎记不得我说了什么。总之是与她的痛苦和她的失落有关的感觉，我鼓励她使用她的经验，在未来更慈悲地帮助她的病人。在这个大转变的时刻，她的国家比以前更需要她。因为她的国家千疮百孔，所以她必须回到现实生活中来。

我告诉她，她使我想起一个受伤的天使，而在希腊话里，天使叫Angelos，意为："爱的传递者，上帝的仆人"。我也提醒她，天使没腿也能飞。15分钟之后，房间里的每个人都哽咽了。我抬头看到奥加叫人拿轮椅来，脸颊泛红，八年来她第一次决定离开她的床。

天使没腿也能飞。

放慢生活的脚步

当我和四岁的儿子走到街边准备过马路时，突然听到汽车轮胎刺耳的嘶叫声。一辆失去控制的轿车飞速向我们直冲过来，这时我们已来不及躲闪，所有这一切都发生在千分之一秒内。

轿车撞到了离我们只有几步之隔的人行道上。那辆红色轿车的影像永远都不会从我的记忆中抹去。其实当时我并不确知那辆车距离我们有多近，在最后的一刻我将身体背转了过去，但那辆车真的就停在了我们跟前。人们都停下车来询问我和儿子的情况。

"车没有撞到我们。"我从巨大的惊吓中醒过神来，连忙对周围关注的人们说道，好像他们看不到我与儿子毫发无伤一样。

接着我蹲下身，将儿子紧紧地拥抱在怀中。

“妈妈，那辆车刚才差点儿朝我们开过来。”儿子声音清朗地说道，手里仍然握着那只上午在幼儿园用纸折成的小猫。他完全不了解一辆时速50公里，重达一吨的汽车冲过来时，会对他造成怎样的伤害。他头脑中的观念显然并不属于这个现实且残酷的世界，动画片使他深信某个人身处危难时，一定会有神勇英雄从天而降，使人摆脱险境。

我走到那辆轿车前，里面坐着一位60多岁的妇女，双手仍然握着方向盘。

“你还好吗？”我问她，言下之意是说：你差点撞死我和我儿子，你知道吗？

“有一辆车在我面前突然转弯，我的车失去了控制……”她开口说道。

那天的事发生之后，我在家中的院子里种了一百多株球茎花卉——蝴蝶花、藏红花和水仙花，它们在寒风吹拂的早春就会奇迹般地绽放，一位做园艺师的朋友把它们称做“与未来的契约”。我告诉丈夫我爱他，并写了三封迟到的感谢短笺。我还思考了很多有关生活中的危险与匆忙之间的关联。

无疑那位差点撞死我们的老妇人当时行色匆忙，好像她是想赶上一个路口的绿灯。而那位突然开车转弯的司机肯定也是在赶时间，才会冒险如此横冲直撞。

而我自己也并不是全无责任。由于每日忙碌的生活，我想节省下两分钟，就没有多走半条街到十字路口去过斑马线，而是想在中途横穿马路，结果却险些葬送我与儿子两条性命。

平日我并不是轻易冒险的人。就在一周前，我刚结束九天的旅行，从日本回来，飞越了25万多公里，其间转过6趟班机，经历了6次飞机的起落，有12次机会成为晚间新闻的头条。

那次的旅行是哥哥送给我的礼物，但由于那几经周折的长途飞行的危险性，当时我几乎把机票寄回去。

此刻我不禁在心中想着飞行25万多公里都安然无恙的我，却差点死在离家只有两条街的地方：想着儿子幼小的生命几乎就此被夺走：想着我的丈夫险些要同时面对两个至爱亲人的丧生，而这一切仅仅源于无谓的匆忙。

如今我决定要放慢自己的脚步，想一想即将到来的春天、美丽的花朵、我们纯真的孩子以及我们与未来的契约。

放慢自己的脚步吧，体味生命的美丽。

造福全球的意外

在19世纪的美国，所有的工匠都要把自己赖以为生的技艺加以传授，以父传子、子传孙，代代相传的方式为主体。

那时候，有位技艺纯熟的鞋匠，决定将自己的拿手绝活尽早传给他的孩子。于是便从孩子7岁起，陆陆续续地教他制鞋的技巧。

不幸的事情发生在孩子九岁那一年。鞋匠如往常一样，和他的孩子一起在工作着，一不留神，从工作台上掉落一柄制鞋的锥子，刺中了孩子的眼睛。

尽管鞋匠立即将孩子送往医院求治，但当时的医学还是启蒙阶段，在医术不发达的治疗之下，孩子的双眼严重感染，苦于无药可治，这个鞋匠的孩子到了最后，双眼还是难逃失明的厄运。

鞋匠悲伤之余，仍然希望孩子长大后能成为有用之人，遂将失明的孩子送到盲人学校就读，让他也能读书识字。

在那个年代，盲人只能借着刻在大木板上的A、B、C字母来练习认字，那些大木板不仅笨重，而且字母亦不容易辨识，同时，也很难将书本刻成数百片的大木板。基于这些因素的阻碍，盲人的识字及阅读，自然是困难重重。

鞋匠的孩子到了盲人学校不久，就对这种传统的刻字学习方式感到极大的不便。他在学习之余的闲暇时间，即努力地想要找出一种更理想、更方便的盲人阅读方式。

只要敢梦想，付诸实行，就会有做到的一天。经过几年之后，鞋匠的孩子终于发明出一种新式的盲人简阅读法。不再采用笨重的大木板，而是在纸上敲打出不同排列方式的小点来代表不同的英文字母及数字，容易学会，而且携带方便，更可以大量印制供盲人阅读的点字书籍。

这位鞋匠的孩子用来在纸上创造盲人点字的工具就是当年刺瞎他双眼的那

把锥子。同样的一柄锥子，让点字的发明人路易·布雷尔双目失明，也造福全球所有的盲人，从而使世界上的盲人能够通过阅读获得更多的知识。

思考一下自己的挫折，将失败当成命运逆转的开门钥匙！

活着为的什么

生活的真谛并不神秘，幸福的源泉大家也都知道，只是常常忘了——这才真有点奥妙。

故事是由一个守墓人亲身经历、亲眼看到的。一连好几年，这位温和的小个子守墓人每星期都收到一个不相识的妇人的来信，信里附着钞票，要他每周给她儿子的墓地放一束鲜花。后来，有一天，他们见面了。那天，一辆小车开来停在公墓大门口，司机匆匆来到守墓人的小屋，说："夫人在门口车上，她病得走不动，请你去一下。"

一位上了年纪的孱弱的妇人坐在车上，表情有几分高贵，但眼神已哀伤得毫无光彩。她怀抱着一大束鲜花。

"我就是亚当夫人，"她说，"这几年我每礼拜给你寄钱……"

"买花。"守墓人叫道。

"对，给我儿子。"

"我一次也没忘了放花，夫人。"

"今天我亲自来，"亚当夫人温存地说，"因为医生说我活不了几个礼拜了。死了倒好，活着也没意思了。我只是想再看一眼我儿子，亲手来放这些花。"

小个子守墓人眨巴着眼睛，没了主意。他苦笑了一下，决定再讲几句。

“我说，夫人，这几年您老寄钱来买花，我总觉得可惜。”

“可惜？”

“鲜花搁在那儿，几天就干了。无人闻，无人看，太可惜了！”

“你真这么想？”

“是的，夫人，您别见怪。我是想起来自己常跑医院孤儿院，那儿的人可爱花了，他们爱看花、闻花。那儿都是活人。可这儿墓里哪个活着？”

老妇人没有作答。她只是又小坐了一会儿，默默祷告了一阵，没留话便走了。

守墓人后悔自己一番话太率直、太欠考虑，这会使她受不了。

可是几个月后，这位老妇人又忽然来访，把守墓人惊得目瞪口呆：她这回是自己开车来的。

“我把花都送给那儿的人们了。”她友好地向守墓人微笑着，“你说得对，他们看到花可高兴了，这真叫我快活！我病好了，医生不明白是怎么回事，可我自己明白，我觉得活着还有些用处！”

不错，她发现了我们大家都懂得却又常常忘记的道理：活着要对别人有些用处才能快活。

活着要对别人有些用处才能快乐。

信心不倒

14岁的布里恩·沃克酷爱足球，是全美一号足球射手杰姆·米勒的崇拜者。他不幸患了一种罕见的神经麻痹症，又并发了肺炎。医生切开了他的气管吸痰，并使用了呼吸器。布里恩处在绝望的时刻。

"我们已经做到了所能做的一切，" 医生告诉沃克夫妇，"恢复健康必须用奋斗来配合。"

"我还能走路吗？"布里恩曾问过父亲。

"当然能，"父亲坚定地回答，"只要你有足够强烈的愿望，你就能做到你想做的一切。"

晚上，布里恩奋斗着试图活动脚趾。五个小时过去了，布里恩满身大汗，像摔在池塘里。"我不能动了，"他无声地哽咽着，"我不会好了，我要死了。"

以后的两天里，布里恩昏睡不醒，他不能说话，不能动弹，任何奋斗都离他远去了。

父亲急切地感到必须帮助儿子唤醒他的意识："我现在就去找杰姆·米勒。"

对于球星杰姆来说，医院里的情景是令人不安的。沃克夫妇在二楼迎候，那儿，还有一小群医院职工聚在一起也要见见这位名人。但更使他感到不安的是布里恩，他瞥见了一个几乎淹没在软管和机器中的憔悴的影子。

沃克走近儿子，指着挂在墙上的一件"欧尔密斯"运动衫。"布里恩，"他说，"你是多么想见到这件运动衫的主人，是吗？"

"杰姆·米勒？"布里恩的脸亮了一下。"我不相信，"他想，"他不会在这儿。"

可是，那儿，那在门口的人，就是他所崇拜的英雄。泪水从他瘦削的脸上流下，他激动得颤抖起来。

"嘿，小伙子，你怎么啦？"杰姆说。他大步走向布里恩，在病床前俯下身，伸出手。真是不可思议，布里恩伸出左手，握住了这位足球明星的手。这是他两个星期以来第一次移动胳膊。布里恩紧紧抓住杰姆，足足有一个小时。

"你会战胜的，但这可不容易，" 杰姆说，"你一定要像攻入球门那样达到目标，并为此而努力。我呢，也必须为我所向往的一切而战斗。等你好些了，我们就互相练射门。"

这些话对布里恩是特效药。"我和杰姆·米勒一起踢球？"他喃喃说道。

"你可不能放弃希望，"杰姆平静地继续说，"我知道，你将战胜这一切。我打算每星期都来看你，直到你出院回家为止。我希望看到你的进步。好，答应我，你打算试一试。""我全力以赴。"布里恩吃力地点了点头。

布里恩的左手垂在床上，一动也不能动。仅仅几小时之前，他还举起这只胳膊和米勒握了手。"我已这样做过，就能做第二遍。"他把浑身的力气都向柔弱的手指集中。"动一动。"他命令道。但手指像块石头，一点也不听使唤。布里恩一次又一次地想活动手。每当要放弃努力时,他就想到了杰姆。"没法活动十个手指,"最后布里恩想道,"也许我可以每次活动一个手指。"他看着右手的食指。"动一下。"他说。但是,什么也没有发生。

两小时过去了,他已精疲力竭,他平生还没有这样奋斗过。"我不行了,"他想。

突然,在又一次努力时,一个手指出乎意料地颤动了一下。"我能动了!一个能动,十个为什么不能?"

11点半,布里恩已能活动右手的五个手指了。第二天上午,他已在活动左手的五个手指了。

"我一定能好起来,既然杰姆都相信我,那么,我一定更要相信我自己。每个星期,我都要向他证明,我在战斗着。杰姆将为我而骄傲。"

在首次探望的一个星期之后,杰姆步入病房时,发现布里恩倚在一大摞枕头上,正在把一片汉堡包吞进嘴。

"你在吃饭。"杰姆对他的进步感到惊讶。

布里恩指指立在那儿的呼吸器。"我去掉了它,我自己能呼吸了。"杰姆明白了他的意思。

杰姆很高兴。"好,小伙子,我知道你像一个战士,"他说,"我真为你自豪。有一天你将成为一个优秀运动员,因为你有运动员的毅力和勇敢。"

布里恩被夸得脸红了。

"我给你带了点东西。"转眼之间,杰姆把"索普"杯大赛时穿的那件衬衫递到了布里恩的身边。这是杰姆穿过的,一件真正的运动衫。

接着,杰姆谈起了他的最艰苦的比赛,谈到了他们所遇到的最强硬的挑战,谈到了日常的训练,还谈到了他的烦恼。

布里恩听得出了神。在他心中,一个美梦重新做起。"我是一名优秀射手。有朝一日我还要踢球,我知道我能。"

布里恩利用一切机会锻炼活动。用床栏做柱子,他试着坐起来。头和肩抬起了两英寸,这是一个巨大的胜利。过了一些时候,又能抬起四英寸。

当杰姆下一次来时,布里恩能动脚趾了。杰姆大笑着,看着仍然那么瘦弱单薄的布里恩。他甚至怀疑:"如果这件事落在我头上,我也能做到这一切吗?"

布里恩正等得不耐烦,杰姆又一次走进了病房。

"哈罗!"布里恩脱口而出。

"你能说话了。"

"谢谢。"布里恩向朋友伸出手,"多谢你来看我。"

杰姆脸红了。"我为此感到骄傲!"他轻轻地说。然后,他对他的崇拜者微微一笑。"你是一个做到了一切的人,布里恩,你记住吧,这是你自己做到的。"

但布里恩知道:没有杰姆·米勒,他是不可能做到这一切的。

一个月后,布里恩出院了。他才仅仅能够站起来。医生们告诉他,他应该继续接受几个月的体育疗法的治疗。他没有在意,还是回家了。

6月初,布里恩终于回到了草坪前的足球场。

"这一球,为了杰姆·米勒。"他大喊道。他向前两步,抬起右腿,把球一脚射出。

对布里恩来说,这一射虽然只有15码远,但就像取得了"索普杯"一样漂亮!

只要不放弃,你就可以做到……

当生活抛弃了你

马修是个忙碌的妇产科医师,他的事业如日中天,虽然这不是一个抛头露面的职业,但是他还是成为了一个远近闻名的人物,这简直就是一个奇迹。

但是上帝有时也会开一些恶意的玩笑。在一场滑雪中,灾难发生了,他失去了右手,这就是说,他不能再从事现在的职业了。"未来和右手,一起在滑雪坡上摔得粉碎。"马修悲伤地说,"没有了右手,我失去了人生目标。我的父母都是医师,我继承了他们的遗志,我热爱我的职业,我不想改做其他的工作,也没有从事其他职业的能力和兴致。但我现在已经完了,我不再有前途,不再有快乐,不再有梦想。"

上帝的恶作剧仍在继续,马修的太太又被诊断出子宫癌,必须马上手术。

马修说：“我想逃离现实，我想放弃一切，但为了三个还在求学的孩子，还有我亲爱的太太，我无法逃避。”他不得不把眼光瞄准医学以外的行业，试图寻找一个值得一干的工作，但是他很失望。他已经是个老大不小的人了，没有把握去掌握一门新技术。

“法医这个职业我略有兴趣，但要进入这个领域，我也不得不花上好几年去学习。”马修说，“但我太太需要我的照顾，我的孩子需要我抚养，我没有时间和精力潜心学习。我知道一个癌症患者的痛苦，我宁愿这种痛苦由我来承担。”

朋友们给他介绍了许多工作，他自己也在书上、杂志上、网络上寻找，但是他无法找到让自己称心如意的工作。

就这样过了好长一段时间，他的太太健康逐渐好转，马修带她到巴哈马度了几天假。他们在海滩上深情地交谈，像初恋时一样沉浸在美景中。奇迹发生了，上帝在给了他足够的考验后，终于给了他重新崛起的机会。马修只觉心血来潮，进行了长久的思考，他知道自己这辈子实在离不开医学，唯一能两全其美的办法就是——教书。

于是上帝又给他安排了一场巧遇，马修遇到了以前教他的教授，教授对这个杰出的学生记忆犹新，也很同情他现在的遭遇。两周后，这位教授打电话给马修，告诉他在妇产科正好有个副教授的空缺，问他是否有兴趣。马修整个人愣住了，他没想到他的祈祷这么快就应验了，于是不假思索地接受了这个工作。

马修是一个尽职尽责的教师，而且有丰富的临床经验，他很快喜欢上自己的新职业，并从教导学生中得到了成就感，这种感觉丝毫不比当初他做医生时的感觉逊色。“当我看到我的学生毕业、进入社会时，就好像过去看到新生儿诞生那么高兴，从事热爱的工作，真让人非常心满意足。”

噩梦不会长久地存在，雨过之后必然又是一个大好晴天。上帝的考验也不是要让人得到无谓的痛苦，而是要让人们在痛苦中更加感觉生活的幸福。在面对突如其来的打击时，有的人只会哭泣，或者放弃长期以来的理想和事业，而一旦噩梦醒来，那就后悔莫及了。

雨过后必然又是一个晴天。

创造一个美丽的世界

一朵花就创造了一个美的世界，它把美送给人，借以观察人。人也像花一样在创造美的世界。

你是不是付出了爱

安德鲁在一座城市当建筑工人，当时经济危机已经蔓延到国家的每个角落，因此，他的生活很艰苦。为了生存，他每天跟砖块、水泥、钢筋打交道，特别劳累。体力上还能支撑，但饮食实在是差得很。每天三顿饭都是硬邦郎的面包。菜是白水煮菜叶，一点儿油花也看不到。刚好，工地的旁边，也不知是谁家种了两垄葱，绿绿的，嫩嫩的，每到吃饭的时候，工人们就去拔些，回来就面包吃。刚开始拔的时候，安德鲁他们就像做贼一样，生怕被人发现了，因为偷东西毕竟是件丢脸的事情，哪怕仅仅是偷了几棵葱。然而，每次就餐的时候，他们又常常抵制不住诱惑，因为有这儿根葱，饭就香甜许多。

终于，有一天中午他们再去拔葱的时候，被人发现了。那是一个拾荒的老女人。她当时怔在那里，表情木滞地盯着他们看了半天。建筑工人们见是地，都不慌不忙地从地里走出来。因为这个老女人经常来工地上拾破烂。有人还说."也不知是谁家种的葱，就面包吃，挺好的。"老女人哦了一声，点了点头，说:"也是的，也是的。"

眼看着葱一天天地少了，一天中午他们再去拔葱的时候，旁边不知什么时候又新种了几垄，土还蓬松着呢。安德鲁他们对这个变化惶恐不安，因为不知道主人家的葫芦里卖的是什么药。有人说:"该不是在'钓鱼'吧?"大家觉得有道理。不过，没老实了几天，安德鲁他们就更加肆无忌惮了。因为这个工地上，除了老女人，实在没有其他什么人来。

有一天下雨，工地停工。安德鲁和其他的工友到四周转悠。他在工地东北角发现一处窝棚，而窝棚里住着的竟是那个拾荒的老女人。她正坐在门口看雨，里边还有一个小孩在玩耍。安德鲁进去小坐了一会儿，才知道他们一家人是从非洲来的，到这里已经四五年了。儿子和媳妇一早出去拾荒了，还没有回来。留下她，在窝棚里照看小孙子。老女人问了安德鲁一些情况，安德鲁低下了头，感受到了一种来自母爱的温暖。

蹊跷的是，葱快拔完的时候，总会有新的葱种上。一个夏天，因为有这些葱，安德鲁和其他工人并没有感觉到饭食上欠缺多少。直到安德鲁他们搬到另一个工地干活的时候，还有几垄葱旺盛地长着。工友们都说，这几垄葱估计能长大了。大家虽然彼此心照不宣，却倒也真希望这些葱能长大起来。

初秋刚过，一个偶然的机会，安德鲁和几个工友回原来的工地拉施工的机器。返程的时候，他漫不经心地往那块葱地扫了一眼，乱草深处，有一个人影，头发蓬乱，正蹲在那里收获着所剩不多的葱。虽然是个背影，安德鲁还是觉得有些熟悉。当他看到旁边更为熟悉的三轮车的时候，安德鲁明白了。原来，一直是她，一个一样卑微地活着的拾荒女人，在那个夏天躲在生活的背后，一茬一茬地种下葱，默默地照顾看他们，替他们少受了许多的苦。

你是不是付出了爱。

礼物是一片爱心

为人挑选一份称心如意的礼物不一定是件难事。当你掌握了其中的学问，送礼将成为乐趣——

“巴巴拉，”我丈夫比尔对我说：“你的圣诞礼物在冰箱里。”我带着迷惑走向冰箱，打开一看，不禁笑了起来：冰箱里放着一只像节日礼品一样包装好的容量为3加仑的冰淇淋盒。在我们家，我爱吃冰淇淋是出了名的。

接着我打开包装，笑得就更厉害了。原来冰淇淋盒里没有冰淇淋，而是装的4

个大大的、手工制作的木头数字，这些数字是为我们的房门准备的。因为早在几个月前比尔就听我说过想搞个醒目的门牌号码。我甚为感动，也很喜欢他给我送来的双份惊喜。

比尔的这份礼物使我想起了在一家百货商店里偶然听到的一个对话，一位妇女正将丈夫送给她的首饰退还给他，她开玩笑地对丈夫说："难道你不认为，在一起生活了20年之后，乔治应该知道我从不戴金银珠宝吗？"她虽然是开玩笑，但从中可以看出妻子受到了一丝伤害。

我不禁比较起这两种不同的送礼方式，乔治很可能花了好几百块钱为妻子买珠宝，但妻子却不喜欢。而比尔也许只用了20元钱，但他的礼物是精心构思的，而且正合我的心意。这正是送礼的意义所在。作家查尔斯·达德利·利纳1873年写道："礼物的好坏在于它是否合宜，而不在它的贵贱。"

我们许多人都想为自己的朋友或所爱的人送上完美的礼物，但我们往往是草草地完成这一任务。事实上，送礼不必是件麻烦事，无论对接受者还是赠送者来说，它都能使人享受到乐趣。以下几种方法可使你感到送礼的乐趣：

确保礼物对接受者有特殊意义。50年代初，比尔·伯克哈特在美国密苏里大学足球队踢球。25年后，他儿子马克加入了它的竞争对手堪萨斯州立大学队。在一次过圣诞节时，马克将自己抽空制作的针锈花边的密苏里大学队队徽作为圣诞礼物送给了父亲，想想这会给父亲带来怎样的惊喜吧！

当你考虑赠送什么样的礼物时，首先问问自己：什么对对方来说最为重要。在这一点上承认并接受对方，这本身就可以说是一份礼物。罗西塔·佩雷斯夫妇结婚18年的纪念日，她丈夫雷送给她一个4英尺高、5英尺宽的玩具屋。雷听罗西塔常说起她小时候一直想有个玩具小屋但从未有人送过。罗西塔说："雷看到我身上童心未减，送了我最满意的礼物。"

送人所需却出人意料。一次我在医院里动了小手术，回家后我发现我们的餐桌中央摆着一个新换的装饰品，这是我的两个儿子欢迎我归来的礼物。看到这面貌一新的装饰品，我才意识到原先的那个是多么的陈旧不堪。原来，这样的礼物正是我所需要的，也是我想得到的。

要使自己的礼物令人满意，就得在平时多留心对方的日常闲谈。我母亲有个笔记本，上面记着家庭成员之间日常交谈时提到的一些想得到的礼物。所以在我们家，最常听到的欢呼是："噢！妈！您怎么会知道这正是我想要的礼物呢？"

有时，你也许比对方本人更了解他的真正需要。罗恩·迈斯开心地谈起父亲在他中学毕业时送他的礼物。“一本公共演说教程！”他说：“你能想象出我当时是多么的不满足吗？我想要辆汽车！”但罗恩现在坚信，正是这本教程给了他成为一名专业演说家所需的技巧。

付出你的时间和智慧。我的朋友黛恩·沃格尔收到了一件极不寻常的生日礼物，礼物是女儿琼送的。琼是她丈夫与前妻所生的孩子。黛恩与她父亲结婚时，琼才14岁。她们的关系曾一度紧张，后来渐渐融洽，变得亲近起来。琼20岁时，她给妈妈的生日送上一册合格证书。合格证书证明她能把购买食品杂货、洗涤熨烫、为床上的病人做早餐之类的家务事做得很好。黛恩解释道：“这就是她所能够为我做的事——建立我们之间真正的母女感情。”

一件包含你付出的努力、闪烁你爱心的礼物会使人产生感激之情，其效果即使最昂贵的珠宝也无法比拟。特怀拉·德尔在母亲65岁生日时取出一盒母亲的零散照片，然后分类整理并把它们一一贴进一本相册。他将这本相册作为礼物献给了母亲。

送得及时。我们知道，年轻的孩子们过生日时希望人们记得给他们送点礼物。但我们也许意识不到记住祖父的生日是多么重要。即使你忙得无法脱身，但在一家你喜爱的饭店安排一桌特别的宴席或订一件别致的礼物送上，只需打个电话就能解决，这点时间总该能挤出。

不一定非得等到特殊日子才送礼。我儿子约翰喜欢在妻子干活时出其不意地给她送上一支玫瑰——这永远是“我爱你”的自然流露。每当我们并非因为特殊场合而送人一份礼物，我们实际是在用比言语更清晰的方式告诉对方：“你对我很重要。”

自发送礼关键要看到日常生活中可送什么。也许只是给配偶带上一份对方喜爱的食品，或是让一本冰淇淋券发挥作用。一天一位同事在我的办公桌上放了张冰淇淋券，记得我当时心情为之一振。

自发地送上一份给人以理解和鼓舞的礼物，总会令人感激不已。珍妮特·赖默是一位家庭主妇，她开始认真地学起绘画。不久，她应邀在当地的艺术展览中展出其作品。珍妮特回忆道：“当我的一幅画被买下时，我非常兴奋，兴奋之余心中也感到困惑，因为我没能查出买主是谁，两个月后，我经过丈夫的办公室，看见那幅画挂在他办公桌的上方。为了给我鼓励，他不留姓名地买下了它，虽然珍妮特的画现在好卖了，但她永远忘不了在她刚刚起步时丈夫送给她的这份“默默的忠诚”。

我印像最深的是我自己的一件事。那是夏季的一个假日，我和丈夫比尔逛进一家商店，比尔看中了一条饰有纯银制鹰图案的带扣。他想买下，但看到价格标签后又放下了。后来我来到这家商店，又看到这种带扣。尽管它确实很昂贵，但我知道比尔喜欢，就毫不犹豫地买下了。比尔收到礼物时十分高兴，更令他高兴的是我送他这件礼物并不是因为某个特殊的日子——只是出于爱。

有时，一件礼物就这么简单，却又是那么意味深长，重要的是表明你的爱心。

想成功的人请举手

22岁的布罗斯刚进入白宫的时候，在同事中引起了一阵不小的骚动。虽然他只是一个普普通通的公务员，一个毫无经验的撰稿人，但他特立独行的性格还是给人留下了很深的印象。尤其是他那一头染成红色的头发，更是在西装革履，素以保守沉稳闻名的白宫撰稿人中显得格外的刺眼。

布罗斯不仅在衣着上显得与众不同，而且对自己的职业也有着不同于别人的看法。白宫的撰稿人是一个很特殊的群体，美国大部分的对外施政纲领和所有的演讲稿都是由这些智囊们构思，策划，撰写，润色。从某种角度上说，他们就代表着美国的形象。所以，对撰稿人的选拔也就格外严格。他们内部也按着资历，有着严格的等级分别。而布罗斯恰恰没有看重这种严格的等级分别。刚进入白宫不久，他便根据自己从亲身实践中获得的经验，向上司陈述了一些自己的意见。可现实毕竟不是童话，布罗斯独到的见解不仅没有得到上司的青睐，而且还招来了同事们的冷嘲热讽。关系不错的朋友都在私下劝他收敛一下，免得吃亏。初出茅庐便栽了跟头的布罗斯也渐渐变得沉默寡言，却在苦苦地等待着新的机会。

2005年，随着国务卿鲍威尔的辞职，白宫再次发生了天翻地覆的巨变。一朝天子一朝臣。谁也不知道自己的饭碗是否还能保住。白宫撰稿人们都暗暗为自己捏了一把冷汗。不久之后，新上任的国务卿赖斯便召集所有撰稿人开会。出乎所有人的意料，赖斯并没有裁员的意思，只是想征询一下众人如何撰写白宫演讲稿的意见。没有了失业的压力，众人又恢复了保守沉稳的本性，一个个沉默不语。会议开的非常沉闷，不时有人打着呵欠。就在失望的赖斯准备结束这鸡肋般的会议时，一个红头发的年轻人高高举起了手。众人纷纷把目光投了过去，接着爆发出一阵哄笑——又是布罗斯，这个性格叛逆的年轻人不知道又会说出什么让人吃惊的话来。这是整场会议中唯一主动举手的人，赖斯让他阐述自己的观点。面对国务卿，布罗斯显得有些拘谨，有些慌乱地陈述完了自己的想法。赖斯微笑着听完了他的话，觉得大多数的想法并没有什么新意，不过也有一些点子很有创造性。会议结束后，赖斯转身告诉身边的助手："请留意一下这个红头发的孩子。"

从那之后，布罗斯很快便从众多的撰稿人中脱颖而出。很快，他便成了赖斯唯一的撰稿人。一篇篇天才的演讲词从他笔下流淌而出，成就了赖斯，也照亮了自己。年仅26岁的布罗斯在等级森严的白宫中平步青云，成为了白宫中最年轻的高级顾问。他走红的速度甚至让以造星出名的好莱坞大跌眼镜。如今，无论赖斯走到哪里，人们都会在她身边看见一个红头发的大男孩儿。他已经成了白宫高层必不可少的成员。

这世界上并不缺少机会，缺少的只是抓住机会的决心。阻碍我们成功的往往不是无人给我们机会，而是我们没有机会显现自己的胆量。我们之所以与成功无缘，便是太在乎他人的看法，在机会面前犹豫不决。

想成功的人请举手！在机会未来临时，我们可以恐惧，退缩，茫然无措；可当机会到来的刹那，我们必须鼓足勇气，战胜恐惧，把自己的手高高举起。

没人给我们就要自己创造机会。

独翅难飞

在我的一生中，我曾一度面临极度的痛苦和可怕的失败。这段往事令我难以启齿。我想，我这里要叙述的经历甚至会使我许多亲密的朋友也感到震惊，因为这段往事中有一个直到现在仍无人知晓的秘密。

事业成功及成功所带来的振奋常常使我丧失理智。我生性鲁莽，办事仅凭直觉，行动草率，而且从不深思可能隐藏的祸患。做生意时，直觉往往使你成功，而且你必须善于冒险并做出决断。但在生活中这种性格却会成为冲突的导火线。

当我的事业如日中天时，随之而来的是一大堆的社交活动。我丈夫乔喜欢清静，我却热衷于聚会；他更喜欢在家用餐，听音乐，或读书，我却乐意与人聊天。在我们婚姻的最初的日子里，他觉得只有和我聊天才会快乐。我们俩都渴望成功，但寻求成功的方式截然不同，我在事业上一步一步地超过了他，但我内心一直深爱着他。

我终生领悟到的一个教训就是：无论你是女商人还是家庭主妇，都必须注意你的伴侣。如果你希望婚姻成功，无论你丈夫在事业上成功与否，你都必须努力地使他感到自己体格健壮、在妻子心目中占重要地位，这样他会变得坚强并且能发挥自己在家庭中的重要作用。我们都希望丈夫也这样对待妻子。因为成功、幸福和满足是自我完善的必备条件。

但我结婚时还非常年轻，对这一切知之甚少。开始接触生意场上一些颇具魅力的人时，我非常注重打扮并感到自己既大胆又魅力非凡，这种情形犹如在公园坐滑行铁道那样令人鼓舞。乔是体味不出滑行铁道的滋味的，这就是我们在生活和情感上的差异。

许多琐事是婚姻紧张的根源。那些对我很重要的细节对乔来说常常是无足轻重的。在一个乔与我分享不了的世界里摸索，我不知道该如何在扮演妻子的同时又不失去自我。

我们发生口角，然后，又和解。有一天，在一个聚会上，我忘了向宾客介绍乔。那里的每一个人都认识我，却不认识他。他受到了伤害，并且被我的疏忽激怒了。我也很气恼，为什么他不自我介绍呢？我们一直有摩擦，而我们又太幼稚，无法消除这些摩擦。

那段时间，我母亲去了佛罗里达作短暂的逗留，没过多久，我也去了那儿。在佛罗里达，生活是非常轻松的。我交了许多朋友，他们也正拿自己的生活做试验呢。现在回想起来，我才明白他们大多数根本不能算是我的朋友。有些人妒忌我的成功，我的衣着，我的家庭；有些人只是制造麻烦的。那时候我很脆弱，容易轻信别人。有一个非常爱恶作剧的刚离婚的妇女一次又一次地对我说："艾斯蒂，你年轻又漂亮，却与一个不理解你的男人生活在一起，真傻。如果你英明的话，你应该跟他离婚。这种事在这儿办起来很容易。你完全可以开始崭新的生活。"

很多夫妻偶尔分离是很有必要的，这会使双方坚强些。我的婚姻也出现了这种局面。于是我在佛罗里达提出了离婚的申请。乔很伤心，但是在许多次情绪激动的交谈之后，乔签了字。实际上我们从来没有真正分开过。我表面上是一个自由的女人，但我常常见到自己的前夫。他还是我最好的朋友，我们共同拥有一个可爱的儿子，我们曾有过刻骨铭心的深深的爱。离婚后有一阵子我很快乐，甚至得到了极大的乐趣——打扮。我常常外出约会，还不知羞地卖俏。不时有些罗曼蒂克的插曲，那是真正的罗曼蒂克，想想看，个性的自由远离我数十年了。在我四十多岁的年华里，那些令人激动的事情就不必言明了。那几年我发现我自由了，我做一切年轻女孩婚前所做的事情。

不可否认，我离婚后新的生活是有趣的，但并不令人满意。我需要不停地向乔讲述所发生的趣事。我心目中他的影子太深了。住新结识的人群小，我很孤独。我想念我曾嫁给的那个温存的、稳健的、有胆识的男人。

儿子伦纳德经常说他记得乔到佛罗里达的每一次来访和离去。他记得每当父亲不得不离开时，他是怎样痛苦地哭泣，因为他爱乔。他也记得孩子的眼泪，每次都令我心碎。

我们俩十分小心地对儿子说，我们是离婚，不是分离，但是"爸爸要睡在离办公室更近的地方，再也不和妈妈一起住了"。伦纳德只能理解这些。

孤独经常袭击着我，渐渐地，我受不了了。乔、伦纳德和我渴望家庭，更重要的是，我们曾经就是一家人。

四年过去了。有一天，伦纳德开始发高烧，接着就说胡话。乔立即赶来，呆了整整一个下午，和我分担忧愁。一起读书给伦纳德听。到了傍晚，伦纳德的病令人欣喜地好转了。我记得，当他看见父母呆在同一个屋子里时，他脸上闪烁着喜悦的光芒。

这么多年来的第一次，乔在我这儿过了夜，我们住住同一个房间。第二个晚上他还在这儿，后来也是如此。

第四个晚上，在起居室里，乔坐在我身边，他问我："艾斯蒂，我们做了些什么呀？我们应该是在一起的。"

我思索良久，我做了些什么呢？我拥有一个爱我的男人，我也爱他——用一切最重要的方式爱他。我们共同拥有一个孩子。我们彼此完全信任，没有这个男人在身边我活不下去。

我对乔说："原谅我，乔，我知道自己犯了一个大错。"后来乔吻了我。

我们的第二次婚姻意义重大，感人肺腑。我们的再结合是坚不可摧的。我们再也不会分离了，哪怕是几天。我们一直紧握着手，互诉衷肠，直到他去世的那一天——一个我一生中最黑暗、最悲伤的日子。

许多英国皇家成员曾对我说："我结了婚，我很幸福，一直幸福。每个人都需要在那些寂寞的、黑暗的时刻有一个可以倾诉的伴侣。"

我从来没有忘记这些话，因为它们于我是如此真实可信。在与乔分离的那些日子里，从某种意义上说我度过了一段不可言喻的令人激动的时光。但是，我决不会忘记夜晚回到家，却没有那个使我感到生活甜蜜、值得信赖的人和我一起分享我的快乐，我的秘密——独翅难飞啊。

我不得不承认我尝尽了离婚的苦头。在美国说声"拜拜"太容易了。很多情况下，当妇女再婚时，她们是改头换面了，却没有解决实质问题。太多的离异朋友发现她们的第二任或第三任丈夫比第一任丈夫缺点更多，而她的结发丈夫在别人的臂弯里却显得越来越好。我总是努力告诉人们：不要轻易离婚。

独翅难飞，请不要忽视身边的人。

"钻石"就在你身上

100多年前，美国费城的6个高中生向他们仰慕已久的一位博学多才的牧师请求："先生，您肯教我们读书吗？我们想上大学，可是我们没钱。我们中学快毕业了，有一定的学识，你肯教教我们吗？"

这位牧师名叫R•康威尔，他答应教这6个贫家子弟。同时他又暗自思忖："一定还会有许多年轻人没钱上大学，他们想学习但付不起学费。我应该为这样的年轻人办一所大学。"

于是，他开始为筹建大学募捐。当时建一所大学大概要花150万美元。

康威尔四处奔走，在各地演讲了5年，恳求为有志于学的年轻人捐钱。出乎他意料的是，5年辛苦筹募到的钱不足1000美元。康威尔深感悲伤，情绪低落。

当他走向教堂准备做礼拜的演说词时，低头沉思的他发现教堂周围的草枯黄得东倒西歪。他便问园丁："为什么这里的草长得不如别的教堂周围的草呢？"

园丁抬起头来望着牧师回答说："噢，我猜想你眼中觉得这地方的草长得不好，主要是因为你把这些草和别的草相比较的缘故。看来，我们是常常看到别人美丽的草地，希望别人的草地就是我们自己的，却很少去整治自家的草地。"

园丁的一席话使康威尔恍然大悟。他跑进教堂开始撰写演讲稿。他在演讲稿中指出：我们大家往往是让时间在等待中白白流逝，却没有努力工作使事情朝着我们希望的方向发展。

他在演讲中讲了一个农夫的故事：有个农夫拥有一块土地，生活过得很不错。但是，当他听说要是找到埋有钻石的地方，他只要有一块钻石就可以富得难以想象。

于是，农夫把自己的地卖了，离家出走，四处寻找可以发现钻石的地方。农夫走向遥远的异国他乡，然而却从未能发现钻石，最后，他囊空如洗。有一天晚上在海滩自杀死亡。

真是无巧不成书。那个买下这个农夫的土地的人，在散步中无意发现了一块异样的石头，拾起一看，它晶光闪闪，反射出光芒。仔细察看，发现这是一块钻石。

这样，就在农夫卖掉的这块土地上，新主人发现了从未被人发现的最大的钻石宝藏。

这个故事是发人深省的，康威尔写道：财富不是仅凭奔走四方去发现的，它属于自己去挖掘的人，属于依靠自己的土地的人，属于相信自己能力的人。康威尔作了7年这个“钻石宝藏”的演讲。7年后，他赚得800万美元，这笔钱大大超出了他想建一所学校的需要。

今天，这所学校竖立在宾夕法尼亚州的费城，这便是著名学府坦普尔大学——它的建成只是因为一个人从朴素的故事里得到的启迪。

这个故事告诉我们，生活的最大秘密——在你身上拥有钻石宝藏。你身上的钻石足以使你的理想变成现实。你必须做到的只是更好地开发你的“钻石”，为实现自己的理想付出辛劳。

钻石就在你身上，只是要你更好的去开发。

在电车上画像

在末班电车中，我一坐下，身旁的一名中年男人就突然拿出巧克力，微笑着说：“给你。”我不假思索地接受了，接着他询问我的年龄，然后笑着说：“二十岁左右的女孩子为什么这么纯真呢？”我想这人真怪，不禁笑了，看到我的笑容，他突然问：“在下车之前，能让我为你画张像吗？”

还是第一次有人对我这样说。他可能四十岁出头吧，头上已有了白发，但并不给人以上年纪的印象。未等我回答，他就开始画了。

“自然地看着我的眼睛。”

我看着他的眼睛，紧张感逐渐消失，他的眼睛真不可思议。

这期间，我们交谈起来。他是一位职业画家，他送给我的明信片背面写着他的简单的履历，这表明他有相当的实力和名声。

这时，我心中的纯真之情逐渐消失。他是位职业画家，并不是谁都能让他作画的，他好像看中了我，下次遇到朋友时我可以炫耀一下了。我沉浸在一种优越感中。

谈到他的专属模特，我才知道那是我中学同学，她在校中就美貌出众。

“以后我当模特，会更漂亮。”我心想着，并努力掩饰自己的嫉妒。

是呀，我只不过是偶然路过的人，当画家的模特的应是她那种人，我感到刚才的自己很可怜。

可能是画家注意到我的表情，他突然停住手。

“你认为美是什么？——你刚才不是把仅空着的一个座位让给一位老人了吗？所以我想画你，我认为你很美。”

我感到心中的阴云骤然消散了。他认为有这种行为的我很美丽，

才给我画像的，所以他的目光是那么温柔。

画完成时，车已到站。画上的我是一种难以描述的表情。

“那么，再见。”我跟画家握手告别。

我还想再见他一次。他给我的明信片和那张“美丽的我”至今仍是我最宝贵的财富。

美就在我们的身边。

生命因相拥而美

由法国著名导演雅克·贝汉拍摄的影片《微观世界》中有这样一个片断，让人经久不忘：

两只蜗牛，在一条路上相遇了。也许，这是一次美丽的邂逅。一只蜗牛伸出了触角，在另一只蜗牛面前舞动了一下，只是轻轻地舞动了一下，大概另一只蜗牛看出了它的问候，也伸出触角来，轻轻地舞动了一下。接着，最美的画面便开始出现了。一只蜗牛从坚硬的壳里探出身体，另一只蜗牛也从坚硬的壳里探出身体来。开始的时候，它们尝试着一点一点接近，继而开始交错，重叠，缠绕。

在明亮的光线照耀下，它们白亮而又晶莹剔透的身体很快便相拥在了一起。一会儿若即若离，一会儿又合而为一，像久别重逢的情人，又像他乡相遇的故交，或缠绵，或抚慰，或倾诉，或聆听，身体与身体相触，心灵与心灵融合，两个生命水乳交融地融合在了一起。

这个时间足足持续了几分钟，如果你也看过这部电影，一样也会为这人世间至美的画面所叹服。是啊，当一个生命的个体冲破心的壁垒，不抱目的，不为私利，与另一个同样目的纯粹的生命个体相遇，乃至相拥时，生命就会焕发出它原本纯净而绚丽的光芒。这个世界太多的生命活得太累了，为权力钩心斗角，为利益鱼死网破，忙着去争斗，去获取，却拿不出时间来与相知的人促膝交谈，与相爱的人深情相拥，最终憔悴在自己的心路上，从而让人生的过程缺失了生命最本质的光华。

相拥的生命是美的。一个小孩问妈妈，为什么电视里的叔叔阿姨分别的时候要拥抱，回来的时候还要拥抱呢？妈妈说，那是因为要让对方感觉到自己的心跳。小孩又问，为什么要让对方感觉到自己的心跳呢？妈妈说，因为怦怦怦的心跳声里，藏着彼此的牵挂啊！

实际上，这相拥中，所包含的何止是牵挂啊，分别时的依恋，旅途中的思念，雨来时的焦躁，风停后的等待，无法割舍的关怀，绵绵不绝的爱，尽在这深情的一拥之中。

这个世界上，没有一个生命可以孤立地活下去，只有在与另一个生命的相拥中，我们才能感受到生命最本质的温暖。

没有一个生命可以孤立地活下去，只有在等另一个生命相拥中，我们才能感觉到生命的本质。

我要笑遍世界

我要笑遍世界。

只有人类才会笑。树木受伤时也会流“血”，禽兽也会因痛苦和饥饿而哭嚎哀鸣，然而，只有我才具备笑的天赋，可以随时开怀大笑。从今往后，我要培养笑的习惯。

笑有助于消化，笑能减轻压力，笑，是长寿的秘方。现在我终于掌握了它。我要笑遍世界。我笑自己，因为自视甚高的人往往显得滑稽。千万不能跌进这个精神陷阱。虽说我是造物主最伟大的奇迹，我不也是沧海一粟吗？我真的知道自己从哪里来，到哪里去吗？我现在所关心的事情，十年后看来，不会显得愚蠢吗？为什么我要让现在发生的微不足道的琐事烦扰我？

在这漫漫的历史长河中，能留下多少日落的记忆呢？

我要笑遍世界。

当我受到别人的冒犯时，当我遇到不如意的事情时，我只会流泪诅咒，却怎么笑得出来？有一句至理名言，我要反复练习，直到它们深入我的骨髓，让我永远保持良好的心境；这句话，传自远古时代，它们将陪我度过难关，使我的生活保持平衡。这句至理名言就是：这一切都会过去。

我要笑遍世界。

世上种种到头来都会成为过去。心力衰竭时，我安慰自己，这一切都会过去；当我因成功洋洋得意时，我提醒自己，这一切都会过去；穷困潦倒时，我告诉自己，这一切都会过去；腰缠万贯时，我也告诉自己，这一切都会过去。是的，昔日修筑金字塔的人早已作古，埋在冰冷的石间下面，而金字塔有朝一日，也会埋在沙土下面。如果世上种种终必成空，我又为何对今天的得失斤斤计较？

我要笑遍世界。

我要用笑声点缀今天，我要用歌声照亮黑夜；我不再苦苦寻觅快乐，我要在繁忙的工作中忘记悲伤；我要享受今天的快乐，它不像粮食可以贮藏，更不像美酒越陈越香。我不是为将来而活，今天播种今天收获。

我要笑遍世界。

笑声中，一切都显露本色。我笑自己的失败，它们将化为梦的云彩；我笑自己的成功，它们回复本来面目；我笑邪恶，它们远我而去；我笑善良，它们发扬光大。我要用我的笑容感染别人，虽然我的目的自私，但这确是成功之道，因为皱起的眉头会让顾客弃我而去。

我要笑遍世界。

从今往后，我只因幸福而落泪，因为悲伤、悔恨、挫折的泪水毫无价值，只有微笑可以换来财富，善言可以建起一座城堡。

我不再允许自己因为变得重要、聪明、体面、强大而忘记如何嘲笑自己和周围的一切。在这一点上，我要永远像小孩子一样，因为只有做回小孩子，我才能尊敬别人；尊敬别人，我才不会自以为是。

我要笑遍世界。

只要我能笑，就永远不会贫穷。这也是天赋，我不再浪费它。只有在笑声和快乐中，我才真正体会到成功的滋味。只有在笑声和欢乐中，我才能享受到劳动的果实。如果不是这样的话，我会失败，因为快乐是提味的美酒佳酿。要想享受成功，必须先有快乐，而笑声便是那伴娘。

我要快乐。

我要成功。

我要笑，我要快乐，我要成功。

勇于信人

我8岁的时候，有一次去看马戏，见那些在空中飞来飞去的人抓住对方送过来的秋千，百无一失，我佩服极了。“他们不害怕吗？”我问母亲。

前面有一个人转过头来，轻轻地说：“宝宝，他们不害怕，他们晓得对方靠得住。”

有人低声告诉我：“他从前是走钢索的。”

我每逢想到信任别人这件事，就回想到那些在空中飞的人。生死间不容疏忽，彼此都必须顾到对方的安全。

我又想到，他们虽然勇敢，并且训练有素，要是没有信任别人的心，绝演不出那么惊人的节目。

平常生活也是如此。人活在世上需要信任别人，犹如需要空气和水。我们如果不信任别人，对人便无法诚恳。我们如果戴了假面具不能对人坦白，会有多么拘束难受！一天到晚都提防别人，会害得我们脑筋瘫痪。要想受人爱戴，就得先信任别人。“有了信心才有爱，”心理分析专家佛罗姆说，“不常信任别人的人，也就不常爱别人。”

和信任我们的人相处，我们会放心自在。心理学家欧弗斯屈说：“我们不但可以卫护别人，而且在许多方面也影响别人。”信任或防范，能铸就别人的性格。

纽约州星星监狱前典狱长的太太凯瑟琳·劳斯，差不多每天都到监狱里去。犯人运动的时候，她的孩子往往和他们一起玩，她也和犯人一同观望。人家叫她提防，她说她并不担心。

因为她对犯人这样信任，她去世的时候消息立即传遍了监狱。犯人都尽量聚集在大门口。看守长看见那些犯人默默不语难过的样子，便把狱门敞开。从早到晚，这些人排队到停放遗体的地方去行礼。他们的四周并无墙壁，但是，犯人也没有一个辜负狱方好意。他们都仍旧回到监狱里。这无非是犯人对这位太太表示的敬爱,因为她在世时曾经信任他们。

人与人处得融洽,全靠信任。老师要是能使堕落的学生相信她对他们只怀好意,那么,她的教育差不多就成功了。精神病学专家要费大部分时间劝精神错乱的病人信任他们,才能够动手治疗。人对人必须怀着好感,彼此信任,个人的日子才不至于过得一团糟。

我们为什么这样难以互相信任呢?主要原因是我们害怕。在飞机上或火车上往往有这种情形:两个人虽然并排而坐,却都怕开口。看他们那种矜持的样子,多么难受!犹太教法师赖布曼说:“我们怕别人轻蔑我们,拒我们于千里之外,或者揭掉我们的假面具。”

信任别人的人,日常待人接物多么与众不同!有一次,我听见一个人形容他所认识的一个女人:“她见到人便伸出两只手来迎接,仿佛是说:‘我多么相信你!单单同你在一起,我就觉得非常高兴了!’而你离开她的时候,也会感觉到自己想做什么事都能成功。”

我们儿童时代忘不了的往事,常常会使我们处处提防别人。例如我认识一个人,是某公司的总经理,他就没有多少朋友。他7岁丧母,由姑母把他抚养成人。姑母一番好意地对他说:“母亲出去看朋友了。”他白白盼望了好几个星期。这种隐瞒虽然出于善意,可是为了这件事,他长大以后再也不相信别人的话了。

要增进彼此的信任,我们首先必须有自信。美国诗人佛洛斯特说:“我最害怕的,莫过于吓破胆子的人。”事实上,自觉不如人和能力不够的人,是不能信任别人的。不过,自信并不是认为自己毫无缺点。我们必须相信自己的地方也就是必须相信别人的地方。那就是:相信自己切实在尽自己的能力和本分做事,不管有没有什么成就。

其次,信任必须脚踏实地。我认识一个人,她有一次痛心地说:“信任别人很危险,你可能受人愚弄。”假使她的意思是说,天下总有骗子,那么这句话是有道理的。信任不可建筑在幻觉上。不懂事的人不会一下子就变成懂事;你明明知道某人喜欢饶舌,就不应该把秘密告诉他。世界并不是一个毫无危险的运动场,场上的人也不是个个心怀善意。我们应该面对这个事实。

真正的信任,并不是天真地轻信。

最后,对别人信任需要有孤注一掷的精神——赌注是爱,是时间,是金钱,有时候甚至是性命。这种赌博并不一定常赢。但是,意大利政治家贾孚说:“肯相信别人的人,比不肯相信别人的人差错少。”

不信任人，不能成大业。一个人要是不信任人，也不能成为伟人。美国哲学家和诗人爱默生说："你信任人，人才对你忠实。以伟人的风度待人，人才表现出伟人的风度。"

信任别人，别人才会信任你。

每天都是好日子

一天，这位商人来到城里最具智慧的那位老人面前，说："先生，我希望您能为我指点迷津。虽然我很富有，但这个城市的人都对我横眉冷对。生活真像一场充满尔虞我诈的厮杀，我什么时候才能过上好日子呢？"

"那你就停止厮杀呗，这样好日子就来了！"智者回答他。

商人对这样的告诫感到无所适从，他带着失望离开了智者。

在接下来的几个月里，商人的情绪变得糟糕透了，他与身边每一个人争吵谩骂，由此结下了不少冤家。一年以后，他变得心力交瘁，再也无力与人一争长短了。

"唉，先生，现在我不想跟人家斗了。但是，生活还是如此沉重——它真是一副重重的担子呀，我什么时候才能过上好日子呢？"

"那你就把担子卸掉，这样好日子就来了！"智者回答。

商人对这样的回答很气愤，怒气冲冲地走了。

在接下来的一年当中，他的生意遭遇了挫折，并最终丧失了所有的财富。妻子带着孩子离他而去，他变得一贫如洗，孤立无援。

于是，他再一次向这位智者讨教。

“先生，我现在已经两手空空，一无所有，生活里只剩下了悲伤。”

“那就不要悲伤，好日子就来了！”

商人似乎已经预料到会有这样的回答。这一次，他既没有失望也没有生气，而是选择待在智者居住的那个城市的一个角落。

有一天，商人突然悲从中来，伤心地号啕大哭了起来——几天，几个星期，乃至几个月地流泪。

最后，商人的眼泪哭干了。他抬起头，早晨和煦的阳光正普照着大地。

于是，商人又来到了智者那里。

“先生，生活到底是什么呢？好日子怎样才能得到？”

智者抬头看了看天，微笑着回答道：“一觉醒来又是新的一天，你没看见那每日都照常升起的大阳吗？这就是好日子啊！”

只要你心灵充实，每天都是好日子！

享受美丽的人生

哈斯夫妇俩一直渴望有个孩子，而且也老早就取好了孩子的名字，但是，他们却等了10多年才如愿以偿。

库兹亚是他们的宝贝，哈斯夫妇想尽办法教导儿子，连走路的方式也清清楚楚地告知：“我的好孩子，走路时记得要看着地上啊！如果你走在木板上要专心看着脚底下，因为木板最容易让人滑倒。”

这是库兹亚开始学习走路时爸爸的叮咛。乖巧的库兹亚也相当遵从父亲的教导，只要走在木质地板上，他一定紧盯着脚下的步伐。

有一天，哈斯一家人来到山间游玩，爸爸又教导库兹亚：“在山路行走时，你还是要看着地上，每一步都要相当小心，不然你会从山顶摔到山谷中；而下山坡时，你一样要看着脚下，否则一个闪神，你就会扭伤脚踝的，知道吗？”

库兹亚点了点头，说：“是的，爸爸！”

有一天，库兹亚准备到海边旅行，妈妈连忙叮嘱他：“儿子啊！当你走在沙滩上时，千万要小心啊！双眼一定要紧盯着脚下，因为海浪随时都会出现，幸运点只会溅湿了你的全身，最可怕的是它会将你卷入海里。”

不幸的是，在海边的叮咛后不久，哈斯夫妇相继离开了库兹亚。可怜的库兹亚逐渐长大了，从小就习惯听爸爸妈妈的引导与叮咛，如今他只能在过去的叮咛中，继续生活：对于父母的话，他仍然相当遵从。

库兹亚认真执行父母的叮嘱，在木板上、在田野间、上山与下山时，他都用心地盯着脚下。即使来到沙滩，听见美丽的浪潮声，他也不会抬头看看，声音是从哪里来的。

不管走到哪里，“听话”的库兹亚，总是低着头往前走。

库兹亚从来没有跌倒过，也没有滑倒或碰伤过，一生几乎是毫发无伤的他，就这么“低着头”，走完他的一生。

不过，在他临死前，他仍然不知道，原来天空是蓝色的，天上不仅有美丽的云彩，还有耀眼迷人的星星。此外，他也不知道自己所走过的每一个地方，风光是多么美丽。

经历过失败的痛苦与成功的喜悦，才是生命的真正意义。

幸福在哪里

钱并不等于幸福，幸福的宝塔并不是用钱堆起来的。

人生真正的幸福和欢乐浸透在亲密无间的家庭关系中。

人间的幸福在哪里?

是在充斥衣兜、箱柜的钱堆里,还是在显赫的权位上? 或者在花天酒地的吃喝玩乐中?

不,不,都不是。

美国哲学家艾玛尔逊说:“幸福用钱是买不到的, 它是蕴藏在男女内心深处的一种珍贵的感情。这种感情可以在任何时候、任何地方感觉得到。它与金钱及权势并无必然的联系。”

真正的幸福只有当你真实地认识到人生的价值时,才能体会到。用金钱买来的爱情不会长久,用诚挚的感情培植的爱情花朵才会永开不败。

有一个青年,婚后有了孩子,在别人眼里,这是个多么美满幸福的小家庭呀,然而,他总觉得自己的家庭与他见到的豪门望族相比,显得太土气了。于是,他告别了妻儿老小,终年在各地谋生,处心积虑地挣钱。年长日久,他妻子感到家庭毫无生气,尽管有了更多的钱财,却无异于生活在镶金镀银的墓中。小孩子长大了,却不知道叫爸爸。后来,爸爸终于回来了,可是,却成了一个衣衫褴褛、垂头丧气的人。他在一次大赌博中破了产。孩子望着这位泪流满面的“叔叔”,惊异地说:“要饭的,我妈妈不在家,待会儿,她买好吃的回来了,再给你吃吧!”

妻子回来了。她是位忠厚、贤惠的妇人,丈夫走时除了留下些钱外,留给她的更多的是无尽的悬念、牵挂。孩子醒时,她要精心照看;孩子睡了,她把含泪的目光定格在天花板上,心被空虚和担心咬噬着。别人的家庭笑语欢声,而她的家里却冷清沉寂。她那失神的目光落在丈夫的脸上,无须一句话,一切都明白了。

丈夫像孩子似的扑进妻子的怀里,泣不成声地说:“完了,一切都完了。我的心血全被那帮赌徒吸干榨尽了,我没有活路了,我的路走完了,我后悔死了。”

妻子仔细听完了丈夫详尽的叙述和痛心疾首的表白后,用手轻抚他的头发,脸上露出了几年来从未有过的微笑,说:“不,你的心终于回来了。这是我们全家真正幸福生活的开始。只要我们辛勤劳动、安居乐业,幸福还会伴随我们。”

是的,幸福与诚恳老实是分不开的,而任何企图搞邪门歪道的人,都休想踏进幸福的大门。从此以后,夫妻二人带着孩子辛勤劳动,用自己的汗水换来了丰硕的成果,共同努力克服了生活中的重重困难。尽管他们的生活并不奢华,但爱的心愿充溢着他们的心房,欢乐的歌声在屋内回荡,幸福涌满胸怀,美好的前程宽广无量。太阳的光辉照亮了大地,他们打开了窗户,让绚丽的阳光射进小屋,这是幸福的阳光，它照亮了人们的心房。然而，只有懂得生活真正含义的人，才会感受到它的温暖。

英国有位倾国倾城的美貌少女，因一心迷恋钱财，贪图安逸的生活，答应嫁给一个大商人。这个大商人跟她爷爷一般大，整天只知道发财赚钱，只是把她当做花瓶。新婚时，她过着纸醉金迷、花天酒地的生活。久而久之，她的内心十分空虚，豪华宫殿、盛大宴会再也提不起她的精神了，整天只有泪水洗面，悲苦难言。她的朋友后来问她：

“你这么年轻貌美，生活一定很幸福吧？”

“哪里，事事不顺心，事事拧着。”

“难道就没有一致的时候吗？”

“有，那次家里失火，我们倒是一齐跑出来的。”

所以，钱并不等于幸福，幸福的宝塔并不是用钱堆起来的。人生真正的幸福和欢乐浸透在亲密无间的家庭关系中。

只有懂得得生活真正含义的人，才能感受到幸福。

心是快乐的根

一日，无悔禅师正在院子里锄草，迎面走来三位信徒，向他施礼，说道：“人们都说佛教能够解除人生的痛苦，可是我们信佛这么多年，却并不觉得快乐，这是怎么回事呢？”

无悔禅师放下锄头，安详地看着他们说：“想快乐并不难，首先要弄明白为什么活着？”

三位信徒你看看我，我看看你，都没料到无悔禅师会向他们提出这样的问题。

过了片刻，甲说："人总不能死吧。死亡太可怕了，所以人要活着。"

乙说："我现在拼命地劳动，就是为了老的时候能够享受到粮食满仓、子孙满堂的天伦之乐。"

丙说："我可没你那么高的奢望。我必须活着，否则我一家老小靠谁养活呢？"

无悔禅师笑着说："怪不得你们得不到快乐，原来你们想到的只是死亡、年老、被迫劳动，而不是理想、信念和责任。没有理想、信念和责任的生活当然是很疲劳、很累的，不会觉得幸福，当然也不会觉得快乐了。"

信徒们不以为然地说："理想、信念和责任，说说倒是很容易，但总不能当饭吃吧。"

无悔禅师说："那你们说，有了什么才能快乐呢？"

甲说："有了名誉就有了一切，我就会觉得很快乐。"

乙说："我觉得有了爱情，才会有快乐。"

丙说："金钱才是最重要的，有了它我就什么都不愁了。"

无悔禅师说："那我提个问题：为什么有人有了名誉却很烦恼，有了爱情却很痛苦，有了金钱却更忧虑呢？"信徒们无言以对。

无悔禅师接着说："理想、信念和责任并不是空洞的，而是体现在人们每时每刻的生活中。必须改变对生活的观念、态度，生活本身才能有所变化。说到底，快乐是要靠我们自己去寻找的。"

听完无悔禅师的话，三位信徒从此明白了快乐之道。

快乐与不快乐完全取决于人们的生活态度。

打开心灵的“栅栏”

当丈夫因车祸去世后，艾米尔变得异常烦躁、愤怒，她抱怨生活太不公平。她害怕孤独，害怕寂寞。孀居两年，艾米尔的脸变得硬梆梆的。

有一天，艾米尔开着车路过拥挤的小镇，忽然见到一幢她喜欢的房子周围竖起一道新的栅栏。这房子已有很多年的历史，颜色灰白，有很大的门廊。过去这房子一直隐藏在路段后面，如今马路拓宽，在街口竖起了红绿灯，小镇已颇有点城市味道，只是这座漂亮房子前的大院已被蚕食得所剩无几了。

院子现在虽小，可院里的泥地总是打扫得干干净净，错落有致地绽开着各种五颜六色的花朵。艾米尔注意到一个系着围裙，身材瘦小的女人在拨弄着枯叶，侍弄鲜花，修剪草坪，神情是那样的平静自然。

每当艾米尔经过那座房子，总要看看那道新栅栏。一位年老的木匠在院里还搭建了一个玫瑰花阁架和一个凉亭，并漆成雪白色，看上去与房子非常相称。

一天，艾米尔在路边停下车，长久地凝视着那道栅栏。木匠高超的手艺几乎令她流泪。她简直不忍离去，索性给车熄了火，走上前来，抚摸栅栏。它们还散发着油漆味。她看见那女人正开动一台割草机，修剪草坪。

“喂！”艾米尔喊着，一边挥着手。

“嘿，亲爱的！”那女人站起身，在围裙上擦了擦手。

“我在看你的栅栏，真是太美了。”艾米尔激动地说。

“来，在门廊上坐一会儿吧，让我告诉你有关栅栏的故事。”那女人熄灭割草机，朝她微笑道。

她们一起走上前门台阶，那女人打开拉门，艾米尔不由欣喜万分，她终于来到那道不同寻常、赏心悦目的栅栏前。

“这栅栏其实并不是为我设的。”那妇人直率地说道，“我独自一人生活，可有许多人到这里来，他们喜欢看到真正漂亮的东西，有些人见到这道栅栏后便向我挥手，有几个人像你一样，甚至走进来，坐在门廊上跟我聊天。”

“可院子前的路加宽后，这儿发生了那么多变化，你难道不介意？”

“变化是生活中的一个部分，也是铸造个性的因素，亲爱的，当你不喜欢的事情发生后，你面临两个选择：要么痛苦愤懑，要么振奋进步。”那女人说道。

当艾米尔起身离开时，那女人说：“任何时候都欢迎你来做客。请别把栅栏门关上，这样看上去很友善。”

艾米尔将门半掩半开，然后启动车子。内心深处有一种新的感受，艾米尔没法用语言表达，只是感到，在她那颗愤懑之心的四周，一道坚硬的围墙轰然倒塌，取而代之的是整洁雪白的栅栏。

艾米尔也打算把自家的栅栏门开着，对任何准备走近她的人表示出友善和欢迎。

艾米尔终于走出自己心灵的“栅栏”，她的生活也将会变得友善起来，并且有声有色。

打开心灵的那道栅栏吧，你的生活将从此充满欢笑。

蓝色的连衣裙

1909年的春天来到了俄亥俄州的克利夫兰城，可是，它没能给盖特街带来新面貌。临近的那些漂亮街道上的住户们都已忙开了：拾掇闲了一冬的小园子，粉刷、油漆房屋，为夏天准备好剪草机……盖特街却仍是老样子：又脏又乱。

盖特街是条短街，但走过这条街的人都嫌它太长了。当然，住在这儿的人都没多少钱，穷人的要求是不高的。

他们有时能找到点儿活干，有时为找工作而奔波，他们的屋子多年没有油漆粉刷了，院子里连自来水也没有，盖特街的住户只好到街角的水栓那儿去提水。

街上的景象当然好不了——没有人行道，没有路灯，街道一端的铁路线给这儿增添了更多的嘈杂声和尘土。

春天来了，别的街上去学校读书的小姑娘们都穿上了漂亮的新衣裳。但是，这个盖特街来的小姑娘还是穿着那件她已穿了一冬的脏罩衫，也许，她只有这一身衣服。

她的老师深深地叹了口气：多好的小姑娘呵！她学习起来可真用功，她懂礼貌，见了人总是笑眯眯的。可惜，她的脸从来也不洗，还有一头蓬乱的头发。

一天，老师对这个小姑娘说："明天你来上学以前，请你为我洗洗你自己的脸，好吗？"老师看得出，她是个漂亮的小姑娘。

第二天，漂亮的小姑娘洗干净了脸，还把头发梳得整整齐齐。放学时，老师又对她说："好孩子，让妈妈帮你洗洗衣服吧！"

可是，小姑娘还是每天穿着那身脏衣服来上学。"她的妈妈可能不喜欢她？"老师想。于是老师去买了一件美丽的蓝色连衣裙，送给了小姑娘，孩子接过这礼物，又惊又喜，她飞快地向家里跑去。

第二天，小姑娘穿着那件美丽的裙子来上学了，她又干净又整齐，兴高采烈地对老师说："我妈妈看我穿上这身新衣服，嘴巴都张大了。爸爸出门去找工作了，可是没关系，吃晚饭时他会看到我的。"

爸爸看到穿着新衣服的女儿时，他不禁暗暗地说，真没想到，我的女儿竟这么漂亮！当全家人坐下吃饭时，他又吃了一惊：桌子上铺了桌布！家里的饭桌上从来没用过桌布。他不禁问："这是为什么？"

"我们要整洁起来了，"他的妻子说，"又脏又乱的屋子对我们这个干净漂亮的小宝贝来说，可不是个好事。"

晚饭后，妈妈就开始擦洗地板，爸爸站在一旁看了会儿，就不声不响地拿起工具，到后院去修理院子的栅栏去了。第二天晚上，全家人开始在院子里开辟一个小花园。

第二个星期，邻居开始关心地看着小姑娘家的活动，接着，他也开始油漆自己那十多年未曾动过的房屋了。这两家人的活动引起了更多的人的注意，于是，有人向政府、教会和学校呼吁：应该帮助这条没有人行道、没有自来水的街上的居民，他们的境况这样糟，可是他们仍然在尽力创造一个美好的环境。

几个月后，盖特街简直变得让人认不出了。修了人行道，安上了路灯，院里接上了自来水。小姑娘穿上她的新衣服的六个月后，盖特街已经是住着友好的、可敬的人们的整洁街道了。

得知盖特街变化的人们管这叫“盖特街的整洁化”，这个奇迹愈传愈远。

其他城市的人们听到这个故事，也开始组织他们自己的“整洁化”运动，到1913年，有上千个美国城镇组织了修理、油漆房屋的活动。

当一个老师送给一个小女孩一件蓝色的新衣裳时，谁能料到会引起什么奇迹呢！

当老师送给小女孩新衣裳时，谁能料到会引起什么奇迹呢！

把握人生

胡利奥·伊格莱西亚斯本是马德里的职业足球员，后来因车祸受伤瘫痪了一年半，他的球场生涯就此告终。在医院就医时，一位富于同情心的护士给了他一把吉他，帮助他消磨时间。虽然伊格莱西亚斯以前从来没想到要在音乐界发展，但自此之后，他竟然在流行音乐方面获得重大成就。

那次车祸实在是伊格莱西亚斯一生的分水岭，是一个一切从此改变的转折点。人生的分水岭可能是一场疾病、一次意外事故或一次偶然遭遇，也可能是有重大影响的事件。我们研究出把握人生中预料不到的时刻，使其成为发展机会的四大策略：

对自己负责

有句谚语说:“时间能治愈一切创伤。”可是人生的经验显示,许多人经受不了危机,即使经过时间的治疗也不能完全恢复元气。因此,对于疾病、死亡、离婚或失业等沉痛经验,我们实在必须积极应付。有些人的应付方式是怨天尤人。然而事实很明显,我们对自己的生活终须负起责任。

艾眉结婚24年之后,丈夫跟她离婚。她既没受过任何职业的教育,又没有自力更生的信心,按理大有可能陷于自怜而从此一蹶不振。

可是,她并未如此。她奋力振作,对自己负责。“我要跨越创伤,替自己争一口气,”她说,“于是我去读经营房地产的课程,取得经纪执照,然后开设自己的事务所。我相信,不用多久,我就会成为这个城市中数一数二的独立经营房地产经纪人。”

不怕做出困难决定

人生分水岭的事情范围很广。女性远比男性重视与他人有关的问题,男性则较常提及与教育或职业有关的事件。从这些经历中获益最大的人,都认为抱着避免风险而只希望一切会变好的态度并不能使你有所发展。人们有所发展,是因为他们肯做出决定。

前美国广播公司电视节目“美国早安”主持人哈特曼在大学攻读的是经济学位。毕业时有很多极好的商界职位向他招手,但在大学时曾兼任无线电及电视广播员的哈特曼,却做出了一个很不容易的决定。他抛弃多年的学术训练和稳定的收入,在工作极不稳定的娱乐通讯界中开始他的事业。

敢于冒险往往会有大收获。女艺人玛丽·马丁在好莱坞一家夜总会的天才表演中,高歌一阕名为《吻》的圆舞曲之后,即声名鹊起,从此飞黄腾达。原来,她开始唱时是以歌剧的最佳嗓子和传统方式唱的,但唱到一半时她忽然兴起,改用爵士乐的调子唱下去。唱完时,全场起立鼓掌,她就此有了新的事业。

美国佳士拿汽车公司的总裁艾阿科卡深有感触地说:“当机立断、稳中求胜,是优秀经理的标志,也是任何甘冒风险及发展真正自我的人的标志。”

谋求充实自己生活的关系

人际关系是人生的网络，它影响我们的思想、感受与行为，有时还是影响我们一生的途径。成功的人常常会告诉我们，他们在事业早期得过朋友或导师的指引。

甚至一个泛泛之交的人或陌生人，对我们的一生也可能有重大影响。棒球巨星坎本涅拉在他的事业近乎顶峰时，由于意外事故而变成瘫痪。一年后，他在一球场上坐在轮椅中休息时，忽然有位老大娘慢慢向他走来。她两腿镶有支架，走路时扶着拐杖。

她走到坎本涅拉面前，握住他那双软弱无力的手说，感谢他给了她活下去的勇气。原来他在纽约一家医院就医时，她也是那医院的病人。她中风后半身不遂，因而厌世。但医院里的医生对她讲起坎本涅拉的勇敢，使她听了大为感动，于是决定努力活下去。她后来行程近2000公里，特地来当面感谢坎本涅拉，从而使坎本涅拉也得到了他以前给她的感召和勇气。

肯定自己的价值

在一般情形下，危机会伤害一个人的自尊心，从而使他更难于应付危机。我们在访问中发现，凡是能肯定自己价值的人，遇到困难时都不大会觉得自己无能为力，反而更可能影响事情的演变和寻求可以采取的途径。

保罗是一位很有成就的新闻记者。他在6岁时以难民身份抵达美国，早年在学校里因不会说英语而深感痛苦。他受到同学讥嘲时不是大打出手，便是转身逃避，结果养成了他所说的“难民心理”。这种心理表现在诸如此类的想法：“不要破坏现状”、“到了人家这里就该知足”以及“这种东西轮不到你”等等。

后来他在一次夏令营活动时，生命有了转折点。“他们要我担任营里最有地位的职务——岸边指导员，因为我具备必要的资格，”保罗说，“这时，我照例听到内心的心声提醒自己：‘这种东西轮不到你赢。你不是第一流的人。’可是，出乎意料之外，就像灯光忽然亮了似的，我一下子变得恍然大悟。现在应该轮到我了。于是，我便答应担任那个职位。”

保罗不能肯定他当时怎会恍然大悟,可是那一刻的确改变了他的一生,使他摆脱了心理羁绊,而变成“在我的世界里的真正自己”。

好的念头不会自动地在我们的生活中产生。我们之所以能够发展,是因为我们决心要发展,是因为我们积极应付我们的遭遇。

研究人员曾对一些中了5万美元以上彩票人进行研究,请他们谈谈在他们生命的这个阶段中有多快乐,预料几年后会多快乐,以及他们从同朋友谈话、看电视、吃午餐、听人讲笑话、受人恭维、阅读杂志和买新衣服等7件事中所得到的快乐;同时,研究人员又向一些未中奖者提出相同的问题。

结果发现,中奖者并不比未中奖者快乐,也不预料将来会更快乐,而且他们说,他们在那7件事中所得到的快乐也比未中奖者少。虽然中奖者获得一时的振奋和喜悦,但他们似乎失去了一部分欣赏普通乐趣的能力。更要紧的是,他们未能把那分水岭般的转变——中彩票——化为发展的机会。

你不必认为非中彩票才能出人头地。只要能认清楚一件分水岭般的事情对改变自己一生的重要性,并且把握住它而采取行动就行了。

肯定自己的价值,把握自己的人生。

真挚友情

苏格兰名作家及笑星劳得常打趣观众说:“你们比肩并坐了两小时,没有一个和邻座的人谈话!”观众觉得他这句话真逗人。于是,很少有人不转头和邻座交谈。

就是这么简单容易。一句话，一个微笑，邻座的人就可能成为自己的朋友。在我们的一生中，时常会因为太自高自大，或者太自惭形秽而得不到好的友情。

有一次，大风雪后，积雪满街，交通断绝。我们公寓大楼中的煤用完了，食品杂货店的人没送货来，没有自来水，电梯也因故障而不动。从来没有交谈过的邻居们相互敲门，愿意接济食物、牛奶、唱片等等。有户人家举行舞会，使我们大家兴致热烈起来，参加舞会的人从11到75岁的都有。我们这才发现，大楼的管理员会弹钢琴。

当时我想：如果平时能有这种友好互助的精神，那幢大楼中每天的日常生活会多么生色！

你当然在旅行时可以漠然拒人于千里之外，但是，那种态度也会使你不能享受众人之乐。你如果看不到世人的内心，你就看不到世界。打开袜盒让顾客挑选的女店员、街头值勤的警察、公共汽车司机、电梯司机、擦鞋童，他们都是有个性的人，每个人都有一个丰富的内心世界。我们大多数人总是陷入刻板的生活，每天见同样那几个人，和他们谈同样的事。其实，和陌生人谈话，特别是和不同行业的人谈话，更能给你提供新的经验和感受。乡野的农人、偏僻地点加油站的工人、抱着孩子的极为得意的女人，全能使我们欢心愉悦，觉得世界上充满了生机。

我们许多人自觉没有什么可以给人，但是我们至少可以接受别人的盛情。如果我们不是熟视无睹，而是仔细看人，我们很可能从他的眼光中看到他心有疑难。我们如果看见车站上有一个女人在流泪，一个孩子眼露痛苦之色，或是一个外国人身在异乡、手足无措，而不上去询问协助，我们就不该原谅自己。

我认识的一位妇人乘火车西行，在中途一个荒野小镇停车时下车散步。这时东行的火车也抵站，两列车有很多的乘客在车站上悠闲踱步。她看到个面带笑容的男子，两人便谈起话来，一同散步，火车鸣笛促乘客上车时，那男子说："我们也许从此不会再见面了。"他们握手道别，却登上了同一列火车。

其后许多年，他们互相通信，直到离世。两人所求者都不是恋爱，而是珍贵的友情。

问问你自己：你的知己中，有几个是经过正式介绍而认识的？我记得我在一处海滩上认识的鲍尔德，就是他从水中走上来，我正要走下水去时认识的。我在纽约一家餐馆中遇到艾伯特，是他正在看一本我当时极为欣赏的书时认识的。我在大峡谷遇到戈登，他初睹奇景，急欲找人一谈，就在他对我一吐为快时，我们相识了。

亿万人的情绪感觉各有不同：有的孤独，有的抱着希望，有的烦忧沉郁。在人生的长途中，这种心情和感觉均需要伙伴，需要友情。本来是陌生人，有一个人伸出手来，就成了朋友。

伸出手来，就会成为朋友。

最好的消息

阿根廷著名的高尔夫球手罗伯特·德·温森多是一个非常豁达的人。

有一次，温森多赢得一场锦标赛。领到支票后，仙微笑着从记者的重围中走出来，到停车场隹备回俱乐部。这时候一个年轻的女子向他走来。她向温森多表示祝贺后又说她可怜的孩子病得很重——也许会死掉，而她却不知如何才能支付起昂贵的医药费和住院费。

温森多被她的讲述深深打动了，他二话没说，掏出笔，在刚赢得的支票上飞快地签了名，然后塞给那个女子，说："这是这次比赛的奖金。祝可怜的孩子早点康复。"

一个星期后，温森多正在一家乡村俱乐部进午餐，一位职业高尔夫球联合会的官员走过来，问他前一周是不是遇到一位自称孩子病得很重的年轻女子。

"是停车场的孩子们告诉我的。"官员说。

温森多点了点头，说有这么一回事，又问："到底怎么啦？"

"哦，对你来说这是一个坏消息，"官员说，"那个女子是个骗子，她根本就没有什么病得很重的孩子。她甚至还没有结婚哩！你让人给骗了！"

"你是说根本就没有一个小孩子病得快死了？"

“是这样的，根本就没有。”官员答道。

温森多长了一口气，然后说：“这真是我一个星期以来听到的最好的消息。”

这真是我一个星期以来听到的最好的消息。

变换心境

朋友患先天性心脏病，一年中有一半的时间是在医院里。每次她住院我去看她，朋友总是显得很悲观，很颓唐。这一次，我去看她的时候，她却正在医院的草坪上和久违的几个小朋友兴高采烈地玩捉迷藏。看着朋友神采飞扬的笑脸，我不胜惊愕。朋友说：“我已经停止了抱怨。没有一个健康的身体，是我无力改变的事实。但是，生活的质量并不仅仅决定于一个健康的躯壳，我还是可以活得积极开心。变换心境也就等于变换了生命。”

我想起了一个名叫维克多·弗兰克的德国精神医学博士，他曾经在纳粹的集中营里饱受了饥寒凌虐的非人生活。在这随时都有死亡之虞的人间地狱里，弗兰克不仅没有绝望，反而在苦难中找到了生命的意义。有一次，弗兰克随着漫长的队伍由营区步向工地。天气十分寒冷，他不断想着这种悲惨生涯中层出不穷的琐事。诸如：今晚吃什么？鞋带儿断了，如何才能再弄一根来？

这种满脑子只想着芝麻小事的处境，让弗兰克十分厌倦。他强迫自己把思路转向另一个主题。突然间，他看到自己正置身于一间宽敞明亮的讲堂，正面对来宾们发表演讲，演讲的题目则是关于集中营的心理学。那一刻他感觉自己身受的一切苦难，从科学立场上看，就全都变得客观起来。此后，弗兰克以一个精神医学家的感觉来面对集中营的生活，一切难耐的苦难顿时成了弗兰克兴趣盎然的心理学研究题目，他不再感觉痛苦。

看来，朋友和这位弗兰克博士的经历倒有异曲同工之妙。想到我自己，人微言轻，一名普通的家庭主妇，每天陷于柴米油盐酱醋茶中，买菜做饭，洗衣拖地，这样手脚不停，做的却是生活中一件件微不足道的小事，而且还要日复一日、年复一年地做下去，生活是烦琐的，感觉是疲惫的。特别是在做好了饭菜，等人回家的时候，火气便在等待中渐渐燃旺。

家庭中的武力摩擦便时有发生。作为一名普通的妻子、母亲，操心一家人的吃喝拉撒是我无法推卸的责任，那么，唯一可以变换的，便只有我的心境了！

有一次，我做好了饭菜等着吃饭的人归来的时候，站在阳台上，突然想到：看着天上的白云，等一个人回家，是一件要多浪漫有多浪漫的事。平生第一次，我不再觉得等待一个人的滋味可怜。这一发现让我开始试着以快乐的心情面对生活。我发现，那些曾让我怨气冲天的家务琐事其实或多或少都包含着乐趣。几番整理，乱糟糟的家顿时变得整洁雅致。我一个人站在屋子中间高兴地对自己说："你真能干。"孩子回来不到10分钟，沙发上的垫子已全部错位，而我，只是学着欣赏孩子的活泼。变换心境，使我从平凡琐碎的生活中找到了乐趣。

每天清晨，当我从梦中醒来，推开窗子，我最想说的一句话便是：变换心境等于变换生命。

变换心境就是变换生命。

让笑容稍息

夏初，去帮朋友操持婚礼，顺便带上6岁的侄女，安排她去给朋友扯婚纱，也算是一个工作人员。

我反复告诉她，那是一场很重要的婚礼，快乐的聚会，她必须学会保持一种幸福的笑容，对每一个人都要微笑，因为她的小笑脸将随时被刻画在摄影镜头里。侄女点头拉勾说好，我才放心下来，要知道，这个孩子向来有点儿莫名的羞怯与忧郁，并不是很喜欢微笑。

婚礼那天，侄女果然履行她的承诺，她表现得很好，穿着白色的小婚纱，始终将笑容挂在脸上，她纯真的笑容看上去让人有种圣洁美好的感觉。想一想平日里，她这样的笑容是十分难得的，虽然我们反复教导她要知礼数而懂微笑，但都没有今日的完美。

但婚礼中途的时候，我却找不见她了。找了半天，才发现她躲在酒店二楼的楼道上看满城的灯火，一脸笑容殆尽的平静。我轻轻地走上去，问她："你怎么了？躲在这里干什么？不开心吗？"

她扭头对我说："我没有不开心呀，只是我笑累了，想让脸蛋休息一下。"

我听罢哈哈大笑起来，多可爱的孩子呀，我让她笑，她就一直笑着，累了也坚持着。实在不想笑了，也懂得躲起来一个人沉默，只为不影响别人的心情。进而一想，我又不禁心生怜惜起来，她本是一个心事平静不爱微笑的小女孩，如此让她违心地笑上一天，也真是委屈她了。

有多少时候，其实自己并不是觉得生活那么美好、工作那么顺利、笑话并不是那么可笑，但我们不也是要假装高兴勉强一笑吗？为什么不让笑容稍息呢？

我愿意她用自己的表情去表达传递她的情感。而我跟她学会了，在一个人的时候，找一个安静的角落让笑容稍息。

找一个安静的角落让笑也稍作休憩吧。

富裕的心

我永远不会忘记1946年的复活节。那时，父亲已去世5年，只有16岁的达莲娜，14岁的我和12岁的欧茜与母亲相依为命。尽管妈妈要供养3个正在上学的孩子，生活极简朴，但我们的小屋里每天都有歌声和笑声。

复活节的前一个月，教堂里的神父号召所有的教友都攒一点钱，好在复活节时捐给穷人。他说这是我们帮助那些同样身为天主的孩子却为现实生活所累的人们的一个实在的做法。一回到家，我们就热烈地讨论详细的攒钱计划。妈妈建议接下来的这个月，我们应该去买50磅土豆作为一个月的口粮，这样的话，我们就可以省下20美元。不过，她保证每天都为我们做出不同口味的土豆，比如煎土豆、烤土豆、土豆泥、土豆饼……哇！我的口水都流出来了。我们还想方设法节省其他开支，例如，尽量少开灯，甚至不听收音机。达莲娜提出她尽可能出去找一些帮助别人打扫房间和院子的活，而我和欧茜则可以帮人看孩子。后来我们甚至做起小买卖。妈妈花15美元买回一些线圈，我们将它们加工成壶柄拿到市场上去卖，竟然小赚了20美元。我们的生活在那个月变得忙忙碌碌。然而，每当大家围在一起，一分一厘数着辛辛苦苦攒下的钱时，所有的疲乏与奔波之苦就被巨大的成就感扫荡得一干二净。在寂静的夜里，坐在黑暗中，我们凝视天空中的星星，想象那是一张张舒心的笑脸，想象穷人接到捐款后的喜悦。

我们堂区共有80多个教友，如果每家都捐一点儿钱，那该能帮助多少穷人啊！每个周日，神父都会在弥撒中为穷人祈福，并提醒大家应该将天主的爱无私地与他们分享。

眼看复活节一天天近了。我们开始兴奋得睡不着觉。我们已攒下70美元，这是多么大的一笔数目啊！这个复活节，我们没有新衣服穿，可这又有什么呢？我们一心想着捐款的神圣时刻。

复活节那天早上，天主似乎有意考验我们，一场倾盆大雨企图将我们堵在室内。我们没有伞，但还是冲进大雨中奔跑了足有一公里赶到教堂。我们身上的衣服淋得透湿，但我们用塑料袋包起来的70美元却干干爽爽！

教堂里的孩子们开始小声议论，有的还拿手指着我们的旧衣服，哧哧地笑。这时妈妈走向我们并用她那温暖柔软的手牵住我和欧茜，望着她挺直的腰板和从容的微笑，我握紧了手里的70美元。那一时刻我感到自己真是无比富有！

募捐开始了，妈妈分给我们三个孩子每人一张20美元的钞票，然后自己拿着一张10美元的纸钞率先投入募捐盒。接着达莲娜、我和欧茜都郑重地投入了自己的一份。

回家的路上，我们高声唱着歌曲，雨后的天空天高云阔。我们的喜悦在午餐时达到了高峰。妈妈为我们准备了丰盛的复活节午餐——炸土豆和复活节煮鸡蛋。大吃一顿后，我们坐在屋里聊天，聊那些收到捐款的穷孩子也可以吃上鸡蛋，也可以上学，也可以和我们一样高声唱歌……

一阵敲门声打断了我们，妈妈走过去开门，原来是神父。神父笑着和我们打招呼："嗨，孩子们！看来你们的复活节过得不错呀！""是的，神父！"我们的心因为爱而异常欢快。神父在门口和妈妈说了一句话，并递给她一个信封，然后便离开了。妈妈走进屋时，我们纷纷猜测信封里是什么。然而，我发现妈妈的脸上掠过一丝难过的神情，她一句话没说，打开信封，一叠纸滑落在桌上。那是几张纸钞——3张20美元，1张10美元以及17张1美元！就在那一刻，我还没来得及问一句"为什么……"一句突如其来而又朦朦胧胧的"穷人"已跃入我的脑海！这句话一出现就在我脑子里跳个没完，如利刃般刮着我的神经！

一直以来，我都为"穷人"难过，因为他们没有我这样的妈妈，这样的弟兄姐妹，不像我们整天有说有笑。虽然我们家没有全套的银餐具，吃饭时妈妈把仅有的几只银刀叉奖给每天最乖的孩子，但我们却视为一种极大的乐趣。虽然我们都知道没有鲍勃家的银烛台，没有玛丽家的留声机，但我们从来没意识到自己属于穷人的行列！可在那个复活节，我知道了我们是穷人，因为神父为我们送来了给穷人捐的钱。在他的眼里，也许在很多人的眼里，我们一直就是穷人！我这才意识到我身上破旧的衣服和鞋，我的小屋子，所有目之所及都告诉我一个残酷的事实：我们是穷人！我们心里生出一种从未有过的羞辱感，想起今天在教堂里那么多人对我们指指点点，我决定再也不去教堂了。

对了，还有学校！虽然在九年级100多名学生中，我的成绩数一数二，但现在我怀疑所有那些同学看我的眼光中，怜悯和同情占了多数，我恨不得立即退学，反正我完成了法定的八年义务教育。

接下来的一整星期，我们默默地上学、放学，想尽办法从同学们眼中消失，彼此也不愿交谈。终于熬到了周六，妈妈郑重地询问我们该如何处置那笔钱。看着那个刺眼的信封，我们茫然无措。穷人该怎么花钱？我们不曾知道，因为我们从未认为自己是穷人。然而，无论如何，我们是不愿去周日的弥撒了，但妈妈坚持要去。

我们故意在教堂后面一个角落坐下，所有的程序此时都显得漫长而难挨。最后，牧师讲话，他提到在非洲有一些贫困却虔诚的教友顶着烈日盖教堂，却因资金短缺，教堂的顶部迟迟不能完工。他说，只要100美元我们就可以帮助他们盖一个漂亮的教堂顶了。

突然，一只手搭在我的肩膀上，我看见达莲娜冲我微笑着，递给我那个装着87美元的信封，妈妈也在一旁鼓励地看着我。我突然明白了什么，接过信封，牵着欧西一起走向圣坛。欧西将信封投进了募捐盒。

募捐结束后，牧师清理了所有的募捐，最后他兴奋地宣布，捐款超过了100美元。他说没有料到在我们这个小教堂能一下子筹到这么一大笔捐款，他肯定在座的人中一定有富人。

我们就是牧师所说的“富人”了？我们就是他所说的“富人”！那一瞬我的心快跳出了嗓子眼儿——牧师承认我们并不贫穷！

从那天开始，我知道我们都有一颗富裕的心。

心灵的富有比物质的富有更让人感到知足和幸福。

爱心创造的奇迹

第二次世界大战期间，马丁·沃尔作为战俘被关进了位于西伯利亚的一座战俘营里，从此离开了他的家乡乌克兰，离开了他的妻子安娜和儿子雅各布。在以后的几年里，他与家人天各一方，音信隔绝，以致连妻子在他被带走后不久又给他生下了一个名叫索妮娅的女儿都不知道。

几年之后，当马丁被释放出来的时候，他已经身心俱疲、憔悴不堪了，看上去俨然就是一个老态龙钟的老人。不仅如此，在他的手上和脚上到处伤痕累累，那是严刑拷问时给他留下的惨痛印记。更让人不堪忍受的是，他知道自己再也没有生育能力了。不过，幸运的是，他好歹总算获得了自由。离开战俘营之后，他第一件事就是立即到处去寻找妻子安娜和儿子雅各布。最后，他终于从红十字会打听到了家人的消息，方知他们都已经在前往西伯利亚的途中死去了。顿时，他伤心欲绝，悲不自胜。但是，直到那时，他仍旧不知道自己还有一个未曾谋面的女儿。

战争初期，安娜带着雅各布很幸运地逃亡到了德国。在那里，她遇到了一对非常仁慈的农民夫妇，他们收留了她和孩子。于是，安娜就在那里安顿下来，并为他们做些力所能及的农活以及家务活。正是在那儿，她生下了她和马丁的女儿索妮娅。住在这个与她和马丁小时候生活过的乌克兰那和平宁静的乡下非常相像的地方，安娜想："我们的生命还会再遭受到痛苦、苦难和分离的折磨吗？"她甚至相信，只要马丁也能来到德国，他们就一定可以重新开创新的生活。

但是，事情却并不像她想象得那么好。几年之后，残酷的战争终于以德国的战败而结束了。安娜和孩子们高兴极了，他们以为马上就可以回家乡和马丁团聚了。但是，他们没想到的是，军队将他们集中起来，并将他们赶进了拥挤不堪的运送牲口的火车上，还告诉他们说要将他们遣送回家。在那冷得像冰窖一样的火车上，食物和水都严重缺乏，他们经常没有东西吃，也没有水喝。其实，安娜的心里非常清楚，他们根本就不是被遣送回家，而是被送往位于西伯利亚的那个充满恐怖的死亡集中营。她的希望彻底破灭了，她感到了绝望，终于，她病倒了。她的呼吸越来越困难，胸口也疼痛得越来越厉害了。她感到自己时日不多了，看着眼前这两个孤苦无依的孩子，她一遍又一遍地祈祷着："哦，上帝啊，求求您，请保佑我这两个无辜的孩子吧！"

"雅各布，"她有气无力地对儿子说，"我病得很厉害，可能就要死了。我会到天堂去请求上帝保佑你们的。你要答应我，千万不能离开小索妮娅。上帝会保佑你们两个的。"

第二天一大早，安娜就死了。人们将她的尸体装在货车上拉走了，埋在一个乱坟岗上。而她的两个孩子则被赶下了火车，送进了附近的孤儿院。如今，在这世上，他们真的是孤苦伶仃、无依无靠了。

当马丁得知家人已经死亡的消息之后，他便停止了祈祷，因为他觉得他每一次面临转机的时候，上帝都会令他大失所望。在那之后，马丁被分配到一个公社里做工，他像一个机器人似的机械地工作着。虽然他的健康与体力已逐渐恢复了，但是他的心、他的感情却已经像死了一般，不论什么事，对他来说都已经无关紧要了。后来，有一天早上，他偶然遇见了和他在同一个公社工作的格蕾塔。如果不是她微笑着注视着马丁，马丁绝对不会认出眼前的这位姑娘竟然就是自己过去在家乡时的一位既充满了快乐、又聪明伶俐的同学。没想到在走过了这么多地方，经历了这么长时间，发生了这么多事之后，他们竟然能在此地重逢，这简直是太幸运了！接着，没过多久，他们就结婚了。于是，马丁觉得生活又充满了阳光，生命又有了意义。但是，对于有些女人来说，她们总是希望能有个孩子可以疼可以爱，而格蕾塔就是这样一个女人。虽然她知道马丁已经没有生育能力了，但是，她仍旧渴望能有个孩子。终于，有一天，她实在忍不住了，于是就对马丁乞求说："马丁，孤儿院里有许多孩子，我们何不去领养一个呢？""格蕾塔，你怎会想到要领养一个孩子呢？"马丁吃惊地问道，"难道你不知道那些孩子都发生过些什么事吗？"这时的马丁，他的心再也经受不起任何打击了——他已经将它完全封闭了。但是，格蕾塔却始终没有放弃她的渴望，终于，她那强烈的爱战胜了马丁的冷漠与偏执。

于是，在一天早上，马丁对她说道："格蕾塔，你去吧，去领养一个孩子吧。"为了领养一个孩子，格蕾塔做好了一切准备。去孤儿院领养孩子的日子终于到来了，那天一大早，她就搭上火车赶往孤儿院。来到孤儿院，走在那长长的、黑黑的走廊里，看着那些站成一排的孩子，审视着，权衡着。他们仰起那一张张沉默的小脸，乞求地望着她。她真想张开双臂把他们全都拥入怀中，并把他们全都带走。但是，她知道，她做不到。就在这时，有一个小女孩羞怯地微笑着，向她走来。"哦，这是上帝帮我做出的选择！"格蕾塔想。她单膝下跪，抬起一只手抚摸着小女孩的头，爱怜地问道："你愿意跟我走吗？去一个有爸爸、妈妈的真正的家？""哦，当然，我非常愿意，"她答道，"但是，您得等我一会儿，我去喊我哥哥来。我们要一块儿去才行，我不能离开他的。"格蕾塔非常难过，无奈地摇摇头说："但是，我只能带一个孩子走啊。我希望你能跟我一块儿走。"小女孩又一次使劲地摇了摇头，说："我一定要和哥哥在一起。以前，我们也有妈妈，她死的时候嘱咐哥哥要照顾我。她说上帝会照顾我们两个的。"这时，格蕾塔发现她已经不想再去寻找别的孩子了，因为眼前的这个小女孩已深深地吸引了她，打动了她。她要回去和马丁好好商量商量。

回到家，她向马丁恳求道："马丁，有件事我必须要和你商量。我必须要带两个小孩一起回来，因为我选的那个小姑娘有个哥哥，她不能离开他。我求求你答应我。""说实在的，格蕾塔，"马丁答道，"有那么多的孩子可供选择，你为什么非要选择这个小女孩呢？难道不能选别的孩子吗？或者干脆就一个也不要。我真不知道你是怎么想的？"听马丁这么一说，格蕾塔难过极了，并且不愿意再去孤儿院了。看着格蕾塔伤心的样子，马丁的心里不禁又涌起了一股爱怜。于是，爱又一次获得了胜利。这次，他建议他们两人一块儿去孤儿院，他也想见见那个小女孩。也许他能够说服她离开她的哥哥而愿意一个人接受领养呢。这时，他又想起了自己的儿子雅各布，也许他也被送进了孤儿院。如果真的是这样的话，他不也一样希望雅各布能被像格蕾塔这样的好人领养吗？

当格蕾塔和马丁走进孤儿院的时候，那个小女孩来到走廊里迎接他们，这一次，她的手紧紧地拉着一个小男孩的手。小男孩的身体非常瘦小，而且很虚弱，但是他那双疲惫的眼睛中却流露着柔和善良的目光。这时候，小女孩扑闪着明亮的大眼睛，轻声地对格蕾塔说："您是来接我们的吗？"还没等格蕾塔搭腔，那个小男孩就抢先开口了："我答应过妈妈，永远都不离开妹妹的。妈妈临终的时候让我必须向她作保证。我答应了。所以，我很抱歉，她不能跟你们走。"马丁默默地注视着眼前这两个可怜而又可爱的小孩子。片刻之后，他以一种坚决的语气果断地宣布道："这两个孩子我们都要了。"他已经不可抗拒地被眼前这个瘦弱的小男孩吸引住了。于是，格蕾塔就跟着兄妹俩去收拾他们的衣服，而马丁则到办公室去办理领养手续。当格蕾塔两手各拉着一个孩子来到办公室的时候，却发现马丁正不知所措地站在那里。只见他的脸苍白得像纸一样，双手也在剧烈地颤抖着，根本就无法签署领养文件。

格蕾塔吓坏了，她以为马丁突然得了什么急症，于是，连忙跑过去，惊叫道："马丁！你怎么啦？"当然，马丁根本就不是得了什么急症。"格蕾塔，你看看这些名字！"马丁一边说一边递给她一份文件。格蕾塔接过那份写有两个孩子名字的文件，读了起来："雅各布·沃尔和索妮娅·沃尔，母亲系安娜·(巴特尔)·沃尔；父亲系马丁·沃尔。"不仅如此，除了索妮娅之外，他们三人的出生日期都与马丁记忆中的完全相符。

"哦，格蕾塔，他们两个都是我的孩子啊！一个是我以为早就已经死了的我深爱的儿子雅各布，一个是我从来都不曾知道的女儿！如果不是你那么恳切地求我领养他们，如果没有你那颗洋溢着仁爱的心，我可能就会错过这次奇迹了！"马丁激动得泪流满面，一边说着，一边蹲下身来，把两个孩子紧紧地搂在怀里，呜咽着说："哦，格蕾塔，上帝真的就在我们身边！"

一个拥有颗洋溢着仁爱之心的人，上帝都会被他打动。

永恒的承诺

新泽西的一名矿工在下井刨煤时，一镐刨在哑炮上。哑炮响了，矿工当场被炸死。因为矿工是临时工，所以矿上只发放了一笔抚恤金，不再过问他妻子和儿子以后的生活。

悲痛的妻子在丧夫之痛后又面临着来自生活上的压力，由于她无一技之长，只好收拾行装准备回到家乡那个闭塞的小镇去。这时矿工的队长找到了她，告诉她说矿工们都不爱吃矿工餐厅做的早饭，建议她在矿区开个面包店，卖些面包，说不定可以维持生计。

矿工妻子想了一想，便答应了。

于是她找人帮忙，面包店就开张了。开张第一天就一下来了8个人。时间推移，买面包的人越来越多，最多时可达二三十人，但最少时却从未少过8个人，而且风霜雨雪从不间断。

时间一长，许多矿工的妻子都发现自己丈夫养成了一个雷打不动的习惯：每天下井之前必须吃一个面包。妻子们百思不得其解。

直至有一天，矿工的队长在刨煤时被哑炮炸成重伤。弥留之际，他对妻子说："我死之后，你一定要接替我每天去买一个面包。这是我们队8个兄弟的约定，自己的兄弟死了，他的老婆孩子怎么生活？咱们不帮谁帮。"

从此以后每天的早晨，在众多买面包的人群中，又多了一位女人的身影。来去匆匆的人流不断，而时光变幻之间惟一不变的是不多不少的8个人。

时光飞逝，当年矿工的儿子已长大成人，而他饱经苦难的母亲两鬓花白，却依然用真诚的微笑面对着每一个前来买面包的人。那是发自内心的真诚与善良。

更重要的是，前来光临面包店的人，尽管年轻的代替了年老的，女人代替了男人，但从未少过8个人。穿透十几年岁月沧桑，依然闪亮的是8颗金灿灿的爱心。

用爱心支撑起来的承诺，能够穿越尘世间最昂贵的时光。

诚实是生活之本

多年前，美国纽约的“红心慈善协会”准备为一家孤儿院盖一所大房子。在破土动工时，意外地挖到了一座坟墓。于是在报纸上刊登出启事，请死者家属速来商量移坟事宜，届时将得到补偿款五万美金。

32岁的爱德华看了消息不由怦然心动，他的家就曾在那片土地上。父亲也确实死去了，但却不是葬在那里，就差了一点点。爱德华忍不住地想，要是父亲当初葬在这块地上就好了，他就可以轻而易举地获得5万美金。5万元，这在当时真是一个惊人的数字呀。

可那不是自己的父亲，但爱德华还是抑制不住五万元的诱惑。他还想，这座坟墓既然没有人认领，自己可不可以冒充一回孝子，做一回儿子？爱德华为自己的想法所激动。不过启事上说得很明白：要去认领，得拿出相关的证明。

爱德华绞尽脑汁，终于想出了可以证明那是父亲坟墓的办法。他还到旧货市场买了一张30年前的旧发票，再到“丧事物品店”花了6美元，让人在旧发票上盖了一个章，证明他30年前曾为父亲在这里买过葬品。爱德华做得天衣无缝，喜出望外地跑去认爹了。

那家慈善机构的一位小姐热情地接待了爱德华。爱德华装出一副悲痛的模样，甚至掉下眼泪，痛哭不止，接待小姐却笑了，说：“你不必这样，老人家毕竟已经入土30年了，活人不该再这样悲痛。”爱德华感到自己是有点过了，就不再装腔作势。

接下来的事却让爱德华大吃一惊，小姐将他的姓名、住址记录在案，告诉他，他是第169位来认父亲的儿子。如果说得明白点，现在已经有169个儿子来认爹了，他们要一一审查，确认谁是其中的真儿子。

这对爱德华如当头一棒，怎么也没想到，会有这么多和他一样财迷心窍，想认爹的人。

当时美国国内，正值人心不古，全社会都在经受着一场信任与诚实的危机，人们对诚信的呼声日渐高涨。

事情被一家媒体报道，将这169位认爹的人姓名刊登在报纸上，告诉人们，人再贪财，爹是不能乱认的。这时对坟墓尸骨的鉴定也出来了，令人惊奇的是，这169位儿子都是假的。坟墓里的尸体已经有一百六十年了，死者的儿子不可能还健在。事情让人哗然。

这真是一个耻辱。

又是这家慈善机构宣布：如果大家确实想认爹，可以到老年收容所去，他们每人都将得到一个爹。看到如此的闹剧，美国上下深受震动。各界人士纷纷站出来讲话，呼吁诚信，提倡道德，重整人心，号召人们一定要做一个诚实坦白的人，一定要靠自己的劳动创造自己的未来。

在那次事件中，爱德华无地自容，非常惭愧。他将那份报纸珍藏起来，如金子似的保存着，以警示自己，一定要做一个诚实可信的人。十年后，爱德华成为了全美通信器材界的巨头。当有人问他创业和成功的秘诀时，爱德华坚定而感慨地说："诚实，是诚实帮助了我，它使我懂得了如何做人，使我有了事业并学会了如何待人，大无畏的诚实给了我一切。"一个诚实可信的人，虽然会被人欺骗，常常吃亏，但最终会赢得信誉，受人爱戴，并获得成功。

诚实，一直是美国人无比注重的东西，也是美国人创业腾飞的武器。做一个诚实的人是任何一个民族强大起来的根本。

一个诚实可信的人，最终会赢得信誉，受人爱戴，并获得成功。

让心灵先到达那个地方

美国西部的一个乡村，有一位清贫的农家少年。每当闲暇的时间，他总要拿出祖父在他8岁那年送他的生日礼物——一幅已被摩挲得卷边的世界地图。他年轻的目光一遍遍浏览着地图上标注的城市，飘逸的思绪亦随之纵横驰骋，渴望抵达的翅膀在幻想的风景中自由翱翔……

15岁那年，这位少年写下了他气势不凡的计划——《一生的志愿》：

“要到尼罗河、亚马逊河和刚果河探险；要登上珠穆朗玛峰、乞力马扎罗山和麦金利峰；驾驭大象、骆驼、鸵鸟和野马；探访马可·波罗和亚历山大一世走过的道路；主演一部《人猿泰山》那样的电影；驾驶飞行器起飞降落；读完莎士比亚、柏拉图和亚里士多德的著作；谱一部乐曲；写一本书；拥有一项发明专利；给非洲的孩子筹集100万美元捐款……”

他洋洋洒洒地一口气列举了127项人生的宏伟志愿，不要说实现它们，就是看一看，就足够让人望而生畏了。难怪许多人看过他设定的这些远大目标后，都一笑置之。所有人都认为：那不过是一个孩子天真的梦想而已，随着时光的流逝，很快就会烟消云散。

然而，少年的心却被他那庞大的《一生的志愿》鼓荡得风帆劲起，他的脑海里一次次地浮现出自己漂流在尼罗河上的情景，梦中一次次闪现出他登上乞力马扎罗山顶峰的豪迈，甚至在放牧归来的路上，他也会沉浸在与那些著名人物交流的遐想之中……没错，他的全部心思都已被自己《一生的志愿》紧紧地牵引着，并让他从此开始了将梦想转变为现实的漫漫征程。

毫无疑问，那是一场壮丽的人生跋涉，也是一场异常艰难、简直无法想象的生命之旅。他一路豪情壮志，一路风霜雪雨，硬是把一个个近乎空想的夙愿变成了一个个活生生的现实，他也因此一次次地品味到了搏击与成功的喜悦。44年后，他终于实现了《一生的志愿》中的106个愿望。

他就是上个世纪著名的探险家约翰·戈达德。

当有人惊讶地追问他，是凭借着怎样的力量，把那么多的艰辛都踩在了脚下！把那么多的险境都变成了登攀的基石？他微笑着如此回答："我总是让心灵先到达那个地方，随后，周身就有了一股神奇的力量；接下来，就只需沿着心灵的召唤前进。"

我们拥有心灵，能够到任何的地方。

心灵美容费

艾伦是我的朋友。他英俊、聪明，但为人冷漠、说话刻薄，所以，即便是他多年的朋友，我也只能在短时间内容忍他的坏脾气，然后就会被他烦得火冒三丈。

艾伦的生日到了。我像往常一样打电话向他道贺，他却冷冷地说："人到50有什么值得高兴的呢？不过是又要多交人寿保险罢了！"

看在是他生日的分上，我懒得跟他计较，而是建议他出去吃顿饭。

"我得穿正式一些吗？"他嘟哝道。

"不用，穿休闲裤，配一件宽松的外套就行了。"

"那好吧。"他让步了。

我将他带到一家挺不错的意大利餐馆。用过餐后，侍者呈上了生日蛋糕，并为他唱生日歌。

"哦，上帝！他们还要唱多久啊？"听到生日歌时，艾伦不安地扭着身子，翻着眼睛。尽管他竭力掩饰，但还是显得很烦恼，这样子看上去可真滑稽。

“别着急！”我安慰他，“我只请他们唱三遍。”

生日歌唱完后，我给他送上了一份礼物，一份给谁都不会出错的礼物。

“这么高级！”他一看见T恤衫上设计师的名字便嚷开了，“你知道吗？这上面标的价格是它实际价格的20倍以上！我喜欢在沃尔玛买T恤。在沃尔玛，你花不到15美元，就能买一件相当不错的T恤，那我们为什么还要多花冤枉钱呢？”

瞧！艾伦就是这样一个人。

“如果你不喜欢，或者它不合适，你可以去换。”我说，“但无论如何，不许像上次那样，把我送给你的生日礼物退给商店，然后再给我一张写上我名字的记账卡。”我警告他。

艾伦的表现就像一个吝啬鬼，其实他相当富有。他精打细算地过日子，就好像他现在，或不久的将来要面临财政崩溃一样。

按理说，像他那么英俊而又富有的单身汉，应该很受女士青睐才是，可在过去的8年里，他只有过4次约会。他从未尽情地玩过，也从未放松过他那绷得紧紧的神经。他既不给予，也不花费，似乎他从不享受生活。也许，这就是他为什么难得有约会的原因吧。

一个星期后，艾伦打来电话为那次生日宴会和礼物道谢，并且告诉我，他又把T恤退回去了，写有我名字的礼券很快就会寄到。

也许因为他此时的所作所为，也许因为他过去的所作所为，总之，他的那套把戏让我烦透了，我气愤地说：“艾伦，你知道，我是你的朋友，我可以为你做任何事！但你不觉得自己有点太不通人情世故了吗？请原谅我这么说。我有个建议：明天你带上三张100美元的钞票，把其中一张给一位可怜的母亲；另一张给一位手头拮据的老人；至于那最后一张，你就买点自己喜欢的东西吧。不要去想如果你花更长的时间、更多的精力是不是能买到比这更便宜的东西——不要为这些琐事苦恼！如果你按我讲的去做，也许你会发现，生活并不像你以为的那样压抑和沉闷。”

这不是艾伦想听的话。

“什么？”他吼道，听他的声调，他似乎觉得我的神经出了毛病。

“我为什么要那么干？难道我疯了吗？”说完，他就挂断了电话。

我以为我再也不会听到艾伦的消息了。

两个月后的一天，门铃响了。我打开门一看，站在门外的竟是满面春风的艾伦！

“我那样做了！”一看到我他就嚷道，“我按你的建议花了那300美元！它们买到的东西可真令人吃惊！想听听是怎么回事吗？”

“当然了！”我请他进了屋。

于是，我听到了一个令我吃惊的故事。

那天，艾伦当真往口袋里塞了三张100美元的钞票，但他一时不知该往哪里去。他忽然想起每天上班都要经过的那座小棚屋，当他驾车经过时，常常会有几张小脏脸从门里探出来。于是，艾伦驱车来到了那座低矮的棚屋前。

那是一个30多岁的女人，带着一群孩子。大的不到10岁，小的还抱在怀里。女孩的衣服明显是妈妈的旧衣服改的，男孩子的鞋，不是咧着嘴，就是鞋帮被扯得歪到了一边。

当艾伦把100美元的钞票送到女人手里的时候，她的表情就像是看到了圣诞老人。不知怎么地，艾伦突然感到心头一暖，这种感觉是那么陌生又是那么甜美。

艾伦就像一个沉溺于探险游戏的孩子，又去寻找我给他的第二个目标，“手头拮据的老人”了。

他来到一家小食铺，看到一位老人把脸凑在一听罐头上，吃力地辨认着罐头上的标签。

老人名叫菲利普，得了白内障，几乎要失明了。艾伦把另一张100美元的钞票给了老人，又驾车把老人送回了家。

菲利普的家是一个用破得不成样子的拖车改成的棚子。

对于菲利普来说，过去的岁月是那么糟糕。退休后的生活费用远比他想象的要多。而他的眼睛如果不及时手术的话，视力可能会恶化到什么也看不见。他的妻子又长年生病，这些加起来就意味着高昂的医疗费用！

从菲利普家回来后，艾伦悄悄联系了一位很不错的眼科大夫，自己出钱为菲利普做了白内障手术。当菲利普眼睛上的绷带解开后，他流着眼泪，握着艾伦的手，感动得说不出话来。

“菲利普恢复了视力！这太好了！”我情不自禁地喊道。

“那么，那最后100美元你是怎么花的呢？”我好奇地问。

艾伦骄傲地抬了抬手腕，一块崭新的手表亮在我的眼前。

“艾伦！我真为你感到高兴！”我由衷地说，“当时我实在是很恼火：许多人渴望得到你所拥有的机会，而你却不知道珍惜，只是一味地陷在自我的圈子里。其实，你只要稍稍关心别人一点儿，你就会找到快乐。我想，我当时说那些话可能是有些过分了，我为我当时粗暴的态度向你道歉！”

“别这样说！我还得谢谢你呢！是你的那个电话改变了我的人生。”艾伦真诚地说。

“在花这300美元的过程中，我明白了一个道理：赚钱，只有在为某个目标服务时才有意义。给予他人使我得到的更多——如果没有为别人花钱的机会——如果没有帮助那位母亲：如果没有帮助菲利普并使他恢复视力，我就绝不会欣赏和接受我自己！对了，如果你认识一些很不错的女士，请帮我介绍，说实在的，我还真想认识她们呢。”

我吃惊地看着艾伦，仿佛他是一个陌生人。眼前这个容光焕发的艾伦和两个月前那个愁眉苦脸的艾伦是多么不同啊！300美元的价值可真神奇啊！

赚钱，只有在为某个目标服务时才有意义。

上帝经营着美容院

戴维是一名心理医生，他在纽约开了一家心理诊所。

一次，一位女性提前预约了星期三那天上午9点来戴维的诊所接受治疗。可是那天戴维在上班的路上，他的车子出了点毛病。等他赶到诊所时，已超过了约定的时间10分钟。

那位女性见到戴维进来，满脸的不高兴，她怒气冲冲地说：“已经是9点过10分，我们约的是9点，我是个很守时的人。”

“我也总是很守时的。我希望你谅解，今天我实在没办法。”戴维微笑着说。

但是，她却没有心情去笑。她单刀直入地说：“我有一个非常重要的问题要问你，我希望你能给我一个答案。”紧接着，她对戴维大声说道：“我很坦率地告诉你，我想结婚。”

“哦，这个要求再普通不过了，”戴维回答说，“我很愿意帮助你！”

“我想知道我为什么不能结婚，”她继续说，“每一次我与一个男性交朋友的时候，我知道接下来的事情是我开始在他心中黯然失色。这样，一次次机会都错过了。而且，我也年纪不小了。你开了一家个人问题诊所，做过很多研究，有许多经验。我把我的问题直截了当地告诉你。请你告诉我，为什么我不能结婚？”

戴维打量了她一下，想看她是不是那种可以说话不需要拐弯抹角的人，因为，如果真想解决她的问题，有些话他还不得不说。最后，戴维认为她的器量是比较大的，她也能够改变自己性格上的缺陷。

因此，戴维说：‘好吧，现在我们来分析一下情况。很显然，你的精神状况良好，而且你的性格也不错。我可以说，你是一个非常漂亮的女孩。”

所有这一切都是事实。戴维尽可能地肯定了她各方面的优点。不过，他接下来说：“我认为我已经找到你的弱点，它就是我上面提到的一点。在我们的约会中我迟到了10分钟，你就这样指责我，你对我的要求可以说是非常苛刻的。如果别人犯了严重错误，你会采取什么态度，我就可想而知了。我想，要是你总是这样严厉地要求一个男人，这个做丈夫的日子就过得十分艰难了。事实上，即使你结婚了，如果你总是这样去支配男人，那么，你的婚姻生活是不会令人满意的。爱情不会在你这样的支配下存在下去。”

接下来，戴维又说：“你紧咬牙关，表明了你想支配别人的态度。或许我可以告诉你，一般的男人都不喜欢被人支配，至少他心理上是这样想的。如果你不噘着嘴巴，我想你是非常迷人的。你应该温柔一点，体贴一点，不紧噘的嘴巴就显得温柔可爱了。”

戴维看了一下她的衣服，显然那是十分昂贵的，但是她穿着却并不十分合适，所以，就说：“或许这与我的工作毫不相干，但是我希望你不要介意，我希望你能把这身衣服改得更合身一点。”戴维知道说这些话是令人挺尴尬的，但是她性情很好，而且大声笑了起来。

她说：“你说的话确实有点难听，不过我知道该怎么办了。”

戴维提出建议说：“把你的头发固定一下，或许更好一些，它太松散了。你也可以喷洒一点气味芬芳的香水，喷一点点就行。当然，最重要的还是你脸上的表情，不要紧咬牙关，要让人感觉到你是快乐的。可以肯定地说，这样会使你更加美丽动人，更加天真可爱。”

她笑了起来，说：“想不到在你这里还能听到这样的建议。”

戴维也笑了起来，说：“没想到吧。不过我们不能不谈到人性的每一个领域。我曾在俄亥俄州的韦斯利大学读书。一位名叫罗利·沃尔克的老教授曾经对我说过：‘上帝经营着美容厅。’他解释说，一些女孩刚进大学的时候是非常漂亮的，但是，10年过去以后，当她们重返校园的时候，她们美丽的容颜已经消失。她们青春时期像月光和玫瑰一样的可爱也已经不再存在。另一方面，一些女孩当初进大学的时候相貌平平，但是，10年后，当她们重返校园的时候，她们却变得非常漂亮。‘为什么会有这种差异呢？’他自问自答说，‘因为后一种女人在她们的脸上洋溢着一种内在的美丽。’接下来，他又会补充说：‘上帝掌管着美容厅。’”

这位年轻的女性对戴维所讲的话思考了片刻，然后，她说：“你讲的话很深刻，我将尽力去做。”

她是一个具有很强个性的人，她确实努力去做了。

许多年过去了，戴维也忘记了她。

忽然，有一天，在某个城市做完演讲后，一位十分可爱的女人和一个十分英俊的男人带着一个5岁左右的小孩朝他走来。

这位女性微笑着问他：“你看怎么样？”

“什么东西怎么样？”他有点莫名其妙。

“我的衣服呀，”她说，“你看合身吗？”

戴维觉得很奇怪，说：“不错，确实很合身，但你为什么这样问呢？”

“难道你不认识我了吗？”她问。

“我一生中见过的人实在太多，”戴维回答说，“坦率地说，我不认识你。我想以前我们没有见过面。”

这位女士用很多年以前戴维说过的那些话来提醒他。

“给你介绍一下我丈夫和我的儿子。你对我说的那些话完全是对的。”她显得非常激动。“当时我去找你的时候，我非常沮丧，非常不高兴，那种情形是你不敢想象的。不过我还是按照你所说的原则去实践。这些原则很管用，我付出的努力都得到了回报。”

“玛丽是世界上最可爱的人。”她丈夫接口说道。

戴维不得不承认，她确实显得很可爱。有足够的证据表明，她拜访过“上帝的美容院”。她不仅显示出温柔、甜美和成熟的内在气质，而且还善于运用自己的才华,也就是说,她有追求自己奋斗目标的动力。也正是这些优良品质,使得她乐意改变自己以实现自己的梦想。她有控制自己心境的能力,在她的心里有着这样一种强烈的信念:只要通过创造性的努力和遵循正确的、积极的原则和程序,自己所期望的东西就一定能够得到。

一个人是不是美丽、可爱,有很大一部分是由内心决定的。

每天抽出1小时

一位名叫富兰克林·费尔德的人曾精辟地说过这么一句话:“成功与失败的分水岭可以用这么五个字来表达——‘我没有时间’。”

在当今这个生活节奏紧凑的年代里,人们似乎每天都没有充裕的时间去做完想做的事,所以许多念头就此打消了。但世界上仍有许多人用坚定的意志,坚持每天至少挤出1小时的时间来发展自己的个人爱好。事实上我注意到,往往是越忙碌的人,他越能挤出这1小时来。

当今世界上最大的化学公司——杜邦公司的总裁格劳福特·格林瓦特,每天挤出1小时来研究蜂鸟(一种世界上最小的鸟),用专门的设备给蜂鸟拍照。权威人士把他写的关于蜂鸟的书称做自然历史丛书中的杰出作品。

休格·布莱克进入美国议会前,并未受过高等教育。他从百忙中每天挤出1小时到国会图书馆去博览群书,包括政治、历史、哲学、诗歌等方面的书。数年如一日,就是在议会工作最忙的日子里也从未间断过。后来他成了美国最高法院的法官,这时他已是最高法院中知识最渊博的人士之一。他的博学多才使美国人民受益匪浅。

我承认，要挤出这1小时并不容易。需要有决心和恒心。关键还在于如何设法得到这1个小时，并且有效地利用它。

我的朋友威尔福莱特·康，前半生奋斗了40年，成了全世界织布业的巨头之一。尽管事务十分忙碌，他仍渴望有自己的兴趣爱好。他对我说："过去我很想画画儿，但从未学过油画，我曾不敢相信自己花了的力气会有很大的收获。可我最后还是决定了，无论作多大牺牲，每天一定要抽出1小时来画画儿。"

威尔福莱特·康所牺牲的只能是睡眠了。为了保证这1小时不受干扰，唯一的办法是每天清晨5点前就起床，一直画到吃早饭。他说："其实那并不算苦。一旦我决定每天在这1小时里学画，每天清晨这个时候，渴望和追求就会把我唤醒，怎么也不想再睡了。"

他把顶楼改为画室，几年来从不放过早晨的这1小时。后来时间给他的报酬是惊人的。他的油画大量地在画展上出现了，他还举办了多次个人画展。其中有几百幅画以高价被买走了。他把用这1小时作画所得的全部收入变为奖学金，专供给那些搞艺术的优秀学生。他说："捐赠这点钱算不了什么，只是我的一半收获。从画画儿中我获得了很大的愉快，这是另一半收获。"

每个人的脑子都有能力去创造和想象，为自己寻找到机会。一位名叫尼古拉·格里斯多费罗斯的希腊籍电梯维修工对现代科学很感兴趣，他每天下班后到晚饭前，总要花1小时攻读核物理学方面的书籍。随着知识的积累增多，一个念头跃入他脑海。1948年他提出了建立一种新型粒子加速器的计划。这种加速器比当时其他类型的加速器造价便宜而且更强有力。他把计划递交给美国原子能委员会作试验，又再经改进，这台加速器为美国节省了7000万美元。格里斯多弗罗斯得到了1万美元的奖励，还被聘请到加州大学放射实验室工作。

富兰克林·罗斯福在战争最艰苦的年代里，时常强迫自己挤出1小时来集邮，借以摆脱周围的一切。已故的吉妮太太曾告诉我，总统那时经常去她管的那幢房子，把自己关在里面，摆弄着各色邮票。总统来的时候脸色阴沉，心情忧郁，疲惫不堪。等到他走出屋子离去时，精神状态完全变了，变好了，似乎整个世界变得明亮了。对这位总统来说，这点时间的独自清静换来了他新的精神面貌。

要得到这样的收益，无论多大年纪的人都可以马上做起。我认识一位老人，他从78岁起每天拙出1小时学习欣赏音乐。他说："我很快就养成了这种习惯，——每天听1小时的音乐。我要具备起欣赏音乐的能力，随着年岁增高，等到我不得不靠静坐度日时，就用得上它了。"

一天安排出1小时来静心，排除疲劳，即使看来没有做出多大的事情来，但我深信大多数人还是会有收益的。至少他们在这段时间里可以理清头绪，为自己定出一个明确的目标。

有一家很大的化妆品公司的负责人，见儿子在大学获得了神学优等生的荣誉，十分高兴。可是每次儿子回家，父亲就发现与儿子不再有“共同语言”了。这使他日益焦虑不安起来。虽然当父亲的对神学也很感兴趣，但毕竟从没认真系统地学过这门课，为此他在每天午饭后开始挤出1小时，把自己关在办公室里攻读宗教方面的书。

他说：“起先同事们认为我古怪，在干傻事。但不久他们对我的学习计划改变了看法。由于对宗教学的研究，使我涉及了人类学、社会学和其他一些科学领域。近几年来，我常被邀请到各地去演讲。我想我的演讲与文章对宗教信仰内部间的相互了解做出了一些贡献”。接着他补充道：“最主要的是，我儿子一定会为父亲的自学成才而自豪的。”

亨利·索罗说：“我从没找到过这么一个伙伴，他能像这1小时那样长期地陪伴着我。”每天花1小时来干你想干的任何事，这有助于挖掘出你身上的潜在能力，因为这种能力若不去挖掘，它很容易消失。抓住这点时间，就能使你的心灵变得更美，生活更有情趣，生命更有意义。不信你就试试，看看结果会如何。

每天花1小时来干你想干的任何事，这有助于挖掘出你身上的潜在能力。

笑是两人间最短的距离

2004年年末的一天清晨，在美国底特律的街头，一辆鸣着警笛的警车疾驶着在追赶一辆慌不择路的白色面包车。面包车上，一个持枪男子疯狂地踩着油门夺路而逃。他叫道格拉斯·安德鲁，曾经是一位职业拳击手。就在20分钟前，穷闲潦倒的他持枪抢劫了一个刚从银行提款出来的妇女。他之所以铤而走险，是因为孤独的他太需要钱了，他觉得只有钱才能给他的心灵带来温暖，改变他的生活现状和命运！

在他实施抢劫后，接到报警的巡警在第一时间锁定了这辆面包车，并展开追捕。安德鲁驾驶着面包车在人潮汹涌的大街上像没头苍蝇一样疾驰．最后他被逼进一个居民区里，走投无路的他拎着巨款躲进一幢居民楼里。

他气喘吁吁地跑上楼，发现了一扇虚掩着的门，便闯了进去。首先映入眼帘的是一个身材颀长的女孩正背对着他坐在窗前插花。他将黑洞洞的枪口对准了女孩，要是她胆敢呼救或反抗的话，他就会毫不犹豫地扣动扳机。

女孩显然也被他的声音惊扰了。"欢迎你，你是今天第一个来参观我插花艺术的人。"女孩说着转过身来，笑靥如花。

安德鲁惊呆了，放在扳机上的手指下意识地松弛下来，因为呈现在眼前的是一张阳光般灿烂的笑脸，而且她竟是一个盲人！她并没有意识到．此刻她所面对的是一个走投无路穷凶极恶的持枪歹徒，所以她的笑依然是那么甜美，在那些美丽鲜花的映衬下更显得楚楚动人。

"你一定是从电视上看到关于我的报道，才赶来看我插花的吧？"就在他发愣的当口儿，女孩幸福而自豪地笑着说："没想到，在我即将离开这个世界的时候，大家都这么关心我，这几天前来看我的市民络绎不绝，都说是我对生活的热爱给了他们活下去的勇气呢！"

女孩咯咯地笑了起来，她的天真以及对一个闯入者的毫不设防让他的情绪渐渐平稳下来。他竟真的按着女孩的指引，开始欣赏女孩的那些插花了。红的玫瑰、白的百合、黄的郁金香在窗台上展示着不可抗拒的美丽。安德鲁突然对这个女孩产生了好奇："你刚才说你即将离开这个世界？"

"是啊，难道你不知道？我有先天性心脏病，医生说我最多只能活到19岁。还有几天就是我18岁生日了。"

"我为你感到遗憾，也许你现在和我一样最缺的就是钱了，要是能有更多的钱也许你会很快乐地生活下去！"联想起自己的困窘生活，安德鲁苦涩地笑笑。

女孩微笑着对他说："你说错了，即使有再多的钱也治不好我的病。我现在虽然没有钱但我感受到了活着的快乐，我反而为那些用自己的生命换取金钱的人感到可悲！因为他们并不知道，快乐与否跟金钱无关。”

女孩的话一下子在安德鲁的心灵深处掀起了一股风暴！此时此刻的自己，不正是在用自己的生命换取金钱吗？

赶来增援的警察已经将这个居民区包围得水泄不通，他们并不知道此时在这间屋子里发生的一切。前来搜捕的脚步声越来越近。

“你的插花真美，就像你的微笑那样让人着迷。我要去上班了，再见！”说着，安德鲁拿起一束花叼在嘴里，然后轻轻关上门，走出了她的家。

荷枪实弹的警察没费一枪一弹就抓获了安德鲁。警察在给他戴手铐的时候，他只说了一句话：“请不要惊动那个女孩，更不要告诉她刚才发生的一切，好吗？”

第二天，一个嘴里衔着一束花，高举双手向警方投降的人的图片在当地媒体登载出来。我是在一家网站上看到这张照片和相关报道的。也是在那个时候，我知道了女孩的名字叫凯瑟琳，一个身患重症但热爱生命的美国女孩。也许她到现在也不知道，在那个平凡的清晨发生了怎样一件震撼人心的事。坐在电脑前，我在思考到底是什么力量让穷凶极恶的歹徒放弃抵抗而得到人性回归的，是凯瑟琳推心置腹的话语，还是安德鲁突然产生的对生命的不舍和渴望？

就在我为这个问题找不到答案的时候，一周后我又在同一家网站看到了美国当地媒体对这一事件的后续报道，报道中引述了劫匪安德鲁一番发自肺腑的话：“我最应该感谢的是凯瑟琳的微笑，如果没有她那粲然一笑，根本就没有使我俩活下来的机会：她会死在我的枪口之下，而我则会在负隅顽抗中死于乱枪之下！是她的笑救了她自己，也救了我……虽然她是一个盲人，但她显然懂得微笑对一个人的伟大意义。在此之前，要是人们对我少一些冷漠，多一些微笑，也许我就不会在人海茫茫中迷失自己，从而做出铤而走险的事来。微笑是两人间最短的距离，这是我用即将到来的10年牢狱之灾换来的最为深刻的人生感悟……”

微笑是两人间最短的距离。

有些东西不能放弃

河流不能放弃岸，船不能放弃河流，不能放弃水，山中的许多树木不能放弃船，山中的大地不能放弃树木，这些不能放弃的东西是宝贵的，它们都是灵魂的化身。

门前天使

本那天早晨送牛奶到我表哥家时，不像往常那样开朗。这个身材瘦小的中年男子似乎没有心情与别人闲聊。

那是1962年11月下旬，我刚搬到新住处不久，看到仍有送奶工把牛奶送到各家门前，感到非常高兴。

有几个星期，我和丈夫、孩子暂住在我表哥家，四处找房。慢慢地我喜欢上本的妙语连珠了。

可是今天他却一脸不高兴，把篮里的牛奶拿出来，重重地放在门前。我旁敲侧击，几经探问，他才有些难堪地告诉我，有两户没付钱就搬家了，他只能自己赔偿损失。

其中一家欠了10美元，另一家竟拖欠了79美元，并且没留下新地址。本因为自己愚蠢地让他们赊了这么多账感到十分恼火。

“她是个漂亮女人，”他说，“有6个孩子，还怀着一个。她总是说等她丈夫找到兼职后马上付钱。我相信了她。我多傻！我以为我在做好事，可我却得了个教训。我上当了！”

我只能说：“我为你的遭遇感到难过。”

我再次见到他时，他好像更愤怒了。

他一提那群邋遢的孩子喝光了他的牛奶就怒不可遏。那可爱的人家在他眼中成了一群顽劣之徒。

我对他再次表示同情，绝不提此事。

但本走后，我还是在想他的问题，希望能帮助他。我担心这件事会伤害一个热心人，于是冥思苦想该怎么办。

我想起圣诞节就要来临了，以前我祖母常说“要是有人抢你的东西，就干脆送给他，这样谁也不能再从你身上抢走什么了。"

下一次本送牛奶来时，我告诉他我有办法让他为那失去的79美元感觉好些。

"什么方法都没用，"他说，"不过你还是讲吧。"

"把牛奶送给那女人吧，就算是需要牛奶的孩子们的圣诞礼物。"

"你在开玩笑吧？我甚至没有送过我妻子这么贵重的礼物。"

"你知道《圣经》上说：我是过客，你招待了我。你就算是招待了她和她的孩子吧。"

"你是说她没有欺骗我？问题是那不是你的79美元。"

我暂且不提此事了，但我还是认为我的建议会奏效的。

以后他送牛奶来时，我就逗他说："你送牛奶给她了吗？"

"没有，"他厉声道，"不过我在考虑送我太太一份79美元的礼物，除非又有一位漂亮的母亲想利用我的恻隐之心。"

每次我问起这个问题，他看上去好像都会开朗一些。

离圣诞节还有6天，奇迹出现了。

他来时满面笑容，两眼闪光，"我送给她了！"他说。"我把牛奶当作圣诞礼物送给她。这不容易，但我又损失了什么呢？钱反正找不回来了，不是吗？"

"是这样，"我也为他高兴，"可你得是诚心诚意要送她。"

"我知道。我的确是诚心诚意的。而且我真的感觉好多了，圣诞节我的心情很好。因为我的缘故那些孩子的麦片里又多了许多牛奶。"

圣诞假期来去匆匆。

两个星期后，一个阳光明媚的早晨，本几乎是跑着过来的。他咧嘴笑着说："知道我要告诉你什么！"

他解释说，他替另一位送奶工跑了其他的路线。他听到有人叫他的名字，回头望见一个女人向他跑来，手里挥着钱。

他立刻认出了她——那个有一群孩子，没有付他奶钱的女人。她怀抱着用小毯子裹着的婴儿，风把她褐色的长发吹到眼前。

"本，等一下！"她叫道。"我来还你钱啦。"

本停下货车，走下来。

"我很抱歉，"她说，"我真的是要付你钱的。"她解释说她的丈夫一天晚上回来，告诉她找到了一处便宜的公寓，还得到一份夜工。

这一切来得那么突然，她竟忘记留下地址。"可我一直在攒钱，"她说，"先付你20美元。”

“没关系，”本答道，“钱已经付了。”

“付了！”她叫道，“什么意思？是谁付的？”

“我付的。”

她望着他，仿佛他是天使加百利。她哭了起来。

“那你怎么做的？”我问。

“我不知该怎么办，就搂住她。我不知道怎么也哭起来了。然后我又想起那些孩子的麦片里都有牛奶。谢谢你告诉我这么做。”

“你收了那20美元？”

“当然没有，”他激动地说，“那些牛奶是我送给她的圣诞礼物，你说不是吗？”

那些牛奶是我送给她的圣诞礼物，你说不是吗？

态度决定一切

杰尔是个精灵古怪的家伙，他心情总那么好，总是语出惊人。如果有人问，“最近怎么样”，他都会这样回答：“如果可以再好，我希望有个双胞胎兄弟！”

他是个出色的饭店经理，很多员工甘愿跟随着他从一个饭店转到另一个饭店。员工们之所以这样做，完全是因为欣赏他的人生态度。他天生善于激励人，如果员工遇到糟糕的事，杰尔会告诉他，如何从积极的一面来看待。

杰尔的这种人生态度实在令我惊奇，有一天我问他：“我真是不明白，你总不能时时刻刻都保持积极的心态吧？你到底是怎样做到的？”

杰尔告诉我：“每天早晨当我醒来时，我都会对自己说，嗨！小子，你今天只有两种选择:你可以选择拥有好的情绪,也可以选择拥有坏的情绪。我选择了前者。每当有扫兴的事情发生时,我可以成为它的牺牲品,也可以努力走出它的阴影,并从中吸取教训。

每当有人向我抱怨什么的时候,我可以选择耐心地倾听,不发表意见,也可以将事情积极的一面讲出来。总之,我总是选择生活中充满阳光的一面。"

"当然,这是对的,可并不是那么容易做到啊!"我辩解道。

"是的,"他说,"生活就意味着选择。每种状况都是一种选择。你可以让别人来影响你的情绪,你也可以自己来调整。底线是:选择你想要的生活?"

我不断揣摩着杰尔的话。不久我离开了酒店,开始自己做生意。有一段时间,我和杰尔失去了联系,但是每当生活中需要做出重大选择时,我总会想起他。

过了一些年,我忽然听说杰尔遇到了意外。一天早晨,当杰尔打开房间后门时,一伙武装歹徒差点劫持了他。他试图从安全门逃走,然而不慎摔倒。劫匪在慌乱中开枪击中了他。幸好,医务人员及时赶到,立即把他送到了最近的急救中心。

经过18个小时的急救和数月的治疗,杰尔终于安然无恙地出院了,只是身体里还残留着部分弹片。

在他出事后的第四个月我终于见到了他。我问他感觉怎么样,他又重复着那句话:"如果可以更好的话,我希望有个双胞胎兄弟。"

"看到我的伤疤了吗?"我低下头看了看他受伤的地方,问他事情发生时,他都想了什么。

"首先想到的是我必须锁上后门,"杰尔回答说,"然后,当我躺在地板上时,我记起了有两种选择:生或死。还好,我选择了前者。"

"你不害怕吗?"我问。

杰尔接着说:"那里的医生很不错。他们安慰我说"没关系"。但是当他们把我推进手术室后,我看见医生和护士的表情时着实被吓了一跳。在他们眼中,我这个人已经没救了。"

"我清楚我必须做点什么了。"

"你都做了什么?"我问。

"那时一个大个子护士大声问我,是否对什么药物过敏。我说是,于是所有的医生和护士都停下来等待我的回答。我深深地吸了一口气,然后大声说道:'子弹'。他们全都笑了。我还说我要生活下去,趁着我还在世,赶紧给我动手术吧,等我死了你们就没机会了。"

杰尔活了下来，要感谢医生们，同时他那不凡的乐观态度也帮了很大忙。其实，每天我们都有充分的机会来选择生活。

总之，态度决定一切。

每天我们都有充分的机会来选择生活。

运气

一位姑娘把一束鲜花放在火车站的书摊上，选好一本杂志，然后打开钱包。那束花开始向边上滑去，我伸出手去将花挡住。她当即对我嫣然一笑，接着拿起杂志和花转身走了，我上了火车后，又在车厢里见到了那位姑娘，她旁边有还有一个空座位。“这里有人坐吗？”我问她。她抬起头说：“没有，你请坐吧。”

于是我坐了下来。我想与她交谈，但又找不到话题，真是可笑。于是我就抬头看行李架。她的那束花放在上面，还有她的蓝色小提箱。我看见小提箱上印着她姓名的缩写字母Z·Y。这个名字不多见，我心里想。

火车开动了，驶出站台时，她站起身来推窗子。

“等等。让我来。”我说，连忙起来把窗子打开。

“我本来是想把窗子关上的。”她微笑着说。自然我表示了歉意，并把窗子关上了。从这以后就随便多了，我们开始交谈起来。

“你是去度假吗？”我问她。

“不，”她回答说，“只是去和父母亲住几天。”

“我也是，去一个星期。”

列车员推着食品车过来了，我提出请她喝咖啡。

“谢谢，”她说，“从早晨4点到现在，我还未喝一口水。”

后来我们又交谈了一会儿，当火车到达一个车站时，她站起身来，从行李架上拿下她的东西。我问她是否要下车，她说：“是的，要换车了。”“希望能再次见到你。”我对她说。

她说她也希望如此，然后下车走了。火车离开车站时我才突然意识到自己太笨了，连她的姓名也没有问。我不知道她住在哪里，也不知道她在哪里工作。我或许在这个城市里转上数年也不会碰到她。

而我很想再见到她，但有什么办法呢，关于她我知道什么呢？当然，我知道她姓名的首个字母是Z·Y，这又能告诉我什么呢？她叫“佐伊·耶顿”，还是“普诺比亚·亚罗”？不得而知。

返回市里以后，我翻看了电话本，以Y开头的姓有几页纸，但没有以Z开头的名字。

看来是没有希望了。我努力回忆着，有关她的情况我还知道些什么。她有一只印着她姓名首个字母的小提箱，她还拿了一束花。

花！她不可能是早上买的花，因为花店要9点才开门，而我们乘的火车是8点50分开。对了，火车站的西边有一家已经开门营业的花店。要看得见这花店，她一定是从西边进站的。

在西边停的有哪些公共汽车呢？我查询着，一共有3路，都通向市郊。

我还能想起些什么来呢？书摊，她在那里买了一本杂志。是什么杂志呢？我不知道，但我确实记得她挑选杂志的那个书架。我走到那个书架前看了看，上面摆放着各种杂志：(健筑业者专刊》、《高保真画刊》、((教师月刊》……她会不会是个教师呢？这不可能——她乘车那天不是周末。还有《电子学评论》、舻士杂志》……难道她是位护士？

我突然记起来，在火车上她说从早上4点起一口水也没有喝。早上4点，说明她刚下夜班。

我又看了看公共汽车的路线表，其中有一路车经过一家医院——皇家医院。

我来到这家医院，站在门口的车道上，观察着该在哪里询问。我看到一间房上写着“问询处”正想往那里走去，突然一辆救护车飞快地驶入，我不知道自己为什么没有及时让开，我只觉得被车的侧面剐了一下，以后便什么也不知道了。当我醒来时，发现自己躺在床上，我问道：“我这是在哪里？”

“你在医院。”一位护士告诉我。

“你们这里有没有一位姓名的首个字母是z·Y的护士？”我问她。

“我就是，”她说“我名叫泽娜·耶茨。有什么事吗？”

“你不可能是，”我说。“任何一家医院不可能有两个姓名首个字母都是Z·Y的人。”

我在那里想了好几个小时，思考着如何才能找到我要找的人。后来我与这个名叫泽娜·耶茨的护士说起那件事，她解开了这个迷。“我把自己的小提箱借给了另外一位护士，她的名字叫瓦莱里娅·沃森。”

我想见的她最后终于出现了。她坐在我床边，嘴角带着一丝愉快的神情。

“你是怎么找到我的？”她问道。

“运气，”我微笑着说，“就是一点小运气。”

“你是怎么找到我的？”她问道。“运气，”我微笑着说，“就是一点小运气。”

拿出一万个小时来

到目前为止，你总共在自己本来有兴趣的事情上对自己说过多少次“唉，我看我没有天分，还是算了吧”的话呢？

这句话通常被用来当做宣告某一段努力完全失败的休止符。天分有那么重要吗？

我访问过一位4岁就被称为音乐神童、长大之后也在音乐方面有相当成就的大提琴手。他一开始就否认自己是个天才。他说，他在美国接受访问常被问到的问题是：在他的成功之中，天分占了多少比率？“我想，20%不到吧……不过，在这

20%当中，我那从小就逼我学琴、不让我出去玩的妈妈，大概贡献了15%以上。”

天分确实因人而异，但我们常高估了它的影响力。回头想想，我曾经说过的“没天分，还是算了吧”的话还真的不少呢。老实说，多半因为我懒惰，不想持续，或在还没学到足以印证自己有天分的时候，就悄悄打了退堂鼓。

我曾与一位园艺高手在某个阳光充足的办公室里等候，他指着一株几乎生气全无的盆景对我说：“上一次我来这里，这种竹子还生气蓬勃，现在竟然变成这个样子。照顾植物跟学习任何事情都有相通的道理：如果你天天花点时间照料它，它就会长得很好；如果你疏忽了它几天，它就会出现残败之相，愈看它，愈觉得对不起它，愈对不起它愈不想看它，不久，它就一命呜呼了。”有多少可能会改变我们人生方向或增添人生乐趣的事，因为这种“愈荒废愈害怕”的理由一命呜呼呢？听了他的话，我若有所悟。

很多人跟我一样都有虎头蛇尾的倾向。不是不想努力，只是没有持续。有时是——刚开始过度努力，不久就弹性疲乏；或是刚开始的时候还蛮有兴趣，遇到了一点困难之后，就告诉自己：“我没天分，算了吧。”然后三天打鱼，两天晒网。

英国埃克塞特大学心理学教授迈克·侯威专门研究神童与天才，他得出的结论很有意思：“一般人以为天才是自然发生、流畅而不受阻的闪亮才华，其实，天才也必须耗费至少10年光阴来学习他们的特殊技能，绝无例外。要成为专家，需要拥有顽固的个性和坚持的能力……每一行的专业人士都投注庞大的心血，培养自己的专业才能。一个人再有写作的才华，也要靠训练和经验才能抓住文学技巧的窍门。所有成功的作家一辈子都是读者，而且大多数在年幼时就养成习惯，将思想付诸文字……在童年尚未结束之前，很多杰出作家早就尝试过要写一本书。”

这位心理学家也统计过，以学钢琴为例，如果想要变成还不错的业余钢琴家，至少需要专注地投入3000个小时的训练；如果想成为专业水准，一万个小时是跑不了的，像西洋棋、各种运动和外语，想要成为专业人士，用的时间也差不多。

从这一点来看，我们学习上的种种小挫败，并非没有天分，而是没有“持续贡献”。

不只是学习。一般女性最热衷的减肥也是“不需努力，只要不懈”。疯狂减肥的人总是会失败。据统计，采取速成减肥法或节食减肥，在停止减肥三个月内恢复体重的超过90%，而有不良副作用的也占70%。

一位健身教练也对我提出他的忠告："运动不需努力，只要持续，你一定可以瘦得下来。我最怕那些刚开始像拼命三郎的家伙，他们的元气总是会在短时间方内耗尽。"

不用太努力，只要坚持下去，我总是这样告诉自己，想拥有一辈子的专长或兴趣，就像跑一个人的马拉松赛一样，最重要的是跑完，而不是前头跑得有多快。

天分只是人的一小部分，更多的要靠我们自身的努力。

任何时候都要充满自信

2001年5月20日，美国一位名叫乔治·赫伯特的推销员成功地把一把斧子推销给了小布什总统。布鲁金斯学会得知这一消息，把一只刻有"最伟大的推销员"的金靴子赠予了他。这是自1975年以来，该学会的一名学员成功地把微型录音机卖给了尼克松后，又一学员获得此项殊荣。

布鲁金斯学会始创于1927年，以培养世界上最杰出的推销员闻名于世。它有一个传统：在每期学员毕业时，都设计一道最能体现推销员能力的实习，让学生独自去完成。克林顿当政期间，他们别出心裁地出了这么一道题目：请把一条三角裤推销给克林顿总统。八年间，有无数个学员为此绞尽脑汁，最后都无功而返。克林顿卸任后，布鲁金斯学会把题目换成：请将一把斧子推销给小布什总统。

鉴于前八年的失败与教训，许多学员知难而退。有些学员甚至认为，这道毕业实习题会和克林顿当政时的那道毕业实习题一样，无人能够完成，因为小布什什么都不缺，即使缺什么，也用不着他亲自购买，也不一定正赶上你去推销的时候。

然而,乔治·赫伯特却做到了,并且没有花多少工夫。一位记者在采访他时,他是这样说的:"我认为,第一,把斧子推销给小布什总统是完全可能的,因为小布什总统在得克萨斯州有一座农场,那里长着许多树。于是我给他写了一封信,说:'有一次,我有幸参观您的农场,发现那里长着许多枯树,有些已经死掉,木质已变得松软。我想,您一定需要一把小斧头,但是从您现在的体质来看,这种小斧头显然太轻,因此您需要的是一把不甚锋利的老斧头。现在我这儿正好有一把这样的斧头,它是我祖父留给我的,很适合砍伐枯树。倘若您有兴趣的话,请按这封信所留的信箱给予回复……'最后他就给我汇来了15美元。"乔治·赫伯特成功后,布鲁金斯学会表彰他的时候说:"金靴子奖已设置了26年。26年间,布鲁金斯学会培养了数以万计的推销员,造就了数以百计的百万富翁,这只金靴子之所以没有授予他们,是因为我们一直想寻找这么一个人——这个人从不因有人说某一目标不能实现而放弃,从不因某种事情难以办到而失去自信。"

乔治·赫伯特的故事在世界各大网站公布之后,一些读者纷纷搜索布鲁金斯学会的网站,他们发现在该学会的网页上贴着这样一句格言:"不是因为有些事情难以做到,我们才失去自信;而是因为我们失去了自信,有些事情才显得难以做到。"

因为我们失去了自信,有些事情才显得难以做到。

为小事而生气的人生命是短促的

英国著名作家迪斯雷利曾经说过:"为小事而生气的人生命是短促的。"对这句寓意深刻的名言,法国作家莫鲁瓦作过下面的解释:"这句话可以帮助我们忘却许多不愉快的经历。我们常常为一些不令人注意、因而也是应当迅速忘掉的微不足道的小事所干扰而失去理智。我们生活在这个世界上只有几十个年头，然而我们却为纠缠无聊琐事而白白浪费了许多宝贵的时光。试问时过境迁，有谁还会对这些琐事感兴趣呢？不，我们不能这样生活。我们应当把我们的生命贡献给有价值的事业和崇高的感情。只有这种事业和感情才会为后人一代代继承下去。要知道，为小事而生气的人生命是短促的。”

这儿有一个哈里·埃默生博士讲述的非常有趣的故事，一个有关森林之王胜败兴衰的故事。

在科罗拉多河畔的一个山坡上有一株死去的大树。据生物学家估计，这株大树屹立在那儿已有400多年历史了。当初哥伦布在圣萨尔瓦多登陆时它已存在。在漫长的岁月中，它曾先后遭受过14次雷电的袭击；四个多世纪以来无数次的雪崩和风暴它都傲然挺过了。它巍然耸立在山上，不曾畏惧过一切强暴，可是在一群很不起眼的昆虫的攻击下，它却倒下了！这些昆虫穿透它的树皮，蛀空它的树心，用它们微弱的、然而不间断的进攻最终彻底瓦解了它的战斗力。一株参天巨树，一株几百年来雷电劈不死、飓风刮不倒、任何东西摧毁不了的巨树，终于被一群小得可怜的、我们用手指头轻轻一压就会成烂泥的虫子征服了。

我们难道不也跟这株饱经风霜的森林之王一样吗？我们不也能经受住生活中各种风暴、雪崩、雷电的袭击，而却让忧郁“昆虫”渐啖我们的身心和情绪，而最终失却我们强壮的体魄吗？像这些忧郁“昆虫”也都是用手指轻轻一压就会成为烂泥的区区小物啊。

即使像鲁迪埃德·基普林(英国作家)这样的非凡人物，有时也会忘记上述名言。因为他曾经向他的舅子起诉，造成了美国佛蒙特州历史上最有名的家族不和案。曾有人专门对这个耸人听闻的案子著书立说，书名就叫《佛蒙特州基普林的家庭之争》。

事情经过是这样的：基普林跟佛蒙特州的一个名叫卡罗琳·巴勒斯蒂的姑娘结了婚。婚后，基普林便在该州的布拉特利博罗市修了一幢非常漂亮的房子，然后搬到那儿住下来度过他的垂暮之年。他的舅子比特·巴勒斯蒂是他最要好的朋友，他俩工作休息都常在一块儿。

后来基普林买下了巴勒斯蒂的一块地皮，并互相说定：巴勒斯蒂有权收割这块地上的青草。可是有一天巴勒斯蒂看见基普林正把这块草地改建成花园，这可把他气炸了，当即出言不逊，骂了起来。基普林也不示弱。于是佛蒙特这块草地之争便结下了两个朋友之间的冤仇。

几天之后,基普林骑着一辆自行车在路上碰见了他的舅子巴勒斯蒂。后者坐在一辆双套马车上挡住了去路，硬要基普林下车让他过去。就因为这么一点小事,基普林丧失了理智,发誓要到法院去告他舅子。一场耸人听闻的案子就这样发生了。新闻记者们从各大城市向布拉特利博罗蜂拥而至,消息传遍全世界。基普林从这次官司中得到了什么呢?一无所获。相反,他还不得不按照法庭的宣判,他跟他的妻子一起永远离开他在美国的这幢住宅!就因为这么一点区区小事,就因为园子里的一些青草,带来了这许多怨恨和痛苦,这又何必呢?“要是你能保持内心的平静,而不管他人如何有负于你就好了!”写书的作者这么写道。

两千多年前的古雅典政治家伯里克利斯就曾说过:“请注意啊,先生们,我们太多地纠缠于小事了!”这一警言同样也适用于今天的人们。

我们是否太多地纠缠于小事。

距离金子三英寸

数十年前,美国人达比和他叔叔到遥远的西部去淘金,他们手握鹤嘴镐和铁锹不停地挖掘,几个星期后,他们终于惊喜地发现了金灿灿的矿石。于是,他们悄悄将矿井掩盖起来,回到家乡马里兰州的威廉堡,准备筹集大笔资金购买采矿设备。

不久,他们的淘金的事业便如火如荼地开始了。当采掘的首批矿石被运往冶炼厂时,专家们断定他们遇到的可能是美国西部罗拉地区藏量最大的金矿之一。达比仅仅只用了几车矿石,便很快将所有的投资全部收回。

然而,美国淘金人达比万万没有料到,正当他们的希望在不断升高的时候,奇怪的事发生了：金矿脉突然消失！尽管他们继续拼命地钻探，试图重新找到矿脉，但一切都是徒劳。好像上帝有意要和达比开一个巨大的玩笑，让他的美梦从此成为泡影。万般无奈之下，他不得不忍痛放弃了几乎要使他们成为新一代富豪的矿井。

接着，他们将全套机器设备卖给了当地一个旧货商，带着满腹的遗憾和失望回到家乡威廉堡。

就在他们刚刚离开后的几天，这个收废品的商人突发奇想，决计去那口废弃的矿井碰碰运气。他请来一名采矿工程师考察矿井，只做了一番简单的测算，工程师便指出前一轮工程失败的原因，是由于业主不熟悉金矿的断层线。考察结果表明：更大的矿脉其实就在距达比停止钻探三英寸的地方！

世上的事情奇巧得往往就像这个精彩故事的本身：作为怀着同一梦幻的有心人，达比虽然付出了最大努力，但他获取的却是罗拉地区最大金矿的一个小小支脉；收旧货的商人虽然只花费了最小的代价，却通过一口废弃的矿井而成功地拥有了最大金矿的全部。

成功与失败只是一线之隔。

放大自己的优点

通常，我们提倡做人要有一颗谦和的心，但并不是指你要否认自己的一切优点、长处，这样既极端，又对自己的成长不利。所以，在必要的时候，将自己的优点放大，肯定它，正视它，是很有必要的，否则，如果认为自己一无是处，则便会陷入自卑的泥潭。

许多人之所以能在逆境中扭转乾坤，从失败走向成功，就缘于他找到了自己身上隐藏的优点，并将其放大，使之成为激励自己上进的“秘密武器”。

很久以前，一个穷困潦倒的年轻人，流浪到巴黎，恳请父亲的朋友能帮自己找一份谋生的差事。

“数学精通吗？”父亲的朋友问他。

年轻人羞涩地摇头。

“那法律呢？”

年轻人还是不好意思地摇头。

“地理、历史怎么样？”

年轻人窘迫地垂下头。

“会计怎么样？”

父亲的朋友接连发问，年轻人都只能摇头告诉对方——自己似乎一无所长，连丝毫的优点也找不出来。

“那你先把自己的住址写下来，我总得帮你找一份事做呀。”

年轻人羞愧地写下了自己的住址，急忙转身要走，却被父亲的朋友一把拉住了：“年轻人，你的名字写得很漂亮嘛，这就是你的优点啊，你不该只满足找一份糊口的工作。”

把名字写好也算一个优点？年轻人在对方眼里看到了肯定的答案。

哦，我能把名字写得叫人称赞，那我就能把字写漂亮；能把字写漂亮，我就能把文章写得好看……受到鼓励的年轻人，一点点地放大着自己的优点，他在心里已找到自己奋斗的目标了。

数年后，年轻人果然写出享誉世界的经典作品。

他就是家喻户晓的法国18世纪著名作家大仲马。

每个人都有优点，告诉自己我能行。

诺言

1944年,圣诞节前几天,美国101空降师在比利时巴斯托涅周围的环形地带仓促布防。我们已被突进的德军包围,好像瓮中之鳖。

我所指挥的空降营兵力约有600人,奉命进驻一个名叫安姆尔的荒凉小村,那里共有居民约100人。刚下过6英寸厚的大雪,我们的士兵穿着淡绿色空降制服伏在银白一片的战地上,等于是靶子。

我立即召集参谋人员举行会议。有人建议使用床单作伪装。可是一时怎能收集到那么多的床单呢?

村长加斯巴,70多岁,圆胖红润的脸上蓄了两撇大胡子。他这一辈子里,看到这个小村在1914年和1940年两次被德军侵占,此刻主动提出帮助我们。

他取下钟楼的绳索,开始敲钟。半小时内,教堂的走廊上堆积了200条白床单。我告诉村民,“用完后很快会归还”。随即把床单分给士兵。

几分钟后,我觉悟到自己许下的诺言是何等的愚蠢。有的人把床单撕成方块,盖在钢盔上;有的人把床单撕成窄条,扎在机枪枪管上;有的人在床单上开个洞,套在头上,做斗篷。我们的准备可真算及时,因为在翌日凌晨4点钟,敌人就发动了破釜沉舟的攻势。激战了半天,我们活捉了50名俘虏。德军伤亡甚众,我军则损失轻微。

几天后,我们奉命调驻一个新防地,接着又转调别处。一路上有些床单散失了,有些破损,终于抛弃了。不到半年,大战结束,我解甲还乡。

我从来没有想到,还会听到安姆尔这个地名。1947年秋,我在波士顿的报纸上读到一位记者访问二次世界大战战场的报道。这位记者也到过安姆尔。当地居民说,他们复元的情况良好。报道又说有个人吃吃地笑着说:“如果借我们床单的那个美国人能归还床单多好啊!他答应用后就还的。”

我写信到报馆去,承认我就是记者所报道的那个言而无信的罪人。这封信在报上发表了。随后发生了一连串事件,邮寄包裹开始涌来。其中一个寄自缅因州,里面有一条床单和一张纸条，上面写着如果我要遵守诺言，这件东西或许有帮助。其他报纸也转载了这个消息，我又收到更多的床单和许多支票。

两个月后，就在1948年2月，我履行了诺言，回到安姆尔。正好那一天也是大雪纷飞。加斯巴先生站在他屋前圆石砌的台阶上，把敲钟的绳索递给我，我使劲敲钟，村民像1944年那样朝教堂走过来。在那里，我终于偿还了安姆尔村民的床单。

做一个言而有信的人。

爱的教育

初涉人生，我们不仅需要母亲的慈爱，以哺育自己钟情生活的爱心，还需要老师的教导，以培养自己把握生活的能力——而我，则很荣幸地拥有一位当老师的母亲，所以，她对我的馈赠便是双重的了。

记得我在母亲任教的学校上二年级时，班里有两个人见人厌的学生，10岁的弗兰基和9岁的戴维。他们是兄弟俩，学习极差，也都留过级，而且每天都要弄出点恶作剧来，恃强凌弱，以欺侮同学、滋事捣乱为快。有一回，他们甚至搞来了一枚小型炸弹，偷偷地放在一个窗架子上；待上课时，猛听得一声巨响，师生们都被吓得魂不附体，好几个同学都尿了裤子！(我也是其中之一)

几年下来，班里几乎没有不被他们俩欺侮过的——被敲诈、被打骂，等等，可谁也拿他们没办法。

五年级时的一天，厄运降到了我的头上。当时，我正顺着小路骑自行车回家，等我听得弗兰基大嚷大叫地从后边冲过来："快滚开，我来了！"已经来不及躲避了(也无处躲避)，被他狠狠地撞入了路边的一条深沟里，自行车又重重地压在我身上，直跌得鼻青眼肿，头上还磕了个大包。弗兰基见已大功告成，便幸灾乐祸地打着呼哨，扬长而去了。

我匆匆赶回家，尽量把泥污血迹洗干净，希望妈妈不会看出来，否则，她一定会告诉校长，惩处弗兰基，那样既对弗兰基无损(他巴不得弄得鸡犬不宁)，又实在对我有害(他必定要伺机作更恶毒的报复)。

可惜头上的大青包无论如何也按不平。晚上，在妈妈的一再追问下，我掩饰不住，只好将自己受欺侮的事和盘托出了。只是恳求她不要报告校长。

妈妈看着我，想了想以后答应了："那好，明天我自己找他谈一谈。"

第二天，我总是心神不宁，担心有更大的灾祸在等着我，放学时，还特地绕了远路回家，只怕再遇上弗兰基。而妈妈下班后，倒是告诉了我一个好消息："他们再也不会来欺侮你了。"

我想，妈妈一定是报告了警察局长，让他把这两个作恶多端的坏孩子捉进了监狱——这下可好了！

但是，妈妈告诉我的是另一回事：

"今天，我先去翻阅了弗兰基兄弟俩的档案材料，发现他们的父亲早就死了，母亲现在也不知所踪，兄弟俩是靠了一个姑姑养大的，生活条件很差。而且，教过他的老师还告诉我，兄弟俩小时候常常遭到他们母亲的毒打。他们成为现在这个样子，并不全是自己的错：自己没有得到过多少爱，所以也不懂得去爱别人。"

"你知道我做了什么吗？"

"课后，我把弗兰基请到了自己的办公室，问他是否愿意当我的助手，每天替我准备些教具，我会为此给他一些报酬的。另外，如果工作得好，周末时我还会让你和他们兄弟俩一道去看电影。……"

"我？我跟他们一起去看电影？"——出于愤怒，更出于畏怯，我当即表示反对，"我不去。"

"不，你应该去。"妈妈劝我，"他们需要别人的关心与尊重。只有爱才会教会他们去爱。"

到了周末，我十分勉强地随妈妈到弗兰基他们的住处，接他们去看电影。妈妈对他们的姑姑说："弗兰基这一星期在我这里工作得挺不错。我相信他弟弟戴维以后也能来帮忙的。"他们的姑姑听了连连道谢，他一定从未梦想过自己这两个臭名远扬的侄儿还真能做好事儿，还真能被人喜欢！

在去电影院的路上，我们彼此都很窘。我偷偷瞥了弗兰基兄弟俩一眼。嗬！竟是一副规规矩矩、颇有教养的神色了——与平常完全不同。正疑惑时，弗兰基还很郑重地向我道歉:"实在对不起,那天我把你撞到了沟里。请你原谅!"态度极为诚恳,垂着眼睛,显得很羞愧。

他还向我保证:"以后我再也不会去欺侮任何人了。"

这破天荒的奇迹倒把我弄得怪不好意思，在母亲的催促下，才表示了谅解——虽然心里已不记恨他了。

说来奇怪,这以后弗兰基兄弟俩真的如脱胎换骨了一般,彻底改邪归正了,不仅不再惹是生非了,而且学习也认真了——这对学校、对老师、对同学固然都是一个好消息,而对于我来说,也从中受益匪浅。

爱的力量可以改变一切。

魔笛

在我7岁生日那天,亲友们把钱币塞满了我的口袋。我高兴极了,马上到一家儿童玩具小铺去买东西。

路上,我碰到一个男孩,他手拿短笛吹奏着,那抑扬顿挫、悠悠动听的笛声把我紧紧吸引得入魔了,我心甘情愿地掏尽口袋里所有钱币换取了这个小玩具。我一回家,就大吹特吹起来。

我非常喜爱这个"魔"笛,但全家人却很讨厌这怪玩意儿。我的兄弟姐妹和堂兄弟,得知我付了多少钱之后,纷纷指斥我受骗上当了,原来,我付出了四倍于这个短笛的高价。

此刻,我才恍然大悟,用这么多的钱,可以买好多好多的东西呀!大家嘲笑我是小傻瓜,我懊丧得痛哭起来。我觉得,这"魔笛"带给我的不是愉快,而是烦恼。

吃一堑,长一智。

从此以后,每当我打算买非必需品时,总是告诫自己说:"切莫花太多的钱去买‘魔笛’。”这样，我逐渐学会了节约。

长大后，观察人世间芸芸众生，我发现：许多人付出了巨大代价去买各自的“魔笛”。

我目睹：有些人狼子野心，虚掷韶华，醉生梦死，耗伤精力，泯灭良心，欲壑难填，甚至贪赃枉法，出卖亲友，以牟取暴利厚禄。这时，我常常默默地自语道：“诸君花了高价去买‘魔笛’。”

有时，我邂逅吝啬鬼，这号人视钱如命，对人一毛不拔，情薄如纸，厚颜无耻，唯利是图，贪得无厌。我说：“可怜的人呀，你们为自己的‘魔笛’实在付出太大的代价了。”

每当目睹那伙贪得无厌而不屑其精神和心灵的人时，我就说：“仁兄啊，错了！你们得到的将是痛苦，绝不是快乐。你们为自己的‘魔笛’付出的代价太高太高了！”

有时，我还目睹有些人迷恋于华丽的装饰、奢侈的家具、豪华的轿车……，而这些“魔”品远远超出其财力，结果债台高筑，身陷囹圄，草草了却一生。于是，我叹息道：“唉！你们为区区‘魔笛’付出了多么昂贵的代价啊！”

总之，我认识到：大多数人的不幸，都在于不恰当地估量了各种事物的价值，并为各自的“魔笛”付出昂贵的代价。

吃亏是福。

天知地知

他当时11岁，一有机会就到湖中小岛上他家那小木屋旁钓鱼。

一天，他跟父亲在薄暮时去垂钓，他在鱼钩上挂上鱼饵，用卷轴钓鱼竿放钓。鱼饵划破水面，在夕阳照射下，水面泛起一圈圈涟漪；随着月亮在湖面升起，涟漪化作银光粼粼。

鱼竿弯折成弧形时，他知道一定是有大家伙上钩了。他父亲投以赞赏的目光，看着儿子戏弄那条鱼。

终于，他小心翼翼地把那条精疲力竭的鱼拖出水面。那是条他从未见过的大鲈鱼！

趁着月色，父子俩望着那条煞是神气漂亮的大鱼。它的腮不断张合。父亲看看手表，是晚上10点——离钓鲈鱼季节的时间还有两小时。

"孩子，你必须把这条鱼放掉。"他说。

"为什么？"儿子很不情愿地大嚷起来。

"还会有别的鱼的。"父亲说。

"但不会有这么大。"儿子又嚷道。

他朝湖的四周看看。月光下没有渔舟，也没有钓客。他再望望父亲。

虽然没有人见到他们，也不可能有人知道这条鱼是什么时候钓到的，但儿子从父亲斩钉截铁的口气中知道，这个决定丝毫没有商量的余地。他只好慢吞吞地从大鲈鱼的唇上取出鱼钩，把鱼放进水中。

那鱼摆动着强劲有力的身子没入水里。小男孩心想：我这辈子休想再见到这么大的鱼了。

那是34年前的事。今天，这男孩已成为一名卓有成就的建筑师。

他父亲依然在湖心小岛的小木屋生活，而他带着自己的儿女仍在那个地方垂钓。

果然不出所料，那次以后，他再也没钓到过像他几十年前那个晚上钓到的那么棒的大鱼了。可是，这条大鱼一再在他的眼前闪现——每当他遇到道德课题的时候，就看见这条鱼了。

因为他父亲教诲他，道德只不过是对与不对的简单事，可是要身体力行却不容易。我们能否做到没人看见时也循规蹈矩呢？如果有方便门路能及时送入设计图，我们会不会拒绝走这条门路？又或者，我们得到了我们不该知道的内幕消息，会不会拒绝去做股票内幕交易呢？

要是小时候有人教过我们把鱼放回水中，我们是会做得到的。因为我们从中学会了明辨道理。

一次择善而从，在我们的记忆中会永远地留下清香。这是一个足以让我们自豪地讲给朋友和儿孙听的故事。

并不是讲我们怎样投机取巧，而是讲我们如何做得对，就此自强不息。

道德只不过是对与不对的简单事，可要身体力行却不容易。

不放弃

大马哈鱼的繁殖过程十分惊心动魄。

在大马哈鱼的生殖季节，它们成群结队地从深海区域往内陆的江河跋涉，也许千里万里吧，行程异常艰难。一些浅得刚能没过石子的水湾处，大马哈鱼几乎是倾斜着身子，蹭着江底的沙石挣扎着前进的。到达浅滩时，奔波劳顿的大马哈鱼差不多是伤痕累累了。但是，它们仍然不停歇，雌鱼还要在有砂砾的江底掘出一个个的洞穴，以便产卵。产完卵的大马哈鱼体无完肤，面目全非，就在这祖祖辈辈完成生殖使命的地方，一批批血肉模糊的大马哈鱼悲壮地死去，一层又一层大马哈鱼的尸体漂浮在江面。

这里，是新生的大马哈鱼生命开始的地方，也是前辈大马哈鱼生命终结的地方，生与死衔接得如此紧密和短暂，流泪的余地都没有，悲壮的余地也没有，只要踏上行程，就义无反顾。

我请教过研究鱼类的专家，难道就没有一种比较温和的生殖方式可以选择？专家说，这是自然进化的结果，世上一些事情必须靠残忍的方式取得，包括大马哈鱼的生殖过程。

我采访过一位芭蕾舞演员。

十个脚趾，找不到一个完整的脚趾甲盖，在拇指的前端，是一团模糊的肉球，那是十几年舞蹈磨成的茧。谁能想到，这样一双可怕的脚，竟是踩着足尖鞋，在舞台上旋转如蝶的芭蕾舞演员的玉足。芭蕾舞演员一边活动脚尖，一边跟我说话：

“现在脚的样子尽管很丑陋，可是不痛，刚开始跳舞的时候，一场舞跳完，足尖鞋前端嫣红嫣红的，没有亲身经受过的人，绝对体验不出钻心疼痛的滋味。”压腿、弹跳、下腰，短暂的喝彩和瞬间的辉煌的后面，竟然藏着数十年的艰辛和磨难。

后悔吗？

她眼中闪过一片泪光。还有用吗？在我试图跳芭蕾舞之前，我已经把全部身心交给了芭蕾舞。除此之外，我还能做些什么，会做些什么，来得及学会做什么呢？当我后悔的时候，已经无处言悔了。就像乘坐一条船，起锚后才被告知，前方没有码头。不可能回头，不可能停息，甚至连叹息的缝隙都没有，你能怎么样？

这是一条别无选择的不归路，就像视死如归的大马哈鱼，就像舞出仙姿的芭蕾舞演员，除了迎向前方，没有第二种活法。

其实，我们的生活都是这样的。

人生就是这样，向前向前。

成功属于坚持不懈者

众所周知，电话发明者是贝尔。他是世界上电话发明专利的拥有者。但很多人不知道，在贝尔之前，莱斯就早已发明出了电话机，愤憾的是，他的那种机器只能传送音乐，是一种玩具式的东西，没有什么市场价值。莱斯在发明了能够传送音乐的电话之后便放弃了，没有对它进行更深入的研究。而贝尔，却在莱斯的理论基础上，发明出了真正可以通话的电话机。

莱斯蛹死茧中，而贝尔却破茧而出。

在开罗博物馆，人们能够看到从图坦·卡蒙法老王墓挖出的众多宝藏。这些宝藏几乎占据了庞大建筑物的第二层楼的大部分，黄金、珍贵的珠宝、饰品、大理石容器、战车、象牙与黄金棺木等让人眼花缭乱、目不暇接。这些巧夺天工的工艺至今仍无人能及。

在人们慨叹这些宝藏的珍奇时，谁能想到，如果不是霍华德决定再多挖一天，也许这些宝藏至今仍埋在地下不见天日。

1922年的冬天，卡特在工作了好几个月以后，几乎已经放弃了找到年轻法老王坟墓的希望，他的支持者也即将取消赞助。卡特在自传中这样写道：

这将是我们待在山谷中的最后一季，我们已经挖掘很久了，春去秋来毫无所获。我们一鼓作气工作了好几个月却没有发现什么，只有挖掘者才能体会到这种彻底的绝望感：我们几乎已经认定自己被打败了，正准备离开山谷到别的地方碰碰运气。然而，要不是我们最后垂死的努力一锤，我们永远也不会发现这远超出我们梦想所及的宝藏。

……

霍华德最后垂死的努力成了全世界的头条新闻，他发现了近代唯一一座完整出土的法老坟墓。

霍华德的最后一锤却成了打开成功之门的临门一脚。尽管残酷的现实令他一次次地绝望，然而，他却在这种绝望的苦难中执著地追寻着，到底还是不肯放弃。

即使一次次地挫折失败，也不要放弃你的追求。

瓶 魔

在夏威夷岛上住着一位名叫纪威的年轻男子，他拥有一只具有神奇魔力的瓶子。这只瓶子是他在旧金山游玩时，从一个老头儿那里以五十美元买来的。

老头儿住在一栋十分漂亮的房子里。他对纪威说，他的全部财产，包括这所房子和花园都来自于这只瓶子。瓶子里住着一个小魔鬼，只要有人买了瓶子，小魔鬼就听他指挥。他所渴望的一切——爱情、名誉、金钱，只要他一说出来，就全都是他的了。不过这个瓶子有个缺点，就是拥有瓶子的人，在愿望得到满足后，必须尽快以低于原价的价钱脱手转卖给别人，而且一定要收硬币。否则，死后就要下地狱受烈火的煎熬。

纪威买下这只有魔力的瓶子后，在乘船回夏威夷时，许愿说："我要在我出生的科纳海滨造一所美丽的房子和花园，门边阳光灿烂，花园里百花盛开……"回到夏威夷的檀香山，刚一上岸，纪威就意外地继承了一大笔遗产。于是纪威找来建筑师，让他给自己设计房子。建筑师设计的图样竟与纪威想像中的一点不差，而且造价也正是纪威所继承的那笔遗产的数目。

房子造好了，纪威给它取了个好听的名字"光明宫"。

不久，纪威又遇见一位美丽的姑娘——柯库娅，两人一见钟情，遂结为伉俪。纪威感到自己的愿望都已得到满足，便把瓶子以四十五美元的价钱卖给了别人。

纪威和柯库娅在光明宫里无忧无虑地生活着。这样过了一年。一天，纪威在浴室洗澡时，发现身上有一块斑，好像石头上的苔藓病。他知道自己得了苔藓病。无论谁得了这种病都将很快死去。纪威的全部希望顿时都像肥皂泡似的，一下子破灭了。

"我可以心甘情愿地离开我的故乡夏威夷，" 纪威在痛苦地沉思，"我可以很轻松地离开我这所美丽的房子。可是柯库娅，我生命的光辉，我怎么能忍心和你永久地别离呢？……"

突然，纪威又想到了那个有魔力的瓶子。看来能拯救自己的只有它了。于是纪威四处打听那只瓶子的下落，最后在怀基海滨一个霍尔人家里找到了。

霍尔人对纪威说，瓶子离开纪威后，又数易其主，越卖越贱，他是以两美分从别人那里买进的。

"什么？"纪威大声说，"两美分？唔，那么，你只能卖一美分，而那个买瓶子的人——" 买了那个瓶子的人将再也卖不出去了，那瓶子和魔鬼会一直跟他在一起，直到他死去为止，而他死后瓶魔一定会把他带入地狱的火坑里。可是，为了治好苔藓病，为了能和柯库娅在一起，纪威毅然地将瓶子买下了。

苔藓病治好了。可纪威却要永远受那瓶魔的约束，除了永远在地狱的烈火里熬成灰烬以外，没有更好的希望了。纪威在想像中远远望见了熊熊燃烧着的地狱之火，他的灵魂战栗了。

纪威失去了往日的快乐，变得郁郁寡欢。妻子柯库娅敏锐地觉察到了这一点，在妻子的催问下，纪威把全部事实都告诉了他。

“纪威，你为爱而献出了你灵魂的幸福，我一定要用我的双手拯救你！”柯库娅说，“我记得在法国有种小硬币叫生丁，一美分等于五生丁左右。纪威，咱们到法属群岛去推销吧。来，我的纪威！消除顾虑，柯库娅会保护你。”

可是，在法属岛屿帕皮提，纪威和柯库娅发现，当他们向人们提出以四生丁出售这个健康和财富的无穷无尽的源泉时，很难让人们相信你的真诚。此外，还必须说明那个瓶儿的危险性，人们更是赶紧敬而远之，仿佛躲开跟魔鬼打交道的人似的。

日子一天天过去，瓶子仍卖不出去，纪威一天比一天忧郁。看着丈夫痛苦的样子，柯库娅十分难受。终于，她打定主意，要代替丈夫去接受地狱之火的煎熬。

这天晚上，乌云随风吹来，月光黯淡，全城都已沉入梦乡。柯库娅在一街角的拐弯处找到一位又老又穷的外乡人。

“你帮我个忙好吗？”柯库娅说，“你愿意帮助一个夏威夷的女儿吗？”随即，柯库娅把纪威的故事从头到尾全部告诉了他。

“现在，”她说，“我丈夫为了爱情牺牲了灵魂的幸福，作为他的妻子，我该怎么办？要是我自己向他去买那个瓶儿，他会拒绝。可是如果你去，他会急着卖掉，我在这儿等你，你花四生丁买来，我再以三生丁买进。”

老头儿十分感动，答应了。当老头儿把瓶子买来，又卖到柯库娅手中时，祝福说：“上帝保佑你，我可怜的孩子！”

瓶子卖掉了，纪威如释重负，又成了最初的那个快乐的纪威。而柯库娅却整天都生活在恐惧之中，怎么也高兴不起来。

本来纪威对于把那邪恶的瓶子卖给那个可怜的老头儿，就已感到深深的内疚和羞愧。柯库娅现在又莫名其妙地变得郁郁寡欢，纪威心中十分烦恼。于是，他整天在城里四处游荡，开始酗酒，结交了一些不三不四的朋友。

这天晚上，纪威和一个捕鲸船上的水手长一块喝酒。这个水手长是一名在逃的罪犯。他们酒醉饭饱之后，便结伴而回。经过房子窗前时，纪威无意识地朝里一瞧，正好看见柯库娅坐在地上，灯放在她身旁；她面前竟放着那个瓶。柯库娅在瞅着魔瓶，双手因恐惧而不知所措地绞拧着。

纪威在窗口站了好长的时间。最初他感到惊讶，接着他就明白了：是妻子柯库娅让老头儿买了那个瓶子。

妻子为他献出了她灵魂的幸福。现在他得为她献出他的灵魂了。纪威没有丝毫的犹豫，他找到水手长，告诉了他整个事情的前前后后，然后说："这儿有两生丁，你帮我从我老婆手里把那瓶儿买过来，我再从你那儿花一生丁买回。可你无论如何不能对她说你是从我这儿买去的。"

水手长听后诡秘地一笑，答应了。

不多会儿，纪威便看见水手拿着那只瓶儿踉踉跄跄地走过来了。

"你买到那只瓶儿啦，快，我给你一生丁，你把它卖给我。"纪威说。

"什么，这么好的东西，你只出一生丁就想买走？你别做梦了，瓶儿现在归我了，不卖！"水手长嚷道。

"我告诉你，"纪威说，"有了那瓶儿的人要下地狱。"

"我想我不管怎么也得下地狱。"水手长回答，"这个瓶儿还是我碰见过的，是带着下地狱的最好的东西。不卖了，先生！"水手长说完，得意地转身朝城里走去。

纪威像风一样轻快地奔向柯库娅，那天夜晚他们万分欢乐。从此，他们在光明宫过着平静安宁幸福的生活。

有些事物只有放弃才能有欢乐。

战胜心底的溃退

2002年7月4日，刚好是美国独立日。美国百万富翁、58岁的冒险家史蒂夫·福塞特在经历6次失败之后，实现了梦寐以求的理想，驾驶着"自由精神"号热气球安全降落在澳大利亚昆士兰州一个枯竭的湖边，结束了他的第七次单人环球飞行。

其实，7月2日这一天，他的热气球飞过东经117度线的刹那间，就已经宣告航空史上又一个最伟大的记录诞生了。从2002年6月19日起，他一共飞行了13天12小时16分13秒，航程是33971．6公里，使我肃然起敬的倒不是航空飞行的记录，而是他那种经历了六次挫折后仍进行第七次飞行的精神。那是一种永不言败的精神。

反观我们，失败之后，总有千万个理由，要是再给我一点时间的话，要是条件好一点的话，要是对方认真对待的话……。我们总有找不完的借口为自己失败开脱，却从来看不到自身的主观不足。如果我们能正视自己存在的缺陷，然后逐一弥补，那么，我们离成功也就更近了。但因为我们总在找客观原因，为自己的失败遮掩，所以错失了继续前行的勇气。

一次次冠冕堂皇的溃退也一次次斩断了通往成功的路途。因此，史蒂夫·福塞特的行为再次提醒我们：只有彻底击败心底的溃退，才能走向成功。

只有彻底击败心底的溃退，才能走向成功。

我母亲选择的生活

自由有很多种，韦蒙。我们失去一种，就要寻找另一种。

像大多数小孩子一样，我相信我母亲无所不能。她是个精力充沛、朝气蓬勃的女性，打网球，缝制我们所有的衣服，还撰写一个报纸专栏。我对她的才艺和美貌崇敬无比。

母亲爱请客，她会花好几小时做饭前小吃，摘了她花园里的鲜花摆满一屋子，并把家具重新布置让朋友好好跳舞。然而，最爱跳舞的是她自己。我曾入迷地看着她在欢聚作乐前盛装打扮。直到今天，我还记得我们喜爱的那套配有深黑色精细网织罩衣的黑裙子，把她的金黄色头发衬托得天衣无缝。然后，她会穿上黑色高跟舞鞋，成为在我眼中全世界最美的女人。

可是在她三十一岁时，她的生活变了，我的也变了。

仿佛在突然之间，她因为生了一个良性脊椎瘤而至瘫痪，平躺着困在医院病床上。我当时十岁，年纪还太小，不能领略“良性”一词是怎样的反话，因为，她从此以后便永远不再一样了。

母亲以她对其他一切事物的那种积极心情面对她的病。“物理治疗”和“残障”等词成了我们一起进入的那个陌生新世界的一部分。我逐渐开始照顾一向照顾我的母亲。

她终于可以起来坐轮椅了，于是，把她推入厨房便成了我的例行工作；在那里，她指点我把胡萝卜和马铃薯削皮，以及鲜蒜、盐和厚块牛油揉在要烤的牛肉上的诀窍。

我十一岁的时候，母亲告诉我她和父亲将会有个小宝宝。很久以后，我才知道医生曾劝她接受治疗性流产，但她激烈反对。不久，我便成了我那个小妹妹玛莉·特蕾丝的“母亲”。我很快便学会替小宝宝换尿片、洗澡和喂奶。有一件事我至今仍然记得特别清楚：玛莉·特蕾丝两岁时跌了一跤，膝盖的皮蹭破了，她哭了起来，掠过我母亲伸出的两臂而投入我的怀抱。我看到母亲脸上隐约浮现的难过神情时，已经太晚了，但她只是说道：“她当然应该跑到你那里——你把她照顾得那么好。”

母亲的每一项成就都是我们两人生命中的大事。驾驶有动力辅助转向和动力辅助刹车装置的汽车，她重返大学读书，以及得到辅导硕士学位。

她尽力学习一切有关残疾人士的知识，后来成立了一个名叫残障社的辅导团体。有天晚上，她带我的兄弟和我到那里去。我从没见过那么多身体上有各种不同残障的人。我回到家里，心想我们多么幸运。她还介绍我们认识一些大脑麻痹患者，让我们知道他们大都和我们同样聪明。她又教我们怎样和弱智的人沟通，指出他们时常都很亲切热情。

由于母亲那么乐观地接受了她的处境，我也很少对此感到悲伤或怨恨。可是有一天，我不能再心平气和了。在我母亲穿高跟鞋的形象消失以后很久，我家有个晚会。当时我十几岁，当我看到微笑着的母亲坐在旁边看她的朋友跳舞时，突然醒悟到她的身体缺陷是多么残酷。我脑海里再度映现母亲容光焕发、翩翩起舞的倩影，不知道她自己是否也记得，我朝她挨近时，看到她虽然面带笑容，却热泪盈眶。我奔回自己的卧房，哭了起来，对上帝大发脾气，对我母亲身受的不平深感愤慨。

我长大后在州监狱署任职,母亲毛遂自荐到监狱去教授写作。我记得只要她一到,囚犯便围着她,专心聆听她讲的每一句话,就像我小时候那样。

她甚至在不能再去监狱时,仍与囚犯通信。有一天,她给了我一封信叫我寄去给一个姓韦蒙的囚犯。我问她信可不可以看,她答允了,但她完全没想到这信会给我多大的启示。信是这么写的:

亲爱的韦蒙:自从接到你的信后,我便时常想到你。你提起关在监牢里多么难受,我深为同情。可是你说我不能想象坐牢的滋味,那我觉得非说你错了不可。

我三十一岁时有天醒来,人完全瘫痪了。一想到自己被囚在躯体之内,再不能在草地上跑或跳舞或抱我的孩子,我便伤心极了。

有好长一阵子,我躺在那里问自己这种生活值不值得过。我所重视的所有东西,似乎都已失去了。

可是,后来有一天,我忽然想到我仍有选择的自由。看见我的孩子时应该笑还是哭?我应该咒骂上帝还是请他加强我的信心?换句话说,我应该怎样运用仍然属于我的自由意志?

我决定尽可能充实地生活,设法超越我身体的缺陷,扩展自己的思想和精神境界。我可以选择为孩子做个好榜样,也可以在感情上和肉体上枯萎死亡。自由有很多种,韦蒙。我们失去一种,就要寻找另一种。

你可以看着铁槛,也可以穿过铁槛往外看。你可以作为年轻囚友的做人榜样,也可以和捣乱分子混在一起。你可以爱上帝,设法认识他,你也可以不理他就某种程度上说,韦蒙,我们命运相同。

看完信时,我已泪眼模糊。然而,我这时才能把母亲看得更加清楚。我再度感觉到一个小女孩对她无所不能的母亲的崇敬。

无论怎样的坚难,都不要放弃生活。

梦想是现实之母

在人类历史中，假若把梦想者的事迹删除，谁还愿意去读那些枯燥乏味的历史呢？梦想者是人类的先锋，是我们前进的引路人。

你是一个梦想者吗？

使人类的生活更有意义，把很多人从困境中解脱出来的，都应归功于一些梦想者。我们都得感谢人类的梦想者啊！

在人类历史中，假如把梦想者的事迹删去，谁还会去读那些枯燥无味的历史呢？梦想者是人类的先锋，是我们前进的引路人。他们毕生劳碌，不辞艰辛，弯着腰，流着汗，替人类开辟出平坦的大道来。如今的一切，不过是过去各个时代梦想的总和，不过是过去各个时代梦想的现实化。

假如没有梦想者到美洲西部去开辟领地，那么美国人至今还徘徊在大西洋的沿岸。

对于世界最有贡献、最有价值的人，必定是那些目光远大，具有先见之明的梦想者。他们能运用智力和知识，来为人类造福，把那些目光短浅，深受束缚和陷于迷信的人拯救出来。有先见之明的梦想者，还能把常人看来做不到的事情逐个变为现实。有人说，想象力这东西，对于艺术家、音乐家和诗人大有用处，但在实际生活中，它的位置并没有那样的显赫。但事实告诉我们：凡是人类各界的领袖都做过梦想者。无论工业界的巨头、商业的领袖，都是具有伟大的梦想、并持以坚定的信心、付以努力奋斗的人。

马可尼发明无线电，是惊人梦想的实现。这个惊人梦想的实现，使得航行在惊涛骇浪中的船只只要遭受到灾祸，便可利用无线电，发出求救信号，因此拯救千万生灵。

电报在没有被发明之前，也被认为是人类的梦想，但莫尔斯竟使这梦想得以实现了。电报一旦发明，世界各地消息的传递，从此变得是多么的便利。斯蒂芬孙以前是一个贫穷的矿工，但他制造火车机车的梦想也成为了现实，使人类的交通工具大为改观，人类的运输能力也得以空前地提高。

不久以前，勇敢的罗杰斯先生驾着飞机，实现了飞越欧洲大陆的梦想。横跨大西洋的无线电报是费尔特梦想的实现，这使得美欧大陆能够密切联络。

许多功成名就者能够拥有惊人的梦想，部分应归功于英国大文豪莎士比亚，是他教人们从腐朽中发现神奇，从平常中找到非常之事。

人类所具有的种种力量中，最神奇的莫过于有梦想的能力。假如我们相信明天更美好，就不必计较今天所受的痛苦。有伟大梦想的人，就是阻以铜墙铁壁，也不能挡住他前进的脚步。

一个人假如有能力从烦恼、痛苦、困难的环境，转移到愉快、舒适、甜蜜的境地，那么这种能力，就是真正的无价之宝。如果我们在生命中失去了梦想的能力，那么谁还能以坚定的信念、充分的希望、十足的勇敢，去继续奋斗呢？

美国人尤其喜欢梦想。不论多么苦难不幸、穷困潦倒，他们都不屈从命运，始终相信好的日子就在后面。不少商店里的学徒，都幻想着自己开店铺；工作中的女工，幻想着建一个美好的家庭；出身卑微的人，幻想着掌握大权。人只有具有了这些幻梦，才可能有远大的希望，才会激发人们内在的智能，增强人们的努力，以求得光明的前途。

仅有梦想还是不够的，有了梦想，同时还需要实现梦想的坚强毅力和决心。如果徒有梦想，而不能拿出力量来实现愿望，这也是不足取的。只有那实际的梦想——梦想的同时辅之以艰苦的劳作、不断的努力，那梦想才有巨大的价值。

像别的能力一样，梦想的能力也可以被滥用或误用。假如一个人整天除了梦想以外不做别的事情，他们把全部的生命力，花费在建造那无法实现的空中楼阁，那就会祸害无穷。那些梦想不仅劳人心思，而且耗费了那些不切实际梦想者固有的天赋与才能。

要把梦想变成事实，需靠我们自己的努力。有了梦想以后，只有付以不懈的努力，才可使梦想实现。

在所有的梦想中，造福人类的梦想最有价值。约翰·哈佛用几百元钱创办了哈佛学院，就是后来世界闻名的哈佛大学，这是一个最好的例子。

人不光要有梦想，还要信仰梦想，更要激励自己去实现梦想。人人具有向上的志向，志向就会像一枚指南针，引导人们走上光明之路。良好的幻梦，就是未来人生道路美满成功的预示。

人们心中的希望，与理想梦幻相比，经常更有价值。希望经常是将来真实的预言，更是人们做事的指导，希望可以衡量人们目标的高低，效能的多寡。

有许多人容许自己的希望慢慢地淡漠下去，这是由于他们不懂得，坚持着自己的希望就能增加自己的力量，就能实现自己的梦想。

希望具有鼓舞人心的创造性力量，她鼓励人们去尽力完成自己所要从事的事业。希望是才能的增补剂，能增加人们的才干，使一切幻梦化为现实。

大自然是个公平的交易员，只要你付出相当的代价，你需要什么，她就会支付给你什么。人的思想就像树根一样，遍布在四方，这许多思想的根产生活力，就能带来希望。

假如没有南方，那么候鸟就不会在冬天飞去南方，正是南方给了候鸟希望。造物主给人们以希望，希望他们实现更伟大、更完美的生命；希望他们的人格获得充分的发展；希望他们获得永生。所以，只需努力去干，都有实现愿望的可能。

希望也有合理与不合理之分。所谓合理的希望，并不是那些荒诞不经、超越情理的妄想。对人来说，最珍贵的希望，就是有完善的人格，希望在很长的时间内把才能卓越地发挥出来。

从一个人的希望能够看出他在增加还是减少自己的才能。知道一个人的理想，就能知道那个人的品格、那个人的全部生命，由于理想是足以支配一个人的全部生命的。

在树立希望以后，人的思想和感情便会变得坚定不移。因此，每个人都应有高尚的目标和积极的思想，更需下定决心，绝不允许卑鄙肮脏的东西存在自己的思想里、行动里，无论做什么事，都要向着高尚的目标努力。

积极进取的思想，足以改进人的希望，使人尽量地发挥他的才干，达到最高的境界。积极进取的思想，能够战胜低劣的才能，可以战胜阻碍成功的仇敌。即使看似不可能的事情，只要抱定希望，努力去做，持之以恒，终有成功的一天。希望是事实之母，无论是希望有健康的身体、高尚的品格，还是有巨型的企业，只要方法得当，尽力去做，便有实现的可能。

一个人有希望，再加上坚韧不拔的决心，就能产生创造的能力；一个人有希望，再加上持之以恒的努力，就能达到希望的目的。有了希望，假如没有决心和努力的配合，对希望漠然视之，那么即使再宏大美好的希望也会烟消云散，化为泡影。

人的希望对于造就人生的大厦，工程师的脑海里早有精密的设计；同样，全部事业在没有进行之前，自然要有确定的希望。

为了实现希望而制定的计划，假如不加以切实的努力，那么一切计划都会成为泡影；正如工程师的蓝图打好以后，不兴土木，再好的蓝图也等于废纸一样。

假如你愿意求得生命中某方面的改进，你就应当很热烈地、很坚毅地渴望着那些理想，把这些理想保留在你的心中，何时也不要放松，直到实现为止。

一颗充满希望的心灵，具有着极大的创造力，这种创造力会发展人的才能，实现人的理想。

时常存在着良好的期待，期待着未来前程充满光明与希望；期待着未来我们的美好梦景终能实现，从这中间，能够生出巨大的力量来。

对于我们的生命，最有价值的莫过于在心中怀着一种乐观的期待态度。所谓乐观的期待，就是希冀获得最好、最高、最快乐的事物。

假如对于我们自己的前程，有着良好的期待，这就足以激发我们最大的努力。期待安家立业、安享尊荣；期待在社会上获得重要的地位，出人头地。这种种期待都能督促我们去努力奋斗。

世界上有许多人认为，世上一切舒适繁华的东西、精美的房屋、华丽的衣服以及旅行娱乐等等，不是为他们预备的，而是为其他人预备的。他们相信这种种幸福，不属于他们所有，而是属于另外阶层的人所有，原来他们自己认为属于低等的阶层，属于没有希望的阶层。试问，一个人有了这样的自卑观念后，还怎能得到美好的享受呢?

假如一个人不想得到美好的享受，志趣卑微，自甘低下，对于自己也没有过高的期待，总是认为这世间的种种幸福并非为自己预备着的，那么这种人自然就永远不会有出息。

我们期待什么，便得到什么，人应该努力期待；假如我们什么都不期待，自然就一无所得。安于贫贱的人，自然不会过上富裕的生活。

有了成功的期待，心中却常抱着怀疑的态度，常怀疑自己能力的不足。心中常对失败有多种预期，这真是所谓南辕北辙！只有诚心期待成功的人，才能成功。所以，做一个人必须有积极的、创造的、建设的、发明的思想，而乐观的思想也尤为重要。

有的人一方面努力这样做，而同时又那样想，最终就只有失败。假如你渴望得到昌盛富裕，而同时却怀着预期贫贱的精神态度，那么你永远不会走入昌盛富裕的大门。

有很多人虽然努力做事，但常常一事无成，原因在于他们的精神态度不与其实际努力相应和——当他们从事这种工作的时候，又在希冀着其他工作。

他们所抱有的错误态度，会在无形中把他们所真正渴求的东西驱逐掉。不抱有成功的期待，这是使期待无法实现的巨大障碍。每个人都应该牢记这句格言："灵魂期待什么，就能做成什么。"

恐惧心理常常减少人的生气，恐惧有着极大的势力，会使生命的源泉干涸。由恐惧心理所支配的生活，凡事不会成功。只有远大的希望、深切的信仰，才能医治人的懦弱，改善人的习惯和品性。期待将来有美好的享受，期待获得健康和快乐，期待在社会上有地位。这各种期待，都是成功的资本，都有助于促成一个人的成功。

诸多成功者都有着乐观期待的习惯。不论目前所遭遇的境地是怎样的惨淡黑暗，他们对于自己的信仰、对于"最后之胜利"都坚定不移。这种乐观的期待心理会生出一种神秘的力量，以使他们达到愿望的目的。

期待会使人们的潜能充分地发挥出来，期待会唤醒我们隐伏的力量。而这种力量如若没有大的期待，没有迫切的唤醒，是会长久被埋没的。

每个人都应当坚信自己所期待的事情能够实现，千万不能有所怀疑。要把任何怀疑的思想都驱逐掉，而化之以必胜的信念。在乐观的期待中，要有坚定的信仰：假如有坚定的信仰，努力向上，必定会有美满的成功。

仅有梦想还是不够的，还要有实现梦想的毅力和决心。

直面选择

他，出生在意大利的一个面包师家庭，他的父亲是个歌剧爱好者，父亲常把卡鲁索、吉利、佩尔蒂莱的唱片带回家听，耳濡目染，他从小就喜欢上了唱歌。

长大后他依然对唱歌情有独钟，但是他喜欢孩子，喜欢教师这个职业，他希望成为一名很有影响力的教师。于是，他考上了一所师范学校，在学习期间，一位名叫阿利戈·波拉的专业歌手收他做了学生。

临近毕业的时候，他问父亲："我应该怎样选择？是当教师，还是当一名歌唱家？"

他父亲很含蓄地回答："如果你想同时坐两把椅子，你只会掉到两把椅子之间的地上，你应该选定一把椅子。"

听完父亲的话，他选择了教师职业。在从教中，他感到自己在这方面很难有建树，只好离开了学校，选择了唱歌。

17岁时，他的父亲介绍他到"罗西尼"合唱团，他开始随合唱团到各地举行音乐会，并经常在免费音乐会上演唱，希望能引起大家的留心和注意。

可是，近七年过去了，他还是无名小辈，眼看着周围的朋友都有了成就，而自己还没有养家糊口的能力，他苦恼极了。偏偏在这个时候，他的声带长了一个小疖，在一场音乐会上，他吃力地演唱，被观众的倒喝彩给轰下了台。

此时，他可以选择半途而废，也可以选择坚持，但他想起了父亲对他说的话，他最终选择了坚持。

几个月后，他在一场歌剧比赛中崭露头角，后来，演出了歌剧《波希米亚人》，演出结束了，他赢得了观众雷鸣般的掌声。

从此，他的知名度不断上升，成为活跃于国际歌剧舞台上的最佳男高音。

当一位记者采访他成功的秘诀时，他说："我的成功在于我在不断的选择中选对了自己施展才华的方向。"

他就是名震世界的男高音歌唱家帕瓦罗蒂。

人生处处有选择，小到柴米油盐日常琐事，大到上学就业择偶终身大事。人的一生，只有一件事不能选择，那便是出身，其他的一切，都是自己选择的结果。

选择是世界上最伟大的力量，是改变自然和人类社会的重要杠杆，是撬动地球移动的最佳支点，是决定人生成败的最重要的因素。

孤独中有了选择，便有了心灵的慰藉，信念的支撑；

痛苦中有了选择，便有了治痛的偏方，坚强的毅力；

黑暗中有了选择，便有了走出黑暗，迎来光明的希望；

失败中有了选择，便有了逆境的奋起，重振的雄风；

成功中有了选择，便有了欲穷千里目，更上一层楼的胸怀和壮举。

要想实现人生价值，就要勇敢地直面选择，千万不要回避选择，因为只有选择才会给你的生命不断注入活力：只有选择才能使你拥有把握人生命运的伟大力量；只有选择才能把你人生的美好梦想变成随手可及的现实。

选择有两种，一种是正确的选择，一种是错误的选择。

正确的选择，所付出的努力才有美好的结果，成功的方向才不会出现偏差，人生的价值才能得以真正的体现。

错误的选择，是人生种种不幸的根源，它往往会使你的努力付诸东流，会使你的行为南辕北辙，会使你的人生遭受灭顶之灾，甚而至于会使你留下千古骂名。

选择，不仅伟人能够作出伟大的选择，平凡的人也同样能够作出惊人的选择。

当库尔斯克号沉入冰冷的巴伦支海海底，库尔斯克号上的水兵的第一反应就是关闭核反应堆，以防止核泄漏危害沿岸居民，就是这一选择，意味着他们将生还的希望降到冰点，将生的机会留给了俄罗斯人民。无关紧要的选择，即使选择错了也无所谓，而当面对改变人生命运的选择时，我们需用自己的心灵来作出选择。

学会选择，用心去选择吧，谁掌握了选择的主动，谁就掌握了人生的命运。

人生处处有选择，让我们勇敢的去面对吧。

现在就做

在我为成人上的一堂课上，我做了一件“不可原谅的事”。我给全班出家庭作业！作业内容是“在下周以前去找你爱的人，告诉他们你爱他。那些人必须是你从没说过这句话的人，或者是很久没听到你说这些话的人”。

这个作业听来并不刁难。但你得明白，这群人中大部分超过35岁，他们在被教导“表露情感是不对的”那个年代成长，不能表现情感或哭泣(这是绝对禁止的！)。所以对某些人而言，这真是一个令人震惊的家庭作业。

在我们下下堂课程开始之前，我问他们，是否有人愿意把他们对别人说他们爱他而发生的事分享给大家。我非常希望有个女人先当志愿者，就跟往常一样。但这个晚上有个男人举起了手，他看来深受感动而且有些害怕。

当他从椅子上站起来后，他开始说话了：“丹尼斯，上星期你给我们这个家庭作业时，我对你非常生气。我并不感觉有什么人要我对他说这些话。还有，你是什么人，竟敢教我去做这种私人的事？但当我开车回家时，我的意识开始对我说话。它告诉我，我确实知道我必须向谁说‘我爱你’。你知道，5年前父亲和我的关系开始恶化，从那时起这事就没有真正解决。我们彼此避免遇见对方，除非在圣诞节或其他家庭聚会中非见面不可。尽管如此，我们还是几乎从不交谈。所以，上星期二我回到家时，我告诉我自己，我要告诉父亲我爱他。

“说来很怪，做这决定时我胸口上的重量似乎就减轻了。

“我一回到家，就冲进房子里告诉我太太我要做的事。那时候她已经睡着了，但我还是吵醒了她。当我这样告诉她时，她忽然跳起来抱紧我。打从我们结婚以来，这是她第一次看到我哭。我们聊天、喝咖啡到半夜，感觉真棒！

“第二天，我一大早就精神奕奕地起床了。我太兴奋了，所以这一夜我几乎没睡。我很早就到办公室，两小时内做的事比从前一天做的还要多。

“9点时我打电话给我爸，问他我下班后是否可以回去。他听电话时，我只是说：‘爸，今天我可以过去吗？有些事我想告诉你。’我父亲以暴躁的声音回答：‘现在又有什么事？’我跟他保证，不会花很长的时间，最后他终于同意了。

“5点半，我到了父母家，按门铃，祈祷我爸会出来开门。我怕是我妈来应门，而我会因此懦弱，就会决定干脆让她代替算了。但幸运的是，我爸来开门了。

“我没有浪费一丁点的时间——我踏进门就说：‘爸，我只是来告诉你，我爱你。’

“我父亲似乎变了一个人。在我面前，他的脸庞变柔和了，皱纹消失了，他开始哭了。他伸手拥抱我说：‘我也爱你，儿子，而我竟没能对你这么说。’

“这一刻如此珍贵，我一点也不想移动。我妈满眼泪水地走过来。我弯下身子给她一个吻。爸和我又拥抱了一会儿，然后我离开了。长久以来我很少感觉这么好过。但这不是我的重点。两天后，我那从没告诉过我他有心脏病的爸爸，忽然发病，在医院里结束了他的一生。我并不知道他会如此。

"所以我要告诉全班的是：如果你知道必须这样做，就不要迟疑。如果我迟疑着没有告诉我爸，我可能就没有机会！把时间拿来做你该做的，现在就做！"

这一刻如此珍贵。

简单日子再简单一点

更多的时候，面对人生，也许我需要的就是这样一点点恬然的心境，一点点随意的心性。

秋天是有些明净地来了。

宛如我此时的心情，有些轻松，又有些明快。

都说这样的日子是个登高的时节，然而我不能，我只能以我的想象，和清朗的高山对话，和那散漫的浮云携手。

我不知道远方的某个城市里，朋友的笑容是否和这秋日一样明净，但我懂得应该在这样的日子里用心去呼唤一次，因为这风这月，总能拂去我心底的尘埃，总能牵扯出一丝心底的想念。

每天，我都要经过这样一条路，不宽不窄，不长不短，却依然可以看着过往匆匆，或者快乐或者忧伤的人流，依然可以有着些许令人愿意独步的盼望。这让我觉得活着的真实。

这样一种也许有些混杂的气息充满着整条路，也许是小贩们高声的叫卖，也许是情人细细的低语，当然还有一些不知道是什么而又无法形容的生活的味道。将自己融入这样的生活潮中，不要刻意，只需要用上一点点的心去体味，深深地呼吸一下生活的味道，你便觉得有了些不经意的充实。

我知道我无法拒绝这样一种人生，尽管，关于我所要走过的每一段路，我似乎都能从中得到某种预见，但这并不让我觉得活着的无聊。所有快乐的感悟都可能只是瞬间，我没有法子让自己知道自己的对错。正如现在的深秋一样，我深入在这秋天的心房，虽然也会有些惆怅，虽然也会有些无法走出人生困惑的迷茫。但这有什么要紧呢？我这样慢慢地走在这样一条熟知的路上，心中涌起的是那熟知的温情，即便是偶尔的忧伤，似乎也有些淡淡幸福的味道。

其实，我当然也是有梦想的人。人活于世，大抵总会有些向往，不一定很高很远，然而总不能说没有。有些梦其实离我们的生活有些远，我们试图扔掉，然而它总能在我们以为遗忘的时候，依稀出现在我们的眼前，让人不忍舍弃。既然不能舍弃，那便留着好了，就当是人生的某种难得的滋味，尝一尝，也许有些苦，也算是对生活有了一种更深的领悟。

有位朋友在电话里送我一句诗：云在青山月在天。我很喜欢。是的，念一念，一种恬然的心境油然而生。更多的时候，面对人生，也许我们需要的就是这样一点点恬然的心境，一点点随意的心性。

在平凡的生活中，不经意地来来去去。有心情的时候，可以写些不为了发表的文字，想念的时候可以和可爱的朋友通通电话或写写信，这样一种简单而平淡的幸福大约也是一种境界。

是的，日子简单一点再简单一点，感情简单一点再简单一点。

这就很好。

简单一点多好。

时间无限，生命有限

有两个和尚分别住在相邻的两座山上的庙里。两山之间有一条溪，两个和尚每天都会在同一时间下山去溪边挑水。久而久之，他们便成为好朋友了。就这样，时间在每天挑水中，不知不觉已经过了5年。

突然有一天，左边这座山的和尚没有下山挑水，右边那座山的和尚心想："他大概睡过头了。"便不以为然。哪知第二天，左边这座山的和尚，还是没有下山挑水，第三天也一样，过了一个星期，还是一样。直到过了一个月，右边那座山的和尚终于受不了了。他心想："我的朋友可能生病了，我要过去拜访他，看看能帮上什么忙。"于是他便爬上了左边这座山去探望他的老朋友。

等他到达左边这座山看到他的老友之后，大吃一惊。因为他的老友正在庙前打太极拳，一点也不像一个月没喝水的人。他好奇地问："你已经一个月没有下山挑水了，难道你可以不用喝水吗？"左边这座山的和尚说："来来来，我带你去看看。"于是，他带着右边那座山的和尚走到庙的后院，指着一口井说："这5年来，我每天做完功课后，都会抽空挖这口井。即使有时很忙，能挖多少就算多少。如今，终于让我挖出水，我就不必再下山挑水，我可以有更多时间，练我喜欢的太极拳。"

在工作中，挣薪水就像是挑水；而我们常常会忘记把握下班后的时间，挖一口属于自己的井，培养自己另一方面的实力。这样在将来当我们年纪大了，体力拼不过年轻人了，我们还依然会有水喝，而且还能喝得很悠闲。

一个城郊的居民区住着三户人家，他们的平房紧紧相邻着，三个男人都从农村招工进了一家炼铁厂。

厂里工作辛苦，工资又不高。下班了，三个人都有自己的活。一个到城里去蹬三轮车，一个在街边摆了一个修车摊，还有一个在家里看书，写点文字。蹬三轮车的人钱赚得最多，高过工资。修车的也不错，能对付柴米油盐的开支。看书写字的那位虽没有收入，但也活得从容。

有一天，三个人说起自己的愿望。蹬三轮车的人说，我以后天天有车蹬就很满足了。修车的说，我希望有一天能在城里开一间修车铺。喜欢看书写东西的那个人想了很久才说，我以后要离开炼铁厂，我想靠我的文字吃饭。其他两位当然都不信。

5年过去了，他们还是过着同样的生活。10年后，修车的那位真的在城里开了一家修车铺，自己当起了老板。蹬三轮的那位还是下班了去城里蹬车。15年后，看书写字的那位发表的一些作品，在地区引起了不少关注。20年后，他的作品被一家出版社看中，调到省城当了编辑。

"逝者如斯夫，不舍昼夜！"我们每天撕一张日历，日历越来越薄，快要撕完的时候便不免吃惊，吃惊时间为什么会这样快。假使我们把几十年的日历装成合订本，那便象征我们的全部的生命，我们一页一页往下扯，该是什么滋味呢？

哲人伏尔泰问："世界上，什么东西是最长而又是最短的；最快的而又是最慢的；最能分割的又是最广大的；最不受重视的又是最受惋惜的；没有它，什么事情都做不成：它使一切渺小的东西归于消灭，使一切伟大的东西生命不绝？"

智者查帝格回答："世界上最长的东西莫过于时间，因为它永无穷尽；最短的东西也莫于过时间，因为人们所有的计划都来不及完成；在等待着的人看来，时间是最慢的；在作乐的人看来，时间是最快的；时间可以扩展到无穷大，也可以分割到无穷小；当时谁都不重视，过后谁都表示惋惜；没有时间，什么事都做不成；不值得后世纪念的，时间会把它冲走，而凡属伟大的，时间则把它们凝固起来，永垂不朽。"

珍惜时间！朋友！

充分利用你的每一点时间，就能获得意想不到的收获！

珍惜你所拥有的生活

一只饿了很久的狼独自在路上行走着，它已经很久没有吃到东西了，因为那些看门狗们实在是太尽职尽责了。这时，狼遇到了一只狗，这只狗因为得到了充足的食物，外表看上去毛色发亮，强壮而精神。

狼存了一肚子的气，你们这些狗，凭什么就过得比我好呢，它很想冲上去和这条狗打上一架，把它撕成碎片。可是狼知道自己现在一点力气都没有，如果非要进行争斗，它很有可能会吃亏。

于是，它装作友好的走上前去，和这条狗攀谈起来。它夸赞狗长得很福相。狗得意地回答道："其实你也可以和我一样的。这取决于你自己，只要你离开树林，到人类的家里去打工，你就会过上天堂般的生活。看看你的那些同类，它们在树林里生活得多么像乞丐呀！它们一无所有，得不到免费的食物，一切都得靠自己去争取，你和我走好了，你会发现你的命运就此改变了。"狼问道："那我都需要做什么呢？"狗说："很简单，只要你赶走主人不喜欢的人，奉承家里的成员，用一些小伎俩讨主人的欢心就行，这样你就可以得到各种残羹剩饭，还有很多美味的骨头。"

狼听到这些，觉得狗的生活简直是太幸福了，于是它跟着狗回家了。在半路上，狼忽然注意到狗的脖子上掉了一圈毛，狼问道："这是怎么回事"，狗平淡地回答道："哦，没什么，只不过是拴我的项圈磨掉了我的毛而已。"狼停住了，"你要被拴着是吗？也就是说你不能自由的跑来跑去？""是的，但这没什么，"狗回答道。"这关系太大了，我宁肯不要你的那些美味佳肴，也不愿意用我的自由交换，"狼说完，就头也不回地跑掉了。这故事虽然说的是狼与狗，中心问题也就是肉骨头和自由，但它给我们的启示却不止是这些。我们的生活中有很多人都羡慕别人的生活，两位多年未见的老朋友，一位在一家工厂做普通工人，另一位开着八家连锁店，老友相见，自是很多的感慨。

工人对老总说:“你老兄混得好哇！如今是要什么有什么。”言下之意不免带着点自叹不如和悲凉。老总笑着说:“老弟，我说我过得并不舒服，你可能不信吧？”工人瞪直了眼睛,“你是不是有点身在福中不知福畦,整天吃的山珍海味,周围都是漂亮小姐和高科技人才,到哪里都是前呼后拥,你还说自己不舒服？”老总笑着说:“那好吧,你就和我在一起待上几天试试吧！”到了第三天,工人主动提出要回家了。老总再三挽留,工人真诚地说,本以为你的生活很舒服,可现在你要和我换我还不干呢！

原来,这两天,工人和老总寸步不离。老总一天要接数十个电话,两天时间,有十几个小时是在飞机上度过的,余下的时间是处理公司的各种事务,夜里12点钟,还在陪客户吃饭,唱卡拉OK,到了第二天凌晨,一个电话就把人叫醒,新的一天又开始了轮回。所以,工人受不了了,他觉得老总还没有他幸福。至少他有自己的时间来支配,至少他有充足的休息时间。

无独有偶,李小姐非常羡慕嫁入豪门的郑太太,看到好友穿金带银奢侈消费的时候,自己总是生出一些怨恨来,为什么我就没有那个命呢？直到有一天,郑太太向她哭诉丈夫的不忠,婆家人的刁难,一个人独守空房的时候,她才发现,原来自己有丈夫陪伴,幼子相偎,这种幸福也是令富豪们眼热的呀。

所以,学会珍惜,学会辩证地看问题是很重要的,很多时候,我们看到的,我们羡慕的,都是别人表面上的生活,却没有看到这些风光背后的辛酸和苦涩。所以,不要埋怨你的工资太少,不要埋怨你的丈夫不会赚钱,不要羡慕别人的宝马香车,不要羡慕大款们挥金如土。因为你不用付出他们那样的代价。而你目前所拥有的平凡生活却正是他们求之不得的。

活在当下才是最适合你。

好好活着

一位得知自己将不久于人世的老先生，在日记簿上记下了这段文字：

“如果我可以从头活一次，我要尝试更多的错误，我不会再事事追求完美。”

“我情愿多休息，随遇而安，处世糊涂一点，不对将要发生的事处心积虑算计着。其实人世间有什么事情需要斤斤计较呢？”

“可以的话，我会去多旅行，跋山涉水，更危险的地方也要去一去。以前的我不敢吃冰激凌，不敢吃豆，是怕健康有问题，此刻我是多么的后悔。过去的日子，我实在活得太小心，每一分每一秒都不容有失。太过清醒明白，太过清醒合理。”

“如果一切可以重新开始，我会什么也不准备就上街，甚至连纸巾也不带一块，我会放纵地享受每一分、每一秒。如果可以重来，我会赤足走在户外，甚至整夜不眠，用这个身体好好地感受世界的美丽与和谐。还有，我会去游乐园多玩几圈木马，多看几次日出，和公园里的小朋友玩耍。”

“只要人生可以从头开始，但我知道，不可能了。”

人生真的不可以再来一次，以有限追求无限，请珍惜活着的感觉！

记得有这样的事情常常出现：

一个人慢悠悠地走在马路上，任凭身后的汽车喇叭叫个不停，他却仍然不慌不忙，一副很不情愿让路的样子。嘴中还嘟嘟囔囔：“你着急，谁不着急？有种就开上来吧！”

后来，这个人坐到了汽车上，又非常讨厌那些不及时让路的步行者和骑车人。甚至动不动就出口不逊：“怎么？找死啊！”

一个人在站牌下等车的时候，引颈翘首，望眼欲穿，恨不得让每一辆过来的公交车都在此停下，立即停下。

后来，这个人终于挤到了车上，但他立即就喝令关上车门，并怒目而视那些仍然没挤上车的人，盼望这辆汽车加快速度，永不再停。

同是一个人，在车下是一种态度，在车上又是一种态度。在车下的时候，看着车上的人有毛病；等到自己上了车，又反过来看着车下的人有毛病。

在我们的生活中，总是“车下的”人多，“车上的”人少。所以，当“车下的”挡路、挤车或者放怨气、发牢骚的时候，车上的一定要忍耐一些，宽容一些。只有这样才能活得轻松自如，才能在生活中少找晦气，才能活出自己的感觉。

活着原来是一种享受，活着的感觉原来是美好的，生活中原本的斤斤计较本来是可以避免的，是不会影响你的生活质量和良好心情的。活出自己的个性与风格，活就活出质量，莫使百年人生变成百年孤独。

以有限追求无限，请珍惜活着的感觉！

人生没有失败

有的成功是在一念之间就能够实现的，与这种成功相对的是另一种情况，付出了太多的努力，成功却依然不肯光顾，但只要坦然处之，把它当成一种准备，你就不会失败，用积极的心态做事，这是成功的必要条件。

一句话改变一生

“你真蠢，什么事都做不好。”这话是一个女人对她儿子说的，原因是小男孩从她身边走开了。

她说这话时声音很大，周围的陌生人都听得到。男孩挨了骂，一声不响回到那女人身旁，低着头。

也许这没什么大不了，可是小事有时会长留心中。简单的一句骂人话脱口而出，言者或许以为无伤大雅，其实可能影响深远。“你真蠢，什么事都做不好。”诸如此类的话，可能影响听者的一生。

最近我听了个故事。讲故事的人名叫马尔康姆·达柯夫，48岁，过去24年一直靠写作为生，主要是撰写广告。他告诉我：

达柯夫小时候生性怯懦害羞，缺乏自信，没有什么朋友。1965年10月里有一天，他的中学英文老师露丝·布罗赫太太吩咐学生做一项作业。他们当时刚读完《射杀反舌鸟》这本小说，布罗赫太太叫学生每人为此小说续写一章。

达柯夫写好后就交卷。如今他已不记得当年他写的那一章有什么特别之处，也不记得布罗赫太太给他什么分数。他只记得——他会一辈子都记得——布罗赫太太批在作业上的评语：“写得很好。”

一句话。一句话就改变了他一生。

“看到那四个字以前，我不知道自己有什么长处，也不知道自己将来要做什么，”他说，“看了她写的评语，我回家就写了个短篇故事。其实我很久以前就想写作，只是我从不相信自己做得来。”

他只记得——他会一辈子都记得——布罗赫太太批在作业上的评语：“写得很好。”

那一学年余下的时间里，他写了许多短篇故事，总是一写好就带回学校去请布罗赫太太批阅。她鼓励他，鞭策他，坦率指出他的错误。“她正是我所需要的导师，"达柯夫说。

然后他当选为中学校报的编辑。他的信心逐渐加强，胸襟也一天天开阔，就此开始了愉快而有意义的人生。达柯夫深信，要不是布罗赫太太批了那四个字，这一切不可能发生。

校友会30周年聚会时，达柯夫回到母校，并且去探望了布罗赫太太，这时她已退休。达柯夫跟她说了她那四个字对他的影响，然后告诉她，全仗她帮他培养出了做作家的信心，他后来也帮助一个年轻女子培养出了自信，做了作家。他告诉布罗赫太太，那女子在他办公室里上班，同时上夜校修读中学程度文凭学程。她常向他请教意见并请他帮助。她尊敬他，因为他是作家，而这也是她找他帮助的原因。这女子后来成了他的妻子。

布罗赫太太听了他帮助那年轻女子的事之后很感动。"我想我们俩都明白她的影口向是多么深远。"达柯夫说。

"你真蠢，什么事都做不了。"

"写得很好。"

简简单单一句话，却也许能改变一切。

一句话改变了他一生。

自信的阶梯

爱德温的人生经历很坎坷。母亲未婚生下他不久，父亲突然抛弃了他们。母亲为了维持生活，每天疲于奔命地赚钱，巨大的生活压力让母亲的脾气变得很暴躁，被母亲打骂几乎成了小爱德温的家常便饭。从小就饱尝了孤独和不幸的爱德温，性格变得非常自卑和孤僻。

在学校里，爱德温心里总觉得同学看不起他，或者是有意捉弄他。扭曲的心理压力让他变得极易冲动，常为一点小事与同学大打出手。

中学毕业后，爱德温拒绝再回学校读书。母亲带他去咨询心理医生，医生建议说，虽然爱德温长得魁梧健壮，但是内心却脆弱不堪，如果换个生活空间也许对他有些帮助。

在医生的建议下，爱德温和母亲从城东搬到了城南，开始在一个陌生的环境里重新生活。

不久，爱德温应聘到一家汽车加油站工作。但古怪孤僻的性格使得爱德温常常与同事发生争吵，加之他的工作业绩平平，一年后，爱德温失业了。

之后，爱德温又先后找了几份工作，但最终都以失业告终。而性格的孤僻让他始终找不到自己梦想中的爱情。

38岁生日那天傍晚，爱德温到寓所附近的一家超市去购物，当他结完账走出超市的时候，超市门口的磁条检测器发出了尖厉的报警声。

超市的两名保安人员闻声赶来，开始对爱德温进行搜查。一头雾水的爱德温傻呆呆地站在原地任凭保安人员用一根检测棒在他的身上来回搜寻。当检测棒触及到爱德温手中的购物袋时，鸣叫声再次响起。保安人员仔细地对购物袋进行了检查，原来是超市的店员忘记扯掉扣在一条皮带上的磁扣所引发的误会，忙连声向爱德温道歉。

但是，这件事在爱德温的眼中却没这么简单。他偏激地认为，超市的人在故意捉弄他。顿时，他如一头愤怒的狮子，朝超市的一名保安员扑过去，并一拳打伤对方的眼睛。

几个月后，爱德温站在了法庭的被告席上。法庭上，双方律师就爱德温打人时是否处于精神失常的情况，展开了激烈争论：最终，法庭认为，爱德温存在着较严重的心理疾病，但本质上是区别于精神病的。最后，法庭依法判处爱德温因故意伤人罪入狱两年。

入狱后，爱德温变得更加暴躁，常因为一丁点儿小事而与其他服刑人员大打出手。对他的教育成了狱警最头疼的一件事。就在这时，一位名叫福特的狱警自荐担负这一重任。

福特警官认为，爱德温性格上的古怪和偏激，实际上是他的内心世界没有安全感和缺乏自信心的一种外部表现。为了矫正爱德温的心理问题，福特警官专门为他设计了一套心理康复计划。

一天午餐后，福特警官带着爱德温来到监狱餐厅的操作间。这罩的一切在爱德温看来，是那么得新鲜。福特警官试探着问道："爱德温，你愿不愿意到这里来工作？"

爱德温脸上突然划过一道惊喜，但顷刻间又消失了。他低声说："我不行，不行。"

"为什么？怎么会不行呢？相信自己，你一定能做得很好。"看着福特警官充满肯定的目光，爱德温冰冷的心生出一丝暖意，于是，他点了点头。

这里的工作人员都是和爱德温一样的服刑人员，福特警官考虑到爱德温脆弱和易怒的性格，便特意把他独自安排在洗刷间，这样可以让他不受外界干扰而安心工作。

随后，福特警官又让餐厅工作人员向爱德温介绍了这甲的工作流程和注意事项，他轻轻地拍了拍爱德温的肩膀说："这里就拜托给你了。好好干吧！你每个星期可以得到20美元的报酬和一杯可乐。"

其实，像爱德温这样表现不佳的服刑人员，是不能被安排工作的。然而，福特警官认为爱德温的情况比较特殊，所以还是努力给他争取到了工作的机会。

然而，他工作的第三天还是闯了祸。

那是个周六的晚上，人们都在餐厅里聚餐，所以需要大量洁净的餐具。于是，厨师便不停地从隔壁的操作问里催促爱德温。忙得大汗淋漓的爱德温洗好一摞盘子，准备递到操作间去。慌乱中，他的手一滑，一摞盘子全部掉到地上摔碎了。

突如其来的情形让爱德温一时间感到手足无措。这时，他听到隔壁操作间里传来窃窃低语声，爱德温以为隔壁的厨师在讥笑他，顿时，他火冒三丈，大步冲进操作间与几名厨师扭打起来。

闻讯赶来的福特警官问清了事情缘由后，耐心地对爱德温说："听着，刚才你听到厨师们在低语，实际上他们根本不是在讥笑你，而是在研究意大利面的做法。看，你已经把盘子全部洗好了，所以，你大可不必在别人催促你的时候感到慌乱。你要对自己有信心，这样你的工作才能更加的有条不紊，对吗？"

"对不起，福特警官，我给您带来麻烦了。"爱德温沮丧地说。

"不，你干得很好。瞧，洗刷间的一切都让你打理得井井有条，你真的很棒。"福特警官微笑着说，"别担心，对于碎盘子的赔偿，我来帮助你解决。"

一时间，爱德温激动得无以言表。福特警官对他的关心和爱护，深深地触动了爱德温的心。从那以后，爱德温更加努力地工作，每当他取得一些成绩，即使是很小的进步，福特警官都会在公众场合赞扬他。这给爱德温增添了巨大的信心。

一年后，由于工作表现出色，福特警官把爱德温调到操作间，负责制作三明治爱德温从来没有过制作三明治的经验，起初他感到有些紧张想要退缩。福特警官却语气坚定地对他说："别担心，你一定会做得很好，我对你有足够的信心，你也要对自己有信心！"

听了福特警官的话，爱德温缓缓地走上操作台，系上了黑色的围裙，歼始按照台面上的食品配餐比例说明书认真地摸索着制作三明治。

第二天清晨，爱德温早早地来到操作台准备早餐。7点半，所有服刑人员在狱警带领下来到餐厅吃早餐。他们一个一个排着队到爱德温的操作台前领取早餐。而爱德温一边向来人问好，一边把准备好的火腿三明治发给他们。

这时，一个人走到他的操作台前，爱德温抬起头面带微笑地向来人问好。猛地，他认出了站在他面前的这个大个子。

那是在爱德温刚刚入狱不久，一次洗澡的时候，爱德温无意间使用了大个子的香皂。大个子说："你在用我的香皂吗？"这句本无恶意的话，却让爱德温感到很刺耳，他觉得大个子是在含沙射影地骂他是个爱占便宜的痞子。因此，他不由分说地一拳抡向毫无思想准备的大个子，大个子的鼻子立即淌出血来。大个子被惹恼了，二人厮打起来。但是，爱德温根本不是大个子的对手，那一次，他被打得鼻青脸肿。

这时，爱德温发现准备好的三明治已经全部发完了。此时，他必须要快速制作三明治发给大个子和后面的人。

爱德温心里虽然这样想，但是此时他感到脑海中一片空白，他甚至想不起应该先在面包上涂辣椒酱，还是先放萨拉米香肠。

正在他紧张得双肩颤抖的时候，他突然看到，福特警官正站在餐厅的一个角落里微笑地看着他，并竖起大拇指为他加油。爱德温合上双眼定了定神，接着，他开始镇定自若地制作三明治。

当他把做好的三明治递给大个子的时候，大个子瓮声瓮气地说："你让我等得太久了。"

"对不起！"爱德温说。

"哦，你做的三明治看上去好像很美味。"说完，大个子端着盛有三明治的盘子乐呵呵地转身走了。

早餐后，福特警官来到爱德温的身边，拍了拍他的肩膀说："爱德温，你知道吗，这一年多来，你最大的收获是什么？"

"我想应该是自信心。"爱德温不假思索地说。

"对！正因为你对自己有自信心，才对他人消除了敌意和抵触。"福特警官接着说："刚才，大个子发牢骚时，我以为你会反感他，但是，我听到你谦虚地向他说出'对不起'的时候，我意识到，爱德温不再是过去那个脾气暴躁的爱德温了，自信心让你学会从善良的角度去理解别人的意思，也让你学会了体谅和宽容他人……"

几个月后，爱德温因在服刑期间表现出色，而获得了减刑。几个月后，他终于迈出监狱大门而重获自由。

后来，在福特警官的帮助下，爱德温应聘到闹市区一家知名的快餐店做招待员。此时，呈现在人们面前的爱德温已是一个自信而谦和的人，看着他善意的微笑，谁会想到眼前这个气质优雅的男人，是这样驱散生活的阴霾，从烟雨中一路走来……

自信让他从善良的角度去理解别人也学会了宽容。

走出无声的世界

1996年10月，我的专业治疗师奈芙小姐带我走进她那一间旧得没有窗户的诊疗室，从此展开了一场漫长曲折的旅程。她年约30岁，身高只有150厘米，娇小玲珑。然而，在罗德医生的残疾学校里，她却有本事让一个全校最不听话的孩子坐在轮椅上吓得发抖。我也是那所学校的学生，每次她究然把我找去的时候，我也怕得要命。

后来，我也被列入黑名单。我被学校视为最麻烦的小男生之一，因为我不肯遵守治疗师的指示。我的叛逆似乎是因为我有严重的肢体障碍，虽然我已经接受了很多年的肢体复健、语言治疗，可是我还是不能走路、不能说话、双手无法动弹。

我有时会问自己：我何必那么努力？奈芙小姐曾经对我的父母说："我们会先尝试一些旧的治疗方法。我们曾经用这些方法来治疗其他类似的病人。如果这些方法没有效果，我们会再寻找新的治疗方法。"可是，无论是旧疗法或是新疗法，对我来说都是一样的。我的病情始终没有好转。

不知道什么原因，奈芙小姐推着我走进她的治疗室，当时并不是治疗的时间，所以我吓坏了！这一次我又犯了什么错？他们是不是终于决定要放弃我了？我是不是快要被踢出学校了？我感觉自己仿佛是一只小羊，正要被人送入虎口。

奈芙小姐把我推到她的铁桌子前面，停下来，然后走到桌子对面，坐在她那一张没有扶手的椅子上。我本来以为她会骂我，然而，出乎我意料之外，她只是拿出一张油印的图画给我看。上面的图像是一个很大的弹弓，形状很难看，开叉是圆形的。我觉得那张图看起来有点可笑。然后，她又给我看了另一张图，上面画了一个小孩子，头上装了一种奇怪的机器，他用那个机器在打字。

原来在教师大会期间，奈芙小姐和学校里的语言治疗师、复健治疗师，以及我们班导师克兰登太太一起参观了一所位于爱荷华的特殊教育学校。在那所学校里，她们看见一个学生使用一种固定在头上的棒子来打字写作业。

"这是头杖，"她很严肃地对我说，"这不是玩具，也不可用来打人。我们想，如果你愿意，你应该可以学会使用它，不过要学会用头杖可没有那么容易。如果我发现你用头杖来刺人，我就会把它拿走，摆在我的桌子上，明白吗？"

我战战兢兢地点点头。

"好，"她继续说，"下一次家长座谈会的时候，我会教你妈妈一些运动，这些运动可以帮助你把颈部训练得更强壮。我建议你最好每天晚上回家的时候都练习，这是很累人的训练，不过，我想你应该办得到。"

奈芙小姐说完之后，克兰登太太接着说："我想，你一定办得到，对不对？"她说得轻松，因为她从来没有看过我从前失败的经历。

我只能点点头。从此，我展开了一场艰辛的旅程，走出那个封闭的世界。每天早上到学校去之前，我都会先练习做颈部运动。爸妈有一个好朋友特别为我设计了一副“头杖”，我把它带到学校，练习用它来翻阅活页装订的书。我也用它在语言治疗师为我精心制作的习字板上指出正确的字。当然，我也用它来练习做颈部运动。我无法形容第一次真正尝到成功滋味的那种心情，那像是一场梦。过去，治疗师在我身上试过无数种方法，却从来没有成功过，因为我的身体总是不听使唤，受到挫折之后，我就放弃了。直到这一次，我开始练习用“头杖”之后，情况才大为改观。

克兰登太太对我充满了信心。如果她说我会飞，我想我一定会毫不犹豫地从纽约帝国大厦的项楼跳下去，像小鸟一样挥舞着瘦小的手臂，直到我落到下面的人行道上。她不只是我的老师，更像是我的朋友。我还记得有一次我们被迫看了一场戏剧表演，由于我们听不到声音，这样的休闲活动对我们来说简直无聊得要命。为了补偿我们，她陪着我们去打了一场棒球。她真是一个很好的人。为了让她高兴，我更加努力地练习，不管在过程中受到什么样的挫折。

我的老师和治疗师们都认为我很聪明，因为他们常在上课的时候观察我的眼神和表情。然而，就像克兰登太太对我父母亲所说的:“我们实在无法评估他在每一门学科上到底具备了什么样的能力。”

那一天，当奈芙小姐把我绑在一张直椅背的木头椅子上时，我长期训练的成果达到了最高峰。她把我绑在椅子上是因为我的身体无法保持平衡。她在我头上绑了一条带子，带子上有一只小棍子。然后，她把我推到一部黑色的老式打字机前面。我发誓，我当时认为那部打字机就是爱迪生制造的，到现在我还是这么认为。

奈芙小姐叫我把那部老打字机的盖子打开。出乎众人意料之外，我很快就把它打开了。她叫我打自己的名字，我打出来了。她叫我打出所有的英文字母，我也办到了。这个时候，语言治疗师、复健治疗师和克兰登太太被奈芙小姐叫到治疗室里，与我共同分享胜利的喜悦，庆贺我征服了无声的世界。

当时，在那间老旧的没有窗户的治疗室里，每个人都认为这样的成绩已经是我在沟通能力上所能够达到的极限。可是，他们错了。许多年之后，计算机时代来临，我的沟通能力与日俱增，超乎任何人的想象。

虽然我个人微不足道的经验，不像攀登圣母峰那么艰巨，也比不上驾着小竹筏横越大海那么惊险，可是，它却具有同样深远的意义。借着这段历程，上帝赐给我无比的力量，帮助我征服了更雄伟的高山，帮助我渡过了更辽阔的海洋。他帮助我挣脱了长达11年的无声世界的枷锁。

我征服了无声的世界。

自信本身就是一种美

5年前，斯蒂芬·阿尔法经营的是小本农具买卖。他过着平凡而又体面的生活,但并不理想。他一家的房子太小,也没有钱买他们想要的东西。阿尔法的妻子并没有抱怨,很显然,她只是安于天命而并不幸福。

但阿尔法的内心深处变得越来越不满。当他意识到爱妻和他的两个孩子并没有过上好日子的时候,心里就感到深深的刺痛。

但是今天,一切都有了极大的变化。现在,阿尔法有了一所占地2英亩的漂亮新家。他和妻子再也不用担心能否送他们的孩子上一所好的大学了,他的妻子在花钱买衣服的时候也不再有那种犯罪的感觉了。明年夏天,他们全家都将去欧洲度假。阿尔法过上了真正的生活。阿尔法说:“这一切的发生,是因为我利用了信念的力量。5年以前,我听说在底特律有一个经营农具的工作。那时,我们还住在克利夫兰。我决定试试,希望能多挣一点钱。我到达底特律的时间是星期天的早晨,但公司与我面谈还得等到星期一。晚饭后,我坐在旅馆里静思默想,突然觉得自己是多么的可憎。‘这到底是为什么!’我问自己,‘失败为什么总属于我呢?’”

阿尔法不知道那天是什么促使他做了这样一件事:他取了一张旅馆的信笺,写下几个他非常熟悉的、在近几年内远远超过他的人的名字。他们取得了更多的权力和工作职责。其中两个原是邻近的农场主现已搬到更好的边远地区去了;其他两位阿尔法曾经为他们工作过;最后一位则是他的妹夫。

阿尔法问自己:“什么是这5位朋友拥有的优势呢?”他把自己的智力与他们

作了一个比较，阿尔法觉得他们并不比自己更聪明；而他们所受的教育、他们的正直、个人习性等，也并不拥有任何优势。终于，阿尔法想到了另一个成功的因素，即主动性。阿尔法不得不承认，他的朋友们在这点上胜他一筹。

当时已快深夜3点钟了，但阿尔法的脑子却还十分清醒。他第一次发现了自己的弱点。他深深地挖掘自己，发现缺少主动性是因为在内心深处他并不看重自己。

阿尔法坐着度过了残夜，回忆着过去的一切。从他记事起，阿尔法便缺乏自信心，他发现过去的自己总是在自寻烦恼，自己总对自己说不行，不行，不行他总在表现自己的短处，几乎他所做的一切都表现出了这种自我贬值。

终于阿尔法明白了：如果自己都不信任自己的话，那么将没有人信任你于是，阿尔法做出了决定："我一直都是把自己当成一个二等公民，从今后，我再也不这样想了。"

第二天上午，阿尔法仍保持着那种自信心。他暗暗以这次与公司的面谈作为对自己自信心的第一次考验。在这次面谈以前，阿尔法希望自己有勇气提出比原来工资高750甚至1000美元的要求。但经过这次自我反省后，阿尔法认识到了他的处我价值，因而把这个目标提到了3500美元。

结果，阿尔法达到了色的。他获得了成功。

如果自己都不信任自己的话，那么将没有人信任你！

障碍或难关

孩子们兴致勃勃地为即将来临的晚会彩排，并且把我们这所乡下的小学校布置得美轮美奂。当我坐在自己的办公桌前，抬起头，看到派蒂站在我前面，似乎在迫不及待地要求什么，她说："每年，我……我……我都是表演不用讲话的节目，别的小孩子都可以演……演……演戏，他们都可以说话。今年，我想……想……想要念……念……念一首诗。"

当我望着她渴求的眼神，我实在说不出任何借口。派蒂的热情，让我不得不答应她，在这一两天里，我会为她安排一项特别节目"诗歌朗诵"。事后证明，我的承诺是很难实现的。

我翻遍了所有的资料，都找不到一首适合的诗。在绝望中，我熬了大半夜写了一首诗，小心翼翼地避开那些会让派蒂舌头打结的字眼。那不是什么了不起的作品，可是，那是为了克服派蒂的口吃毛病而量身打造的。

派蒂只念了几次，就把整首诗给背下来了，并且迫不及待地想要当众朗诵这首诗。我必须想个办法克制她说话太急的毛病，而又不至于熄灭她的热情。一天又一天，我和派蒂反复地练习。她一个字、一个字，慢慢跟着我的口型念，好跟上我的速度。她接受了这种沉闷的训练，热切期待她的第一次朗诵表演。

晚会当天，所有的孩子们都陷入一种极度兴奋的情绪中。

晚会的主持人跑来找我，手上挥舞着印好的节目单，看起来有点犹豫。"节目单一定印错了！你安排派蒂做朗诵表演，那个女孩子连念自己的名字都会结结巴巴。"由于我没有时间再多做解释，我挥挥手打断她的话："我知道我们在做什么。"

晚会的表演进行得很顺利。节目一项接着一项表演，孩子的家长和朋友们热情地鼓掌喝彩。

快要轮到派蒂朗诵诗歌的时候，晚会主持人又跑来警告我，她坚持认为派蒂一定会使在场所有的人都很尴尬。我已经失去了耐性，忍不住发脾气："用不着你操心，派蒂一定会表演得很好。你只要做好你自己的工作，按照节目单介绍她出场就可以了。"

我迅速跳下舞台，坐在观众席前面的地板上。晚会主持人看起来很沮丧，她宣布："下一个要表演诗歌朗诵的同学是……派蒂·康纳。"一开始，观众席一阵惊讶的叫声，然后，全场鸦雀无声。

帷幕被拉开的时候，派蒂出现在舞台中间，容光焕发，充满自信。

长时间的演练在这一刻发挥了效果。小派蒂把场面控制得很好，跟着我在观众席前面指示的口型，一字一字地朗诵。她字正腔圆，把每一个音都念得很清晰，一点也不结巴。当她朗诵完毕，以胜利的姿态向全场观众鞠躬的时候，她的眼睛闪闪发光。舞台的帷幕又合起来了。观众席上还是鸦雀无声。慢慢地有人开始议论纷纷，然后是全场热情的鼓掌喝彩。

我掩饰不住内心的兴奋，冲到后台去，我的小天使张开双臂抱住我，兴奋得说不出话来，但还是结结巴巴地说："我们办……办……办到了！"

她的眼睛闪闪发光，充满了成功的喜悦。

百炼成精钢

我从未忘记1946年的那晚，灾难及挑战降临我家。我的哥哥乔治练完足球后回家，却以华氏104度的体温崩溃。经检查，医生说是小儿麻痹。这是沙克医生时代之前的事，小儿麻痹在韦斯特、密苏里一带很有名，造成许多儿童及青少年死亡或残疾。

危险期过后，医生感到有责任告诉乔治真相。"孩子，我不愿告诉你，"他说，"但是小儿麻痹已造成伤残，你不得不跛脚而行，而且你的右臂将毫无用处。"乔治在上一季刚错失冠军，他一直想在高中时成为橄榄球冠军。

乔治几乎不能说话，他低吟："医生……"

"是的。"医生靠近床边说，"我的孩子，什么？"

"下地狱！"乔治以坚决的语气说。

第二天护士走进房间时，发现他脸朝地板躺在地面上。

"怎么回事？"震惊的护士问。

"我正在走路。"乔治冷静地回答。他拒绝使用任何铁制支撑或拐杖。

有时他花费20分钟才离开椅子，但是他拒绝任何的建议或帮助。

我曾看过他用正常人举起100磅哑铃的力气去举起一个网球。

我也曾看过他走出去踏在垫子上，好比一个橄榄球队队长。

但是故事并未就此打住。接着几年，在他被指派为密苏里学院开办的第一次足球比赛的地方转播后，他因罹患白血球增多症而又倒了下来。

是我的兄弟鲍比强化了乔治早已拥有的永不放弃的坚定哲学。

当密苏里队后卫完成12码球传送后，播报员说："乔治·希拉特第一次接到球"时，家人正坐在他医院的房里，感到震惊。我们全都看着床，确定乔治是否仍然在那里。后来我们才了解是怎么回事。鲍比也在起跑线上，他穿了乔治的球衣，所以乔治可以一整个下午听到他自己接获六个传球，又做了无数次的抱住、扭倒。

他为了克服单调，那天特地按照鲍比教他的照做一遍——总是有方法的。

1948年，在他踏到生命铁钉之后，乔治注定要在医院度过后来的三年。1949年，是扁桃腺炎，就在他将为费尔·哈里斯试唱之前。1950年，是全身40%的三度灼伤以及肺衰竭。'他的命是我的兄弟亚伦在一次爆炸中，把自己丢向乔治，扑灭他身上的火而救回的。亚伦自己受到严重烧伤。

但是，屡次排练过后，乔治却更坚强地回来，而且更确定他自己克服障碍的能力。他曾说到，如果一个人只顾着看路障，那他就看不到目标了。

配备了这些精神上的天赋以及灵魂的笑声，他进入了演艺圈以及改革后的电视界，借创作一些节目，诸如《忍不住的笑》与《美国喜剧奖赏》等，而且以山米·戴维斯二世这一个特别人物，赢得艾美奖。

他曾被放在熔炉里慢慢锻炼，最后伴随着钢铁般的灵魂出来，用它来强化并娱乐一个国家。

他曾被放在熔炉里慢慢锻炼，最后伴随着钢铁般的灵魂出来。

我的面前没有高山了

1999年5月27日，尼泊尔当地时间早上7点，英国人汤姆·威塔格实现了他一生的梦想。经过8个小时使人精疲力竭的攀登，越过危机四伏的岩石和冰层，威塔格登上世界之巅——珠穆朗玛峰！威塔格1979年在一次交通事故中失去了右脚和膝盖，他成为世界上第一个登上珠峰的残疾人。

珠穆朗玛峰天地相连，时速161公里的狂风劲吹，气温能降至零下96摄氏度。但是对激情满怀的登山者来说，登上珠峰是冒险的最高奖赏，是他们梦寐以求的目标。

敢于登珠峰的登山者要面对一系列危险：被寒冷冻伤、被太阳灼伤、被雪的反射光刺成雪盲；呼吸寒冷空气能造成剧烈的咳嗽，再加上珠峰固有的危险：流冰、深不见底的冰缝、残酷的寒风雪等。看来所得到的奖赏并不值所冒的死的危险。然而，自从1920年早期欧洲远征队创下首次登顶纪录后，登顶的人从未间断过。每30个登山者中就有一个永远长眠在山上。

1979年车祸之后，医生们截去了威塔格的右脚，但这没有动摇他成为世界级登山者的决心。49岁的威塔格是美国亚利桑那州的一名登山向导训练教练。威塔格在车祸后借助于假肢坚持登山。是什么激励他去攀登世界上最令人生畏的高峰呢？威塔格这样说："为什么有人要跑马拉松或打橄榄球？就是要逼自己向一个更高更大的目标前进，能不能实现你自己并不知道。"1989年，威塔格到达珠峰7300米的高度，但是由于一场暴风雪被迫退回大本营。1995年，他又去了珠峰，这次他到了8382米，但是他的身体在残酷的高山反应下垮掉了。

1999年初的这次登顶成功则是威塔格第三次冲刺珠峰。

攀登珠峰最大的困难在于它的高海拔所导致的缺氧，登山者会得高山病，如脑水肿、肺水肿，这两种病足以置人于死地。但有趣的是，常常给登山者作向导的当地舍巴人却几乎不得高山病。科学家认为当地人携带了一种基因能有效地利用氧气。专家们认为挑战珠峰最好的训练方法是持续不断地攀登高山10～15年，真正获得在海拔5000米以上地区的严酷自然条件下生存的经验。

威塔格第二次登顶失败之后曾对记者说："登山并没有升学那么难，大多数人都认为两次登珠峰足矣，但有人对我说，三次也不失为明智之举，所以我决定再去试一次，也是最后一次。"

威塔格的历史性攀登就像是一部惊险的影片，刚到大本营，时速161公里的风暴就摧毁了2号和3号营地的帐篷和设备。设立此营地是让登山者休息，以适应当地的缺氧环境。后来威塔格又掉了队，一种感冒状的病毒使他虚弱得难以前进。几天后有些恢复之后，他到了4号营地，这里被称做"死亡地带"。此时他的3个伙伴安格拉、杰里斯和汤米只登上了珠峰的南峰——比高峰低374米，狂风就迫使他们下撤。威塔格此时得了高山肺水肿，不得不从4号营地下撤到2号营地。基地医生用无线电通知他撤到大本营治疗以保证他的生命安全。

经过一番激烈辩论，威塔格决定抓住攀登珠峰的最后机会。1999年5月24日早晨6点，威塔格、朋友杰夫和4个舍巴人出发登顶，3个难熬的日子过后，他和朋友杰夫登上了8848米顶峰。

威塔格是怎么想的呢？不久前医生还说，如果他不放弃登山很可能一命呜呼。他只说了一句话："感谢上帝，我的面前没有高山了。"

我的面前没有高山了。

从失败中汲取教训

"我在这儿已做了三十年，"一位员工抱怨他没有升级，"我比你提拔的许多人多了二十年的经验。”

“不对，”老板说：“你只有一年的经验，你从自己的错误中没学到任何教训，你仍在犯你第一年刚做事时的错误。”

好悲哀的故事！即使是一些小小的错误，你都应从其中学到些什么。

“我们浪费了太多的时间，”一位年轻的助手对爱迪生说：“我们已经试了两万次了，仍然没找到可以做白炽灯丝的物质！”

“不！”这位天才回答说，“但我们已知有两万种不能当白炽灯丝的东西。”

这种精神使得爱迪生终于找到了钨丝，发明了电灯，改变了历史。

美国著名的钻石天地公司当初成立的目的是从事钻石开采，但由于公司地质勘探人员犯了一个错误，结果他们没找到钻石，但却发现了世界上最大的镍矿之一。公司决策人员及时调整了经营方向，结果，公司的股票价格直线攀升。今天，尽管公司仍在沿用以前的名称，但其真正的业务却是制造镍币。

李维·斯特劳斯起初想在加州靠开采金矿发财。然而，他发现这个行道似乎并不适合于他，最后他不得不放弃金矿开采，转而开始用帆布缝制矿工穿的裤子。如果当初他没有做出这一重大决策，那么今天我们也不可能在全世界几乎每个角落都能听到“李维斯”牛仔裤的名字。

能从失败中获得教训的人，就能建立更强的自信心。

把自己想象成伟人

有一个法国人，42岁了仍一事无成，他自己也认为自己简直倒霉透了：离婚、破产、失业……他不知道自己还有何生存的价值和意义。他对自己非常不满，变得古怪、易怒，同时又十分脆弱。有一天，一个吉普赛人在巴黎街头算命，他随意一试。

吉普赛人看过他的手相之后，说："你是一个伟人，你很了不起！"

"什么？"他大吃一惊，"我是伟人，你不是在开玩笑吧?！"

吉普赛人平静地说："你知道你是谁吗？"

"我是谁？"他暗想，"我是个倒霉鬼，是个穷光蛋，是个被生活抛弃的人！"

但他仍然故作镇静地问："我是谁呢？"

"你是伟人，"吉普赛人说，"你知道吗，你是拿破仑转世！你身体流的血、你的勇气和智慧都是拿破仑的啊！先生，难道你没有发觉，你的面貌也很像拿破仑吗？"

"不会吧……"他迟疑地说，"我离婚了、我破产了、我失业了，我几乎无家可归……"

"嗨，那是你的过去。"吉普赛人说，"你的未来可不得了！如果先生你不信，就不用给钱好了。不过，五年后，你将是法国最成功的人啊！因为你就是拿破仑的化身！"

他表面装作极不相信地离开了，但心里却有了一种从未有过的感觉。他对拿破仑产生了浓厚的兴趣，回家后，就想方设法找与拿破仑有关的书籍著述拜读。渐渐地，他发现周围的环境开始改变了，朋友、家人、同事、老板，都换了另一种眼光、另一种表情对他。事情也开始顺利起来。

后来他才领悟到，其实一切都没有变，是他自己变了：他的胆魄、思维模式都在模仿拿破仑，就连走路说话都像。

13年后，也就是在他55岁的时候，他成了富翁、法国有名的成功人士。

一个人只有把自己想象成伟大的人，才能成为伟大的人。

没有什么是不能做的

汤姆·邓普西生下来的时候只有半只左脚和一只畸形的右手，父母从不让他因为自己的残疾而感到不安。结果，他能做到任何健全男孩所能做的事：如童子军5公里行走，他做得不比任何人差。

后来他学踢橄榄球，他发现，自己能把球踢得比别的男孩子都远。他请人为他专门设计了一只鞋子，参加了踢球测验，并且得到了冲锋队的一份合约。

但是教练却婉转地告诉他，说他“不具备做职业橄榄球员的条件”，促请他去试试其他的事业。最后他申请加入新奥尔良圣徒球队，并且请求教练给他一次机会。教练虽然心存怀疑，但是看到这个孩子这么自信，对他有了好感，因此就收了他。

两个星期之后，教练对他的好感加深了，因为他在一次友谊赛中踢出了55码，并且为本队挣到得分。这使他获得了专门为圣徒踢球的工作，而且在那一赛季中为他的球队挣得了99分。

他一生中最重要的一次比赛到来了。那天，球场上坐了6．6万名球迷。球是在28码线上，比赛只剩下了几秒钟。这时球队把球推进到45码线上。“邓普西，进场踢球。”教练大声说。

当邓普西进场时，他知道他的队距离得分钱有55码远，那是由巴第摩尔雄马队毕特·瑞奇踢出来的。球传接得很好，邓普西一脚全力踢在球身上，球笔直在前进。但是踢得够远吗？6．6万名球迷屏住气观看，球在球门横杆之上几英寸的地方越过，接着终端得分线上的裁判举起双手，表示得了3分，邓普西队以19比17获胜。球迷们几乎疯狂了。他们被邓普西创造的奇迹震撼了，很多人泪如雨下。因为这个“极限球”是一个只有半只左脚和一只畸形的手的球员踢出来的。

谈到父母，邓普西说：“他们从来没有告诉我，我有什么不能做的。”

身怀如此信念的人,在生活中根本就不会存在"不可能做到"这回事。

强者,只知道自己能做的事很多;弱者,却非常清楚自己不能做的事太多。

成功的阶梯

贫困是他们辉煌一生的最好磨炼!因为有了贫困的经历,他才可以笑对人生中的一切坎坷。

美国前副总统亨利·威尔逊,自幼家境贫寒。当他还躺在摇篮里的时候,贫困就悄悄地威胁着他一家人的生存。他幼年时最深刻的记忆是:有一次他向母亲要一片面包,而母亲手中什么也没有,当时她的神情是多么痛苦啊。

十岁时他不得不离开了自己的家,到附近的小镇当了一名学徒工,而且一干就是11年!这11年里,每年他可以接受一个月的学校教育,这是他一辈子成功的开始,至于这11年艰辛工作的报酬,只不过是一头牛和六只绵羊而已。这些东西最后换成了84美元现金。

在他生命的前21年里,他从来没有在娱乐上花过一分钱,他精心算计着自己的每一分积蓄:对他来说,脱离贫困是当务之急。

他刚满21周岁,就跟着一支伐木队来到人迹罕至的大森林里,将一棵棵大树砍下来,顺着河水运到远方的城镇。每天,当树梢出现第一抹曙光,他便大声招呼伙伴们起来,然后一直辛勤地工作到天黑。经过一个月的努力,他挣了整整六美元,相当于他做学徒工时一年半的收入,在他看来这是多么丰厚的一笔薪水啊!

即使在这样贫困的环境中,威尔逊先生仍然牢牢把握着人生的方向。他决心不浪费每一分钟时间，也不让任何一个发展自我、提升自我的机会溜走。当别人把业余时间放在酒瓶中喝掉，或者卷在雪茄里燃烧的时候，他则把这些时间用在学习上。在他21岁之前，也就是在他做着学徒工的时候，他仔细阅读了1000本好书——这些书是如此来之不易，他自己没有钱去买书，所以，他不得不通过各种方法借阅。比如说，他会很乐意为别人清理草坪，报酬就是借阅若干本他感兴趣的书。

正是因为有了大量的阅读作为基础，所以在他12岁的时候，他加入了内蒂克的一个辩论俱乐部，并且很快脱颖而出，成为其中的佼佼者。再接着，在马萨诸塞州议会上，他发表了一篇著名的反对奴隶制度的演说，演说相当精彩，也相当成功，从此以后，他确定了在马萨诸塞州政界的显赫地位，并为他以后进入国会打下了坚实的基础。

贫困不是消极的理由，每一个不思进取的人总能找出千百个理由为自己开脱。而事实上，很多成功的人士都是从贫困中走出来的。贫困是他们辉煌一生的最好磨炼！因为有了贫困的经历，他才可以笑对人生中的一切坎坷。因为有了忧患的意识，他们才更加坚定走出贫困的信心。成功之后，他们仍然不会忘记贫困时的经历，因而克勤克俭，兢兢业业，最后做出一番伟大的事业来。

贫困是他们辉煌一生的最好的磨炼。

心存希望

有个突然失去双亲的孤儿，生活过得非常贫穷，今年唯一能让他熬过冬天的粮食，就只剩下父母生前留下的一小袋豆子了。

但是，此刻的他，却决定要忍受饥饿。他将豆子收藏起来，饿着肚子开始四处捡拾破烂，这个寒冬他就靠着微薄的收入度过了。

也许有人要问，他为什么要这么委屈或折磨自己，何不先用这些豆子充饥，熬过了冬天再说?

或许，聪明的人已经猜到了，原来在他小小的心灵里，充满着发了芽的脆绿豆苗。整个冬天，在孩子的心中，充满着播种豆苗的希望与梦想。

因此，即使这个冬天他过得再辛苦，甚至还饿昏了过去，他也不曾去触碰那袋豆子，只因那是他的“希望种子”！

当春光温柔地照着大地，孤儿立即将那一小袋豆子播种下去，经过夏天的辛勤劳动，到了秋天，他果然得到丰富的收获。

然而，面对这次的丰收，他却一点也不满足，因为他还想要得到更多的收获，于是他把今年收获的豆子再次存留下来，以便来年继续播种、收获。

就这样，日复一日，年复一年，种了又收，收了又种。

终于，孤儿的房前屋后全都种满了豆子，他也告别了贫穷，成为当地最富有的农民。

心存希望，任何艰难都不会成为我们的阻碍。

不怕输，才能赢

贺希哈17岁的时候，开始自己开创事业，他第一次赚大钱的时候，也是他第一次得到教训的时候。那时候，他一共只有255美元。在股票的场外市场做一名掮客。不到一年，他就发了第一次财，赚取了168˙000美元。他为自己买了第一套像样的衣服，在长岛买了一幢房子。但是，第一次世界大战的休战期来到了，贺希哈聪明得过了头，他以随着和平而来的大减价的价格，顽固地买下了隆雷卡瓦那钢铁公司，结果却受到了欺骗，只剩下了4000美元。这一次，他学到了深刻的教训："除非你了解内情，否则，绝对不要买大减价的东西。"

后来，贺希哈放弃证券的场外交易，去做未列入证券交易所买卖的股票生意。开始，他和别人合资经营，一年以后，他开设了自己的贺希哈证券公司。到后来，贺希哈做了股票掮客的经纪人，每个月可以赚到20万美元的利润。

1936年是贺希哈最冒险，也是最赚钱的一年。安大略北方早在人们淘金发财的那个年代，就成立了一家普莱史顿金矿开采公司。这家公司在一次火灾中焚毁了全部设备，造成了资金短缺，股票跌到不值5分钱。有一个叫道格拉斯•雷德的地质学家，知道贺希哈是个思维敏捷的人，就把这件事告诉了他。贺希哈听了以后，拿出2.5万美元做试采计划。不到几个月，黄金就挖到了——仅离原来的矿坑25英尺。这座金矿，每年给贺希哈带来250万美元的净利润。

这位手摸到东西便会变成黄金的人，也有他的麻烦。1945年贺希哈由于疏忽，未经许可而携带1.5万美元出境，被加拿大政府罚了8500美元。同时，他的菲律宾金矿也让他赔了300万美元。这也带给了他另一次的教训。

贺希哈给人的印象很深刻。他嘴上经常叼着一支没有点燃的雪茄烟，手里紧紧地捏着一块小毛巾，随时准备擦汗的样子，尤其是他在接电话的时候。对于任何股票经纪人来说，电话是生意上不可缺少的工具，对贺希哈来说，电话就好像是他生理上的一个重要器官。当贺希哈因患了严重的腹膜炎，两只手固定在治疗器上输血时，他还在大喊："把我手上的鬼东西拿开，我要打电话！"

要想得到红利，就必须先拿钱投资。同样，想要获得成功，则必须先有所牺牲——牺牲自己的时间、收入、安定的生活、享受等，要随时全神贯注地做好准备，一有机会出现，就要牢牢地将它抓住。

机会抓住后，风险是时时存在的，所以我们要时时刻刻谨慎小心，从游到河中央的那一刻开始随时准备好应付突如其来的状况，并一一地加以克服。这时，我们若能从经验中学习控制身体的技巧，就能避开一些障碍。习惯了潮流的冲击与推送之后，慢慢地，我们便能睁开眼睛注意掌握身旁其他有利的机会，正确判断自己行进的方向。害怕失败或仅经历一次失败便畏缩不前的人，是看不到隐于失败背后的光明的。

不敢置身于危险中的人是绝对无法获得成功的。既然成功与失败的几率都相同，失败以后又可以卷土重来，那我们为何不搏一搏！只有输得起的人，才会赢得起。

只有输得起的人，才能赢得最后的胜利。

派蒂，向前跑

成功的人无外乎用两种方法来避免缺点带来的障碍。其一，战胜缺点，像一个勇士一样把缺点踩在脚下；其二，扬长避短。

派蒂·威尔森在年幼时就被诊断出患有癫痫。她的父亲吉姆·威尔森习惯每天晨跑。有一天戴着牙套的派蒂兴致勃勃地对父亲说："爸，我想每天跟你一起慢跑，但我担心途中会病情发作。

她父亲回答说："万一你发作，我也知道如何处理，我们明天就开始跑吧。"

于是十几岁的派蒂就这样与跑步结下了不解之缘。和父亲一起晨跑是她一天之中最快乐的时光。跑步期间，派蒂的病一次也没发作。几个礼拜之后，她向父亲表示了自己的心愿："爸，我想打破女子长跑的世界纪录。"

她父亲替她查吉尼斯世界纪录，发现女子长跑的最高纪录是80英里。当时读高一的派蒂为自己订立了一个长远的目标："今年我要从橘县跑到旧金山(400英里)；高二时，要到达俄勒冈州的波特兰(1500多英里)；高三时的目标在圣路易市(约2000英里)；高四则要向白宫前进(约3000英里)。"

虽然派蒂的身体状况与他人不同，但她仍然满怀热情与理想。对她而言，癫痫只是偶尔给她带来不便的小毛病。她不因此消极畏缩，相反地，她更珍惜自己已经拥有的。

高一时，派蒂穿着上面写着“我爱癫痫”的衬衫，一路跑到了旧金山。她父亲陪她跑完了全程，做护士的母亲则开着旅行拖车尾随其后，照料父女两人。

高二时，她身后的支持者换成了班上的同学。他们拿着巨幅的海报为她加油打气，海报上写着：“派蒂，向前跑！”(这句话后来也成为她自传的书名)。但在这段前往波特兰的路上，她扭伤了脚踝。医生劝告她立刻中止跑步：“你的脚踝必须上石膏，否则会造成永久的伤害。”

她回答：“医生，你不了解，跑步不是我一时的兴趣，而是我一辈子的至爱。我跑步不单是为了自己，同时也是要向所有人证明，身有残缺的人照样能跑马拉松。有什么方法能让我跑完这段路？”医生表示可以用粘剂先将受损处接合，而不用上石膏，但他警告说，这样会起水泡，到时会疼痛难忍。派蒂二话没说便点头答应了。

派蒂终于来到波特兰，俄勒冈州州长还陪她跑完最后一英里。一面写着红字的横幅早在终点等着她：“超级长跑女将，派蒂·威尔森在17岁生日这天创造了辉煌的纪录。”

高中的最后一年，派蒂花了四个月的时间，由西岸跑到东岸，最后抵达华盛顿，并接受总统的召见。她告诉总统：“我想让其他人知道，癫痫患者与一般人无异，也能过正常的生活。”

世上没有完美的人，每一个人都有一定的缺点。但是成功的人无外乎用两种方法来避免缺点带来的障碍。其一，战胜缺点，像一个勇士一样把缺点踩在脚下；其二，扬长避短，这种方法非常聪明。两种方法无所谓谁优谁劣，总之一点，它们都能给人们带来成功。

成功的人用两种方法避免缺点带来障百，1.战胜缺点，2.扬长避短。

坚持到底

查德才23岁，他的人生才刚刚开始。他长得又英俊又讨人喜欢，学生时代，他是长跑选手，也是顶尖的摔跤选手，而且总是有许多年轻女孩追求他。看到查德的人总是会情不自禁地马上就喜欢上他。他的微笑很灿烂，而且很有感染力，他的心情总是很好，而且朋友需要他的帮助时，他一定会放下手边的事情来伸出援手。

他有两份工作，为了交通方便，他买了一辆摩托车。他之所以有两份工作，是为了存钱好搬进好一点的公寓里，可以的话还可以买一部汽车或是买一些家具。有一天晚上，查德要去上第二份班的时候，一位喝醉酒而且没有保险的司机向他猛冲过去，查德的摩托车被抛了出去，他的一条腿也被压碎了。对于23岁的查德来说，生命仿佛就要结束了。

查德在医院的病床上度过了7个月苦闷的日子，他盯着在好几个点上刺进他腿里的钢钉。

查德腿骨的好几个部分被遗留在街上，他进行了好几次手术，想要避免将腿切除，可是却是徒然。查德的朋友为他的手术献血，他的上司则保留他的工作，希望他还可以再回去上班。当医生宣布必须将查德的一条腿切除时，查德陷入了绝望。只有一条腿，他怎么生活下去？女人会不会从此讨厌他，让他无法结婚，组织他所一直梦想的家庭？而且他要如何偿还庞大的住院费，他的住院费已经累积到可以买一栋三室的新房了。

在进行腿部切除之前，我们希望他的骨头感染会痊愈，而不管我们如何鼓励他，或是安慰他，查德还是一样消沉。他对手术的成败漠不关心，在这样的情况下并不适合动手术。

一天晚上，我带着一位同事的先生到查德的病房去探望他。金一进病房就马上和查德聊天、开玩笑，他会拿脚来做文章，开着他“不太站得住脚”之类的玩笑。查德很生气。“我的腿就快要切除了，你怎么还能跟我开这种玩笑？”他想要知道原因。金耸耸肩，接着他弯下身解开他的腿，然后将他的假腿扔到查德的床上。我离开房间让他们两个单独相处，一个小时后，我回到查德的房间时，查德的绿眼珠又重新散发出光彩。

“真可惜你没听到他的故事！”查德说，“有一天晚上很晚的时候，他在高速公路上停了下来，隹备换漏气的轮胎。当他打开行李箱把备胎拿出来的时候，一个喝醉酒的司机开着时速100公里的车从金的身边经过，他的车头撞上了金的车尾。金在关键的时刻，赶紧跳了起来，可是他的一条腿从膝盖的地方断掉了，另一条腿也裂得很厉害，他差点连这条腿也没了。那个喝醉的司机没有保险，金却有一个老婆还有3个小孩要养。我却在这边自怨自怜！金是圣地亚哥运动场的管理人员，他说等到我手术复原，而且可以用假腿走路的时候，他就要替我弄到我最喜欢的乐团演唱会的前排票！”他的眼神变得很柔和，“金说施比受更有福，他说他不担心他的未来，一切都会很顺利的，他说最重要的事情就是坚持到底。”

4个月之后，查德回去工作了。他对于自己的跛脚感到忸怩不安，每天下班后，他都感到筋疲力尽，新装的假肢在他柔嫩的腿上磨出无数个水泡，可是他始终记得金所说的话。

他学会用假腿骑自行车，第一次不用马鞍骑马，他会将假腿拿掉，用一条腿在海里游泳，晚上没有人看到的时候，他会在中学的运动场上歪歪斜斜地练习慢跑。

查德回去工作一个月之后，他鼓起勇气邀请公司一位新来的漂亮小姐出去约会。女孩答应的时候，查德非常惊讶。他那时并不知道这个女孩将会成为他未来的太太以及他3个小孩的母亲。

珍并不在乎查德有几条腿，她在乎的是，查德是否有一颗善良的心。而查德最大的难题在于他不知道要如何偿还手术的费用，他得花30年才能付清医药费，他不可能买车或是买房子了，可是他不气馁。他一直记得金所说的话，所以总是尽可能地每个月偿还两次。

查德和珍结婚没多久，他的一个医生打电话给他。查德的医生经常会打电话给他，要他马上赶到医院去安慰鼓励即将接受截肢手术的患者。不管查德是多么疲倦，或是腿有多么痛，也不管医生打电话来的时候是白天或是晚上，他一定会放下手边的工作，然后去帮助有需要的同胞。不过医生这次打电话来，却不是要查德到医院去慰问病人。

“查德。”医生开口说，“在我们试着挽救你的腿的那几个月，我们为你进行了一些实验性的措施，所以许多人都知道了你的事情。我打电话来是要跟你说，有一个匿名的陌生人刚替你付清了医药费。”

金说得没错，慷慨付出的人总是可以收到更多的回报。

慷慨付出的人总是可以收到更多的回报。

把梦想交给自己

上世纪初，在美国加州的一个小镇上，住着一位远近闻名的富商，富商有一个23岁的儿子叫瑞格。

一天早餐后，瑞格站在窗前欣赏街头的美景。突然，他看见街边公园的长椅上坐着一个和他年龄相仿的年轻人，那年轻人穿得很朴素，他把双手搭在膝盖上，目光似乎盯在瑞格这幢公寓楼上。瑞格看了他很久，发现那个年轻人很专注，他看这幢公寓的姿势一直未变。

瑞格有点好奇，他走出公寓，来到街边问那年轻人：“先生，你为什么长时间坐在这里，盯着那幢公寓出神呢？”

年轻人迟疑着说：“我有一个梦想，就是自己能拥有一幢宁静而美丽的公寓，能够在一日三餐后站在窗前欣赏街边的风景，可是这些对我来说简直太遥远了，因为我现在一无所有。”

“那么，请你告诉我，你此刻的梦想是什么？简单地说，就是最迫切渴望实现的？”瑞格之所以如此问，是因为他想他有能力帮助那个年轻人实现一个梦想。

“先生，我现在的梦想就是希望能在一幢公寓里，像一位成功人士那样度过一天。"年轻人说。

"朋友,我现在就可以让你梦想成真!"瑞格接着指着自己的公寓说,"那是我的家,你现在就去里面住一天吧,有什么需要就告诉管家,他会帮助你。另外,今天你可以完全把它当成你的家,你有权利享受里面的一切。我现在去公司处理一点事情,中午回来和你共进午餐。"

"谢谢您,先生。"年轻人朝瑞格鞠了一躬,就径直走进了公寓。

中午,瑞格处理完公司的事情后,就赶回了家,但他没有看到那位年轻人,便询问管家。

"哦,先生,那位年轻人只在客厅里待了3分钟就走了。"管家说。

"那他说了什么没有?"瑞格问。

"年轻人走时,他让我告诉您,说向您表示感谢,谢谢您给了他很多。"

"可是,我什么也没有给他呀!"瑞格疑惑了。不过,很快地,瑞格就把这件事忘记了。

20年后的一天,瑞格突然收到一份请柬,一位自称是他"20年前的朋友"的男士邀请他参加一个酒会。瑞格一看落款的地址就知道那是一个新建的富人居住区,而且住在那里的都是政界要人和社会名流。

当瑞格来到酒会所在地时,映入他眼帘的是典雅的建筑,还有经常在各种媒体上见到的名人。接着,他看到了即兴发言的酒会发起人。

"今天,我首先感谢的是在我成功的路上,第一个帮助我的人,他就是我20年前的朋友瑞格……"说完,他在众人的掌声中,径直走到瑞格面前,并紧紧地拥抱他。此时,瑞格才明白过来,眼前这位名声显赫的建筑商库勒,原来就是20年前那位贫困交加的年轻人。

在接下来的热烈交谈中,库勒对瑞格说:"当我走进你的公寓后,一种异样的感觉充斥着我的大脑,我真不敢相信梦想就在眼前,那一瞬间,我突然明白,那幢公寓不属于我,这只是一个幻觉,我应该远离它,我要把自己的梦想交给自己,去寻找真正属于我的那幢公寓!现在我终于找到了,我就在我的公寓里招待你这位尊贵的朋友。"

梦想是靠努力才能变成现实。

找到属于自己的天空

在求学的道路上，迈克一直遭遇失败与打击，高中时的校长还曾经对他的母亲说："迈克恐怕不适合读书，他的理解能力实在太差了。"

迈克的母亲听见校长这么说，非常伤心失望，她带着迈克回家，决定要靠自己的力量，好好地培养他成才。

但是，不管母子俩怎么努力，迈克对于读书实在有心无力，但孝顺的他为了安慰母亲，即使读得再吃力，也从来没有放弃过。

这天，读得心烦的迈克，路过了一家正在装修的超市，发现有个人正在超市门前雕刻一件艺术品。

没想到，迈克这一看居然看得出神，停下脚步好奇而用心地观赏着，且产生了无比的兴趣。

此后，母亲发现迈克只要看到一些木头或石头，便会认真而仔细地按照自己的想法去打磨、塑造，但是对于读书一事，却开始放弃了。

母亲着急地劝他，最后迈克不得不听从母亲的叮咛继续读书，只是已经着迷于雕刻世界的他，却一直无法放下手中的雕刻刀。

迈克最终还是让母亲彻底失望了，当落榜通知单寄到家中，母亲对他说："你走自己的路吧！你已经长大了，没有人必须再为你负责。"

迈克知道，自己在母亲眼中是个彻底的失败者，他在难过之余做了最后决定，要远走他乡，寻找自己的未来。

许多年后，有座城市为了纪念一位名人，决定在市政府门前广场上放置名人的雕像，当地的雕塑师纷纷献上自己的作品，希望自己的大名也能与这位名人联系在一起。

但是，最后评选的结果，却是一位远道而来的雕塑师胜出。

在落成仪式上，这位雕塑大师发表了讲话："我想把这件雕塑作品献给我的母亲，因为，我读书时无法实现她的期望，我的失败更令她伤心失望过。但是，现在我想告诉她，虽然大学里没有我的位置，可是，现在我总算找到了一个位置，一个成功的位置。母亲，今天的我绝对不会让您失望了。"

这个人就是迈克，而站立在人群中的母亲，更是喜极而泣，她现在才明白，儿子原来一点也不笨，但愚笨的她差点把孩子放错了位置。

这个世界原本就会有属于每一个人站立的位置。

上帝就是你自己

有个贫穷的工人在帮农场主人工作，搬运东西时，不小心打破了一个花瓶。农场主人看见后，要求他一定要赔偿，但是三餐都成问题的工人，哪里赔得起这么昂贵的花瓶？

苦恼的工人只好到教堂，向神父请教解决的办法。

神父听完工人的问题，他说："听说有一种能将碎花瓶粘好的技术，不如你去学习这种技术，只要能将这个花瓶修补、复原，事情不就解决了？"

工人听完后却摇了摇头，说："哪有这么神奇的技术？要把这个碎花瓶粘得完好如初，根本是不可能的事。"

神父指引他说："这样吧！教堂后面有一个石壁，上帝就待在那里，只要你对着石壁大声说话，上帝便会答应你的要求，去吧！"

于是，工人来到壁前，大声对着石壁说："上帝，请您帮帮我，只要您愿意帮助我，我相信，我一定能将花瓶粘好！"

工人的话一说完，上帝便立即回应他："一定能将花瓶粘好！"

工人真的听见了上帝的承诺，于是，他充满自信地向神父辞别，朝着"复原花瓶"的高超技术迈进。

一年以后，经过认真学习与不懈努力，他终于学会了粘贴碎花瓶的技术。结果他将农场主人的花瓶复原得天衣无缝，令人赞叹！

这天，他将花瓶送还给农场主人后，再次来到教堂，准备向上帝道谢，谢谢他给予的协助与祝福。

神父将他再次带到教堂后面的石壁前，并笑着对诚恳的工人说："其实，你不必感谢上帝。"

工人不解地看着神父："为什么不必感谢？要不是上帝，我根本无法学会修补花瓶的技术啊！"

神父笑着说："其实，你真正要感谢的人，是你自己啊！因为，这里根本就没有上帝，这块石壁具有回音的功能，当时你听到的'上帝的声音'，其实就是你自己的声音啊！而你，就是你自己的上帝。

将身上的潜能发挥出来，就能主宰自己的命运。

对自己的目标充满信心

威尔逊在创业之初，全部家当只有一台分期付款赊来的爆米花机，价值50美元。第二次世界大战结束后，威尔逊做生意赚了点钱，便决定从事地皮生意。如果说这是威尔逊的成功目标，那么，这一目标的确定就是基于他对自己的市场需求预测充满信心。

当时，在美国从事地皮生意的人并不多，因为战后人们一般都比较穷，买地皮修房子、建商店、盖厂房的人很少,地皮的价格也很低。当亲朋好友听说威尔逊要做地皮生意,异口同声地反对。

而威尔逊却坚持己见,他认为反对他的人目光短浅。他认为虽然连年的战争使美国的经济很不景气,但美国是战胜国,它的经济会很快进入大发展时期。到那时买地皮的人一定会增多,地皮的价格会暴涨。

于是,威尔逊用手头的全部资金再加一部分贷款在市郊买下很大的一片荒地。这片土地由于地势低洼,不适宜耕种,所以很少有人问津。可是威尔逊亲自观察了以后,还是决定买下了这片荒地。他的预测是,美国经济会很快繁荣,城市人口会日益增多,市区将会不断扩大,必然向郊区延伸。在不远的将来,这片土地一定会变成黄金地段。

后来的事实正如威尔逊所料。没出三年,城市人口剧增,市区迅速发展,大马路一直修到威尔逊买的那块土地的边上。这时,人们才发现,这片土地周围风景宜人,是人们夏日避暑的好地方。于是. 这片土地价格倍增,许多商人竞相出高价购买,但威尔逊不为眼前的利益所惑,他还有更长远的打算。后来,威尔逊在自己这片土地上盖起了一座汽车旅馆,命名为“假日旅馆”。由于它的地理位置好,舒适方便,开业后,顾客盈门,生意非常兴隆。从此以后,威尔逊的生意越做越大,他的假日旅馆逐步遍及世界各地。

自信与人生的成败息息相关。

意志力是一个人性格特征中的核心力量

柏克斯顿曾经是一个头脑简单四肢发达的顽童,他的与众不同之处就在于他坚强的意志力,这种意志力在他幼年曾表现为喜欢暴力、飞扬跋扈和固执己见。他自幼丧父,所幸的是他母亲很有见识。她敦促他磨炼自己的意志,在强迫他服从的同时，对一些可以让他自己去做的事，她总是鼓励他自拿主意自作主张。他母亲坚信，如果加以正确引导，形成一个有价值的目标的坚强意志，对一个人来说是最难能可贵的品质。当有人向她谈及儿子的任性时，她总是淡然地说："没关系的，他现在是固执任性，你会看到最终会对他有好处的。"当柏克斯顿处于形成正义还是邪恶的人生目标这一个人生历程的紧要关头，他幸运地与一个家庭以良好的社会品行著称的姑娘结了婚。

他的意志的力量在他小时候使他成为一个难以管束的顽童，但现在却使他从事什么工作都不知疲倦并且精力充沛。当时身为酿酒工的他不无得意地说："我可以先酿一个小时的酒，再去做数学题，再去练习射击，而且每件事都能聚精会神地去做。"

当他成为一个酿酒公司的经理后，事无巨细他都过问，使公司的生意空前兴隆。即便是在工作非常繁忙的情况下，他仍然每天晚上坚持勤奋自学，研究和消化孟德斯鸠等人关于英国法律的评论。他读书的原则是："看一本书决不半途而废"，"对一本书不能融会贯通熟练运用，就不能说已经读完"，"研究任何问题都要全身心地投入。"

后来，柏克斯顿幸运地跻身于英国议会。在他刚刚步入社会时，他目睹奴隶贸易和奴隶制度的种种黑暗，便下定决心把解决奴隶的问题作为自己最大的人生目标，在他进入英国议会后，他更是把在英国本土及殖民地上彻底实现奴隶的解数作为自己的奋斗目标，并矢志不渝地努力、奋斗。废除英国本土及其殖民地上的奴隶贸易及奴隶制度，既要与传统势力斗争，又要与维护自身利益的贵族斗争，这项推动历史进程的工作，其艰难可想而知，但柏克斯顿做到了。

事实上，在每一种追求中，作为成功的保证，与其说是才能，不如说是不屈不挠的意志。因此，意志力可以定义为一个人性格特征中的核心力量，概而言之，意志力就是人本身。意志是人的行动的动力之源。真正的希望以它为基础，而且，它就是使现实生活绚丽多彩的希望。

一个人如果下决心要成为什么样的人，或者下决心要做成什么样的事，那么，意志或者说动机的驱动力会使他心想事成，如愿以偿。

作为成功的保证，与其说是才能，不如说是不屈不挠的意志。

成功在于行动

迈克尔·戴尔总喜欢这样说："如果你认为自己的主意很好，就去试一试！"他正是以此成为企业巨子的。他如今是美国第四大个人电脑生产商，也是《财富》杂志所列500家大公司的首脑中最年轻的一个。迈克尔是在德克萨斯州的休斯顿市长大的，有一兄一弟，父亲亚历山大是一位畸齿矫正医生，母亲罗兰是证券经纪人。三个孩子当中，迈克尔在少年时期就已显出勤奋好学、干劲十足的优势。有一次，一位女推销员上门，说要和"迈克尔·戴尔先生"面谈他申请中学同等学历证书的事情。于是，当时才8岁的迈克尔就向她解释说，他认为尽早把中学文凭解决掉可能是个好主意。几年后，迈克尔有了另一个好主意：在集邮杂志上刊登广告，出售邮票。后来，他用赚来的2000美元买了他的第一台个人电脑。他把电脑拆开，研究它怎样运作。

迈克尔读高中时，找到了一份为报纸征集新订户的工作。他推想新婚的人最有可能成为订户，于是雇请朋友为他抄录新近结婚的人的姓名和地址。他将这些资料输入电脑，然后向每一对新婚夫妻发出一封有私人签名的信，允诺赠阅报纸两星期。这次他赚了1.8万美元，买了一辆德国宝马牌汽车。汽车推销员看到这个17岁的年轻人竟然用现金付账，惊愕得瞠目结舌。

第二年，迈克尔·戴尔进了奥斯汀市的德克萨斯大学。像大多数大一学生那样，他需要自己想办法赚零用钱。那时候，大学里人人都谈论个人电脑，凡没有的人都想买一台，但由于售价太高，许多人买不起。一般人所想要的，是能满足他们的需要而又售价低廉的电脑，但市场上没有。戴尔心想："经销商的经营成本并不高，为什么要让他们赚那么厚的利润？为什么不由制造商直接卖给用户呢？"戴尔知道，IBM公司规定经销商每月必须提取一定数额的个人电脑，而多数经销商都无法把货全部卖掉。他也知道，如果存货积压太多，经销商会损失很大。于是，他按成本价购得经销商的存货，然后在宿舍里加装配件，改进性能。这些经过改良的电脑十分受欢迎。戴尔见到市场的需求巨大，于是在当地刊登广告，以零售价的八五折推出他那些改装过的电脑。不久，许多商业机构、医生诊所和律师事务所都成了他的顾客。

有一次戴尔放假回家时，他的父母表示担心他的学习成绩。“如果你想创业，等你获得学位之后再说吧。”他父亲劝他说。戴尔当时答应了，可是一回到奥斯汀，他就觉得如果听父亲的话，就是在放弃一个一生难遇的机会。“我认为我绝不能错过这个机会。”一个月后，他又开始销售电脑，每月赚5万多美元。戴尔坦白地告诉父母：“我决定退学，自己开办公司。”“你的目标到底是什么？”父亲问道。“和万国商用机器公司竞争。”和万国商用机器公司竞争？他的父母大吃一惊，觉得他太好高骛远了。但无论他们怎样劝说，戴尔始终坚持己见。终于，他们达成了协议：他可以在暑假时试办一家电脑公司，如果办得不成功，到9月他就要回学校去读书。

戴尔回奥斯汀后，拿出全部储蓄创办戴尔电脑公司。当时他19岁。他以每月续约一次的方式租了一个只有一间房的办事处，雇用了第一位雇员——一名28岁的经理，负责处理财务和行政工作。在广告方面，他在一只空盒子底上画了戴尔电脑公司第一个广告的草图。朋友按草图重绘后拿到报馆去刊登。戴尔仍然专门直销经他改装的万国商用机器公司个人电脑。第一个月营业额便达到18万美元，第二个月26.5万美元，不到一年，他便每月售出个人电脑1000台。积极推行直销、按客户的要求装配电脑、提供退货还钱以及对失灵电脑“保证翌日登门修理”的服务举措，为戴尔公司赢得了广阔的市场。戴尔电脑公司鼓励雇员提出新的主意。雇员提了一个主意之后，如果公司认为值得一试，那么，即使后来证明不可行，雇员也会获得奖赏。到了迈克尔·戴尔本应大学毕业的时候，他的公司每年营业额已达7000万美元。戴尔停止出售改装电脑，转为自行设计、生产和销售自己的电脑。

今天，戴尔电脑公司在全球16个国家（包括日本）设有附属公司，每年收入超过20亿美元，有雇员约5500名。戴尔个人的财产，估计在2.5亿～3亿美元之间。

行动是通向成功的唯一途径。

不要去看远处的东西

英国有一位年轻的医科毕业生威廉·奥斯勒爵士，在面临毕业时，他的成绩并不差，但他整天愁云满面，想着如何才能通过毕业考试以及明天要做什么事情，毕业后要到哪里去找工作，工作如果不称心怎么办，怎样才能维持生活……这些问题都像蛛丝一样缠绕着他，使他充满了忧虑。他想了许多办法，都没有摆脱这些闲扰。有一天，他在书上读到了一句话：不要去看远处模糊的东西，而要动手做眼前清楚的事情。自从看到这句话后，他彻底改变了自己的人生，脱离了那种虚无缥缈的苦海，脚踏实地，一步步开始了创业历程。最后，他成为了英国著名的医学家，创建了举世闻名的约翰·霍普金斯医学院，还被牛津大学聘为客座教授，这是英国医学界的最高荣誉。

也许，威廉·奥斯勒爵士开始的那种心境我们大家都经历过。实际上，在生活中，我们常会不自觉地给自己戴上望远镜，盯着时隐时现的地方，制定着长期发展的宏伟目标。这使我们只看到很远的地方，而看不到眼前的景色。这就使得我们拼命地追赶，却总也达不到目标，甚至好高骛远。也许实际上，我们已实现了当初自己制定的目标，但我们在望远镜里看到的永远是下一个目标。我们不停地努力着，却永远也赶不上前面的风景。为此，我们感到沮丧，感到理想离自己越来越远，感叹人生非常艰难。当有一天有所感悟，摘下强加给自己的望远镜，不用拼命地去不停地追赶的时候，才发现自己已经走过了一个又一个想去且能去的地方，而每一个被自己忽视过的地方都阳光明媚，鸟语花香——这才是真正的遗憾。

有一个美国年轻人，小时卖过报纸，做过杂货店伙计，还当过图书馆管理员，日子过得很紧。几年后，他下定决心，要用50美元开创出一片基业来。一年后，他果真有了几万美元。当他雄心勃勃准备大干一场时，他存钱的那家银行一夜之间破产倒闭，他也随之一贫如洗，还欠了2万美元的外债。万念俱灰的他，得了一种奇怪的病，全身溃烂，医生说他的生命只有3周的时间了。绝望的他只好写了遗嘱，准备一死了之。就在这时，他也突然看到了一句话，他幡然醒悟，立即调整了心态，抛开忧虑和恐惧，安心休养，身体慢慢得到恢复，还能拄着拐杖走路了。后来不仅没有死，反而有精力工作了。几年后，他成了一家大公司的董事长，开始雄霸纽约股票市场。他，就是大名鼎鼎的爱德华·伊文斯。他看到的那句话是：生命就在你的生活里，就在今天的每时每刻中。

其实，两个人看到的两句话，我们可以概括成一句：生命只在今天，不要为明天忧虑。

是的，人的欲望是永无止境的，但不要给自己戴上望远镜，不要给自己制定永远无法达到的目标，最主要的是欣赏自己眼前的每一点进步，享受每一天的阳光。

生命只在今天，不要为明天忧虑。

不去羡慕别人的生活

萨依特曾是埃及的一位政府高官，34岁就做了副市长，可谓前程一片灿烂。可惜，就在他飞黄腾达的时候，他主管的城市却发生了一场火灾，于是他被免职。那年他37岁。离官退位后，萨依特的周围依然是一些显赫的人士，富翁，高官，大财团的董事长……大家都为萨依特惋惜，认为他会非常痛苦，最少也要来找他们帮忙。谁想，萨依特却回到乡村，过起了平民百姓的生活。

他在自家的小菜园上种菜，施肥，捉虫，生活过得平淡而有滋味。没事的时候，他就走村串巷，收集一些民间陶器作为自己的爱好。生活中，他从不理会别人的富贵，更不去羡慕别人的日子，我行我素地过着自己的简朴岁月。

由于他的知识和才能，很快就在收藏上有了很大造诣。七八年过去，他竟然收集到了几十件世界顶级的民间珍宝。前来买卖的人蜂拥而垒，萨依特每卖出一件，都在上千万美元。

有人问萨依特，你怎么会在收藏上有这么大的成就。萨依特说，因为我过得十分简单，从不盲从地去羡慕别人，清静的生活让我可以一心一意地鉴别陶器。

不去羡慕别人的生活，这使萨依特不但摆脱了烦恼，也把收藏做到了罕见的顶端，成为世界级收藏大师。

22岁的美国华裔数学家王章程，毕业于美国加州大学。毕业后，他的同学多数都去了大财团、大公司，只有王章程一头扎进了加州一家私人研究室，一干就是10年。10年中，他的生活收入非常低廉，30岁了还买不起房子。而他的同学们已经是月收入几十万、上百万元的大老板。他们开着高档车子，住着大房子，带着漂亮的妻子，而王章程连女朋友都没有。好在他从来不羡慕别人，只对自己的事业感兴趣。虽然他的生活比别人差了几个等级，但他本人似乎全然不知。在外人看来，王章程的生活是世界上最糟的一种。

王章程却不管这些，10年中他默默无闻，如饥似渴地做着自己的研究。在他35岁的时候，他攻克了世界上两项顶尖级数学难题，从此成果迭现，美国十几家大学先后聘请他前去任教。多少年过去，在世界数学界，他被称为数学之王。

非洲黑人哈利默父子，一直过着贫寒的生活，在长达8年的时间里，他一心一意地练习长跑，父亲哈利默是儿子的教练。8年中，父子俩从来没有理会过别人怎么生活，对于和别人生活上的差距，父子俩从来都是视而不见。正是因此，两人每天都过着快乐的日子。不去和别人比较，你的生活自然就会快乐。8年后，小哈利默的长跑速度有了惊人的长进，他一路过关斩将，先是夺得非洲长跑冠军，后又在世界锦标赛上夺冠。父子俩把这一切归功于对外界的淡漠。在总结生活的发言中，小哈利默说，这些年，我和父亲从来没有理会过别人的生活是怎样优越的，我们更不会去羡慕别人。正因为如此，我们才能做好自己的事，才不会因为与别人的生活差距而让我们陷入不幸的烦恼。

包维尔自小就十分喜欢摄影，大学毕业后，他对摄影到了痴迷的程度，无心去挣钱工作。从此包维尔过着简单的生活，从不理会自己的生活是富有还是贫穷，只要能够摄影也就够了。他穿着破裤子，吃着最简单的汉堡包。在别人眼里，他是困苦贫穷的象征。而包维尔自己却过得异常快乐。在他27岁时，他的人物摄影技术开始登峰造极，成为世界公认的人物摄影大师，并为英国首相拍摄人物照，从此一发而不可收。至今为全世界一百多位总统、首相拍过人物摄影。请他摄影的世界名流更是数不胜数，排队等候一两年是常事。包维尔是一个真正的世界顶尖级摄影大师。

正因为他从来不羡慕别人的生活，才会生活在自己的天地里，才能不受外界的干扰干自己的事，也才能取得如此的成就。生活中常常打扰我们、让我们感到不安的，往往并不是我们自己，而是别人的生活和别人的模式。

总是羡慕别人的生活，就会给自己造成混乱和迷茫，甚至使自己不得安宁。羡慕别人的代价，常常是失去自己。不去羡慕别人，你的日子就会变得悠然平静，从容不迫。不去羡慕别人，你才会找到自己的生活，完成你自己的事业，达到你自己的目标，过好你自己的日子。

羡慕别人的代价常常是失去自己。

永远的红舞鞋

16岁那年夏天，索菲因为一次严重的车祸住进了医院。她的两条小腿粉碎性骨折，医生说她能够站起来的希望极其渺茫。索菲的母亲开始到康复器材商店里去打听轮椅的规格和价钱，索菲的妹妹甚至把姐姐的漂亮裤子剪裁下来做布娃娃。索菲很伤心，不久前她才和男朋友第一次约会，那个长得有点像著名歌星约翰逊的帅男孩说过有一天要娶她的，还说要把她带到海边一座童话般的小木屋里，让她在遍地的玫瑰花中做他最美丽的新娘！可现在他却不肯来看她一眼。“所有的这一切都像烟飘逝了啊！”索菲总是在每一个月光如水的夜晚悄悄地哀叹。

几个星期后，索菲所在的骨科病房里又住进来一位名叫黛特的20岁左右的女孩。她穿着一身素雅的白底蓝花的连衣裙，金黄色的鬈发上别着一枚波浪形的发夹，她总是甜甜地笑着，露出两个好看的小酒窝。如果不是亲眼看见黛特躺在病床上输液，索菲根本不会想到这个美丽乐观的女孩会是一个病人。健谈的黛持很快和索菲混熟了，她告诉索菲说不久她就要出院了。一想到病房里又将剩下自己孤孤单单的一个人和即将残废的现实，索菲就忍不住垂泪。

黛特知道索菲忧伤的原因后，就微笑着说："我的腿遭受的伤害曾经比你还严重，后来我努力配合医生治疗并坚持练习走路，你看，它现在差不多痊愈了。不久，我还要参加学校里的芭蕾舞大赛呢！"黛特抚摸着被裙子完全覆盖的双腿，脸上荡漾着喜悦的表情。她还告诉索菲，她住院前是洛杉矶一家明星舞蹈学校二年级的学生，去芬兰、俄罗斯和澳大利亚等国家演出过，她最擅长的舞蹈是芭蕾舞《天鹅湖》和踢踏舞《印第安田野上的秋天》。

"你的爸爸妈妈和男朋友怎么不来看你？"有一天，索菲奇怪地问黛特。"哦，他们会来的，他们总是很忙，再说我就要出院了，他们没有什么好担心的。"黛特笑吟吟地回答道。

索菲的腿比医生估计的要愈合得快，黛特很高兴，她说："你看，我不是讲过吗？只要你配合医生治疗，很快就会好起来的！"索菲被黛特的乐观情绪深深地感染了，她开始按照医生的吩咐拄着拐杖在病房里练习走路，可是由于伤腿里还安放着钢筋和螺丝钉，再加上长期卧床治疗，她的腿一挨地就钻心地疼。"索菲，千万不要放弃，我刚开始练习走路也是这样的，忍耐一段时间就好了。"

黛特在一旁鼓励道。

然而，索菲在母亲的搀扶下每次只走了几分钟，就忍不住痛得趴在床沿上再也不想迈动脚步。"哦，你这样可不行，你不能走路，没有哪个白马王子愿意娶你的！换了我也不会。索菲，你想学跳舞吗？我向你保证，等你康复后我就教你跳舞，《天鹅湖》跳起来美极了，每次谢幕时我都会收到帅小伙们的大把鲜花；《印第安田野上的耿天》跳起来难一点，但像你这么聪明的女孩应该一学就会，到国外演出的时候，这一幕舞赢得的掌声是最多的……"

索菲被黛特描绘的美好前景鼓舞得信心倍增，她再次咬着牙站起来练习走路。慢慢地，她就可以不再依靠别人的搀扶自己拄着拐杖从病房的这边走到那一边。索菲开朗多了，她想，原来很多看似不可能的事情都在于自己的努力啊！有一天，索菲心血来潮地掀开盖在黛特身上的被子，要去看看她的腿恢复到什么程度了，怎么还不能出院。但黛特死死地压住长长的连衣裙，狡黠地笑着说："这可不能看，我却上还留有许多疤痕，难看死了！不过，我可以给你看几张照片，那是我以前跳舞时拍的。"索菲看见照片上的黛特亭亭玉立，双腿格外修长漂亮，不由感叹道："我什么时候也能拥有这么美丽的腿啊？"黛特笑着说："你只要坚持不懈地跳舞，双腿自然就会好看起来。所以，你现在最重要的是练习好走路。"

索菲开始拆除腿上的钢筋和螺丝钉了，等她从手术室里回来时，她看见黛特的床头摆放着许多鲜花、贺卡和营养品。"我的爸爸妈妈和男朋友刚才来过了，他们要我代问你好！"黛特抑制不住幸福地笑着说。"下次见到他们，也请你代我问好。"索菲感激地说。黛特把一双精致美丽的红舞鞋送给索菲，"也许，明天我就要出院了，送给你留个纪念吧！还有，亲爱的索菲，你一定要记住，不管在任何苦难的处境中都不要悲伤和妥协，奇迹不是上天赐予的，是我们永不放弃的精神与不屈不挠的努力所创造的！"索菲懂事地点了点头，她看见黛特的脸色异常苍白，就关切地问她怎么了，要不要请医生来看一看。但黛特摇摇头说不用了，她只是因为刚才见到爸爸妈妈和男朋友，心情太激动的缘故。

第二天早晨，从睡梦中醒来的索菲看见黛特的被子掉在了地上，于是她想叫醒黛特，却总是听不到回答。医生听见了，赶紧跑进病房，他翻开黛特的眼睑看了看，然后叹了一口气，惋惜地说："一个晚期骨癌患者坚持到这个时候才走，真不容易！"医生告诉索菲，黛特在一次车祸中失去了父母和男朋友，自己也被在齐膝盖处截去了双腿，她后来安了两条假肢。因为伤口感染，黛特的膝盖上面生了一个肿瘤，后来肿瘤恶化，癌细胞扩散到了全身，医生已经无力回天了。医生还说，因为化疗时脱光了头发，黛特那别着波浪形发夹的金色鬈发也是假的。

索菲将黛特送给她的红舞鞋紧紧地搂在胸前，泪光闪烁中，她仿佛看见黛特像美丽的天使一样又快乐地跳起了《天鹅湖》和《印第安田野上的秋天》。黛特的舞姿是那么优美流畅，脸上的表情是那么生动娇媚，她不仅仅是起舞在玫瑰色的阳光里，也长裙飘曳地含笑跳跃在生命的舞台上……

她不仅仅是起舞在玫瑰色的阳光里，也长裙飘曳地含笑跳跃在生命的舞台上……

奔跑的力量

黑马！又见黑马！

当她第一个冲过终点线时，整个赛场沸腾了。不可思议，在高手如云的国际马拉松比赛中，冠军竟然是个训练仅一年的业余选手！

27岁的切默季尔，肯尼亚的一名农妇，因此一举成名。

切默季尔的全家都住在山区，她的丈夫是个老实巴交的庄稼汉，除了种地一无所长。一年前，切默季尔还一筹莫展，为无法给四个孩子供给学费暗自伤心。丈夫抽着闷烟安慰她："谁叫孩子生在咱穷人家，认命吧！"

如果孩子们不上学，只能继续穷人的命运！难道只能认命？她不甘心。

当地盛行长跑运动，名将辈出，若是取得好名次，会有不菲的奖金。她还是少女时，曾被教练相中，但因种种原因未果。此刻，她脑中灵光一闪：不如去练习马拉松！

马拉松是一项极限运动，坚强的意志和优秀的身体素质缺一不可。她已近27岁，没有足够的营养供给，从未受过专业基础训练，凭什么取胜？冷静之后，她也胆怯过，可是除此之外别无他途。如果连做梦的勇气都没有，那永无改变的可能。

丈夫最后也同意了她大胆的"创意"。第二天凌晨，天还黑着，她就跑上崎岖的山路。只跑了几百米，她的双腿就像灌了铅一般。停下喘口气，她接着再跑。与其说是用腿在跑，不如说是用意志在跑。跑了几天，脚上磨出无数的血泡。她也想打退堂鼓，可回家一看到嚷着要读书的孩子。她又为自己的懦弱感到羞愧。不能退缩！她清醒地知道，这是唯一的一线希望！

训练强度逐渐增加，但她的营养远远跟不上。有一天，日上竿头，她仍然没有回家，丈夫担心出事，赶紧出门寻找，终于在山路上发现了昏倒在地的妻子。他把妻子背回家里，孩子们全部围了上来，大儿子哭着说："妈妈，不要再跑了，我不上学了！"她握着儿子的小手，泪水像断线的珠子般涌出，一言不发。次日一早，她又独自一人，跑在了寂静的山路上。

经过近一年的艰苦训练，切默季尔第一次参加国内马拉松比赛，获得了第七名的好成绩，开始崭露头角。

有位教练被她的执著深深感动，自愿给她指导，她的成绩更加突飞猛进。

终于，切默季尔迎来了内罗毕国际马拉松比赛。为了筹集路费，丈夫把家里仅有的几头牲口都卖了，这可是家里的全部财富……发令枪响后，切默季尔一马当先跑在队伍前列，这是异常危险的举动，时间一长可能会体力不支，甚至无法完成比赛。但为了孩子，为了家庭，她豁出去了。

或许上天也被切默季尔的真诚所感动。她一路跑来，有如神助，2小时39分零9秒之后，她第一个跃过终点线。那一刻，她忘了向观众致敬，趴在赛道上泪流满面，疯狂地亲吻着大地。

突然冒出的黑马，让解说员不知所措，手忙脚乱，忙活了好半天才找齐她的资料。

颁奖仪式上，有体育记者问她："您是个业余选手，而且年龄处于绝对劣势，我们都想知道，究竟是什么力量让您战胜众多职业高手，夺得冠军？"

"因为我非常渴望那7000英镑的冠军奖金！"此言一出，场下一片哗然。她的话太不合时宜，有悖于体育精神。切默季尔抹去泪水，哽咽着继续说："有了这笔奖金，我的四个孩子就有钱上学了，我要让他们接受最好的教育，还要把大儿子送到寄宿学校去。"喧闹的运动场忽然寂静，人们这才明白，原来，孩子才是她奔跑的力量。瞬间，场下响起雷鸣般的掌声，那是人们对冠军最衷心的祝贺，也是对母亲最诚挚的祝福。

母爱是世界上最伟大的爱。

我在终点等你

11月一个清冷的早晨，晨光熹微，我走上纽约维拉赞诺一纳罗斯桥的上层车道。桥上交通已封锁，我望着宽广的桥面，心想："天啊，我是否太不自量力了？"

一年一度的纽约市马拉松赛就要开始，我是第一次参加。全程42.16公里，要跑遍纽约市所有五个区，终点在中央公园。我与阿奇里斯残障人士竞赛会里几名队员一同参赛。我们这组人或拄手杖，或用义肢，甚至坐轮椅参加比赛，需要较长时间跑完全程，所以比别人早出发。

我患有多发性硬化病：那是种神经退化病，医学上查不出原因，也不知如何治疗；更无法预测会有什么症状或什么时候出现症状。我日后也许会失去视力或说话、走路的能力。

15年来，我遵守医生规定，放弃了从事剧烈体力活动的念头。我最花体力的运动就是从我住的公寓来回地下火车站。很幸运，我的情况没有恶化，虽然要靠手杖维持平衡，却仍能走路。

我要再做从前的我，这是我强烈的人生愿望。

我必须立一个目标，一个不惜代价去达成的目标。我决定参加纽约市马拉松赛。

1988年初，朋友听说我想参加赛跑，都笑我。同事管我叫葛瑞特，指的是得到过八次纽约市马拉松女子冠军的挪威好手葛瑞特·怀兹。同事问我，赛跑途中如何使观众不会误认我是葛瑞特，我回答："很简单，只要挂个牌子，上面写：我不是葛瑞特。就行了。"

因此，现在我戴了一条缀有"我不是葛瑞特"字样的白围巾参赛。

起跑号响了，我们出发。有的人转动轮椅前进，有的人跳跃向前，总之，每个人都有自己的方式。几小时后，我们跑了几公里，路旁的观众多了起来。跑了约15

公里，男子组领先的跑手赶上了我们。我们离开路面让他们先过去，以免被撞倒受伤。

他们跑远后，女子组领先的跑手又到了，跑在最前头的是葛瑞特·怀兹，动作高雅矫健。我站在边上为她加油。第一批好手过去之后10分钟，惊天动地般跑来了两万人，连路边的人行道也为之震撼。我从没料到这么一大股人潮从面前冲过会令人有如此强烈的感受。此中不知有多少心愿和毅力，而我是其中一分子。

午夜一时五十七分，我终于抵达终点，花了十九小时五十七分钟。我举起右手，振臂高呼，像个沙场胜利者。

我的第一次马拉松是葛瑞特·怀兹的第九次，也是她最后一次得到冠军的比赛。葛瑞特所创造的九胜纪录也许永远无人能打破。我心想，我大概再也见不到她了。

五年后，阿奇里斯残障人士竞赛会创办人狄克·特劳姆邀请到葛瑞特来参加年度晚宴，并且安排我坐在她旁边。我们俩都不好意思开口，要不是特劳姆介绍，我们俩也许会一直静静坐着。真正吓我一跳的是葛瑞特居然知道我是谁。她对有人愿意连续跑二十个钟头十分吃惊，因为她知道跑两小时又二十五分钟已经累得要死。

我们很谈得来，一下子就聊开了。我还戴了那条"我不是葛瑞特"的围巾去，因为本来要在晚宴中说这件事。不过我告诉了葛瑞特另一件事。

我参加马拉松赛的第一年，纽约有家报纸拍下我抵达终点的照片，刊在葛瑞特大照片的下方。第二天早上，我拄着拐杖上了一辆计程车，司机看了看我，就以浓重的布鲁克林口音说："嗨，我知道你是谁，今天的报上有你。你是那个赛跑的，赢了马拉松的那个，叫哥蕾德什么。"

我说："我不是葛瑞特……我是她姊姊。一般人常弄错，以为我是她。"

"是嘛，"他说，"我就看你像极了她。"

葛瑞特觉得这件事有趣极了。那天是我第六次马拉松赛的前几天。她问我，谁在终点记录你的成绩。我告诉她没有人："我会自己报上成绩，然后领取完成比赛的纪念奖牌。"

葛瑞特说："我认为终点应该有人在。"接着她说出令我大感意外的话：如果我同意让她来做这项工作，她"深感荣幸"。

我向她直说，我无法确定什么时候抵达终点。她说："多久都没关系。你跨越终线时，我一定在那儿等你。"

不久前我体内长了一个纤维瘤，顶着我的膀胱和脊椎，令我行动时有点不适，这次马拉松我估计要28小时才能跑完。

清晨六时，葛瑞特到了终点线。我朋友告诉她，至少还有一小时我才会抵达，还说我不会有奖牌了，因为有人偷走了一盒奖牌。

“一定要给她奖牌。”葛瑞特说完就奔出中央公园，跑回旅馆叫醒丈夫——他曾参加前一天的比赛。她说：“把你的奖牌给我。有人比你更需要。”葛瑞特拿了奖牌，立刻跑回终点处。

这时我还在几小时路程之外，可是葛瑞特一直耐心等待我到达。我终于转了最后一个弯，进入中央公园，继续跑最后的350米。首先进入眼帘的是有两个人拉着横带站在终点处。接着我看见了等在横带后面的葛瑞特。她认为我在这场赛跑中应该获得与优胜者一样的待遇。

我冲过终点，葛瑞特把奖牌挂在我的颈项。我们互相拥抱，两人都激动地啜泣起来。此后她每年都在那等我。

这几年来，我们常一同前往纽约市各地学校，向孩子说明我们怎样在各自领域内得到胜利。一个谈的是如何努力不懈，如何取得成功或虽败而不气馁，另一个就是我，谈的是如何达到个人的重要目标，获得同样的满足感。

有些孩子从不敢想象胜利的滋味。葛瑞特和我让他们知道，就像贴在我卧室墙上的海报所说的：“竞赛并非只属于身手敏捷而强壮的人，也属于坚持不懈的人。”

“竞赛并非只属于身手敏捷而强壮的人，也属于坚持不懈的人。”

自信是成功之门的钥匙

在一个人的事业上，自信心能够创造奇迹。自信使一个人的才干取之不尽、用之不竭。一个没有自信的人，无论本领多大，总不能抓住任何一个良机。

一个人的潜能就像小蒸气一样，其形其势无拘无束，谁都无法用有固定形状的瓶子来装它。而要把这种潜能充分地发挥出来，就必须要有坚定的自信心。

眼光敏锐的人可以从路过身边的人中指出哪些是成功者。由于成功者走路的姿势、成功者的一举一动都会流露出十分自信的样子。从他的气度上，就能够看出他是一个自立自助、有自信和决心完成任意工作的人。一个人的自主自助、自信和决心就是他万无一失的成功资本。同样，眼光敏锐的人也能随时随地看出谁是失败者。从走路的姿势和气质上，能够看出他缺乏自信力和决断力；从他的衣着和气势上能够看出他不学无术：并且他的一举一动也显露出他怯懦怕事、拖拖拉拉的性格。

一个成功者处理任何事绝不会支支吾吾、糊里糊涂。他魄力十足，不必依赖他人而能独立自主。而那些陷于失败的人既缺乏心理上的自信力，又缺乏实际的做事能力，他看上去总是一副穷途末路的样子，从他的谈吐举止和实际工作上看，好像他处处无能为力，只好听任命运的摆布。

在一个人的事业上，自信心能够创造奇迹。自信使一个人的才干取之不尽、用之不竭。一个没有自信的人，无论本领多大，总不能抓住任何一个良机。

每遇重要关头，总是无法把所有的才能发挥出来，因此，那些绝对可以成功的事在他手里也往往弄得惨不忍睹。

一项事业的成功虽然需要才干，但是自信心亦不可少。假如你没有这种自信心，是由于你不相信自己能具有自信心的缘故。要获得成功，你无论如何都要从心灵上、从言行上、从态度上拿出“自信心”三个字来。这样，在无形中人家就会开始信任你，而你自己也会逐渐觉得自己必然是一个值得依赖的人。

作为一个商行的主人，当生意冷清、存货积压严重、店员不负责任、所有欠账又纷纷来催这种情形出现的时候，最能展示出一个商人的才能。通过这时候他在人们面前的一举一动，别人清清楚楚地能够看出他的底细。如果他遇到一点微不足道的小事，就暴跳如雷；心中稍感不快，就对人大大发作，那就说明，他还没有学会一种最重要的本领——他不能随时克制自己的怒气。

固然，一个商人在生意兴旺、经营顺利的时候，容易喜气洋洋、春风得意。但在经营业绩下降、市场萧条、入不敷出、面临一切艰难困苦时，假如你还具有十足的勇气，不抱怨、不烦恼，依然待人和善、仁慈，这才是较难做到的。当你在工作和事业上面临困境，多年辛苦积累的资产丧失殆尽时，你还是应当在你的家人和孩子面前保持平稳的心情,不消极、不气馁。沉着镇静、永不气馁,这是每一个人所应培养的品格。任何商人都应当永远以亲切的笑容和蔼待人,都应当有一种满怀希望的气魄,都应当具有战无不胜、突破逆境的自信力和决心。一个人具有不急躁、不怨天尤人、不轻易发怒和遇事不优柔寡断的良好品质,经常要比焦虑万分的心态更容易应付种种困难、解决种种矛盾。

没有哪一个整天抱怨"处境艰难"的人会获得成功。对于所有事情,你决不应该向黑暗的方面想。你绝不应该总是埋怨市场萧条或是行情不利,一般商人最容易沾染这种怨天尤人、自暴自弃的恶习。确实,在他们看来,世上就没有所谓"乐观"两个字,一切都笼罩在失望、挫败、无法成功的气氛中。这种观念统治了他们的头脑,就在无形中把他们拖进失败的深渊中,使其总是不能自拔、永远不会看到成功的一天。

事业最初如一棵嫩芽,要它成长、要它茁壮,必须要有阳光去照射它。

立即鼓起勇气、振作精神,努力去排除所有妨碍成功的可恶因素,学习怎样去改变环境,怎样去扫除外界的阻遏势力。任何事情,你都应往成功方面想,而不可以整天唉声叹气地去思虑失败后处境将是怎样的悲惨。

一个做事光明磊落、生气勃勃、令人愉悦的人,随处都受到人们的欢迎:而一个总是怨天尤人、专说失败的人,谁都不愿意与他相交。能在世界上不断发展自己事业的是那些对未来满怀希望、愉快活泼的青年。就我们本身而言,也希望避开那些整天满面愁容、无精打采的人。

一个有必胜决心的人,他的言谈举止中无不显出十分坚决、非常自信的气质。他意志坚决,能够胸有成竹地去战胜一切。人们最信任、最景仰的也就是这种人:而最厌恶、最瞧不起的则是那种犹豫不决、永无定见的人。

一切胜利只是属于各方面都有把握的人。那些即便有机会也不敢把握、不能自信成功的人,必然落得一个失败的结局。只有那些有十足的信心、能坚持自己的意见、有奋斗勇气的人,才能保持在事业上的雄心,才能自信必然成功。

在生存竞争中最终赢得胜利的人,一举一动中一定充满了自信,他的非凡气度必定会使人自然对他产生特殊的尊敬。人人都可以看出他生机勃勃、精力充沛的样子。而那些被击败在地、陷入困境的人,却总是一副死气沉沉的样子;他们看起来就缺乏决断力和自信:不论是行动举止、谈吐态度,他们都容易给人一种懦弱无能的印象。

喷泉的高度无法越过它源头的高度:同样,一个人的事业成就也绝不会越过他自信所能达到的高度。

假如你建立了一定的事业发展基础，并且你自信自己的力量完全能够愉快地胜任，那么就应该立即下定决心，不要再犹豫动摇。即便你遭遇困难与阻力，也无论如何不要考虑后退。

在一种事业成功的过程中，荆棘有时比那玫瑰花的刺还要多。它们会成为你事业进展的拦路虎，正是这种拦路虎在检验你意志究竟是否坚定、力量是否雄厚，但只要你不气馁、不灰心，任何拦路虎总是有方法驱除的。只要紧紧盯住已经确定的目标，坚定地相信自己的能力和事业上成功的可能，这样就能使你在精神上先达到成功的境界。随后，你在实际的事业过程中的成功也一定是确定无疑的。

你要力排众议，打消所有古怪的空念头；遇事马上决策、立即行动；任何时候、任何事情都要胸有成竹，决不气馁；你的决心一定坚如大山，你的意志必须强如钢铁，不可随便动摇，而不论你受到怎样的打击与引诱——这是战胜一切的诀窍。

世界上有许多的失败者，都是由于他们没有坚强的自信心，因为他们所接触的都是心神不定、犹豫怯懦之辈，由于他们自己三心二意，对事情缺乏果断的决策能力。但其实，他们体内分明包含了成功的因素，却被自己硬是驱逐出了自己的身体。

不论你限于何种穷困的境地，一定要保持你那可贵的自信力！你那高昂的头不论如何不能被穷困压下去；你那坚决的心无论如何不能在恶劣的环境下屈服。你要作为环境的主人，而不是环境的奴隶。你无时无刻不在改善你的境遇；无时无刻不在向着目标迈步前进。你应当坚定地说：你自己的力量足以实现那件事业，绝对没有人可以抢夺你的内在力量。你要从个性上做起，改掉那些犹豫、懦弱和多变的个性，养成坚强有力的个性，把曾被你赶走的自信心和一切因此丧失的力量重新挽救回来。

有人由于在事业上遭到失败而失去信心，但终于因为重新获得了自信而能够挽回败局，东山再起。任何人都应当保持这种价值无法估量的成功因素，保持自信心就如争取高贵的名誉一样重要。

很多伟人、领袖一路向前，仿佛有胜利追随着他们，这些人足迹所至，无往而不利；他们好像是一切事物的主人、一切行动的发号施令者。他们能傲视群雄、征服一切。这一切其实应归功于他们的自信。他们相信自己有克服一切艰难困苦的力量，他们相信自己享有一切胜利的专利，在他们眼里，为生存而竞争、去获取成功，好像都十分的容易；他们能做到改变并控制自己的环境，他们也知道：自己是无所不能的人物之一，他们做所有工作举重若轻，就像巨型的起重机搬动一件物品一样轻而易举。

他们总是乐观，从不犹豫，从不恐惧未来：他们只知道任何事情到了自己手里，一定要做成功，一定做得尽善尽美。因此，世界上的伟大事业仿佛是由他们来做，这种坚强有力的人做起事来，从不瞻前顾后、从不迟疑不决。当事业路途上遇到任何困难障碍时，他们也决不后退，总能自信靠着他们的卓越才能能够奋力越过。

坚强的自信，便是伟大成功的源泉。无论才干大小，天资高低，成功都取决于坚定的自信力。坚信能做成的事，必定能够成功。反之，不相信能做成的事，那就决不会成功。

有一次，一个士兵骑马给拿破仑送信，因为马跑得速度太快，在到达目的地之前猛跌了一跤，那马就此一命呜呼。拿破仑接到了信后，立即写封回信，交给那个士兵，吩咐士兵骑自己的马，迅速把回信送去。

那个士兵看到那匹强壮的骏马，身上装饰得非常华丽，便对拿破仑说：“不，将军，我这一个平庸的士兵，实在不配骑这匹华美强壮的骏马。”

拿破仑回答道：“世上没有一样东西，是法兰西士兵所不配享受的。”

世界上随处都有像这个法国士兵一样的人！他们认为自己的地位太低微。别人所有的种种幸福，是不属于他们的，认为他们是不配享有的，认为他们是不能与那些伟大人物相提并论的。这种自卑自贱的观念，经常成为不求上进、自甘堕落的主要原因。

有很多人这样想：世界上最好的东西，不是他们这一辈子所应享有的。他们认为，生活上的一切快乐，都是留给一些命运的宠儿来享受的。有了这种卑贱的心理后，必然就不会有出人头地的观念。许多青年男女，本来能够做大事、立大业，但实际上竟做着小事，过着平庸的生活，原因就在于他们自暴自弃，他们不怀有远大的希望，不具有坚定的自信。

与金钱、势力、出身、亲友相比，自信是更有力量的东西，是人们从事任何事业最可靠的资本。自信能排除种种障碍、克服种种困难，能使事业取得圆满的成功。

有的人最初对自己有一个恰当的估计，自信可以处处胜利，但是一经挫折，他们却半途而废，这是由于自信心不坚定的缘故。因此，光有自信心还不够，更须使自信心变得坚定，那么即使遇着挫折，也能不屈不挠，向前进取，决不会因为一遇困难就退缩。

假如我们去分析研究那些成就伟大事业的卓越人物的人格特质，那么就能够看出一个特点：这些卓越人物在开始做事之前，总是具有充分信任自己能力的坚强自信心，深信所从事之事业必能成功。这样，在做事时他们就能付出全部的精力，破除一切艰难险阻，直到胜利。

玛丽·科莱利说："假如我是块泥土，那么我这块泥土，也要预备给勇敢的人来践踏。"假如在表情和言行上显露着卑微，每件事情上都不信任自己、不尊重自己，那么这种人当然得不到别人的尊重。

造物主给予我们巨大的力量，鼓励我们去从事伟大的事业。而这种力量潜伏在我们的脑海里，使每个人都具有宏韬伟略，可以精神不灭、万古流芳。假如不尽到对自己人生的职责，在最有力量、最可能成功的时候不把自己的本领尽量施展出来，那么对于世界也是一种损失。世界上的新事业层出不穷，正待我们去创造。

自信是成功的钥匙。

残疾人也能做出一个健康人的成就

罗伯特·巴拉尼1876年出生于奥匈帝国首都维也纳，他的父母均是犹太人。他年幼时患了骨结核病，由于家庭经济不宽裕，此病无法得到根治，使他的膝关节永久性僵硬了。父母为自己的儿子伤心，巴拉尼当然也痛苦至极。但是，懂事的巴拉尼，尽管年纪才七八岁，却把自己的痛苦隐藏起来，对父母说："你们不要为我伤心，我完全能做出一个健康人的成就。”父母听到儿子这番话，悲喜交集，抱着他不知该说些什么，只是以泪洗面。

巴拉尼从此狠下决心，埋头勤读书。父母交替着每天送接他到学校，一直坚持了十多年，风雨不改。巴拉尼没有辜负父母的心血，也没有忘掉自己的誓言，读小学、中学时，成绩一直保持优异，名列同级学生前茅。18岁进入维也纳大学医学院学习，1900年获得了博士学位。大学毕业后，巴拉尼留在维也纳大学耳科诊所工作，当一名实习医生。由于巴拉尼工作很努力，在该大学医院工作的著名医生亚当·波利兹对他很赏识，对他的工作和研究给予了热情的指导。巴拉尼对眼球震颤现象深入研究和探源，经过3年努力，于1905年5月发表了题为《热眼球震颤的观察》的研究论文。这篇论文的发表，引起了医学界的关注，标志着耳科“热检验”法的产生。巴拉尼再深入钻研，通过实验证明内耳前庭器与小脑有关，从此奠定了耳科生理学的基础。

1909年，著名耳科医生亚当·波利兹病重，他主持的耳科研究所的事务及在维也纳大学担任耳科医学教学的任务全部交给了巴拉尼。繁重的工作担子压在巴拉尼肩上，他不畏劳苦，除了出色地完成这些工作外，还继续对自己的专业进行深入研究。1910年至1912年间，他的科研成果累累，先后发表了《半规管的生理学与病理学》和《前庭器的机能试验》两本著作。由于他工作和科研有突破性的贡献，奥地利皇家授予他爵位。1914年，他又获得诺贝尔生理学及医学奖金。

巴拉尼一生发表的科研论文多达184篇，治疗好许多耳科绝症。他的成就卓著，当今医学上探测前庭疾患的试验和检查小脑活动及其与平衡障碍有关的试验，都以他的姓氏命名的。

身体上的残疾不会阻碍一个人的成功，只要你还拥有一题健康的心灵。

身体上残疾不会阻碍一个人的成功，只要你还拥有一颗健康的心灵。

以笑声面对残酷的命运

1954年，当美国著名作家海明威上台接受诺贝尔文学奖时，他却谦虚地说道:“得此奖项的人应该是那位美丽的丹麦女作家——盖伦·璧森。”

海明威所说的这位丹麦著名女作家，就是那位曾经凭借电影《走出非洲》获得好莱坞奥斯卡金像奖的女主人公。《走出非洲》这部电影的结尾，打上一行小小的英文字:盖伦·璧森返回丹麦后成了一位女作家。

盖伦·璧森(1885~1962年)从非洲返回丹麦后，不但成为一位享誉欧美文坛的女作家，而且在她去世三十多年后的今天，她和比她早出世80年的安徒生并列为丹麦的“文学国宝”。她的作品是国际学者专研的科目之~，几乎每一两年便有英文及丹麦文的版本出现。她的故居也成了“盖伦·璧森博物馆”，前来瞻仰她故居的游客大部分是她的文学崇拜者。

盖伦·璧森离开非洲的那一年，可以说是什么都没有的一个女人，有的只是一连串的厄运:她苦心经营了十八年的咖啡园因长年亏本被拍卖了;她深爱的英国情人因飞机失事而毙命;她的婚姻早已破裂，前夫再婚;最后，连健康也被剥夺了，多年前从丈夫那里感染到的梅毒发作，医生告诉她，病情已经到了药物不能控制的阶段。

回到丹麦时，她可说是身无分文，除了少女时代在艺术学院学过画画以外，无一技之长。她只好回到母亲那里，仰赖母亲，她的心情简直是陷落到绝望的谷底。

在痛苦与低落的状况下，她鼓足了勇气，开始在童年老家伏案笔耕。一个黑暗的冬天过去了，她的第一本作品终于脱稿，是七篇诡异小说。

她的天分并没有立刻受到丹麦文学界的欣赏和认可。她的第一本作品在丹麦饱尝闭门羹;有的甚至认为，她故事中所描写的鬼魂简直是颓废至极。

盖伦·璧森在丹麦找不到出版商，便亲自把作品带到英国去，结果又碰了一鼻子灰。英国出版商很礼貌地回绝她:“男爵夫人(盖伦·璧森的前夫是瑞典男爵，离婚后她仍然有男爵夫人的头衔），我们英国现时有那么多的优秀作家，为何要出版你的作品呢！”

盖伦·璧森颓丧地回到丹麦。她的哥哥蓦然想起，曾经在一次旅途中认识了一位在当时颇有名气的美国女作家，毅然把妹妹的作品寄给那位美国女作家。事有凑巧，那位女作家的邻居正好是个出版商，出版商读完了盖伦·璧森的作品后，大为赞赏地说，这么好的作品不出版实在是太可惜了。她愿意为文学冒险。1943年，盖伦·璧森的第一本作品《七个哥德式的故事》终于在纽约出版，一鸣惊人，不但好评如潮，还被《这月书俱乐部》选为该月之书。当消息传到丹麦时，丹麦记者才四处打听，这位在美国名噪一时的丹麦作家到底是谁？

盖伦·璧森在她行将50岁那年，从绝望的黑暗深渊一跃而成为文学天际中一颗闪亮的星星。此后，盖伦·璧森的每一部新作都成为名著，原文都是用英文书写，先在纽约出版，然后再重渡北大西洋回到丹麦，以丹麦文出版。盖伦·璧森在成名后说，在命运最低潮的时刻，她和魔鬼做了个交易。她效仿歌德笔下的浮士德，把灵魂交给了魔鬼，作为承诺，让她把一生的经历都变成了故事。

盖伦·璧森把她一生各种经历先经过一番过滤、浓缩，最后才把精华部分放进她的故事里。她的故事大都发生在一百多年前，因为她认为，惟有这样，她才能得到最大的文学创作自由。熟悉盖伦·璧森的读者不难在其作品中看到她的影子。

盖伦·璧森写作初期以Lsak Dinesen为笔名，成名后才用本名。Lsak，犹太文是“大笑者”的意思。她之所以采用这个笔名，也许是在暗示世人，以笑声面对残酷的命运。

盖伦·璧森成为北大西洋两岸的文学界宠儿后，丹麦时下的年轻作家皆拜倒在她的文学裙下，把她当女王般看待。74岁那年，第一次拜访纽约，纽约文艺界知名人士，包括赛珍珠和阿瑟·米勒皆慕名而来。但盖伦·璧森对她的文学也付出了很大的代价，她的梅毒给她带来极大的肉体痛苦，当梅毒侵入她的脊柱时，她常痛得在地上打滚。晚年时，她变得极其消瘦、衰弱，坐立行皆痛苦不堪。

盖伦·璧森死时77岁，死亡证书上写的死因是：消瘦。正如她晚年所说的两句话：“当我的肉体变得轻如鸿毛时，命运可以把我当作最轻微的东西抛弃掉。”

以笑声面对残酷的命运，这是豁达的人生，更是命运的主宰。

对自己说“不要紧”

有一次，一位高明的教育学教授在我们班上说:“我有句三字箴言要奉送各位,它对你们的教学和生活都会大有帮助,而且是可使人心境平和的灵方,这三个字就是:‘不要紧’。”

我领会到他那句三字箴言所蕴含的智慧,由于我容易感到受挫折,于是我便在笔记簿上端端正正地写了“不要紧”三个大字。我决定不让挫折感和失望破坏我的平和心情。

后来,我的新态度遭受了考验。我爱上了英俊潇洒的杰克生。他对我很要紧,我确信他是我的白马王子。

可是有一天晚上,他温柔婉转地对我说,他只把我当作普通朋友。我以他为中心的构想世界当下就土崩瓦解了。那天夜里我在卧室里哭泣时,觉得记事簿上的“不要紧”那三个字看来简直荒唐。

“要紧得很,”我喃喃地说,“我爱他,没有他我就不能活。”

但翌日早上我醒来再看到这三个字之后,我就开始分析自己的情况:到底有多要紧?杰克生很要紧,我很要紧,我们的快乐也很要紧;但我会希望和一个不爱我的人结婚吗?

日子一天天过去,我发现没有杰克生我也可以生活。我仍然能快乐,将来肯定有另一个人进入我的生活。即使没有,我也仍然能快乐。我能控制我的情绪。

几年后,一个更适合我的人真的来了。在兴奋地筹备结婚的时候,我把“不要紧”这三个字抛到九霄云外。我不再需要这三个字了,我以后将永远快乐。我的生命中不会再有挫折和失望。

年轻人多天真啊!结婚生活和生儿育女不会有挫折和失望?这当然不可能。有一天,我的丈夫和我得到一个坏消息:我们曾把我们的积蓄投资做生意,但这笔钱赔掉了。

丈夫把信念给我听之后，我看到他双手捧着额头。我感到一阵凄酸，胃像扭作一团似的难受。我想起那句三字箴言："不要紧"。我心里想："真的，这一次可真的是要紧！"

可是就在这个时候，小儿子用力敲打他的积木的声音转移了我的注意力。他看见我看着他，就停止了敲击，对我笑着，那副笑容真是无价之宝。我把视线越过他的头望出窗外，两个女儿正在兴高采烈地合力堆沙堡。在她们的后面，在我家院子外面，几株槭树映衬着无边无际的晴朗碧空。我觉得我的胃顿时舒展，心情恢复平和。不久，我还感到自己的微笑。于是我对丈夫说："一切都会好转的，损失的只是金钱，这并不要紧。"

人生在世，有许多事情是要紧的。我们的价值和我们的荣誉是要紧的。可是也有许多使我们的平和心情和快乐受到威胁的事情，实际上是不要紧的，或者不像我们所想象的那样要紧。要是我能永远记住这一点，多好！

对自己说声"不要紧"。

美国麦西百货公司给人的启示

他是一个渔民的儿子，19岁那年，带着多年的积蓄来到波斯顿谋生。用500美元和一个叫荷顿的贩布小商人合伙开了一个布店，可不久，两人便分道扬镳，合作以失败而告终。不久，他另找了间小房子，和妻子一块开了间小店，经营针线、钮扣等小商品。但这些小东西消耗量不大，一包针卖出去可用上几年，回购率相当低。没多久，只好关门，把货物盘给了别人。结果，本钱丢了一大半，不久，他又办了自己的布店。本以为自己经验老道，能够驾轻就熟。可操作起来，他发现布匹、服装虽是热门货，但顾客却习惯同老布店打交道，并不相信他这个外乡人。因此，生意显得冷冷清清。

就在他徘徊观望的时候，美国西部掀起了淘金热，他也动心了，于是，把存货又盘给了老伙计荷顿，带着妻子踏上了西去旅程。一到加利福尼亚平原，他发现这儿的金矿挤满了淘金者，为了争夺财富，他们尔虞我诈，你抢我夺。自己若真加入他们的行列，能抢到的利益其实也不多，但发现这儿有无限商机。于是，打定主意，不去淘金，而是携带仅有的资本来到旧金山，在旧金山开了一个小店，坚持经营热门货。

最初，他看到一种淘金用的平底锅非常好，就购进一大批平底锅，然后以低于其他商店一成的价格出售，不久竟销售一空，由此赚了一大笔钱，用这笔钱，他购进了淘金者各种各样的必须品，一律以低廉的价格出售。很快，他的店便因货美价廉、品种齐全在淘金者中享有了声誉，光顾的人越来越多，他也因此积累了不少资金。

尽管这样，他还是感到自己要想在商业上取得长足进步，就应该到东部去，只有在那些商业中心，才能开办一流的商店。一年之后，他和妻子把商店转让了出去，一块回到马萨诸塞州，在哈佛山定居下来，开了一家布店。当时，店面很小，但他采用所有商品一律明码标价出售的经营方式，很快便顾客盈门。但由于利润低，顾客有限，店面开销很大，过久了，便让他感到入不敷出，紧接着，连老本也赔进去了，再度限入困境。就在他再次陷入绝境时，老伙伴荷顿找上门来，想和他再次联手经商，到波士顿开一家商店。他也深深被荷顿的想法打动，但这次失败使他认识到，要想在商业取得更大成功，仅把店扩大是不够的，还应找最繁华的地区经营。他打算把店开到纽约去。

荷顿听完，也只好黯然失神地返回。

他在纽约14号街租了一个店面，开始了他商业辉煌的第一步，他首先把重点放在服务措施上，对店员的服务态度要求非常严格，不允许店员和顾客发生争执。还经常对店员进行不同形式的考验，请人到店里帮忙给店员出难题，对不合格的店员，毫不客气把他解雇。只要能方便顾客，他不断地改进经营方式满足他们。在他这儿，每个顾客都会感到自己是上帝，都会得到最好的服务。

除了坚持他"薄利多销"的一贯原则，他还在美国首次实行记账买货的方法，这样一来既方便了顾客，又稳定了客源促进销售。

由于他经营有方，又重视研究市场情况，十年之后，他的公司便占了纽约14号街的半条街，成为美国当时最大的百货公司老祖宗之一，直到一百多年以后的今天，它仍是世界上最大的百货公司之一——美国麦西公司。而麦西公司的创始人，就是当年卷着500美元打天下的那位年轻人——麦西。

商场如拳场，每个拳手都有挨拳头被人击倒的时候，问题是，一次次摔倒后，你还能不能顽强地爬起来，总结经验重整旗鼓，继续把比赛坚持下去，直到成功为止。如果受了重击后，从此便一蹶不振，那么，你只好永远趴在胜利者的脚下。

坚持就是胜利。

为失败者喝彩

在外人看来，一个绰号叫思帕基的小男孩在学校里的日子应该是很让人看不起的。他读小学时各门功课都不理想。到了中学，他的理化成绩通常都是个位数，他打破学校有史以来理化成绩最糟糕的学生的记录。

思帕基在拉丁语、数学以及英语等科目上的表现同样惨不忍睹，体育也不见得好到哪里去。虽然他参加了学校的篮球队，但在赛季惟一一次重要比赛中，他输得一塌糊涂。

在他的成长时期，思帕基笨嘴笨舌，社交场合很少见他的踪影。这并不是说其他人都不喜欢他或讨厌他。事实是，在人家眼里，他这个人压根儿就是个隐形人。如果有哪位同学在学校外主动向他问候一声，他简直会受宠若惊，兴奋不已。

思帕基真是个无药可救的失败者。每个认识他的人都知道这一点，他本人也很清楚，然而，他对自己的表现似乎并不十分在乎。从小到大，他只对一件事情——画画感兴趣。

思帕基一直深信自己拥有不凡的画画才能，并为自己的作品深感自豪。但是，除了他本人以外，他的那些涂鸦之作从来入不了别人的法眼。上中学时，他向校外的一家杂志社投寄了几幅漫画，但最终一幅也没被采纳。尽管有多次被退稿的痛苦经历，思帕基从未对自己的画画才能失去信心，他决心今后成为一名职业的漫画家。

中学毕业那年,思帕基向著名的迪斯尼公司写了一封自荐信。该公司让他把自己的漫画作品寄来看看,同时规定了漫画的主题。于是,斯帕奇开始为自己的前途奋斗。他投入了巨大的精力与非常多的时间,以一丝不苟的态度完成了许多幅漫画。然而,漫画作品寄出后却杳无音信,最终迪斯尼公司没有录用他——思帕基再一次遭遇了失败。

生活对思帕基来说简直是黑夜。四处碰壁之时,他尝试着用画笔来描绘自己平淡无奇的人生经历。他以漫画语言讲述了自己灰暗的童年、不争气的青少年时光——一个学业糟糕的不及格生、一个屡遭退稿的所谓艺术家、一个无人注意的失败者。他的画也融入了自己对画画的执著追求和对生活的真实体验。

出乎意料的是,思帕基所塑造的漫画角色居然一炮走红,连环漫画《花生》很快就风靡全世界。从他的画笔下走出了一个名叫查理·布朗的小男孩,这也是一名典型的失败者:他的风筝从来就没有飞起来过,他也从来没踢好过一场足球,他的朋友一向叫他“榆木脑袋”。

熟悉思帕基的人都知道，这正是漫画作者本人——日后成为大名鼎鼎漫画家的查尔斯·舒耳茨——早年平庸生活的真实写照。

永远不要去嘲笑失败者，即使在他们失败无数次以后。

亲情是永远的牵挂

生活中不能没有情亲，情亲是每个人心灵深外的港湾，亲情似水，淡淡的只有用心去品，才会发觉其个中滋味，亲情似酒，久而弥醇，让人长醉而不愿醒来。

我总会跟你在一起

1989年发生在美国洛杉矶一带的大地震，在不到四分钟的时间里，使30万人受到伤害。

在混乱和废墟中，一位年轻的父亲安顿好受伤的妻子，便冲向他七岁的儿子上学的学校。他眼前，那个昔日充满孩子们欢声笑语的漂亮的三层教室楼，已变成一片废墟。

他顿时感到眼前一片漆黑，大喊："阿曼达，我的儿子！"跪在地上大哭了起来。过了一阵，他猛地想起自己常对儿子说的一句话："不论发生什么，我总会跟你在一起！"他坚定地站起身，向那片废墟走去。

他知道儿子的教室在楼的一层左后角处。他疾步走到那里，开始动手。在他清理挖掘时，不断有孩子的父母急匆匆地赶来，看到这片废墟痛哭并大喊："我的儿子！""我的女儿！"

哭喊过后，他们绝望地离开了。有些人上来拉住这位父亲说："太晚了，他们已经死了。"

这位父亲双眼直直地看着这些好心人，问道："谁愿意来帮助我？"没人给他肯定的回答，他便埋头接着挖。

救火队长挡住他："太危险了，随时可能发生起火爆炸，请你离开。"

这位父亲问："你是不是来帮助我？"警察走过来："你很难过，难以控制自己，可这样不但不利于你自己，对他人也有危险，马上回家去吧。"

"你是不是来帮助我？"

人们都摇头叹息着走开了，都认为这位父亲因失去孩子而精神失常了。

这位父亲心中只有一个念头："儿子在等着我。"

他挖了8小时、12小时、24小时、36小时，没人再来阻挡他。他满脸灰尘，双眼布满血丝，浑身上下破烂不堪，到处是血迹。到第38小时，他突然听见底下传出孩子的声音："爸爸，是你吗？"

是儿子的声音！父亲大喊："阿曼达！我的儿子！"

"爸爸，真的是你吗？"

"是我，是爸爸！我的儿子！"

"我告诉同学们不要害怕，说只要我爸爸活着就一定来救我，也就能救出大家。因为你说过不论发生什么，你总会和我在一起！"

"你现在怎么样？有几个孩子活着？"

"我们这里有14个同学，都活着，我们都在教室的墙角，房顶塌下来架了个大三角形，我们没被砸着。"

父亲大声向四周呼喊："这里有14个孩子，都活着！快来人。"过路的几个人赶紧上前来帮忙。

50分钟后，一个安全的小出口开辟出来。

父亲声音颤抖地说："出来吧！阿曼达。"

"不！爸爸。先让别的同学出去吧！我知道你会跟我在一起，我不怕。不论发生了什么，我知道你总会跟我在一起。"

这对了不起的父子在经过巨大灾难的磨砺后，无比幸福地紧紧拥抱在了一起。

父子在经过巨大灾难的磨砺后，无比幸福地紧紧拥抱在了一起。

一屋子的爱和欢笑

就生物学的角度来说，我的确是很晚才踏入社会。我出生的时候，母亲41岁，父亲42岁，而我哥哥已经10岁了，这条过分明显的代沟也许和我那独特的血质一起造就了我的一生。

我的母亲，凯瑟琳，出生在苏格兰，我父亲，安尼罗，是第一代到美国的意大利移民。就这样，我似乎被什么从中间分成两半。倾向于苏格兰那一边的是讲求实际的、逻辑性的，甚至有一点古板；倾向于意大利的一边则是爱吵吵的、追求独特的、爱嘲笑别人也被人嘲笑的。

——第一条我钓到的鱼

我父亲总是试图说服我去做一些户外运动。他会说："你为什么不去钓鱼呢？""钓鱼？"对我来说，那只是徒劳地举着一根拴着长线的棍子而已。

"去吧，"母亲说，"如果你能钓到一条鱼，至少可以向你父亲证明你已经试过了。"

有一天，我在学校里听说有人在排干我家附近的那个湖，那儿到处是死鱼。于是我马上骑了车赶到那儿，捡了25条鱼。

回到家，我冲着父亲大叫："嘿，老爸！看我抓到了什么？"

我父亲一听就自豪地笑了："好小子！瞧瞧他搞到的鱼！"

妈妈接过我弄到的鱼，把它们剖开。她嘀咕道："这鱼已经发臭了，我们不能吃！"

"好了，别抱怨，我肯定它们是新鲜的！"爸爸理也不理她，还说，"好一个棒小伙子。"

最后，我母亲把我拉到一边，我只好在苍蝇拍的威胁下坦白了："妈，好吧，好吧，是我在湖边捡的！都是死的！"

妈妈非常恼怒，但为了不让爸爸失望，她还是赶紧出门到铺子里买回了新鲜的鱼，做给我们吃了。爸爸从来没有发觉这到底是怎么回事。

——磁带在转

我上高中的时候，我哥哥帕特参军入伍，被派到维也莱姆。因为家里谁都不太会写信，所以父亲有了个主意：买一台小型录音机，录下我们的声音以后寄给帕特。

卖电子产品的商店里，店员问我们："您想要多长时间的磁带——15分钟？""15分钟？"爸爸说，"我们甚至不能在15分钟里说完'你好'！你这儿最长的磁带有多长？"

"90分钟。""这还差不多！给我4盒！"

回到家，爸爸把厨房餐桌上的东西收拾好，然后宣布："好了，现在我们就要和帕特说话了！，"他按下录音键，用他那独一无二的方式开始了："你好，帕特！家里一切都好！我很好！你妈很好！这是你弟弟！杰米，和帕特说话！"

我走向前来，说："嘿，帕特！希望你过得不错！在那儿当心点。这是妈妈。"

妈妈朝机器弯下腰来，说："你好，帕特！自己学着照顾自己！别做傻事！"

然后爸爸说："嘿，那狗哪儿去啦？把布鲁斯带到这儿来，让它叫！"

布鲁斯叫道："汪！汪汪！"

然后，当然了，父亲不得不说明："这是狗，帕特！这是那只名叫布鲁斯的狗！"

我们在3分钟以内就做完了这一切。第二天，还是老样子。"帕特，一切都很好！这是狗！""汪！汪汪！"

几个星期以后，我们才录了不到9分钟的带子。最后，父亲说："我看，还是让我们把它寄出去吧！什么鬼东西！"

然后我们把这奇妙的玩意儿包装好，寄给了帕特。现在回头想想看，他也许更想收到几封信。

——请安静

在"晚间剧场"成为我的全职工作以前，一年中的大部分时间我在全国的每一个州演出晚问节目。我的生活把我母亲弄糊涂了，过了很久，她都不明白我在做些什么。

1986年，我有幸在肯尼迪剧场演出，我的父母决不能错过这次机会。那天他们来了以后，领座员把他们带到座位上，第十五排的中间。当我开始表演时，观众们立即就投入得不得了，他们马上就哄堂大笑。我母亲却不知道他们在笑什么，过了一会儿，她回过身来，把食指放到嘴唇上，对后排那些笑得很厉害的观众们说："嘘，嘘，请安静！"

我从台上看到了这一幕。后来我对她说："妈，别犯傻了！这是一出喜剧！他们就是该笑！"

这使她很窘迫，在公众场合被人们孤立是能够想象到的最糟的尴尬，而且还是在肯尼迪剧场。

我常对父亲说，如果我从演艺事业中赚了钱，就为他买一辆凯迪拉克。所以我成为乔尼·卡森的经纪人后，就带着父亲去商店。售货员直接把他带到一辆崭新的白色凯迪拉克车跟前，车里面是红色的座椅。父亲一眼就看中了。

我们把车开回家，给母亲看。她不喜欢任何形式的炫耀，当她看到红色的座椅时，她的眼中满是羞愧，对她来讲，这就像车轮上的妓院。

从那天开始，每当他们开着凯迪拉克到处逛，母亲总是要弯下身子。这样，父亲对镇上每一个人大嚷的时候，人们就看不到她了。

“嘿，”父亲说，“我儿子为我买了这辆车！”

——终身的保修证书

我父亲钟爱证书。任何一件他买的产品，他都要为保修证书做一个卡片，以及一张封面——“作为我们的文件”，当然，用到这些文件的机会只有万分之一。

曾经有一次，我旅行回家，发现抽水马桶的坐垫坏了，我想把它扔掉。

可父亲说：“等等，别扔！我有一张20年保修期的证书！”

几分钟以内，他已经把那东西找了出来——一张泛黄的纸片，看起来像老式的黑白照片。

我说：“这不行，爸爸！我可不想举着这副锈光的马桶坐垫穿过镇上的大街！”

“那么，我来，我有保修证书！”

我只好开车送他到杂货店，还有那副难看的破坐垫，卖出它的人已经在十年以前退休了，他的儿子走了出来。

爸爸说：“我的马桶坐垫坏了，我想要个新的。”

小伙子看了看，说：“它锈光了，我不能给你个新的。”

爸爸给他看那张证书：“是吗？那看看这个，还有92天！”然后我们拿到了一个新坐垫。

新坐垫的保修证书保证它可以用到2008年。我们到家以后，爸爸又填了张卡片，用很大的字写上我的名字，这说明它将由我来继承。

最后一个故事将告诉你，我的父母究竟是哪种人。我读高中的时候，曾经需要一笔钱来买一辆福特的二手车。每天放学以后，我就开始工作——搬沙土，刷油漆，为邻居打篱笆——我拼命地干，干得很带劲儿。最后，我终于搞到了买一辆车的钱。作为礼物，我父母送给我一个崭新的纳格哈德牌汽车椅套。

不过，只要我关车门的时候稍微重一点，车窗玻璃就摇个不停。但我没钱换它，我开着车到处跑，包括去学校。

学校里有一座很庞大的建筑物，你能从许多间教室直接看到停车场。有一天突然下起了雨，我坐在课堂上，心疼地看着我的车和我那崭新的椅套被透过破车窗的雨水浸湿。

这时，我看到妈妈和爸爸开着车，撞倒了停车牌，发出刺耳的刹车声，然后停到我的车旁。他们从车里拖出一块很大的塑料布，走到雨中，将我的车盖上。

为此，爸爸提前离开了办公室，专门回家拉上妈妈，还有这块塑料布，再开车来救我心爱的汽车和崭新的椅套。我看着他们做这些，就在课堂上，我哭了。

我的父母陪伴我度过我生命中的每一次高潮和低潮，我从未想过有一天他们会离我而去。我只有记住发生在他们身上的故事，让他们永远活在我心中，永远，永远……

我的父母陪伴我度过我生命中的每一次高潮和低潮，我从未想过有一天他们会离我而去。我只有记住发生在他们身上的故事，让他们永远活在我心中，永远，永远……

言语难诉的爱

珍妮弗·爱德华是个满头长着乱蓬蓬黑发的小女孩，1972年7月17日出生在俄亥俄州乡村的一所医院里。她的妈妈索尼娅从头到脚仔细地查看了这个7磅重的早产儿，然后小声地感谢上帝，尽管妊娠很不顺利，可孩子看来一切正常。

但是，有一天索尼娅给三个月的珍妮弗洗澡时，发现女儿的右脚肿得很厉害，这引起了她的注意。她查看了孩子的全身，想找到是否有虫咬的痕迹，然后怀着不安的心情，立即带孩子去找医生。

医生也不能解释是什么原因引起的肿胀。肿胀渐渐蔓延至珍妮弗的整个右脚、右腿和右臀部，右手也肿得有正常的两倍大。在此后两年半的时间里，爱德华夫妇就像生活在一场噩梦中，虽然不断地请教专家，可总是一无所获。珍妮弗的患肢裹着弹性绷带，忍受着不时袭来的疼痛。

最后，丹佛儿童医院的威廉·戴维斯医生做出了严酷的诊断：珍妮弗得的是帕克斯—韦伯综合症。医生还说："这是一种很少见的淋巴水肿疾病，是天生的，原因尚不明。也可以说是一种不治之症。珍妮弗还会有更坏的情况发生，虫咬或搔抓都可能引起致命的感染，她面临的是轮椅上的生活，也许还要截肢。"

索尼娅和爱德华惊呆了。诊断之后，珍妮弗接受了当时唯一的治疗方法——放射治疗，并把患肢包在一种弹力长筒袜中，但这些都没有减轻肿胀。

他们决心尽可能地让珍妮弗像正常孩子那样生活，可有些孩子常常嘲笑她。当珍妮弗从学校回来后，索尼娅总能看出她哭过，珍妮弗却只字不提这些，她鼓足勇气对待这些事，偶尔还流露出一丝幽默。

"有时男孩子们叫我'大胖腿'或其他什么，我才不在乎呢！"她说，"我就对他们说：'你们长着一个大头，却只有个小笨脑子。'要么我就冲他们挥着我的大拳头说：'这是我的最好武器！'于是，他们就不能把我怎样了。"

当索尼娅带着女儿们去商店时，珍妮弗对姐姐们买新衣服真羡慕。而她因为肿胀的腿，妈妈只好自己动手为她缝裤子。而她的右脚肿得有左脚的三倍那么大，也只得买特制的鞋。

尽管有病痛折磨和受人嘲笑的难堪，珍妮弗还是勇敢地承受了这些。她很顽皮，又很爱运动。她用左侧支撑着身体，学会了骑自行车。在学校，她参加健身锻炼，坚持跑步，尽管拖着病腿老是跑在最后一名。她也花了不少功夫学游泳，她说："在水里，我的两条腿就一样了。"

珍妮弗的祖父——老爱德华，为孙女日趋恶化的病情深感痛苦，看着她穿着特别的裤子，肿胀的腿露在外面，老人的心都碎了。他觉得没有哪个医生能给孙女帮助。

老爱德华不断地想办法帮助孙女。爱德华夫妇已经习惯了不时从老人那里打来的电话，要么劝他们试着在珍妮弗睡觉时抬高患肢，要么劝他们用一个定型的外套阻止腿再肿大。尽管这些都无效，可老爱德华还是不断地寻找办法。

1980年春天，珍妮弗快八岁时，肿大的右腿出现了溃疡，必须采用某些措施，否则如果发生严重感染，就得截肢。匹茨堡华盛顿康复医院的迈克尔·阿历克山大医生建议，让珍妮弗来做两周的实验治疗，因为该办法对另外一些淋巴水肿的人已产生了疗效。

爱德华夫妇同意了。珍妮弗的腿被一种袖带交替缠裹住，袖带连着一个泵，这个泵按设计压力不断送出气流，以推动淋巴液流向心脏。但不幸的是，这种泵对珍妮弗效果并不大,膝部的肿胀倒是消退了,可脚和大腿更肿了。

老爱德华来看望珍妮弗。当他看见孙女用这种压力泵时,感到难以容忍。忽然他眼睛一亮:自己年轻时,曾学过工程,而且在当经理时,曾有过7项发明专利,现在第8项专利的构思已开始形成——他骄傲地称之为“我一生中最重要的发明”。

他建议医生,不能把整个腿裹在袖袋里,而是从脚到大腿向上逐渐移动压力以推动液体向心脏流动。但是怎样才能做到呢?老爱德华发誓:“在上帝的帮助下,我会为孙女做些事情的。”

在以后的三个月中,他一头钻在地下室的工作间里。这位坚毅的老人常常工作到深夜,他对生理学知之甚少,就频繁去图书馆查阅医学书籍,其间,他的心脏病发作了两次,但他毫不理会妻子不许他过分劳累的警告。

一个新装置终于诞生了。1980年11月15日,当亚历山大医生在自己的胳膊上试验了老爱德华设计的泵的安全性,便立即决定让珍妮弗使用这种泵。这种新型泵由两个专为珍妮弗设计的袖袋和电子控制系统组成,一个放在右臂上,一个放在右腿上,每个袖袋分成三部分,每部分在特定时间接受特定的压力。

爱德华夫妇虽然满怀希望,但也感到担忧:因为即使泵是有效的,也可能会有副作用,肾脏和心脏能承受得了吗?

第一个星期里,珍妮弗每天用泵8小时,效果明显,看到患腿渐渐消肿,每个人都为之振奋。

一个月后,珍妮弗的右手出现了关节外形。她的眼睛闪闪发光,兴奋地叫道:“妈妈,我手上的骨头都突出来啦!”

在以后的几个月中,她的两条腿渐渐变得差不多粗细,珍妮弗和祖父愉快地分享每一点进步带来的喜悦。她学会了在自行车上重新掌握平衡,学会了不拖着腿走路。一天,珍妮弗回到家,上气不接下气地对祖父说:“爷爷,我现在跑得比班上的任何人都快!”老人的眼睛湿润了,他感到再没有哪件事比听到这些使自己更幸福、更快乐。

在获得专利后,老爱德华想让一些医疗器械公司生产这种装置,以使其他同样的患者能使用它,但几乎没有一个公司对此做出反应。于是,他组织起自己的公司,索尼娅制作袖袋,珍妮弗在办公室里帮忙。现在,已有230多台这种泵用于医院和家庭,用户遍及全国,并远销至加拿大、意大利、巴哈马、日本、南非等。在没有更新的方法治疗淋巴水肿前,珍妮弗要终生使用这种泵。但是,她现在一天只需使用一小时，其他时间均能正常生活。

就在老爱德华完成泵的研制工作后的两个月，他的右眼视网膜出血，加上他的另一只眼以前就有病，老人失明了。

索尼娅说："是坚强的意志使他能等到泵发明完成后才失明。"现在珍妮弗以百倍的关心照顾来回报爷爷的恩情。她给他读报纸，行走时总是拉着爷爷的手。

索尼娅又说："他们之间的感情是特别的，这种情感不是华而不实的，而是难以用语言形容的，是朴实又深厚的，这是一种超越言辞的爱。"

这是朴实又深厚的，一种超越言辞的爱。

父亲的歌

他不会乐器，甚至五音不全，然而，他却教给了我世界上最美妙的音乐。每当我闭目静思时，总会情不自禁地回忆起父亲教我聆听歌声的那个晚上。当时我大约五六岁，在那个年代，内布拉斯加就像一个巨大的灰潭。夏天的中午，赤日炎炎似火烧，烤得人几乎喘不过气来。晚上，我躺在床上，突然，一道闪电划破了夜空，照亮了那条绿白相间的印花窗帘。雷声从遥远处隆隆而来，似乎显得越来越愤怒。我把阿尔塔阿姨的那条用碎布拼成的被面绕在颈上，双手紧紧地抱着枕头。软百叶帘咔咔作响，榆树枝条刮擦着屋檐，狂风呼啸着钻进窗子的缝隙，声如鬼哭狼嚎。忽然，又是一道强烈的闪电，把整个房间照得亮如白昼，紧接着又是一声惊雷，如同成千上万个炮弹在炸响。我真想逃到父母的卧室去，但我被吓呆了，只会放声大哭。

此刻，父亲来到了我的床沿，用手轻轻地摇着我。见我逐渐安定下来，便说：

“听！暴风雨里有歌声呢，你听得见吗？”

我不再抽泣，凝神谛听起来。又是一道闪电，又是一声炸雷。“听那鼓声！”父亲说，“少了鼓声，音乐该有多糟糕啊！没有节奏，没有深度，没有神韵。”鬼哭狼嚎般的风声又响了起来，我把父亲偎得更紧。“嘿！”他在我耳畔轻轻说道，“我们的乐队里又多了一只口琴。你听见了吗？”

我侧耳倾听。“不！”我轻声说道，“我觉得这像竖琴。”

父亲拍拍我的脸颊，微微一笑。“现在你已经会想象了！闭上眼睛，看看你能不能跨越声音之上并驾驭住它。它会把你带到令人惊讶的境界。”

我闭上眼睛，极为虔诚地聆听起来。我驾驭着竖琴的声音，一直驰骋到清晨，这一觉真是太神奇了。

父亲是个医生，24小时内随时去农家应诊。他不会乐器，甚至五音不全。但他热爱听过的音乐，时常在屋里扯着沙哑的嗓子高声歌唱。当我们嘲笑他时，他就会说：“嘿，一首歌如果不是大家来唱，还有什么好处可言呢？”有时，他坐在日光室里，用古老的维多勒琴弹着自己想象的乐曲，但弹了几分钟后就会陷入沉静。

有一天，我问他，音乐停止后他在干什么？

“噢，”父亲把手放在胸口，说：“这正是真正的音乐开始的时候，我在聆听我自己的歌。”

当时，我并不完全理解。随着岁月的流逝，父亲开始教我怎样聆听自己的特殊的歌。有一次，我们在科罗里达州的落矶山脉，观看着奔腾的水流冲击巨岩的边缘。“瀑布里有节奏。”他说，“你听得见吗？”对我来说，瀑布的声音以前听来总是一样的，但现在当我闭上眼睛仔细倾听时，我发现自己确实在奔腾的流水中感受到了波涛汹涌的精妙节奏。

“音乐蕴含在宇宙的万象中。”父亲说，“它在季节的变换间，在心脏的跳动中，在苦乐的循环里。不要忽略它，随它一起流动，让自己融汇进它的节奏里。”

此后的一天，我站在一艘海军军舰的甲板上，和担任舰医的父亲吻别。这是在第二次世界大战期间，我觉得很可怕。一星期来，我一直专注地端详着父亲的脸庞和手势，为的是，一旦父亲回不来，我能够回忆起他。

终于到了离船的时候了。霎时间，孩子的惊恐攫住了我，我用双臂紧紧地抱着他，不让他离去。“听！”他和蔼地说，“你能听见波浪中的音乐吗？”我屏息而听，果然，涛声中出现了跳动的节奏，顿时，我感到身上出现了一股坚强而可靠的力量。我松开了紧抱着父亲的双臂，毅然地跨过了跳板。

父亲顺利归来了。不久后的一天，我听到了自己生活中的音乐。那时，我在公立学校当听说治疗师。我很乐意帮助生活不便的孩子，有一个名叫莎莉•安的孩子的遭遇实在使我心疼。

莎莉•安是一个长着一头长长卷发的漂亮小姑娘，虽然她双耳没有完全失聪，但她的小学一年级却是在内布拉斯加州奥马哈的聋哑学校上的。现在，既然本地学校有了听说治疗师，她的父母就把她领了回来。对她来说，回家是多么激动啊！然而，几星期过去了，莎莉•安显然不能适应，她老是感到灰心。一段时间后，她失望了，不愿再努力听讲。她的父母开始考虑送她回奥马哈。

我很清楚，应该让莎莉•安把注意力集中到听讲上。我开始尝试用音乐帮助她，让她懂得听讲能给她带来欢乐。这种尝试果然收到了效果。

莎莉•安又回到了教室，虽然有时还会陷入灰心。有一天，我们俩正在听贝多芬的第五交响曲，我突然想起了父亲在日光室里的那段情景。

"莎莉•安，"我说，"我们来试试新方法。我把录音机关掉，但希望你继续认真听。"她显得困惑不解。"我希望你不仅用耳朵听，而且要用心听。一旦你发现了自己心中的音乐，无论你走到哪里，都可以听到它！"

每天，我们都要花上一段时间听音乐录音，然后关掉录音机，两人都把手放在胸口，聆听自己心中的歌。这很快成了她十分喜爱的奇境。每当我领她穿过大厅，或在操场上看到她时，她就会把手放在胸口，脸上焕发出异样的神采——我知道，她正在聆听发自内心的歌。

后来，莎莉•安的老师不解地问我："你究竟对她做了些什么工作？现在当我讲课时，她不再光看书桌，而是认真地看着我，而且能听懂指导了。你注意到了吗？她走路不再步履蹒跚，而是蹦蹦跳跳了！"

父亲教我的歌还帮助我度过了为人妻、为人母的困难时期。有一年12月的一个冰雪夜，我心急火燎地奔向医院的候诊室，我那17岁的儿子保罗此刻正在死亡线上挣扎。一场车祸夺去了他的女友的生命，也使他陷入了昏迷。

时间一小时一小时地过去，我的心情也越来越恐惧。我真想冲进夜幕里大哭一场。突然我想起了多年前的那一情景：狂风尖叫着透过卧室的窗子，声如鬼哭狼嚎，那时，父亲第一次教了我怎样倾听歌声。这美好的回忆使我再次镇定下来，凝神谛听。

起先，我只能听到候诊室的火炉发出的嗡嗡声，随后，这声音里出现了大提琴低沉的音调，在它后面又出现了微弱的短笛声。我坐下来，闭上眼睛，聆听这

“火炉大提琴”奏出的声音，驾驭着它一直驰骋到清晨。保罗终于幸存下来了，我的歌声也随他一起幸存下来了。

一天晚上，仅仅由于一个电话，我的音乐陡然沉寂了。一听到哥哥的声音，我立刻知道父亲去世了。突发的心脏病夺去了他的生命。我倒在床上，闭上了眼睛。

没有眼泪，眼前只是一片漆黑。我木然地躺了很久，一动也不动，只希望一觉醒来后发现自己做了一场噩梦。

然而父亲确实去了。我们站在他的坟前，为葬礼而搭的遮篷在二月的寒风中哗哗作响，我的感觉几乎麻木了。一连几个星期，我总是沉默地踱步。

一天晚上，我独自一人静坐在起居室里。冬天的寒风灌进烟囱，那肃穆的声音似乎是我的哀思的回向。突然，内心响起了一声呼唤：听！我忘掉了自我，很快安定下来。壁炉的燃烧声既不像口琴声，也不像竖琴声。不，那是一支音色丰富、珠圆玉润的长笛声。

立刻，我感到自己露出了笑容。我意识到，此刻，在九泉之下，一个苍老的、五音不全的灵魂也在倾听这天国的交响乐，如果地下有灵，他将终生倾听这音乐的回响。

我听着这笛子声，闭上眼睛，驾驭着它，一直驰骋到清晨。

我又回到了生活之中。

我又回到了生活之中。

可别这样结尾啊

我把一张纸和一支笔放在米尔斯病床边的桌子上。

“谢谢您。”他说。

米尔斯先生有一个女儿。我从医院的病人情况问讯处得到了她的住址及电话号码。

“珍妮·米尔斯小姐吗？我是苏·基德，医院的护士。我打电话是要谈你父亲的事儿。他患心脏病今晚住院了，而且……”

“哦，不！”她在电话中尖叫了声。“他不会死的，对吧？”这与其说是询问，还不如说是恳求。

“他现在的情况还好。”我说，并竭力使自己的声音听上去令人信服。

“你不能让他死，求求你，求求你！”她哀求道。

“他现在得到的是最好的护理。”我试着安慰她。

“可你不知道，”她解释道，“爸爸和我曾吵过一架，吵得非常厉害，差不多已有一年了。我……我从那时起就没见过他。我对他说的最后一句话是：‘我恨你。’”

她的声音变哑了，我听到她突然哭了起来，我静静地听着。一个父亲，一个女儿，就这样互相失去了对方，这时不由我想起了自己的父亲。

珍妮竭力控制自己的眼泪。

“我就来了，现在就来！30分钟之内。”她说着挂断了电话。

我努力想些别的事情，但我不能。712号房间，我觉得我必须回到712号房间去！我几乎是奔跑着穿过了大厅。

米尔斯先生一动也不动地躺着，似乎睡着了。我号了号他的脉，没有。

哦，上帝！我祈祷着，他的女儿就要来了，可别这样结尾啊！

门突然被撞开了，医生和护士冲进了屋子。一个医生开始对他做人工呼吸。我看着心脏监视器，没有一点反应，没有跳动一下。我们试了又试，可还是毫无反应。

一个护士关掉了监视器，他们一个接一个地走了，我站在他的床旁，像被打晕了似的。我怎么向他的女儿交代呢？

当我离开他房间的时候，我看见了她。一个刚离开712号房间的医生正站在那儿扶着她，对她说着什么。然后他走开了，让珍妮靠在墙上。我看到的那是一张怎样痛苦的脸，一双怎样受创伤的眼睛啊！

“珍妮，对不起。”我说。

“你知道，我从来没有恨过他，我爱他。”她说，“如果我能早来一会儿看他……”

我双手抱着她的肩，我们慢慢地沿着走廊走到712号房间去。她一下子推开了门，走到床前，把她的脸埋在床单里。

我不想看这一幕悲惨的永别。突然我看到床边桌上的一张纸，便拿起了它。

“我亲爱的珍妮，我原谅你，我恳求你也原谅我。我知道你爱我。我也爱你。爸爸。”

我的手在颤抖着，我忙把那纸条塞给珍妮，她读了一遍，又读一遍。她把那纸条紧紧地揣在胸前。

我踮着脚走出房门，奔到电话机前。我要打电话给父亲，对他说：“爸爸，我爱你。”

我要打电话给父亲，对他说：“爸爸，我爱你。”

无声的鼓励

威尔逊4岁那年，一向花天酒地的父亲向母亲提出了离婚。母亲带着他搬到了罗德镇定居。罗德镇尽头有一个大型的化工厂，工厂附近有许多美丽的樱桃树，威尔逊一眼就喜欢上了这里。

威尔逊在新的环境中生活得十分愉快。他喜欢拉琴，每天都要拿着心爱的小提琴来到院子里的樱桃树下演奏。

几年过去了，他的琴技日渐提高，悠扬的乐声是他们生活中最美妙的伴奏。

不幸还是再一次降临到了这对母子身上。化工厂发生了严重的毒气泄漏事故，距离化工厂最近的威尔逊家受到了严重的污染。威尔逊时常恶心、呕吐，最可怕的是他的听力开始逐渐下降，医生遗憾地表示威尔逊的听觉神经已严重损坏，仅保有极其微弱的听力。

母亲狠下心把威尔逊送到了聋哑学校，她知道要想让儿子早日从阴影里走出来，就必须尽快接受现实。医生提醒过，由于年纪小，威尔逊的语言能力会由于听力的丧失而日渐下降。因此，即使在家里，母亲也逼着威尔逊用手语和唇语跟她进行交流。在母亲的督促和带动下，威尔逊进步得很快，没多久就能跟聋哑学校的孩子们自如交流了。樱桃树下又出现了威尔逊歪着脑袋拉琴的小小身影。

看到儿子的变化，母亲很是欣慰。和以前一样，每次只要威尔逊开始在樱桃树下拉琴，她都会端坐在一边欣赏。不同的是，演奏结束后母亲不再是用语言去赞美，取而代之的是她也日渐熟练的手语和唇语以及甜美的微笑和热情的拥抱。

可威尔逊的听力太有限，他很想听清那些美妙的旋律，但他听到的只有很轻的嗡嗡声。威尔逊很沮丧，心情一天比一天坏。

看儿子如此痛苦，母亲不禁也伤心地流下泪来。一天，母亲用手语对威尔逊“说”道：“孩子，尽管你不能完全听清楚自己的琴声，但你可以用心去感觉啊！”

母亲的话深深印在了威尔逊心里，从此他更刻苦地练琴，因为他要用心去捕获最美的声音。为了让威尔逊的琴技更快地提高，母亲还想出了一个妙招——镇上没有专业教师，母亲就用录音机录下威尔逊的琴声，然后再乘火车找城里的专家进行评点，为了避免有所遗漏，她还麻烦专家把参考意见一条条地写下来，好让威尔逊看得清楚。

可威尔逊发现，只要自己演奏较长的乐曲，有时明明超过了50分钟，磁带早到了该翻面的时候，可母亲还看着自己一动不动。威尔逊提醒母亲，母亲忙说抱歉，笑称自己是听得太入迷了。后来，只要录音，母亲都会戴上手表提醒自己，再也没出现过任何疏漏。

樱桃树几度花开花落，在法国的一次少年乐器演奏比赛上，威尔逊以其精湛的技艺和昂扬的激情震撼了在场所有的评委，当之无愧地获得了金奖。而当人们得知他几乎失聪时，更是觉得他的成功不可思议，许多人把他称为音乐天才。更幸运的是，威尔逊的听力问题也受到了医学界的关注，经过巴黎多位知名专家的联合会诊，他们认为威尔逊的听觉神经没有完全萎缩，通过手术有恢复部分听力的可能。

手术很快实施了，术后的效果很理想，医生说再戴上人造耳蜗，威尔逊的听觉基本上就能与常人无异了。

那段时间，母亲一直陪伴在威尔逊身边，戴上耳蜗的这天，威尔逊表现得特别兴奋，他用手语告诉母亲："从现在起，我要学习用口说话，您也不必再用手语和唇语跟我交流了。"他甚至激动地拉起了小提琴，用结结巴巴的声音说："母亲，我能听见了，多么美的声音啊！"然后他又问道："母亲，您最喜欢哪首曲子，我现在就拉给您听好吗？"

但奇怪的是，母亲似乎根本没有听见他的话，她依然坐在那里含笑看着他，保持着沉默。威尔逊又结结巴巴地问："母亲，您怎么不说话啊？"这时，护士小姐走了过来，她告诉威尔逊，他的母亲早已完全失聪。威尔逊睁大了眼睛，直到这时，他才知道了真相：原来，在那次毒气泄漏事故中损坏了听觉神经的不只是他，还有他的母亲，只是为了不让威尔逊更加绝望，母亲才一直将这个痛苦的秘密隐藏到现在。母亲的绝大部分时间都是和威尔逊用手语和唇语交流。因为很少开口，如今都不怎么会说话了。威尔逊想起年少时对母亲的种种误解，不由得抱着母亲痛哭起来。

威尔逊和母亲回到了家中，初春时节，在开满粉红花瓣的樱桃树下，伴着柔柔的和风，威尔逊再次为母亲拉起了小提琴。他知道，母亲一定听得到自己的琴声，因为她是用心去感受儿子的爱和梦想。虽然他当年在母亲那儿得到的只是无声的鼓励，但这其实是一个伟大的母亲奉献给儿子的喝彩！

他当年在母亲那儿得到的只是无声的鼓励，但这其实是一个伟大的母亲奉献给儿子的喝彩！

母亲的抉择

那天，28岁的爱琳娜带着2岁的小儿子送6岁的女儿到学校去。因为是第一天开学，女儿科菲非常高兴。

这是一个绝对好的天气，树上的鸟儿也自由自在地唱着快乐的歌。学校是孩子们的天堂，但谁也不会想到，噩梦悄悄地来临了。可怕的人质绑架事件发生了，许多头套黑罩、只露出两只眼睛的武装分子冲进了学校。他们持着枪，举着刀，对准这些惊恐万分的孩子们。

时间一分一秒地走着，有些孩子被武装分子叫出去就再也没有回来。爱琳娜的身边是女儿，怀中有儿子，她不知道如何去面对，她甚至能够感觉到死亡的气息越来越近。

由于长时间的缺水，儿子用嘶哑的声音哭了起来。那个绑匪不耐烦了，手一指："你过来！"爱琳娜惊恐万分，但又毫无办法，她把儿子放下，又把儿子抱起来，要是把儿子单独留下，同样是死路一条。女儿科菲也没有留下，跟在了母亲的身后。

或许是那个绑匪心生怜悯，或许是绑匪要玩一场猫捉老鼠的游戏，他同意爱琳娜离开，但必须在儿子和女儿之间作一个选择，只能带一个走。

爱琳娜惊呆了，在两个孩子中二选一，这是每一位母亲都难以抉择的事情。她多么想让自己留下！——这是她一辈子中最痛苦的选择。

爱琳娜抱着儿子快步向外跑去，留下的是6岁的女儿科菲，女儿望着妈妈的背影拼命地哭喊："妈妈，别扔下我！"声音撕裂着爱琳娜的心，在即将走出学校的时候，爱琳娜又回头看了女儿一眼，心中说我还要回来。

果然，不到1个小时，爱琳娜不管外面人的劝阻，又回到了人质中间，她悄悄地给女儿带去了水，她说："我是母亲，我不能扔下另一个不管，我知道，如果我不回来，科菲一定会死，我站在她身边，哪怕是最危险的时刻，哪怕是绑匪用枪对着她，只要我在她面前，替她挡着子弹，总还有生的希望。"

如今，爱琳娜和儿子、女儿都健健康康。或许，谁都会猜测到在女儿科菲心中一定有个疑问：当初母亲为什么没有带她走？

我想，这个答案，她母亲早已用行动作了回答。在俄罗斯的历史上，也一定会记下"北奥塞梯人质事件"。这次惨无人性的绑架学生事件中，死亡的人数是332人，重伤是704人。其中，学生死亡有155名，重伤247名。然而6岁的科菲却安然无恙——这是母亲再次回来的结果！这是母亲陪她共同度过被绑架的53个小时的结果。

其实，对于一位母亲而言，在面对绑匪枪口的时候，心中又怎会有什么选择？

她心中唯一有的，就是爱！对儿女的无私的爱？

她心中唯一有的，就是爱！对儿女的无私的爱？

看不见的爱

麦迪去公园散步时，在公园的一片空地上，他看见一个10岁左右的男孩和一位妇女。那男孩正用一只做得很粗糙的弹弓打一只立在地上，离他有六七米远的玻璃瓶。

那男孩把弹丸打得忽高忽低，忽左忽右。麦迪还从没见过打得如此之差的孩子，便停下脚步，站在他身后不远处，看他打玻璃瓶。

旁边的妇女微笑着，安详地看着男孩。她从一堆石子中捡起一颗，轻轻递到小男孩手中，然后拍拍他的头，说："就差一点儿。"

那男孩便把石子放在皮套里，打出去。然后再接过一颗，从那妇女的眼神可以看出，她是那孩子的母亲。

那男孩很认真，屏住气，瞄很久，才打出一弹。但麦迪站在旁边都可以看出男孩这一弹一定打不中，可是他还在不停地打。

麦迪走上前去，对那母亲说："让我教他怎样打好吗？"

男孩停住了，但还是看着瓶子的方向。

男孩的母亲对麦迪笑了一笑。"谢谢，不用！"她顿了一下，望着那孩子，轻轻地说："他看不见。"

麦迪怔住了。

半晌，麦迪喃喃地说："噢……对不起！但为什么还要让他打呢？"

"别的孩子都这么玩儿。"

“呃……”麦迪说，“可是他……怎么能打中呢？”

“我告诉他，总会能打到的。”母亲平静地说，“关键是他做了没有。”

麦迪沉默了。

麦迪被这位母亲所折服，她展示的是一种伟大的母爱。

过了很久，那男孩的频率逐渐慢了下来，显然他已经累了。

男孩的母亲并没有说什么，还是很安详地捡着石子儿，微笑着，只是递的节奏也慢了下来。

麦迪发现，那男孩打得很有规律，他打一弹，向一边移一点，打一弹，再移一点，然后再慢慢移回来。

他只知道大致方向。

夜风轻轻袭来，蛐蛐在草丛中轻唱起来。天幕上已有了疏朗的星星。那由皮条发出的“噼啪”声和石子崩在地上的“砰砰”声仍在单调地重复着。对于那男孩来说，黑夜和白天并没有什么区别。

又过了很久，夜色笼罩下来，已看不清那瓶子的轮廓了。

“看来今天他打不中了。”麦迪想。犹豫了一下，对他们说声“再见”，便转身往回走去。

刚走出没多远，身后便传来一声清脆的瓶子的碎裂声。

她展示了伟大的母爱。

母亲墙，永远别绝望

有两个故事一直震撼着我这个做母亲的。

一个是杜拉斯讲的。地点是法国东部的一个小镇，时间是盛复的一个下午。一个住在高速铁路不远处废弃的车厢里的人家，因为长期拖欠水费，自来水公司便派人停了这户人家的水。独自在家的女人，守着两个分别是4岁和1岁半的孩子。整个下午，她无法给孩子洗澡，也没有水给孩子喝，直到太阳落山，做临时工的丈夫归来。不知道他们是怎样商量的，全家人离开居住的车厢，走向不远处的铁轨。然后，卧在铁轨上，最后一齐被轧死。杜拉斯想象道："为了让孩子们安静下来，说不定他们还唱着歌哄着孩子们入睡呢。"杜拉斯叙述得很平静，可是她又说："这真是一个令人震惊的故事。"

第二个故事是朋友讲的。一个10来岁的男孩，放学经过菜场时，没头没脑地抢了肉贩一块肉就跑。健壮的肉贩没费一点力气就抓住了男孩，夺回肉，抢过书包，扔下一句话："叫家里大人来。"天黑后，男孩跟在母亲身后来了。母亲一见肉贩就不停地说对不起。肉贩不依不饶。母亲的泪就掉下来了。她艰难地说："实在是我们没把孩子教好……可是，可是他已经大半年没吃过肉了。他以前不是坏孩子，就原谅他这一次吧？"肉贩竖着的眉头一下子就舒展开来。他拿起刀，割下一大块肉，然后弯腰从案板下拎出书包，双手递给悲伤的母亲。母亲木然地一并接过，说声"谢谢"，牵着孩子的手，蹒跚地走了。回到家里，母亲用这块肉做了一顿香喷喷的晚餐。久病的父亲还饮了半杯酒。后来，他们全家携手来到楼顶，纵身一跃……

我不是一个悲观的人，可是复述这两个故事，依然叫我哽咽。我常常想，支持我们在绝望中一次次活下去的理由，究竟是什么——平庸的人说是本能，善良的人说是责任，坚强的人说是信念；我则以为是自尊——不是为丧失了的自尊就是选择去死的自尊。我的自尊是为了不死，努力地活。哪怕水深火热！哪怕走投无路！妥协和绝望是人类的致命顽疾。而摧毁一个家庭的有力武器，是摧毁这个家庭母亲的意志。母亲不妥协，这个家就不会完；母亲不绝望，这个家就还有希望。假如父亲是梁的话，母亲就是墙。没有梁，房子不结实，没有墙，却难以成家。

母亲这堵墙塌了，一个家也就散了。

为人母的女人，可要好自为之啊！

父亲是梁的话，母亲就是墙。没有梁，房子不结实，没有墙，却难以成家。

不能流泪就微笑

在美国艾奥瓦州的一座山丘上，有一间不含任何合成材料、完全用自然物质搭建而成的房子。里面的人需要依靠人工灌注的氧气生存，并只能以传真与外界联络。

住在这间房子里的主人叫辛蒂。1985年，辛蒂还在医科大学念书，有一次，她到山上散步，带回一些蚜虫。她拿起杀虫剂为蚜虫去除化学污染，这时，她突然感觉到一阵痉挛，原以为那只是暂时性的症状，谁料到自己的后半生就从此变为一场噩梦。

这种杀虫剂内所含的某种化学物质使辛蒂的免疫系统遭到破坏，使她对香水、洗发水以及日常生活中接触的一切化学物质一律过敏，连空气也可能使她的支气管发炎。这种“多重化学物质过敏症”是一种奇怪的慢性病，到目前为止仍无药可医。

患病的前几年，辛蒂一直流口水，尿液变成绿色，有毒的汗水刺激背部形成了一块块疤痕。她甚至不能睡在经过防火处理的床垫上，否则就会引发心悸和四肢抽搐——辛蒂所承受的痛苦是令人难以想象的。1989年，她的丈夫吉姆用钢和玻璃为她盖了一所无毒房间，一个足以逃避所有威胁的“世外桃源”。辛蒂所有吃的、喝的都得经过选择与处理，她平时只能喝蒸馏水，食物中不能含有任何化学成分。

多年来，辛蒂没有见到过一棵花草，听不见一声悠扬的歌声，感觉不到阳光、流水和风的快慰。她躲在没有任何饰物的小屋里，饱尝孤独之苦。更可怕的是，无论怎样难受，她都不能哭泣，因为她的眼泪跟汗液一样也是有毒的物质。

坚强的辛蒂并没有在痛苦中自暴自弃，她一直在为自己，同时更为所有化学污染物的牺牲者争取权益。辛蒂生病后的第二年就创立了“环境接触研究网”，以便为那些致力于此类病症研究的人士提供一个窗口。1994年辛蒂又与另一组织合作,创建了“化学物质伤害资讯网”,保证人们免受威胁。目前这一资讯网已有来自32个国家的5000多名会员,不仅发行了刊物,还得到美国上议院、欧盟及隧合国的大力支持。

在最初的一段时间里,辛蒂每天都沉浸在痛苦之中,想哭却不敢哭。随着时间的推移,她渐渐改变了生活的态度,她说:“在这寂静的世界里,我感到委充实。因为我不能流汪,所以我选择了微笑。

因为我不能流汪,所以我选择了微笑。

爱的力量

制服一种绝症的妙药竟诞生在一位经济学家手中。

奥古斯特是世界银行的一位经济学家。当他惟一的儿子劳伦佐来到世上时,他和妻子的年龄已分别为45岁和39岁。这自然使他们爱子如命。1983秋,他们一家从摩罗群岛迁回华盛顿。劳伦佐学会了攀登和游泳,活泼可爱,这年他5岁。他跟父母学会了英、法、意3种语言,同时他还学会了欣赏音乐。

后来,不知什么原因,劳伦佐开始做起恶梦来,说话吐字也不清了,还时常发脾气;听力检查证明他比正常人低了50分贝。有一次他在学校去厕所时竟迷了路。经检查,他患了“肾上腺脑白质营养不良症”。这是一种不治之症,它逐渐破坏人的脑自质,使人变哑、变瞎和失去活动能力,最后影响呼吸,使人死去。一般情况,从发现到死亡,平均期约为两年。

一向坚强的奥古斯特夫妇方寸大乱。医生的诊断会不会错呢?他们决定研究这种病的所有资料。

奥古斯特来到国家健康研究所图书馆。他是学法律经济的，对于医学知之甚少，但为了儿子的生命，他还是要对这种病进行深入的研究。在这里他了解到，患这种病的人是因为体内甚长链式脂肪酸太高所致。饱和的脂肪酸沉积于人体细胞中，毁坏包裹神经纤维的物质髓磷脂。这是一种遗传较严重，被称为腺脑白质营养不良。

奥古斯特并不向文献论述投降，他说："我出生于一个从不承认世俗观的家庭，我们致力于研究这种疾病并不是由于我们有知识分子的好奇心和为了向医生显示什么，而是因为我们热爱我们的孩子，我们不想失去他。"

为了攻克这种疾病，奥古斯特夫妇恳请巴尔的摩肯尼迪残废儿童研究所作为"世界首届肾上腺脑白质营养不良症研讨会"的发起者，在巴尔的摩召开一个专家研讨会。他们并为此会支付了36000美元。在这次会议上，奥古斯特了解到，弗吉尼亚医学院人类遗传学和儿科副教授里佐在试管中曾利用油酸降低了甚长链式脂肪酸的水平。但专家们警告说，他用来搞试验的油酸有毒，人不能食用。这时，劳伦佐的病情更重了：听力已消失，视力衰竭，行走困难，几乎吃不了东西。他的母亲迈克拉怀抱着他，用小管喂他爱吃的东西。菲什曼医生断定，劳伦佐不会再活多久了。在打出40多个电话后，他们在俄亥俄州的一个公司终于找到了食用油酸。当第一瓶油酸运到后，迈克拉的妹妹迪尔德里自愿充当试服者。6个星期以后，劳伦佐体内的甚长链脂肪酸降低了近50%，但仍是正常人的两倍。医生们认为，劳伦佐定死无疑。而奥古斯特夫妇却发誓，为了救活他们的儿子，一定要做到能做的一切。

有一天夜晚读书时，奥古斯特从"动物试验更换食物"这一普通的事情中得到启发。他想，这油酸可以消除他体内剩余的脂肪酸。不久，他选定了一种叫芥酸的非饱和一价酸。1986年3月，英国克罗达通用有限公司同意立即赶制这种药品。当这种药空运到美国时，劳伦佐已被送入了急救室。

服用24天后，劳伦佐的甚长链式脂肪酸竟变得与正常儿童一样了，健康日益恢复！奥古斯特和迈克拉就这样用爱子之心换得回天之力，把众多专业人员困惑不解的这个医学上的七巧板拼凑成功了。

父母对子女的爱是最持久的、最无私的、最伟大和最神奇的。

无私地去爱

我父亲35岁时得肾衰去世了。终于有一天，母亲开始和其他男人约会。那些人不是穿着怪里怪气，有些神经质，就是油头粉面，身上古龙香水味扑鼻。他们当中很少有人能被请到我们在费城的家里来，更绝少能见到他们第二面。对于我和我的两个妹妹来说，他们只是我们取笑和捉弄的对象。

一次，我妈的约会男伴把太阳镜放在客厅里，去厨房喝柠檬水。我于是拿起它来玩，想试试镜架的硬度。结果，我把它摔得粉碎。

那人回来的时候，揣起碎片，转身就走了。后来，我妈对此事只字未提，她对我这个14岁的孩子心中怀有的“自然的恶意”很能理解，而我本人却并不觉悟。

几个月后，两个妹妹走进我的房间。“妈妈有了男朋友了。”大妹妹尖声说道。

“他什么样？”我问。

“他有一个大鼻子，”小妹妹说，“他的鼻子大得像一只香蕉，所以他姓勃那那(香蕉)。”

“那是他的外号，”大妹妹纠正说，“他还要来吃晚饭呢。”

还没有哪一个男人曾被邀请来吃过晚饭。我已经长大，很知道这其中的意味。我妈对这个阿尔·勃那那比别人要认真得多。

第二天晚上，一个长着棕黄头发、面容酷似罗马雕像的人，神态自若地站在我家客厅中央。他果真有一个大鼻子，我心中暗想。

“这是阿尔，”我妈向我们几个介绍道，“阿尔·斯伯拉。”

“我真名叫阿蒂里欧，”这人一上来就很坦率，“可人人都叫我阿尔，好朋友们喊我阿尔·勃那那。”他伸出了手，我笨拙地伸手握了一下，在他结了老茧的干力气活的大手里，我的手显得小巧玲珑。

“我们曾经见过面，” 阿尔说，“你那时候是个小小孩，” 躺在医院的氧气罩里。”

就在我快3岁的时候，我得了严重的喉炎，呼吸困难。他们不得不给我做了紧急的气管切开术。那一个星期里，我一直在死神周围徘徊。

“我是你父亲的一个朋友，”阿尔接下去说，“有一次我开车把他送到医院，并给你带去了一辆红色的玩具救火车。”

“我可不记得你。”我丝毫没有被打动。但我的确记得那辆救火车。它是铁制的，有4个橡胶轮子，可以在地上平稳地滑行很远。我当时非常爱那玩具车，有时候晚上要抱着它睡觉，到现在我仍能回忆起那冰凉的铁皮车厢贴在我脸颊上的感觉和那上面油膝的香味儿。

阿尔在那个春天和夏天来过我家几次。一年以后，他就不光是每晚都要来吃饭了，他和妈妈谈到了结婚的事。

我不能描绘阿尔代替我父亲坐在他的座位上的情景，因为那会让我暴跳如雷。我有一次对妹妹们说：“我永远也不会叫他爸爸。”

“妈妈说我们可以喊他爸爸。”小妹妹说。

“我也不会这么叫他。”我气鼓鼓地表示。叫阿尔“爸爸”太亲密了，现在根本没这回事，将来也不会。我父亲是个让人敬畏的人，而且时常发脾气，他在家里的权威性那么不容置疑，我到现在还能感觉到。

有很多年，我把阿尔只当作我妈的一个朋友，因为他总是吃晚饭时出现，10点以前就离开。在那段时间里，阿尔正在和他的妻子打离婚。当他最终可以和我妈结婚的时候，已经是1973年了。我快上大学去了，单独住在一所公寓里，阿尔正式成为我妈的第二任丈夫。

一个初夏的晚上，刚打完一场棒球，我回来时路过家门口，准备进去问个好。我走进前门的时候，听到里面传出弗兰克·辛那特拉的乐曲声，透过窗玻璃，我看见阿尔和妈妈正在厨房里跳慢步舞。我可从没见过妈妈和爸爸跳过舞，也从没见他们之间有什么亲昵的表示，所以我的记忆中没有什么画面可以和眼前的这情景相比较。直到一曲终了，我才迈步走了进去。

见到我，阿尔似乎很高兴。“新泽西有个干体力活的工作，每小时2. 25美元，”他指的是他工作的那个建筑工地，“如果你想干，明天和我一起去吧。”

我一直在寻找一个暑期打工的活，所以同意了。

第二天，他开车来接我去工地，下班以后，他又开车送我回家。路上，他问：“怎么样？”

“不错。”我说，其实，我是累得都不愿张嘴说话了，而且我也怀疑他对我的感受是否真的有兴趣。

那以后，他却没停止过“进攻”，我于是和他谈我干过的那些活儿，他就静静地听着。不久，他的问题范围就不仅限于工作了。当我开始严肃地和一个女孩子有了约会并想将来娶她为妻时，阿尔让我吃了一惊，他说:“你妈觉得她不错，和我谈谈她吧。”

我不知道他是真的了解这个女孩，还是出于关心我，但他的问题冲破了我心中的一道防线，我们的谈话变得开诚布公了。

阿尔开始了解到我最在乎什么，我呢，也知道了工作、运动和家庭是他生活中最重要的三件事。

他几乎大半生都住在离他出生和成长的那排房子仅几个街区远的地方，他的兄弟姐妹现在仍住在那里。对他来说，那个费城南部的工人居住区已经是很富裕宽敞了。终于有一天，他带着我们全家去了一趟费城南部，穿街过巷的时候，阿尔把我自豪地介绍给每一位朋友。

“你就没想到过住到另一个地方去吗？”“为什么要远离家乡呢？”他回答说。

到那个夏末的时候，阿尔开始让我在他干活时打下手了。一个月里，他总是抽一两个星期六出去干活，这能为我们俩都赚一点儿外快。我很少让他失望，这甚至一直持续到我大学毕业。

阿尔干活的时候，总是把工具箱放在他能够得到的地方，他也让我干一些简单的工作。他似乎很想让我通过听和看来学学他的手艺。我很快就能帮他列出原料清单以及摆出他干活所需的一系列工具。

吃午饭的时候，阿尔有时会带我去餐馆，在那儿他似乎认识每个人。一旦他和一桌老伙计坐在一起，就会对他们称赞我是“有着一双天才巧手的孩子”，他是这么说的。

有一个星期六早晨，我告诉阿尔，由于学校削减支出，我将被从图书馆解雇，不能再每天去做图书馆服务员了。我很灰心，“我连一个我不喜欢的工作都保不住，怎么能去干我自己喜欢的事呢？”

阿尔当时没做任何表态。事后，他对我说:“即使你得不到你想要的那份工作，你也照样能挣钱。别着急，什么事最终都能解决的。”后来，他告诉了我，那个勃那那的名字是怎么得来的。

他的父亲失业以后，开着小货车在费城的街上卖起了香蕉。他经常带着阿尔一起去，阿尔会捧着一串一串香蕉挨门挨户地卖，那里的人后来就成了阿尔的朋友，他们开始叫他阿尔·勃那那，这是他们家的那辆货车的名字。

“我父亲没挣到多少钱，他又找了一份新工作，然而我很怀念和他在一起的那段岁月。”

我这才意识到，对他来说让我和他一起工作这件事本身比让我听他讲生存的技能和如何挣钱要重要得多。阿尔很少有亲昵的表露，但他以他自己所知和惟一方式来做个慈父。他的父亲也是这样养育他的。从我还是个小孩子躺在医院的病床上及他送给我那辆救火车起，他就这样爱着我了。真的。

第二天上午，我突然发起烧来。阿尔到我的公寓来看我，并把我干活挣的工钱带给我。

“我让你妈给你熬点儿鸡汤，你还需要什么吗？我一起带给你。”

我不假思索地说：“带个红色救火车怎么样？”

阿尔看上去有点儿迷惑，但他马上笑着说：“当然。”当他把我的工资放在我的床头柜上时，我说：“谢谢……爸爸。”

几周以后，爸爸打来电话说准备去墓地给他父母扫墓，问我是否愿意一起去。他知道我父亲也埋在了那里，而且我从那次葬礼后再也没去看过他。但他没提过这事儿。

迟疑了一会儿，我同意了：“好吧。”走进墓地大门以后，他冲我轻轻点了一下头，就朝他父母的墓地走去。我瞧着他的背影走远了，才迟迟疑凝地去寻找父亲的墓地。

我最终发现了那墓碑，在它前面呆立了很久，盯着那白石头上面刻着的我的家姓。姓名下面是我父亲短暂的一生的简要生平。他的早逝带来的最可怕的后果是：我还不了解他，他是怎样一个人？他爱不爱我？

我一动不动地站在那儿，直到爸爸站到我身边，将一只手搭在我的肩膀上。

“你父亲是个好人，”他说，“他会为你做任何事。”这几句充满敬意的话把从父亲死后一直锁在我心头的疑云一扫而光。我哭了起来，他抚摩着我的背安慰我。

回家的路上，我们都没说话，我很感谢爸爸今天让我和他一起到墓地来。直到面对墓碑，我才知道曾经遗忘了多么重要的事——对父亲的怀念。爸爸以和我一同扫墓的方式告诉我，在我心中应该同时有着他们两个。

1994年夏季的一天，爸爸醒来时突然感到腰部剧痛。×光透视显示是肺部肿瘤。后来又诊断出爸爸的癌细胞已扩散到骨髓，这对我们全家来说犹如五雷轰顶。他这辈子还没得过什么大病呢。

爸爸却没有显出痛苦的神色。面对那一次次的检查、不祥的报告和放射治疗，他从没丧失过信心：医生一定能治好他，上帝也会帮助他的。在我见他的最后一面时，看见他插着输氧管，但脸上还努力地微笑着，说："别担心，任何事最终都会得到解决的，会有办法的。"

那天，我一直紧紧握着他的手，无能为力地看着他的生命一点点消失。我想象着我小时候，他站在我医院的小床边的情景，很想知道他和我父亲透过那塑料的氧气罩看着我的时候是不是也说了同样的话。那时，他是否依稀通过我看到了他的未来？我不知道，但他成了我的爸爸，这也是命中注定吧。

我们不得不离开医院了，我对他说："我爱你，爸爸。"

他从吗啡引发的意识模糊中抬起头看着我，微微点点头，握紧了我的手，他又微微笑了一下。他听懂了。

"回头见，爸爸。"我说，"明天见。"我转身走进了秋天的暮霭中，热泪盈眶。

爸爸第二天在沉睡中去世了。听到这消息，我几乎昏了过去，我不能想象，再也听不到他的声音，再也不能把工具放到他的大手里了。

葬礼过去几个星期了，我到妈妈的地下室去拿一只扳手，想给洗衣机换一个漏水的旋塞。我打开工具箱找到了扳手，但没有用手拿着，而是把它紧紧地搂在胸前。我再次被悲伤笼罩了，浑身战栗，不能自已，闭上双眼，眼前又浮现出爸爸和我在一起做的每一件事，那一刻我才意识到它们对我有多么重要的意义，我多么感激和怀念爸爸和我在一起度过的时光啊。

妈妈拿着一篮要洗的衣服走下楼梯，看见我手里攥着扳手，站在那里一动不动。

"为什么不把工具拿回家去？"她说，"如果爸爸知道你在用它们而不是搁在这儿积灰尘，他会很高兴的。""我会的。"它们身上还留着爸爸的气息，我愿意天天和它们在一起。"爸爸是个好人，妈妈，我很高兴你能嫁给他。"

那是我第一次承认爸爸在妈妈生活中的地位。我一直不知道她等这话等了好多年。我们在那些工具旁边拥抱在一起。

我把爸爸的工具带回家去了，而且要将它们珍藏到我生命的终结。但我更珍视的是爸爸教给我的那些话——无私地去爱，原谅生活给你带来的创伤，那时你的心胸才能开阔宽广。

无私地去爱，原谅生活给你带来的创伤，那时你的心胸才能开阔宽广。

世上最深沉的爱

有一个朋友，经常不修边幅，加上浓密的八字胡，总给人一种粗放莽汉的感觉。那天，一帮朋友聚会，聊着聊着就聊起各自的母亲，这个西北大汉居然细腻、温柔起来。他娓娓地讲述着母亲生前关爱他的一些小事，听者无不为之动容……

夜深了，下了整整两天的梅雨还在淅淅沥沥地敲打着楼外的玻璃窗，发出"吧吧答答"的响声，母亲从我的记忆深处轻轻地走出她的小房，走到房门口的鞋架前，弯下腰来……

随着职务的不断提升，不仅手头的工作多了，应酬也多了，我回家就再无规律。妻子渐渐习惯了我的忙碌，每每回家太晚，抱怨几句便不再理睬我。一次深夜回家，看到母亲在她的房门口，显然是在等我。我带点责备地说她："娘，不用惦记我，我没事的，您都这么大年纪了，该多休息。"我母亲结结巴巴地说："娘知道，娘担心你……"

从那以后，再没看到母亲等在房门口。

母亲只有我这么个独子，因为父亲早亡，我结婚后，母亲便跟着我和妻子同住。小学还没毕业的母亲，始终牵挂着我，爱着我，却最大限度地给我飞翔的自由。

这一天，我深夜才到家，屋里传来的清脆的钟声——是客厅墙上老式挂钟报时的声音。抬手看看表，12点整。"他们应该都睡了吧。"我想着，轻手轻脚开门关门，换鞋进房间……

第二天吃早点时，母亲突然对我说："你昨天晚上怎么回来那么晚？都12点了吧？这样不好……"我突然楞住了，不知道母亲会这么清楚。我一边往母亲碗里夹菜，一边敷衍道："娘，我知道了。"

此后每次回去晚了，第二天母亲总是能准确说出我回家的时间，但不再多说什么。我知道——母亲是在提醒我别回家太晚，提醒我不要对家太疏淡。而我心头的疑问越来越大：每次晚归，母亲怎么会知道的呢？

母亲在她43岁那年，因为一场意外，双目失明，此后就一直生活在无光的世界。那晚，我又是临近12点才回到家中。因为酒喝多了，就没有直接回房间睡觉，悄悄去了阳台，想吹吹风，清醒一下。站了一会儿，大厅传来了报时的钟声，12下，清脆而有节奏，我开始轻轻地走回房间。

刚到门口，我呆住了，月光下，母亲正俯身在鞋架前，摸索着鞋架上的一双双鞋——她拿起一双在鼻子前闻一闻，然后放回去，再拿起一双……直到闻到我的鞋后，才放好鞋，直起身，转回她的房间。原来，母亲每天都在等待我的回来，为了不影响我和妻子，她总凭借鞋架上有没有我的鞋来判断我是否回到家中，总是数着挂钟的钟声来确定时间。而她判断我的鞋子的方法竟然是依靠鼻子来闻。我的泪水悄然滑出我的眼眶。我已经习惯以事业忙碌为借口疏淡了对母亲的关心，但母亲却像从前一样牵挂着我……

从那以后，我努力拒绝一些不必要的应酬，总是尽量早回家。因为我知道，家中有母亲在牵挂着我。

母亲是63岁那年病逝的。她去世后，我依然保持早回家的习惯。我总感觉，那清朗的月光是母亲留下来的目光，每夜都在凝视着我。

又在深夜，下了整整两天的梅雨还在淅淅沥沥地敲打着楼外的玻璃窗，发出"吧吧答答"的响声，母亲从我的记忆深处轻轻地走出她的小房，走到房门口的鞋架前，弯下腰来……我知道，母亲是在查看鞋子，是在看我有没有回到家。

那清朗的月光是母亲留下来的目光，每夜都在凝视着我。

幸福是一种心态

衡量一个人是否幸福，我们不应看他拥有多少高兴的事，而应看他是否正为一些小事烦恼着。只有幸福的人，才会把不关痛痒的事挂在心上，才会对鸡毛蒜皮的小事有感觉；那些正经历着大灾大难的人，是无暇顾及这些小事的。

梦中之屋和我的宠儿

在华盛顿的斯波凯恩，有一块松林和溪流环抱的地皮。一发现这个地方，我和妻子乔尹就觉得这是建造我们梦中之屋的理想之地。

然而，这块地皮出价很高，远远超过了我这个哲学教授的支付能力。于是我开始白天在学校兼课，晚上到别处去赚外快。终于，我们买下了这块地皮。有几次，我把小儿子索伦背在背袋里，带着他到我们未来的住处散步。

接着那个令人神往的夏天到来了。我开始帮承包人建造我们的房子。挑选建材时，我总是说："要最好的，我们打算在这儿过一辈子了。"这期间，我的脑子很少跟家人们完全呆在一起，而是不停地盘算着日趋上升的建房花费。

终于，我们实现了四年来的愿望。乔迁那天，我感到无比的自豪和满足。

可仅仅一个星期之后，由于卖不掉原来的房子我们就不得不搬出新居。

乔尹说："弗罗斯特，我们没法拥有这所房屋了，还是把它卖掉吧。"

内心深处，我明白她是对的。精美的布置，出色的设计，这都意味着新房子比旧房子更容易卖掉。我勉强同意了，但失望的心情让我很长时间郁郁寡欢。尽管我在宗教和哲学方面所做的研究应该教会我什么是真正重要的事情，这也是我要求我的学生们了解的，可是，我仍然情绪低落。

第二年的四月份，我们一家随同我的岳父岳母到加州度假。一天，我们搭乘汽车去圣·朱安·凯匹斯特莱诺传教区游玩。

四个大人轮换着带孩子们喂鸽子，参观卖纪念品的商店以及在修剪一新的草地上嬉戏。临上车时，我发现乔尹和别的孩子及两个老人在一起，但不见索伦。

"索伦呢？"我问。

"不是跟你在一起吗？"

一阵恐怖袭上心头，我们意识到已有将近20分钟没见到他了。小索伦才22个月，可他好动。天哪，但愿他现在正在哪个地方，安然无恙！

我们立即分头在这个5公顷大的传教区奔跑寻找。每遇上一个人，我就问："你看见过这么高的一个小男孩了吗？"我跑遍了后花园、房前屋后、商店内外。我开始害怕了。

突然，我听到乔尹一声尖叫："不！"只见索伦四肢摊开躺在喷水池的边上。

他浑身肿胀，气息奄奄。这情景像一块烧红的烙铁，灼烫着我的心。此刻，我感到生活再也无法跟以前一样了。

一个妇女抱着索伦的头给他做口对口人工呼吸，一个男子在按压他的胸部。"他会没事吗？"我叫道，我害怕知道真相。

"我们在尽力抢救。"那妇女说。乔尹瘫倒在地上，一遍遍地说："怎么会这样？"

不到一分钟，救护人员赶到了，给索伦装上了救生用具，并把他送往医院。

一个医疗小组开始对他施行手术，主刀的是一个"近期溺水"方面的专家。

"他怎么样了？"我不停地问。

"还活着，"其中一个护士说，"可很危险，要看接下去的24小时了。"她善意地看着我，又说："即使救活了，脑子也可能留下严重的后遗症，您必须做好思想准备。"

我怎么也不会想到在西部医疗中心急救室见到的儿子会是这副样子：他身上接了数不清的管子，赤裸的身躯显得特别小；他的头顶旋进了一个血压探测仪，顶端有一个蝶形螺母；一盏闪烁的红灯连接在他的手指上。他看上去像个外星人。最初24小时，索伦挺过来，接下去的48个小时，我们一直守护在他的身边。他的体温超过了105华氏度，我们给他唱他最喜欢的催眠曲，希望给昏迷中的他带去抚慰。

"你们俩该休息一会儿了。"我们的医生坚持说。于是，我和乔尹开车出去兜兜风，一路说着话。

"除了索伦的事以外，还有另外一件事搅得我心神不宁，"我告诉她，"听说在遭受这样的不幸之后，可能会导致有的夫妇分手。我可不能失去你。"

"不管发生什么，"她说，"都不会拆散我们。我们对索伦的爱源自我们相互的爱。"

我要听的正是这话。于是我们又哭又笑地追忆着逝去的时光，诉说自己是如何挚爱我们顽皮的儿子。

"你可相信在过去的几个月里我一直对失去那幢房子耿耿于怀？"我说，"可要是我们回到家里看见的只是空荡荡的卧房，新房子又有什么用处呢？"

尽管索伦还在昏迷之中，这些谈话仍给我们带来了一丝宁静。那些天，我们不断得到来自亲友和陌生人的安慰，感觉到他们的祈祷产生的力量。

接下去的几天，有四个人来探望索伦。首先来的是发现索伦溺水的那个传教区的巡回医生。"那天我一大早就来了。我站在喷水池边，突然有一种强烈的预感，"他说，"那是因为我看见了索伦穿着的网球鞋的鞋底露在水面上。此后，我便是凭着天性和所接受的训练行事了。"

不久，给索伦做口对口人工呼吸的那位妇女来了。"我受过救护训练，"她告诉我们，"刚见到他时，脉搏已经找不到了。但后颈微弱的颤动告诉我他还在努力呼吸。"

我不禁打了个冷战。如果发现索伦的人缺少医务知识，如果他们很快就放弃了抢救，情况会是怎么个样子啊！

接着，两位救护人员也来了。他们说，平时他们驻守在离传教区10多分钟路程以外的地方，那天正好到离传教区一个街区的地方办点事，就在那时，接到了求救电话。

我们记得医生说过，索伦存活全在于得到及时正确的抢救。因此，他们所讲述的一切使我们深为感动。

第三天，电话铃叫醒了我，"快起来，"乔尹叫道，"索伦醒了！"我到的时候只见他慢慢地蠕动着身躯，揉着眼睛。几小时后，他恢复了知觉。可他还会是那个曾经带给我们家庭无限快乐的小男孩子吗？

几天后，乔尹怀抱索伦坐在那里，我手里拿着一个球。他试图去抓那个球，口里叫着："球！"我几乎不能相信！接着他指指一杯苏打水。我插上吸管给他，他开始对着水吹泡泡。他笑了——虚弱无力的笑，然而这的确是我们的索伦！我们又是哭又是笑，医生和护士们也是一样的激动。

几个星期后，索伦就在家里到处乱跑了，还像往常一样，边拍球边喋喋不休。他那种无法无天的调皮劲儿，使我们感到生活馈赠给了我们一个奇迹。

几乎失去索伦的这番经历，使我重新考虑我这个父亲在家庭中应起的作用。其实真正重要的并不是我能否为孩子们提供一个理想的居室，一个完美的游戏房，甚或是树林和溪流。他们需要的是我这个人。

最近，我又开车回到我的梦中之屋，灿烂的阳光正透过那52扇窗户照射进来，的确，这是个美妙的场所，但我再也不会自寻烦恼了。

我再也不会自寻烦恼了。

把你所有的给他

1995年，我正经历离婚的不幸而伤心欲绝，我的生命陷入绝望空虚的恶性循环中，每天都无心做任何事，而且一直陷在自怨自怜的情绪中。心疼我的家人和朋友建议我出去找份工作好分散心思，将自己从伤心中拉出来。在他们的苦苦劝说下，我想或许搬到外面住会对我有帮助。

我在城里租了一间小公寓，对面正好是一间咖啡店，每天早上，我都带着一脸忧郁过街去买早餐，而咖啡店里的服务生都会报以和善的微笑，那位女服务生似乎每天早晨都希望尽可能让我觉得心情好一些。有一天早上，我一如往常到店里买早餐时，她告诉我说，她们店里正要聘一位服务生且问我有没奄兴趣过来上班。

我有当服务生的经验，但已经是很多年前的事了，但是想想如果可以借由忙碌的工作忘记忧伤，何尝不是好事。而且我的财务状况也亮起红灯，我确实需要一份工作支撑生活所需。所以，我当场就答应那位女服务生，并且隔天就报到。

咖啡店采取两班制轮班，生意也不是很好，所以客人和小费很少。有一天下午，有位医生和另一位长得很帅的男人到店里喝咖啡，我上前迎接他们并送上干净的纸巾与银餐具，然后问他们需要点些什么。没想到他说："我只需要一杯水，可以吗？"

我回答："当然可以，先生。"并倒一大杯水给他，他回报我一个开心的微笑。

刚开始有几天，我并不知道如何去结账，因为我拿到的小费微薄得可怜，但是我好希望今天能忙一点，因为我需要一笔钱用。然而，当那位男士在下午五点进店前，我那一整天只赚到3. 25美金的小费，根本不够用。

那位男士走进店里，和我谈起有关他的事，他说他刚刚丢掉工作且无处可住。现在，他已无家可归索性住在货车内。

我问他："那你怎么洗澡？"

"我总有一两位朋友可帮忙。"他回答。

"遇到这么多的事，你怎么还能一直保持微笑呢？"我好奇地问他。

他回答说："我当然可以因此愁眉苦脸，但是那样只会让我更消沉。"

我为他倒上一杯咖啡，但他制止我说："谢谢你，不用了，因为我无法付咖啡钱。"我要他放心，由我请客。

而当我转身走开时，我突然听到我的脑袋里传来微弱的声音："把你所有的都给他！"我当场愣住了。我心想，那句话是什么意思？我很需要我身上的钱啊！可是那个声音越来越清晰，我的感受也越来越强烈。因此，我当下便决定拿出皮包内的两美元，加上我口袋内的3. 25美元，把它们用纸巾包起来，并走回那位男士坐的地方，把包着钱的纸巾放在他的咖啡杯旁边，并祝他"一切顺心"。

没想到，那位男士离开后，店里的客人竟川流不息，而且小费从四面八方涌进来，直到那天晚上打烊后，我已经有满满一个咖啡杯的小费了。我回到公寓，坐在地板上把咖啡杯里的钱倒出来结算。没想到下午五点前，我只赚到3. 25美元的小费，而现在——晚上11点半，我结算小费的总数竟有63.5美元之多。

那一天的奇遇，对我产生了关键的影响，我怎么能放任自己因为失去爱就每天过得恍恍惚惚？我怎么没有想到还有更多的人、更多的爱值得我们去追寻？慢慢地，我越来越少哭，因为我知道我并不是全天下最可悲的人。那件事发生距今已经九年，我明白了生命可以活得很美好。我更懂得了珍惜。

生命可以活得更美好。

终生教训

不论命运眷顾你还是作贱你，你生来就是为了胜利。

我去阿尔卑斯山里探望姑母海尔嘉的那个夏天，刚满十岁。我在瑞士北部我的家乡巴塞尔登上火车，坐在靠窗的座位上欣赏掠过的风景。没多久，火车已到了深山，向上攀行。瀑布从高耸入云的悬崖奔腾而下，山羊遍野。最后，火车到达姑母住的狄森蒂斯村，村庄四周尽是覆雪的山峰。

离开家人到陌生地方做客很新奇刺激，不过有时我也觉得寂寞，这时候我就会走到海尔嘉姑母家附近那条寒冽、浪花翻滚的小溪去解闷。

一天早上，我拾了些木材，钉成水轮。水轮的叶片用薄板造成，钉在木杆的两端削了一条圆形凹槽，那样木杆就能稳承在两根树枝的丫叉上自由转动。

我把水轮装在一处沙底水道的尽头，溪水就在那里落下浅潭。但是水流的速度令我伤透脑筋，不是太急把水轮冲到下游，就是太慢推不动水轮。

就在那时候，我注意到站在岩石上目不转睛地看着我的修士。他的出现使我吃了一惊。不过看到他的黑僧服和剃光的头顶，我也没有感到太意外。在乡村里常常都会碰到修士，离小溪水不远就矗立着狄森蒂斯修道院，那是瑞士最古老的本笃会修道院。

我当时是个自负的孩子，一心要让这陌生人见识一下聪明城市孩子的本领。我继续用冻的手指装置水轮，但是水轮却坍塌了一次又一次。最后，修士爬下山坡走到水道旁边，蹲下来踏进溪流。他非常有耐性地用细沙和卵石筑起一道防堤，然后把水轮插进小溪里。

但是小机器还是不听话。他皱皱眉头，伸手探进僧服衣内的袋里摸索，掏出一把有闪亮蓝柄的小刀。它似乎是我有生以来见过的最奇妙工具。

修士的眼睛闪烁着光芒，打开摺刀，削宽了轮轴上的凹槽，并且把它修平滑，然后他把水轮装在支架上。水轮终于转动了，浸在倾泻而下的小溪里，溅着水花，愉快地发出咔哒的声响，一板一眼的像个节拍器。

爬出小溪后，我跟修士握手，又像个小学生那样向他鞠躬，谢谢他帮忙。

“别客气，”他答道，“你叫什么名字？”

我告诉了他，又请教他贵姓名。

“毕阿图斯神父。”他回答。

我们闲聊着，大谈水轮。接着他邀请我去他的家狄森蒂斯修道院看看。这可真够新奇刺激。对一个信奉新教的男孩来说，天主教修道院使他联想到戴兜帽的修士、阴暗的走廊和冷冰冰的斗室。而尤其令我想象到的是静寂，深沉的静寂——一想到这，就能把一个活泼的十岁男孩闷死。

可是这个人很友善，又能像木匠那样削木头、像工程师那般筑坝，跟他在一起我觉得很自在安心，因此我接受了邀请。

我对四十年前那个上午所看到的一切，记不得多少。只记得我们穿过一道高大木门进入修道院，然后穿越大鹅卵石铺的院子。左边是教堂，一幢有两个高耸尖塔的雄伟建筑；正前方是宿舍，庞大、坚固、静寂。我们爬上宽阔的花岗石楼梯。石阶经过许多世代修士的践踏已经磨损，而且擦得几乎成了白色。光从走廊一边的古老窗子射进来，走廊的另一边是一排排的房门，门后似乎藏着重大的秘密。

最后，我们来到毕阿图斯神父的居室。他打开房门，我看到的令我很惊讶。阳光射进有瓷砖壁炉的大房间。书架高达天花板，狭窄的床上铺着一条被子。能令我记起这是修道院的，就只有装了十字架的祈祷壁龛和香炉散出的芬芳。

不过，还有一件事——一件奇怪得令我张口结舌的事。毕阿图斯神父有两架钢琴，不是一架。“我爱音乐，”他解释，“但大部分时间我们都要保持安静，因此，我装了这个特殊的乐器。”

他走到其中一个键盘前面。“这个是电动的。我可以把音量调低，然后尽情练习。”说完就坐下弹奏起来。琴声只勉强可闻，也许就是因为这样，听来好像远方的天使在合唱。

下午时分，钟声召唤毕阿图斯神父去做他的分内事。他答应晨间散步时来找我，那个夏天我们成了莫逆之交。他告诉我他是学者，专门研究语言。他的专长是罗曼什语，那是德语、法语和意语以外在瑞士通行的第四种语言。他常常挑灯夜读，钻研古籍，找寻这种语言的蛛丝马迹。保存罗曼什语就是他终身的工作。

不过他最爱的还是音乐。他提及的事之中，最奇妙的是一项计划，能把他这两种兴趣结合在一起：他已经重新编就一台拉丁语弥撒，唱诗部分则用罗曼什语。两个星期内弥撒就会在修道院的小教堂里举行。他问我是否愿意参加?

我说要问过姑母。她非常兴奋，于是我们就穿了最好的衣服去参加弥撒。

仪式的华丽场面最受人注目。教区主教亲临修道院主持弥撒，参加仪式的还有穿了彩色法衣的教士和辅祭。他们在祭坛附近聚成夺目的画面，高唱毕阿图斯神父抢救下来的古代赞美诗。

我照着他预先给我、附有德译歌词的打字曲谱跟着唱。

那个夏天，我们最后一次山间散步时，我问修士他名字的意义。他解释，他是领受了神职的教士，所以叫“神父”，而“毕阿图斯”是拉丁文，意即“快乐”。我想，对这样一位宁静恬淡的人，这个名字取得再好也没有了。

临别时，他给了我那把我曾经羡慕不已的蓝柄小刀做礼物。我把它深藏在裤袋里，然后朝我们初次相遇的小溪跑去。此后我再没有看到过毕阿图斯神父。

回到家，我把小刀珍如拱璧。不过任何东西都很难永保不失，尤其是在一个男孩的口袋里。一时粗心大意，就失去了把我和那位特殊朋友联系在一起的唯一东西。

我到多年以后才领悟到毕阿图斯神父给了我一份更重要的礼物，就是一个终生难忘的教训。这教训可见之于他装简陋水轮时的耐心、他对修道院规则深明大义的服从，他只是随遇而安，尽量做到最好。他既不顽抗无法预测的现实，也没有被它们击败。他的天才在于顺应当时情势。

从那架电动钢琴可见到毕阿图斯神父随机应变的能力。他一方面接受修道院的清规戒律，又设法使这些规律不影响他达到目标。正像水轮在混乱中得到秩序一样，毕阿图斯神父在静寂之海中得到了音乐。

连他的名字也包含着这种人生观，它反映出他是经过深思熟虑然后选择快乐的。凭他四十多年前那个夏天所说所做的一切，毕阿图斯神父使我明白到，我们是自己命运的建筑师，我们要幸福，最终还是要靠自己。

我们要幸福，最终还要靠自己。

写下你的历史

写日记，把往事赠给未来。

那天晚上时间似乎过得很慢，我手里的神秘故事书越看越乏味。妻子蓓蒂好像也觉得厌烦，编织一会儿就停了下来。随后她走到书架前，看看最底层那长长一排装订简陋的书。

“想不想知道五年前的今天我们在做什么？”她打开手里的书翻看，“我们正在度假，在缅因州住了两星期。”

真的？我忘了。

“那天天气真好，”蓓蒂说。她微笑坐下，回想当日的情景。

是的，我记起来了。我们坐在俯临海港水面的长凳上，泊在岸边的渔船，随波起伏，一艘渔船出来了，系在船坞内，我们朝船里望去，只见渔夫脚下有一只大篮子，装了半篮龙虾。海鸥在空中盘旋，又猝然下降。蔚蓝的天空，点缀着棉絮似的朵朵浮云。

蓓蒂翻到下一页。“第二天我们坐船游览，记得吗？”

“记得很清楚，”我说，“我还记得我到深海去钓鱼那天。我们出海一整天，我钓到两条鳘鱼。”

黄昏不再沉闷。蓓蒂的日记使那可爱假期的每一天又都重现脑际。我们差不多每三四个月就拿日记来看看，重温已经淡忘的快乐往事。

她合上日记，从书架底层又取出另一本来，她25年来的日记都放在那里。

记的是我们25年的共同生活。较旧的日记都用盒子盛着，放在地窖里。

“20年前，”她说，“听着，米高读暑期班，因为他英文不及格。他几乎每一科分数都很低。他带功课回家，结果只对着书做白日梦。”

可是岁月如流，人生多变。米高现已结婚，有了两个孩子。他是个教师，有硕士学位，还有其他学术成就。他母亲和我以前都为他成绩不好担忧，还怕他将来事业难成。日记能助我们深刻了解事物，平衡偏差点；日记能教我们少烦躁，别匆匆经过花园，应稍停脚步，欣赏玫瑰的芬芳。

一阵翻书页的声音。“嘉露10岁的生日会上，有14个孩子参加，都是女孩，”蓓蒂念道，“她们傻笑、尖叫、低声说秘密。一个女孩打翻了冰淇淋，弄脏了衣裙。”

现在嘉露已是成年妇人，有自己的生活和责任。

我们坐下来回想，这就是日记的力量。发人深省，记起过往的日子。

要是你记日记，你会发现你的日常生活有微妙而有趣的蜕变。你会像记者一样，能注意得到每日发生的许多小事。春天第一只知更鸟是什么时候回来的？今年什么时候最后一次霜打坏了你满怀希望撒下的花种，我上次加薪又是什么时候(似乎已经好几年了)？攒钱出国观光那一次是怎么玩的？这都是值得记忆的日子，不应忘掉的日子。

日记是你一生经历的史志，可以是写来给家人阅读和消遣的，也可以是记载私下里最秘密的渴望和抱负的。尚未写的空页将是你最和善最乐意听你倾诉的好友，等着你说要说的话，然后由你收起，锁上，始终默不作声。

蓓蒂的日记载有食谱、生日、结婚纪念日，也记下了那百感交集，在残阳照耀中执手相看，泪眼模糊的情节。

蓓蒂的日记里还藏着一本书，这本书已出版了。我们有一艘帆船，事实上，我们先后有过四艘不同的船。我从她的日记里把航行故事用纸笔记下来，为的是要使我们后代儿孙还能知道我们生活中那片段详情。这是一件极有趣的事，每当晚上在家空闲时，蓓蒂和我就一同阅读有关航行的记载。我们读那些描述，谈那些往事，然后我再把故事写下来，共写了8.5万字。有位出版商看见了，就把它拿去出版。

日记能使我们正确地观察事物。几年前蓓蒂在日记里写：“我们为账单发愁，夜不成寐，房租、电费、牙医、保险……哪里去找钱？”当时真到了穷途末路。

我们看这些字句，回顾那段坎坷的日子，却记不起钱是怎样筹措的，但不论怎样，我们筹到了。如今看这几页日记，我们明白了事情通常不像表面看起来那样糟，每24小时太阳会再升起一次。

不知多少次我们听人说：“我家庭的历史，我的一生，都可以写成一本书！”假如你是这么个人，为什么不立刻着手写？记忆是很薄弱而短暂的。

90年前，我父亲从爱尔兰乘船移民到美国，船走了三个月才到，途中屡遇风险。父亲记忆犹新时，我年纪还小，不懂得问他。后来我年龄渐长，开始好奇，便问他为什么要三个月才渡过大西洋。他只记得浪卷走了舵，风扯碎了帆，有好几个人丧生。事隔多年，他连到达纽约时的心情都记不起来了。“我想我很害怕，”他说，“我想我很紧张，我忘了。”要是父亲写日记，多好！

蓓蒂的祖父完全不同。他在美国内战时曾参加北军。我们保存着他1864至1865年的日记。他在1865年4月16日写下：“今天星期日，我奉命站岗，但并无固定岗位。恰接报告，获悉林肯总统遇刺身亡。如消息属实，万分悲痛。”这是历史，历史就在我们手里，虽然字迹褪了色，却仍然很清楚。

任何人的生命都在无情的岁月中度过。伟大人物的一生记下来留给后人看，可是你的一生，我的一生又怎样？我们在地球上的时间和空间里度过一生，难道不应该留下记录？我们的后代都想知道我们从什么地方来，借此知道他们从什么地方来。日记可能成为未来的无价遗产。

把往事赠给未来。

小提琴的力量

每天黄昏的时候，我都会带着小提琴去尤莉金斯湖畔的公园散步，然后在夕阳中拉一曲《圣母颂》，或者是在迷蒙的暮霭里奏响《麦绮斯冥想曲》，我喜欢在那悠扬婉转的旋律中编织自己美丽的梦想。小提琴让我忘掉世俗的烦恼，把我带入一种田园诗般纯净恬淡的生活中去。

那天中午，我驾车回到离尤莉金斯湖不远的花园别墅。刚刚进客厅门，我就听见楼上的卧室里有轻微的响声，那种响声我太熟悉了，是我那把阿马提小提琴发出的声音。“有小偷！”我一个箭步冲上楼，果然不出我所料，一个大约12岁的少年正在那里抚摸我的小提琴。那个少年头发蓬乱，脸庞瘦削，不合身的外套鼓鼓囊囊，里面好像塞了某些东西。我一眼瞥见自己放在床头的一双新皮鞋失踪了，看来他是个贼无疑。我用结实的身躯堵住了少年逃跑的路，这时，我看见他的眼里充满了惶恐、胆怯和绝望。就在刹那间我突然想起了记忆中那块青色的墓碑，我愤怒的表情顿时被微笑所代替，我问道：“你是拉姆斯敦先生的外甥鲁本吗？我是他的管家，前两天我听拉姆斯敦先生说他有一个住在乡下的外甥要来，一定是你了，你和他长得真像啊！”

听见我的话，少年先是一愣，但很快就接腔说：“我舅舅出门了吗？我想我还是先出去转转，待会儿再来看他吧。”我点点头，然后问那位正准备将小提琴放下的少年：“你很喜欢拉小提琴吗？”“是的，但我很穷，买不起。”少年回答。“那我将这把小提琴送给你吧。”我语气平缓地说。少年似乎不相信小提琴是一位管家的，他疑惑地望了我一眼，但还是拿起了小提琴。临出客厅时，他突然看见墙上挂着一张我在悉尼大剧院演出的巨幅彩照，于是浑身不由自主地颤栗了一下，然后头也不回地跑远了。我确信那位少年已明白是怎么回事，因为没有哪一位主人会用管家的照片来装饰客厅。

那天黄昏，我破例没有去尤莉金斯湖畔的公园散步，妻子下班回来后发现了我的这一反常现象，忍不住问道：“你心爱的小提琴坏了吗？”“哦，没有，我把它送人了。”“送人？怎么可能！你把它当成了你生命中不可缺少的一部分。”“亲爱的，你说的没错。但如果它能够拯救一个迷途的灵魂，我情愿这样做。”看见妻子并不明白我说的话，我就将当天中午的遭遇告诉了她，然后问道：“你愿意再听我讲述一个故事吗？”妻子迷惑不解地点了点头。

“当我还是一个少年的时候，我整天和一帮坏小子混在一起。有一天下午，我从一棵大树上翻身爬进一幢公寓的某户人家，因为我亲眼看见这户人家的主人驾车出去了，这对我来说，正是偷盗的好时机。然而，当我潜入卧室时，我突然发现有一个和我年纪相当的女孩半躺在床上，我一下子怔在那里。那位女孩看见我，起先非常惊恐，但她很快就镇定下来，她微笑着问我：‘你是找五楼的麦克劳德先生吗？’我一时不知说什么好，只好机械地点头。‘这是四楼，你走错了。’

“女孩的笑容甜甜的。我正要趁机溜出门，那位女孩又说：‘你能陪我坐一会儿吗？我病了，每天躺在床上非常寂寞，我很想有个人跟我聊聊天。’我鬼使神差地坐了下来。那天下午，我和那位女孩聊得非常开心。最后，在我准备告辞时，她给我拉了一首小提琴曲《希芭女王的舞蹈》。看见我非常喜欢听,她又索性将那把阿马提小提琴送给了我。就在我怀着复杂的心情走出公寓、无意中回头看时,我发现那幢公寓楼竟然只有四层，根本就不存在所谓的居住在五楼的麦克劳德先生。也就是说,那位女孩其实早知道我是一个小偷,她之所以善待我,是因为想体面地维护我的自尊。后来我再去找那位女孩,她的父亲却悲伤地告诉我,患骨癌的她已经病逝了。我在墓园里见到了她青色的石碑,上面镌刻着一首小诗,其中有一句是这样的:'把爱奉献给这个世界,所以我快乐！'

妻子听完我的故事,一时变得无语,眼角也湿润了。三年后,在墨尔本市高中生的一次音乐竞技中，我应邀担任决赛评委。最后，一位叫梅里特的小提琴选手凭借雄厚的实力夺得了第一名。评判时，我一直觉得梅里特似曾相识，但又想不起在哪里见过。颁奖大会结束后，梅里特拿着一只小提琴匣子跑到我的面前，脸色绯红地问：“布里奇斯先生，您还认识我吗?”我摇摇头。“您曾经送过我一把小提琴，我一直珍藏着，直到有了今天！”梅里特热泪盈眶地说，“那时候，几乎每一个人都把我当成垃圾，我也以为我彻底完蛋了，但是您让我在贫穷和苦难中重新拾起了自尊，心中再次燃起了改变逆境的熊熊烈火！今天，我可以无愧地将这把小提琴还给您了……”

梅里特含泪打并琴匣，我一眼瞥见自己的那把阿马提小提琴正静静地躺在里面。梅里特走上前紧紧地搂住了我,三年前的那一幕顿时重现在我的眼前,原来他就是“拉姆斯敦先生的外甥鲁本”！我的眼睛湿润了,仿佛又听见那位女孩凄美的小提琴曲,但她永远都不会意识到,她的纯真和善良曾经是怎样震颤了两位迷途少年的心弦,让他们重树生命的信念！

她的纯真和善良曾经是怎样震颤了两位迷途少年的心弦，让他们重树生命的信念！

海滩上的一天

不久之前，我经历了一段低潮期。大多数人偶尔都会有这样的经验，当生活中的一切变得乏味又沉闷的时候，突然间，我们的心情会激烈地往下沉，变得死气沉沉，热情尽失。这种情绪低潮在我工作上所造成的影响是很可怕的。每天早晨我都要咬紧牙关对自己说："今天，我的生活一定会恢复正常。你一定要设法摆脱现在的情绪低潮，你一定要摆脱。"

可是，这种黯淡的日子一直持续着，我的生活已经濒临瘫痪。我知道，我应该找人来帮忙了。

我求助的对象是一个医生。他不是精神科医生，只是一个普通医生。他的年纪比我大，外表看起来很粗鲁，可是内心却隐藏着过人的智慧和人生阅历。"我不知道自己怎么回事，"我很痛苦地告诉他，"我觉得自己好像快要不行了，你能够帮我吗？"

"我不知道。"他慢条斯理地说。他十指交叉抱在胸前，若有所思地看了我很久。然后，他突然问我，"你小时候最快乐的时光是在哪里度过的？"

"小时候？"我重复了一次，"你为什么这样问？我想是在海边吧！我们家在海边有一幢度假小木屋。我们全家都很喜欢那个地方。"

他望着窗外，看着十月的黄叶一片一片地飘落。"你能不能完全按照我的指示去做？只要一天就好。"

"我想可以吧。"我说。心里想，只要你能帮得了我，做什么我都愿意。

"好吧。那你听我说。"

他叫我自己一个人开车到那个海滩去，而且要在早上九点之前抵达。我可以吃午餐，但是，我不可以看书，不可以写东西，不可以听收音机或跟别人讲话。"除此之外，"他说，"我会开一张处方给你，你每隔三个小时看一次。"

他拿了四张空白的处方笺，在每一个处方笺上面写了几句话，然后把它们折起来，在上面依次写下号码，交给我。“这四张处方笺，你按照号码的顺序在早上九点、中午十二点、下午三点和晚上六点的时候分别打开。”

“你不是在开玩笑吧？”我问。

他冷笑了一下。“等你收到账单的时候，就不会认为我是在开玩笑了！”

第二天早上，我半信半疑地开车到海边去。那种感觉有点寂寞，西北风怒吼着，灰暗的海面波涛汹涌。我坐在车子里，心想着要怎么度过这空虚的一天，我从口袋里掏出那四张折好的处方笺，打开第一张。上面写着“仔细听”。

我仔细看着那三个字。心里想，为什么？这家伙一定是疯了。他不让我听音乐，不让我听收音机，不让我听别人说话的声音。那么，在这里我还听得到什么？

我抬起头，闭上眼睛，仔细聆听。四周一片寂静，只听得到持续不断的浪涛声，只听得到海鸥低沉的鸣叫，还有头顶上的天空传来隐约的飞机声。这些都是我熟悉的声音。

我打开车门，走下车。忽然一阵大风吹来，车门“嘭”的一声被风吹得关了起来，吓了我一跳。我问自己：难道他要我仔细听的就是这些声音吗？

我爬上一座小沙丘，望着那一片荒凉的海滩。站在这里，只听得到巨大无比的浪涛声，其他的声音都听不到了。然而，我突然想到，浪涛声底下一定还隐藏着别的声音：沙子随着海水流动的声音、沙丘上的小草被风吹动的声音。如果我们靠近一点就可以听得到了。

我忽然产生一种冲动，一种感觉上很荒谬的冲动，我趴到地上，把头贴在一团海藻上。这个时候，我发现：如果你用心去聆听，一刹那，你会感觉到整个世界仿佛静止了，仿佛在等待什么。在那静止的一刹那，所有纷扰的思绪都停止了，心也平静下来。

我回到车上，静静地坐着，仔细聆听。当我又一次听着大海低沉的咆哮声，忽然想起狂风暴雨的情景。那个时候，我忽然明白，大自然是多么的浩瀚，而自己又是多么的渺小。想到这里，我忽然觉得心情轻松起来。

尽管如此，那个早上还是过得很慢，我一向习惯让自己永无止境地忙碌，一旦闲下来，我反而会有一种强烈的失落感。

到了中午，天空里的云已经被风扫得一干二净。海面上闪闪发光，看起来令人心旷神怡。我打开第二张处方笺，坐在那里，我心里觉得又好气又好笑。这一次，上面写着四个字“努力回想”。

回想什么？当然是回想过去。可是，如果我担心的是现在和未来，我为什么要回想过去?

我离开车子,沿着沙丘慢慢走,陷入沉思。医生叫我到海滩来,是因为这里充满了许多美好愉快的回忆。也许这就是我应该回想的,那些被自己遗忘了很久的快乐回忆。

我在脑海中搜寻那些渐渐模糊的印象,就像一个画家一样,把那些模糊的印象重新涂上美丽的色彩,重新画上轮廓。我会选择一些难忘的小事情,尽可能去捕捉每一个细节。我会在脑海中描绘出某些人完整的形象,具体描绘出他们当时穿什么样的衣服,做什么样的动作。我会仔细回想他们当时说话的声音,他们的笑容。

这个时候,潮水渐渐退了,可是,浪涛声依然震耳欲聋。我决定回想一件二十年前发生的事,那是我最后一次和我的弟弟到海滩上钓鱼。虽然他在第二次世界大战的时候阵亡了,可是,每当我感到很疲倦时,一闭上眼睛,他的影像就会栩栩如生地浮现在我脑海中,我甚至可以看到他眼中那种幽默而热情的光芒。

事实上,昔日所有的影像都历历在目:我们从前一起去钓鱼的海滩,像新月一样的弯曲,如象牙一样的白净,夕阳余晖染红了西方的天空,滚滚的巨浪冲向岸边,庄严而又和缓。我仿佛感觉到冲上岸的海水回流到海中时,冲击膝盖的那种温暖。我仿佛看到弟弟钓到鱼的时候,拉起钓竿,在空中划出一道弧线,仿佛听到他胜利的呐喊。我把昨日的记忆一片片地拼凑起来,即使经过了许多年,它们依然如此清晰,从来不曾改变。接着,这些影像又消失了。

我慢慢地坐起来,努力回想。快乐的人通常都是那些充满自信的人。那个时候,如果你努力去回想那些快乐的时光,也许快乐会释放出力量的光芒,即使那种力量只有一点点。

这一天的第二段时间过得更快了。当太阳开始往西边滑落,我迫切地在过去的记忆里搜寻,搜寻往日的点点滴滴,搜寻那些被我彻底遗忘的人。我想起过往岁月里的许多事情,一种温暖的感觉席卷而来,我终于明白,过去的美好并没有彻底遗忘。

下午三点的时候,潮水已经完全退了,海浪的声音越来越微弱,像巨人的呼吸。我站在沙丘上,感到很轻松而且心满意足,还有一点点得意。我心里想,医生的处方还真有效。

于是我还没有做好心理准备就打开第三张处方笺。这一次,处方笺上面的指示就没有那么轻松了。那句话的口气听起来有点像命令:“反省你的动机。”

读完这个句子，我的第一个反应是自我防卫。我对自己说，我的动机没有什么问题。我想要做一个成功的人，谁不想呢？我希望得到很多人的认同，每个人不都是这么希望吗？我想要得到更多的安全感，这有什么不对呢？

这个时候，我听到自己内心有个小小的声音在说：也许，这些动机还不够好。也许这些动机就是造成我情绪低落的原因。

我抓起一把沙子让它们从指缝间慢慢流下去。过去，每当我工作进行得很顺利的时候，事情总是自然而然就成功了，不需要刻意去经营。最近，不管我做什么事情，都要耗费很多心思跟别人竞争，结果还是失败，为什么呢？因为我的得失心越来越重，对工作的成果期望太高。工作本身的乐趣已经消失了，它已经成为一种纯粹赚钱的手段。那种付出的感觉、帮助别人的感觉和奉献的感觉，已经被一种追求安全感的渴望淹没了。

这个时候，我恍然大悟。如果一开始，动机就是错误的，那就不可能有好结果。无论你是一个邮差、一个理发师、一个保险业务员或是一个家庭主妇，不管你从事什么行业都是一样的。只要你觉得自己是在服务人群，你就会把工作做得很好。如果你满脑子想的只有自己，你就会觉得工作是一种负担，怎么也做不好。这个道理就像万有引力定律一样，放之四海而皆准。

我静静坐在那里，坐了很久。退潮的时候，我听到远处岸边细微的浪涛声，渐渐变成一种空洞的低吼。落日余晖染红了整个海平面。我在海滩上的一天已经接近尾声，我不得不佩服那个医生，和他精心调配出来的巧妙“处方”。现在我终于知道，他的处方其实是一种心灵治疗的妙药，对于任何遇到困难的人来说，都是很有价值的。

仔细聆听：抚慰狂乱的心灵，让心灵缓和下来，暂时忘掉内心的困扰，先看看外面的世界。

努力回想：由于人类的心灵一次只能想一件事情，当你想着昨日的快乐时，眼前的忧虑就会消失无踪。

反省你的动机：这是医生心灵处方的重点。最困难的地方在于重新评估自己，先衡量自己的能力和良知，再修正自己的动机。可是，你必须有纯洁开阔的心灵才能做到这一点。就像我，花了六个小时的时间，一个人静静地沉思，才领悟了这个道理。

这个时候，西方的天空只剩下一抹残红，我拿出最后一张处方笺。这一次他写了十个字。我慢慢走到沙滩上，走到距离海水只有几米的地方。我停下脚步，又把那张处方笺重读了一次:“把你的烦恼写在沙滩上。”

我放开手,让那张纸片随风飘走,弯下腰捡起一块贝壳的碎片。头上是一望无际的天空。我跪下来在沙滩上写了几个字,由下往上写。然后,我走开了,头也不回。我已经把自己的烦恼写在沙滩上,而潮水会把它带走。

让人生中的烦恼随那潮水而去吧。

高瞻远瞩

飞机载着我和我们的登山队,以及塞得满满的行李和雪橇,飞越阿拉斯加山脉,到达麦金利山的基地营区——卡西那冰河。

那一天,我们拼命工作,想在冰河坚硬的冰雪中凿出一个营地。虽然麦金利山天寒地冻,可是酷热的阳光照在冰雪上的反射光,还是刺痛了我的眼睛。当我们筑起一道雪墙,并且搭好帐篷之后,我们绕着煤气炉坐成一圈。太阳沉落到山后面时,我们可以感觉到气温骤降了五十摄氏度。我的登山伙伴山姆捉住了我的手指头,指向西面攀壁小径最显眼的一段。然后,我自己指向山顶,可是山姆只是笑了笑,说:“再高一点!”于是,我越指越高,直到我以为自己指着太阳。“那里,”他说,“那里就是麦金利山的顶峰。”这是我第一次产生恐惧感,害怕我们即将面临的挑战。然后,我们坐下来,聆听基地营区的安妮和当地电台播报的气象。我们在一家电台里听到两个西班牙登山者的声音,他们正声嘶力竭地向救难队报告他们的位置。那天早上,他们向山顶推进,可是却因为风势太强,能见度太低而折返。现在已经过了十个小时,他们躺在帐篷里,忍受着高原反应的折磨。

第二天早上,听说他们其中一个人已经死了。我有点担心,在我们攀登的第一个夜晚，这场悲剧可能会是一种不吉利的预兆。

山姆和我忍不住问自己，我们是否有必要以自己的生命做赌注，冒险攀登这座山。我回想起一年前，当我开始为这次登山行动展开训练的时候，我带着我的导盲犬在沙漠里练习跑步。有一天，我被一棵仙人掌绊倒，割伤了手，缝了好几针。

第二天，当我给那班五年级的学生上课的时候，我举起自己绑着绷带的手给他们看，告诉他们发生了什么事。有一个很勇敢的小女孩站起来问我："老师，如果你连在沙漠里跑步都会跌倒，那你怎么去爬那座那么高的山？"我到现在还想不出答案，可是我知道，在这一年里，我一定要找到答案。第二年，我们在凤凰城最高的建筑物里练习爬楼梯，肩上背着六十磅重的东西。我们还参加了许多登山训练队，攀登雷纳山、长峰和韩福瑞山，此外，我们还读了很多有关麦金利山的书籍。此刻，我对山姆说："山姆，这一年来我们已经耗费了无数心血，走了一段很长的路。我们犯了许多错误，可是我们也从这些错误中学到了很多教训。我们冒过险，可是我们事先也评估过这些风险。我们克服了许多难题，并且也为了我们在山上可能碰到的情况做了准备。我们是一个团队，我们有很好的默契配合，我们已经有了最万全的准备。"

那天晚上，当我努力想让自己睡着的时候，我想起过去一年来我们所受到的惨痛教训。例如：我们登山队进行第二次登山训练的时候，我们努力攀登一片陡峭的山脊，当时天色越来越暗，气温也越来越低，我分派到的任务是搭帐篷。可是我发现，戴着厚厚的手套，我的手指感觉不到帐篷上那些复杂的绳套和接环。每一次当我脱掉手套，尖锐的冰屑就会刺在我的手上，使我的手很快就变得麻木。最后，我不得不找一个队友来帮我搭帐篷。我感到很灰心，而且有一点难为情。我在心里对自己许下承诺：那些我办不到的事情，不管有多少，我都只能放弃，可是那些我办得到的事情，不管有多少，我都会学习把它们做好。

不久之后，我回到天气炎热的凤凰城。我常常跑到学校附近的广场去，戴着厚厚的手套，努力练习把帐篷搭起来，然后再把它拆掉。我希望自己能够对我的队友有所贡献，分摊一些工作。我希望我的队友们会愿意把他们的生命交到我的手中，就像我也愿意把自己的生命交到他们的手中一样。

当我决定攀登麦金利山的时候，我很清楚必须冒的风险。那种风险就像在岩石的表面寻找下一个可以攀扶的支撑点：你伸出手想攀住它，希望它在那里，期待它在那里，可是，万一它不在那里的时候，你就要准备寻找下一个支撑点。我曾经冒过最大的险,就是十六岁的时候决定去攀岩。我会去参加是因为那是为盲人所举办的休闲活动中的一个项目。那次活动的理念是:如果让盲人有机会挑战自我,他们可能会成为更独立、更成功的人。我对自己有足够的信心,我不怕尝试。经历过许多试探和错误之后,我发现自己可以用一只手攀着支撑点,然后再用另外一只手寻找下一个支撑点,然后又换另外一只手。那种技巧是很累人的,可是我还是想办法让自己成功地完成了第一次攀岩。

当我坐在山顶上,两只脚悬空摆荡,双手扶着又热又烫的岩石,听着周围的风声时,我知道自己永远不可能在大联盟的第七场比赛里接住一个高速的平飞球,我知道自己永远不可能成为赛车选手,可是,只要我下定决心做,任何事都能够做得十全十美,虽然我必须用不同的方式来达到我的目标。就像冒险一样,我也学习如何发展出一套作业流程和方法,以弥补我视力上的缺陷。在我们攀登麦金利山之前,我花了很多时间整理我的装备,记住每一样东西所放的位置。一旦到了山顶上,如果你找不到袜子和手套,你可能会失去脚趾和手指头;如果你找不到冰斧或铲子,你可能会害队友丧命。我也必须想出方法跟上队伍,因为在高山的强风中我听不见他们的脚步声。我发现用两只滑雪杆就能够解决这个问题。我可以用滑雪杆探测队友的足迹,紧紧跟在领队克莱斯的后面。

那一天,我们爬到山的最顶峰,我几乎喘不过气来。在海拔一万六千英尺的高度,登山者只能呼吸到海平面一半的氧气量,这种现象称之为"强迫呼吸"。克莱斯说:"你一定要努力呼吸。"可是,我似乎无法调节我的呼吸。我的装备和雪橇感觉上比前几天更沉重。

扣住臀部的带子一直往两侧滑动,使得装备的重量几乎全部压在肩膀上。我不禁怀疑,在暴风中晕倒之前自己还能够走多远。我开始害怕自己犯了一个很严重的错误——跑来爬这座山,我开始强烈地怀疑自己是否有足够的体力征服顶峰。然而,我还是克服了这种恐惧,全神贯注地调整自己的呼吸,跨出每一步。那一天,我终于领悟了登山的意义。登山给我的启示是:只要有万全的准备,我们就能够突破自己的极限,把自己提升到更高的境界,甚至超越别人为我们所设定的境界。第15天,我们抵达山顶的营地,站在岩石平台上,俯视着我们的出发点,卡西纳基地营区。此刻,它已经在我们脚下一万米远的地方。很难想象我们走过的路程有多么遥远。

那天黄昏,一场为期五天的暴风雪开始了,在我们头项上呼啸的狂风,风速每小时超过一百公里。到了第五天,我们的粮食都吃光了,燃料也耗尽了,我们不得不开始思考一种可能性，那就是，我们可能永远走不到山顶。克莱斯提醒我们："登山的时机不是由我们来决定的，山才是主宰！"第二天早上，天空变得比较晴朗。我们决定爬到北峰和南峰之间的山脊，在那里我们能重新评估天气状况。我们在早上六点出发，很费力地涉过一段积雪深达大腿的平地。为了应付零下二十摄氏度的酷寒，我穿了厚厚的合成纤维、羊毛和羽绒制成的衣服。怒吼的狂风和酷寒使我的听觉和嗅觉失去功能，我只感觉得到雪鞋上的鞋钉踩在厚厚的积雪上。

当我们抵达山脊的时候，天气似乎渐渐转好了，于是我们开始朝着"猪峰"前进，那里是攀登顶峰之前的最后一个前哨站。爬到一半的时候，克莱斯说："我想我们可能会成功。"当我们到达猪峰的时候，山顶看起来已经很近了。那个时候，我还没有意识到整个登山过程中最艰巨的一部分才刚要开始——"主峰脊"。山脊只有两尺宽，一边深达一千尺，另一边深达九千尺。往好的方面想，不管我们从哪一边摔下去，结果都是一样的。克莱斯说："伙伴们，如果你从这里摔下去，你会把所有的人都拖到山脚下去。"

我很紧张，慢慢地、小心翼翼地跨出每一步。我知道，无情的山峰不会容许我们犯任何错误。我是如此的全神贯注，所以，当我听到队友的叫喊时我吓了一跳。有人迎着风高喊："恭喜你！你现在站在整个北美洲最高的地方。"所有的人围成一圈紧紧拥抱在一起。我们站在麦金利山二万三千尺高的顶峰上。当我们把美国盲人协会的旗帜展开，插在山顶上的时候，我心里想，一年多以前，这趟不平凡的冒险之旅还只是一个梦想。如今，梦想实现了。在我们攀顶之前一小时，我们用无线电通知基地营区的安妮。安妮用无线电通知附近的一个小机场，告诉在那里等待的我的家人，可以起飞了。此刻，我站在山顶上，我爸爸、两个弟弟和我的女朋友伊莲坐着小飞机在我的头上盘旋，分享我的喜悦。

当飞机从我们的头上飞过去的时候，我们挥舞着手上的滑雪杖，大声欢呼。我问山姆，我的家人是否分辨得出哪一个是我，因为我们都穿戴着同样的外套和帽子。"我想他们看得出来吧，"他笑了笑，"只有你挥舞手杖的方向和全队的人不一样。"

请分享我的喜悦吧。

空出点时间看流星

这是一场重要的比赛。露天看台上挤满了家长和小孩。炽热的阳光照在棒球场上，给人“职业棒球联盟赛”的感觉。待在球员休息室的男孩们既紧张又兴奋。球赛已经进行到第五局的下半场了，我儿子的球队目前以一分领先。儿子安迪在右外野，在他的身后，灯光所到之处的边缘是一片漆黑，我们可以看到远方山脉的黑影一直上升到群星之中。

这是个月光皎洁的寒冷夜晚，安迪的“小联赛球队”奋战了一整年，还是没有在最后的排名中挤进前500名，可是却在这次的球赛中打败了两个厉害的球队，而得以进入冠军赛。此刻的气氛非常紧张。

再有一个人出局，这一局就结束了。敌队的左撇子强力打击手站了起来，这个身材高大的孩子总是击出很远的球，而且他走路的样子像是刚打出全垒打般地大摇大摆。他站稳在本垒上，像条危险的响尾蛇一般准备袭击。

我紧张地朝安迪的方向望去。他在外野的表现一向不是很好。我很震惊地发现，安迪居然抬头看着夜空！很显然，他并没有在注意球赛的进行。我很担心那个打击手把球打到安迪的方向，而安迪却还不晓得，这样就会让对手连续得好几分而结束球赛。

“他在那里干什么？”我不满地对我太太玛莉说。

“什么意思？”她回答道。

“你看他——他注意力不集中，他快把事情搞砸了！那个家伙要把球往他的方向打过去了！”我发牢骚地说。

“放轻松。”太太说，“他不会有问题的。这只是一场球赛而已。”

“加油，安迪，醒醒吧！”这些话与其说是对我太太说的，不如说是对我自己说的。

我几乎不敢看，我全身紧张。投手已经把球投出去了。一个缓慢而迷人的漂浮物出现在打击区的中央。我瞥向安迪的方向，他居然还在凝视着天空。也许他正在祷告，我心想。我听到球棒的“噼啪”声。“天啊，千万不可以。”我说。

我最担心的是安迪会觉得很尴尬，因为他把自己的表现看得很重要，也很在意队友对他的看法。可是我也发现，那就是我之所以担心，是因为我怕自己会觉得很尴尬。我向来以自己是个支持儿子、不固执己见的父亲为荣。我们会一起到外面去玩一对一的球赛，并且练习接高飞球。我总是试着让练习变得有趣，也会适度地鞭策安迪，好让他可以进步。我总是跟他说：“来个漂亮的接杀。”所以如果安迪跟着球跑，可是漏接的话——要知道，如果他将手套伸出去，可能会跌个狗吃屎，或是往后跌到篱笆外——这还不打紧。可是如果他漏接是因为心不在焉的话——那可就太难为情了。“把事情完全搞砸了。”“不够狠。”“让大家的分数落后对方。”这些运动员通常会有的大男人主义批评在我的胃里翻腾搅动。

“好啊！”这一场球赛结束时，我大叫道。强棒小子击出一垒的滚地球而出局。我们(安迪和我)逃过了一劫，不过对方还是领先我们一分。我一定要想办法让安迪在最后一局里回过神来。我们坐在靠近本垒的篱笆后面，孩子们从外野走进来的时候，安迪上气不接下气地向我们跑来。我刚要开始说“你在搞什么？”之类的言论时，安迪就大叫：“你们有没有看到那颗流星？好美哟！好大哟！它的尾巴好长呢，我还以为它会撞到山。可是它后来就不见了，好像有人把它里面的灯光关掉了似的。不知道这颗流星是从哪里来的，真的好漂亮哦！我真希望你们也会看到！”

安迪的眼里闪耀着兴奋的光芒(说来，这和我也有关系，我们在练习打棒球的时候，花了很多时间在找流星)。我犹豫了一下。“我也希望你看到了。”我说，“只剩一局了。你们队让他们占不了优势。打出一棒全垒打吧！”

“好！”安迪说完后，就跑回球员休息室去找他的队友了。

玛莉对着我微笑。我们心里想的是同一件事——我们很高兴看到自己的儿子会花时间去欣赏生命中的惊奇与美丽，我们很高兴看到他把这件事情看得那么重要。安迪已经花很多时间在经历团体运动中那令人窒息的压力以及“不管付出任何代价都要赢”的心态了。谢天谢地，他仍然保有赤子之心。我则是有些懊恼自己居然也曾被卷进同样的漩涡里。

随着年纪的增长，我们仿佛愈来愈没有时间去寻求生命中的惊奇与美丽了。长大之后，这些事情变得愈来愈不重要。大多数人为了不落人后，已经花去了自己大部分的时间与精力，很遗憾地，他们已经没有什么闲情逸致来看流星了。所以我每隔一段时间就会停下手边的工作来看看周围的事物，尽管我觉得手边的工作很重要。我们很可能在没有预期的情况下，为周围美丽的事物所惊艳——在路上、天空中或是在会议室里——这些事物会让我们的一天变得更为美好。那一天晚上，安迪在最后一局里打出了三垒打，可是我还是很遗憾没有看到那颗流星。

停下手边的工作看一看周围的事物吧。

与海伦·凯勒共进午餐

我先生和我非常喜爱我们在意大利的房子。房子坐落在波多菲诺的悬崖上，骄傲地俯视着崖下蓝色的海港。然而，我们的天堂中却暗藏危机——登上悬崖的小径。市政府不允许我们建一条适当的道路以取代现有的崎岖小径。唯一能够爬上狭窄小径、陡坡与坑洞的交通工具，是一辆在吉诺雅买的美国军用吉普车。这部车既没有弹簧，也没有刹车。每次我们想停车都必须换到倒车档，然后靠着后方物体的阻力将车子停下来。

1950年夏季的某一天，我们的邻居康特莎·玛格·贝索兹(她因生活需要，也拥有一辆吉普车)打电话来说，她表姐和一位同伴刚刚抵达城里，但她的吉普车不巧坏了。她问我是否能开车去接那两位女士，她们正在史宾兰蒂多饭店里等着。

我问："我到了饭店该找谁？"

"海伦·凯勒女士。"

"谁？"

"海伦·凯勒女士,大海的海。"

"玛格,你指的不是那个海伦·凯勒吧?"

她说:"当然是啊!她是我表姐,你不知道吗?"

我跑进车库,跳上吉普车,匆忙赶到山下。

我12岁的时候,父亲给了我一本安·苏利文写的关于海伦·凯勒的书。安·苏利文是一位值得称颂的女性,命运安排她成为海伦·凯勒这个又聋又盲的孩子的老师。安·苏利文通过教海伦说话,将这个叛逆、粗野的小孩教导为文明社会的一员。我仍然清楚地记得她与那个孩子进行身体战争的描述。她把海伦的左手放在水龙头下,感受流动的水,然后那个又聋又盲且不会说话的孩子终于喃喃地说出了历史性的一句话:"水。"那真是最伟大的一刻。

多年来,我经常可以在报纸上读到关于海伦·凯勒的消息。我知道安·苏利文已不再陪伴她,现在有一位新的看护陪着她到世界各地旅游。开车下山的短短几分钟,还不足以让我相信我将与少年时代的偶像面对面的事实。

我将车子后退,抵着一堵墙停下来,然后走进旅馆。一个高个子、体型丰满、看起来朝气蓬勃的女人从饭店阳台的椅子上起身,跟我打招呼:"我是波莉·汤森,海伦·凯勒的看护。"然后,又有一个人抓着她的手从她旁边的椅子上起身。70岁的海伦·凯勒是一个身材娇小、满头白发的女人,有着一双大大的淡蓝色眼睛,并总带着羞涩的微笑。

"您好!"她慢慢地说,略带喉音。

我抓住她的手。她把手伸得很高,因为她不知道我到底有多高。她第一次见陌生人的时候,都会犯这样的错误,但对同一个人,她从不会再犯同样的错误。后来我们道别的时候,她坚定地与我握手,位置刚刚好。

行李放进了吉普车的后部,然后我安顿心情愉快的汤森女士坐在行李旁边。旅馆的门童将海伦·凯勒抱上前座,我身边的座位。我到那时才想到我们正冒着很大的危险,因为吉普车是敞开的,没有让人稳稳抓住的东西。由于坡度与车子的情况,我开车登上陡坡时必须开得很快,到时我该怎样才能不让这个又聋又瞎的女士掉出这辆老旧的车子呢?我转向她说:"凯勒女士,我必须先跟您说明——我们将开上一个很陡的山坡,请您抓紧挡风板上这片金属,好吗?"

但她仍带着期待的表情,直直地向前看。在我身后,汤森小姐耐心地说:"她听不到你说的话,也看不到你,我知道你一开始很难适应。"真是尴尬极了,因为我结结巴巴的像白痴一样,希望能向她解释我们眼前的情况。整个交谈的过程,海伦·凯勒始终没有转头，也没有对这番拖延表示好奇。她始终挂着微笑，耐心地等着。汤森小姐抓起海伦的手，将她的手指很快地上下左右移动——用专用的语言转告她我刚说过的话。

海伦笑着说："我不介意，我会紧紧地抓着。"

我鼓起勇气，抓住她的手，放在她面前的那块金属上。她快乐地大叫："准备好了！"我开动吉普车上路了。吉普车开动的时候，晃了一下，汤森小姐从她的位子上掉了下来，压在行李上。我不能停车帮她，因为眼前的斜坡很陡，而我的车子又没有刹车。我们急速地向上行驶，我目不转睛地盯着狭窄的小径，而汤森小姐就好像芒刺在背般的无助。

我用这辆吉普车载过很多乘客，他们每个人都抱怨这辆车子没有弹簧让他们极不舒服。也难怪，路是这样的坑洼不平，更别提越过橄榄树旁那个急转弯了，那棵树半挡在急速下降的陡坡，把很多客人都吓坏了。海伦是第一个不注意这些危险的客人，她深深地被那些剧烈的震动吸引着。每次她被弹起、撞上我的肩膀时都大笑出声，还会大声地欢呼："太好玩了！太棒了！"她快乐地大声说话，一边不时地上下震荡。

我们以飞快的速度越过我的房子，我的眼角瞥见我家的园丁吉欧赛普在胸前画十字。我实在不知道汤森小姐现在到底怎样了，因为吉普车吓人的声音早盖过她的惊叫声，但我知道海伦仍坐在我旁边。她稀薄的白发已经被吹乱了，盖住了她的脸，不过她仍旧享受着这趟疯狂的车程，就像骑着旋转木马上下震动的小孩一样。

最后，我们穿过两棵无花果树中间的弯路，看见玛格和她的丈夫正站在前门等着。海伦被抱下车，接受拥抱，汤森小姐慌乱地拍掉身上的灰尘。

我被邀请与他们共进午餐。两位年长的女士被领至她们的房间梳洗时，玛格告诉我她表姐的故事。海伦的名字在全世界流传，每一个文明国家的大人物都渴望见到她，并为她做些事。国家元首、学者与艺术家竞相接见她，而她也到世界各地旅行，以满足自己旺盛的好奇心。

玛格说："但别忘了，她唯一能够知道的只有气味的改变。不管她是在这儿、在纽约或在印度，她都如同处在一个黑暗、无声的洞穴里。"

就像平常一样，两位女士挽着胳膊(像志同道合的战友一样)走过花园，来到阳台。我们正等着她们。海伦说："这一定是紫藤，一定有很多的紫藤，我闻得出它的味道。"

我过去摘下大把围着阳台的紫藤花，放在她腿上。“我就知道！”她开心地大声说着，一边摸着花。

当然，海伦的声音和平常人不同。她说话断断续续，而且音调很慢、很长。她转向我，直直地看着我，因为她知道我坐的位置。“你知道吗，我们正要到佛罗伦萨看米开朗基罗的大卫。我好兴奋啊！我一直都想看大卫像。”

我疑惑地看着汤森小姐，她向我点点头。

她说：“是真的。意大利政府在雕像旁边架了台子，所以海伦可以爬上去触摸，那就是她所说的‘看’。我们常去纽约的戏院，我会告诉她舞台上在演什么，并描述演员的样子。有时候我们也会到后台，这样她就可以‘看’到场景还有演员们。然后她会觉得自己亲眼看过表演了。”

我们讲话的时候，海伦就坐在一旁等待着。有时候，当我们的谈话太长，她会抓着她朋友的手询问，但一直都很有耐心。

我们在阳台上用午餐。海伦被领到她的椅子上，我看着她“看”自己餐具的摆设。她很快但很轻柔地用手摸摸餐桌上的盘子、玻璃杯和刀叉，记下它们的位置。用餐期间，她都没有找过什么东西，她就像普通人一样，自在、肯定地使用餐具。

午餐之后，我们留在阴凉的阳台上。包围着阳台的大片紫藤就像厚重的帘幕一样，阳光将海水照得无比灿烂。海伦像平常一样坐着，头微微抬起，好像她正在聆听别人的谈话，而她淡蓝色的眼睛则睁得大大的。虽然她的脸上布满岁月的痕迹，但她脸上却总带着一抹小女孩的天真。不管她曾遭遇过什么痛苦——我想她仍经历着许多痛苦——都不会在她脸上留下痕迹。那是一张与世隔绝的脸，一张圣洁的脸。

我通过她的朋友问她，她在意大利还想看些什么。她慢慢地打开她的意大利日记，我看到她想看的东西与她想拜访的人都记在上面。令人惊讶的是，她法文讲得很好，还懂得德文与意大利文。当然，雕塑是她最喜欢的艺术形式，因为她可以触碰它，并获得第一手的经验。

她说：“我还有好多东西想看，好多东西要学，然而死亡就在我面前了。但我一点儿也不担心，我的感觉正好相反。”

我问：“你相信投胎转世的说法吗？”

她强调地说：“绝对相信，那就像从这个房间到另一个房间去一样。”

我们静静地坐着。

突然间，海伦又说话了。她缓慢但很清楚地说：“但对我来说却有所不同，你

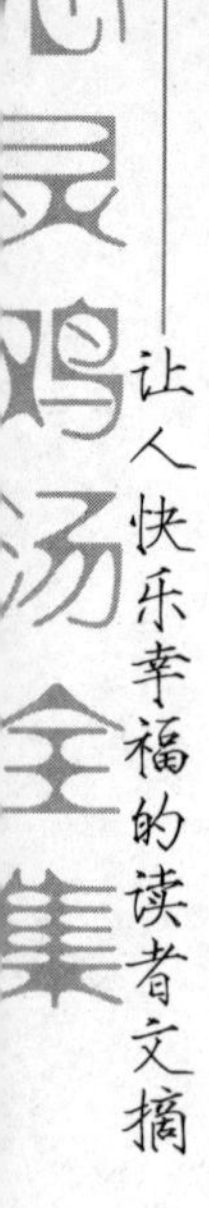

知道吗？因为在另一个房间里．我应该会看得到。”

只要用心的去体会，她就可以看到。

失而复得的美妙

在一个物质富裕的世界，有一种小小的情感，像一种绿色的植物，在沙漠化的气候中无声地消逝着，叫做珍惜。

懂得珍惜，失去了，才懂得痛苦，失而复得，却是难以名状的快乐。英国南岸的海港城市普利茅斯，有一个中年男人，半夜在酒吧里喝醉了酒，酒吧打了烊，他走出海滩，穿着一身衣服跑到海里游了一回泳。

他没有淹死，回到家里，呼呼睡着了。第二天，摸摸还是湿着的口袋，发现钱包丢在大海里了。

半个月之后，警察局通知他领回钱包，告诉他，钱包是一个潜水人在海底发现的，送到警察局来。这位潜水人当时在海底的一堆石头之间，看见一只龙虾，龙虾的一只大钳子，紧紧箍着一只钱包。潜水人提了龙虾，把钱包送回警察局，里面有身份证什么的，警察通知他来领回。

失而复得，还知道其中的真相，警察说："你很幸运，但找到你的钱包的那只龙虾却倒霉了，因为潜水人把它清蒸吃掉了。"

另一种失而复得的事件，是我们从来不知道其中的真相。

英国有一对夫妇，名叫史钊活，喜欢养鸽子，几十年来，都参加当地的放鸽子比赛。去年，他们带着自己养的鸽子——它名叫茱迪，到法国中部一个叫布赫的城市，参加一场放鸽子的比赛。

布赫在巴黎和马赛之间，鸽子要飞向英格兰北部的海斯顿市，旅途500里。鸽子飞出去。没有到达目的地，一去没有回头。

过了几个月，一个照顾露宿者的社会福利组织，却给夫妇俩打电话，告诉他们：失去的鸽子找到了，快来领回。原来鸽子飞出了法国，横越大西洋，一直到拉丁美洲巴拿马海岸以外的一个叫做圣尤斯的小岛，当地刚好有一对侨居的英国夫妇，找到了茱迪，发现它脚上绑着的名字和目的地，把它放在笼子里，寄送回英国。圣尤斯的那对夫妇，把鸽子当做无家可归的流浪孤儿，因此把它送回英国的露宿之家。

鸽子飞了5000多里，是怎样飞的呢？专家认为，鸽子没有那种能力，一定是先飞到一艘货轮上，由货轮载着横渡大西洋的。但史钊活夫妇说：他们最了解茱迪了，它是一只不屈的小动物，它有这样的能力。茱迪是怎样飞到南美洲的，变成了一个谜。鸽子不会讲话，咕咕地低声叫着，主人永远不会知道真相。

然而，人生里保持一点点悬疑，更加多姿多彩。

懂得珍惜才能知道失而复得的美妙。

幸福是个弯弯绕

这个故事发生在19世纪40年代的美国。青年亨特遇上了天真活泼的大家闺秀郝斯达，他着迷了，可他家境贫寒又没读过什么书，也没有一个像样的职业，唯一有的是对她的一往情深。就凭这一往情深居然也赢得了郝斯达的芳心。

亨特向她的父亲恳求允许他们成婚时，老郝斯达决意不肯，只被亨特的执著所难才提出一个简直无法办到的条件：为了不让我的女儿跟了你受苦，你必须10

天内赚来1000美元！亨特惊了半天没有说话，就是50美元他也没办法拿出来啊。出于只能如期务必成功的愿望以及对婚后幸福的憧憬，他想到一条唯一的出路：发明一件能卖上钱的东西。可10天怎发明得了一件东西呢？他日夜苦思，终于想到了人们在大喜大庆的日子胸前佩戴缎花所用到的别针。那时候大家用的是大头针，外观丑，易脱落，也不安全，应该有一种更好的别针来替代它。有了这个目标以后，就像有了神助，他边想边做，居然只花了3个小时便设计出了现今仍在被全世界广泛采用的安全别针！

亨特带上他的发明找到了一家缎花商店老板。老板看了亨特的样品大感兴趣，当即表示愿意买下这项发明，先付500美元，以后再享有销售款的3%的专利费。要钱心切的亨特没那个想法，说，不，我只要1000美元现金就够了。缎花店老板笑着答应了。不过他对亨特说，你以后会后悔的。亨特坚决表示，我决不后悔！

亨特当即拿到了1000美元，顺理成章地成了小郝斯达的丈夫，老郝斯达的女婿。

故事本来很圆满：亨特凭自己的能耐力克刁难得到了自己的所爱；老郝斯达看到了一个并非等闲之辈的女婿；小郝斯达也可以自傲她不被表象所惑的眼力。然而故事还有后一部分，老郝斯达听到了亨特获取1000美元的经过以后，对他说，你怎么就要了这该死的1000美元，留下永远能生财的专利难道不更好些？亨特，既然缎花店老板那样说了，你可以去重新签约，现在就去，还来得及。可亨特说，这都是我明明白白对老板说了的，怎么能不守信，反悔？

老郝斯达一再劝说，亨特坚持没有再去。

为此，老郝斯达很不高兴，对亨特有了新的不满意。以后凡谈及这事就忍不住要骂：一个傻瓜。小郝斯达呢，由于婚后的亨特不再有那种愿望和激情，也再没有过什么发明。他们一直生活在贫困之中。如果有那3%的专利，情况就会完全不同了。过惯了富裕生活的郝小姐怎承受住明明可以富裕却被父亲的胁迫和丈夫的粗疏所断送的事实呢，以后多年她一直在抱怨，抱怨她的父亲、她的丈夫，昔日的天真活泼一去不复返。亨特本来是一个快乐的青年，但是，耳边身边时不时总有不满飞来，幸福的光环荡然无存，快乐也大打折扣。

幸福在这里拐了一个弯，头也没回就离开他们三个人飞走了。这一飞却冷不丁飞进了缎花店老板的怀里。其实，这们老板只是凭直觉感到了安全别针的前途，并没有刻意追求，甚至还当面劝说亨特别大意。

故事发生在他们四个人身上，我们其实也有过。

幸福在这里拐了一个弯，头也没回就离开他们三个人飞走了。

最美丽的玫瑰

萨德尔是普利茅斯城的成功商人，拥有数家大型百货商场，在有名的富人区有一栋漂亮的别墅。萨德尔的妻子瑞西对花情有独钟，别墅后面有一大片空地，她在那里种了各种各样的花草。

朋友们爱来她的花园小坐，都问她最喜欢哪种花。瑞西的回答是："我最喜欢紫红的玫瑰。"瑞西喜欢玫瑰，可这满园鲜花中唯独没有玫瑰，这件事成为大家心中的谜。

萨德尔的生意越做越大，不知从什么时候起开始渐渐疏远瑞西。终于有一天，他向妻子提出离婚。瑞西不肯答应，即使萨德尔许诺给她2/3的家产。无奈之下，萨德尔请了律师。

一天午后，一个青年男子走进这栋别墅，自我介绍说："我是萨德尔的律师，特地来了解一下你们的情况。"瑞西平静地说："我先给你讲个故事吧！"

一对贫穷的青年男女，相爱很多年。情人节快到了，男孩想送女孩一枝红玫瑰作礼物，为此，他辛辛苦苦攒了8美元。情人节那天，他拉着女孩走进花店，可是那天的玫瑰涨到了15美元一枝，男孩搜遍全身也没有凑够那么多钱。

看到男孩难过的样子，女孩安慰道："我最喜欢的是开在土壤里充满生命力的花朵，你可以买一包花籽，自己种一盆玫瑰，在明年的情人节送给我啊！"男孩激动地握住女孩的双手，深情地说："相信我，我一定会为你种出这世界上最美丽的玫瑰！"

此后，男孩开始没日没夜地工作。20年后，他拥有数家百货商场，成为有名的富翁，但他始终没有为她种下哪怕一株玫瑰。

起初他也会想起，也确实买了一包花籽准备栽种，但由于工作太忙，实在无暇顾及。后来，钱越来越多，他常常买来大捧的玫瑰花送给她，却已经淡忘了当初的许诺。许多年过去，女人仍然等待着，希望有一天，丈夫会想起他曾经买过一包花籽，却一直没有种下。

说到这里，瑞西的眼睛盈满泪水，对律师说："请你转告萨德尔先生，我可以离婚，不需要任何赔偿，但他必须送我一盆亲手栽种的玫瑰。"

律师离开别墅，把瑞西的话转告给萨德尔。萨德尔愣住了，想起当年在花店的窘境，想起多年前的承诺，想起这么多年妻子的默默付出和自己的冷淡相对。他亏欠妻子的，岂止是一盆玫瑰啊！

萨德尔不再提离婚的事，开始经常待在家里。一个傍晚，他们坐在阳台上，看着美丽的夕阳，谈起了那个情人节，还有那包花籽。没想到的是，那包花籽瑞西还一直保留着。

打开那层层叠叠包裹起来的花籽，一股霉味扑鼻而来。萨德尔更加愧疚，这花籽就像妻子一样，被他遗忘了太久太久。

"花籽都发霉了，还能开出花吗？"瑞西泪光闪烁。

萨德尔深情地望着妻子，自信地说："亲爱的，这么多花籽，总有一粒还会开花。只要我们心中有爱，并用心去浇灌。请你再相信我一次，我一定会为你种出世界上最美丽的玫瑰。"瑞西望着丈夫，破涕为笑。阳光下，她的笑容像当年一样美丽。接下来的日子，萨德尔常常把自己关在一间屋里，不许妻子靠近。

终于，又一个情人节到来了。那天，萨德尔请来众多宾客，在盛大的舞会上，对来宾大声说："现在，我要送给我心爱的太太一件最珍贵的礼物。"在众人的议论纷纷中，他打开一个箱子，拿出一个花盆，紫红色的玫瑰开得正艳。大家惊讶万分，一盆如此普通的花，何见珍贵？

萨德尔面对宾客，讲述了当年那个故事。大家先是静默，然后报以雷鸣般的掌声。在掌声中，萨德尔将这盆花献给了瑞西："亲爱的，你知道吗？我把那包发霉的花籽细心打开，一粒粒察看，只有这一粒是完好的。在我的悉心照料下，它终于开出了世上最美丽的玫瑰。"

它终于开出了世上最美丽的玫瑰。

爱的礼服

那年夏天，我在一间男士礼服店打工。

“丁冬”一声，挂在门上的风铃提醒我来顾客了。我折好书角，向门外看去。只见一位老先生推着轮椅走了进来，轮椅上坐着年纪和他相仿的老太太，两人都是那种很精神的北欧老人。老先生戴了一顶渔夫帽，帽子上还别了一根羽毛，有点老顽童调皮的味道。轮椅上的老太太满头的银发梳理得很整齐。

我迎了上去，笑盈盈地问：“两位选礼服吗？”老先生捧着自己圆圆的啤酒肚说：“小姑娘，你看什么礼服能装得下我这半个世纪的啤酒肚？”我扑哧一声笑开了，接着说：“有，中号就行，大号的您这肚子还嫌小呢。”老先生爽朗地大笑起来，老太太在一旁打趣地说：“那你再多喝点啤酒，就可以穿大号的了。”我量好尺寸后，问道：“您要参加哪种宴会？参加普通的婚礼西服就行；6点以前的宴会要用大礼服；6点以后最好用无尾半正式晚礼服；参加博士毕业典礼要燕尾服；商务宴会的礼服可以随意一些，用晚间便礼服。”老先生把轮椅推到试衣镜旁。找了一个最好的角度让老太太看他试衣服。然后，他转身说：“是葬礼，我太太的葬礼。”

我立即收起笑容，神色凝重地说：“对不起，对你失去太太我感到非常遗憾和难过。”他摆了摆手，一旁的老太太插嘴说：“还没死呢，我就是他的太太。”我有些尴尬地“哦”了一声，不知道该说些什么。我还从来没有遇到过这样的情况。我给两位老人各倒了一杯咖啡，老太太感激地接过了咖啡，把杯子放到嘴边。透过杯子里袅袅升腾的热气，她注视着老先生，嘴边有些怜惜的笑意，说：“这么多年，他就没自己买过合适的衣服。你跟他介绍了这么多种礼服，你问问他知不知道参加葬礼该穿哪一种。”老先生眼瞟着四周，又喝着咖啡笑着说：“我有最好的太太，这些从不用我操心。”我见气氛有些轻松了，手脚才自在起来。我转身去取一套中号的西服，听见老太太对老先生说："医生说最多还有几个月了，也该准备了。"我才明白了一大半。老先生接过话头说："我看那个医生有点蠢，医生说的也不是都准。"这会儿，老太太倒笑了起来，说："不管怎样，买好了我才放心，我可不想在天堂看到你穿着渔夫野营装参加我的葬礼。你还会光着脚，因为找不着袜子！"我转过身，被老太太描绘的情景逗笑了。老先生有些不好意思地笑着。我惊讶于老人对于离世的平静和坦然。老太太对我说："就要黑色的西服配上白色的衬衣，再加上黑色的领带。"我的心里赞同地想：老太太配的是标准的葬礼服。我配好衣服递给老先生，让他去更衣室试试。

见他拿着衣服进去了，老太太对我说："我都70多岁了，早晚要去天堂的。我就想把平常做的都给他安排好，怕到时候他一个人不习惯。"我心里一阵难过，不禁想起许多个早晨，在丈夫替我煎蛋、准备咖啡的同时，我在卧室里替他找合适的领带搭配衬衫。

如果哪天我要离去了，我一定要把所有的衬衫领带都事先配好，他才不会一下子不顺手。我的鼻子酸酸的，又想，我是不忍也不能先离去的，他自己都不会打领带，甚至找不出成双的袜子来。我一定要竭尽所能，在人生的路上多陪他一程。

老先生穿好衣服走出来，他挥动着手上的领带说："谁能帮我系这个东西？"老太太摇摇头笑着说："难道要我把所有领带都打好吗？"她示意让她来系，老先生弯下腰，俯身在轮椅上，老太太有些颤抖但熟练地打好了领带。我走到一边，好让他们不受干扰，多一些私人空间。镜子里的老先生庄严肃穆，他握着老太太的手，征求着她的意见。老太太说："挺好的。我喜欢。这西服倒让我想起我们结婚的礼服来。我们结婚时你系的是银色的领带，也是我选的。"老先生挺直了腰板，看了看镜子里的自己，又看了看镜子边的妻子，俯身抚着老太太的手，动情地说："我希望这套礼服永远派不上用场！

付过钱后，老太太向我致谢："上帝保佑你，我的孩子。"铃声中老先生推着老太太出了门。我看着他们的背影伴着轻声细雨渐行渐远，心中不可抑制地涌起对这老年伴侣的关爱。老了的只是年纪，不是爱情。

许多短小的片段连接起了整个人生。可是很多的时候，我们不懂得珍惜，认为所有的东西都是理所当然的，总是要到再没机会的时候才猛然惊醒。有人说"幸福被彻悟时，总是太晚而不堪温习了"，请在还不算太晚的时候，珍惜你的每一分钟。

我们不懂得得珍惜，认为所有的东西都是理所当然的，总是要到再没有机会的时候才猛然惊醒。

幸福的糖醋水

帕里斯是一名出色的大银行家，在他65岁生日的时候，亲戚朋友们从四面八方赶过来为他祝贺，就连报刊和电台的记者也对他这次生日闻风而动。因为，帕里斯平时即使一个小小的举动，都有可能给金融市场带来一次震动。

生日宴会上，当帕里斯吹灭生日蜡烛，在金碧辉煌的大厅里与众多亲友举杯共庆的时候，一名记者微笑着向帕里斯提问。他说："帕里斯先生，你觉得一生最幸福的时刻是什么时候，是不是现在这一刻？"帕里斯送到嘴边的酒杯停住了，他立刻说："不，不是这样的时刻。这样的幸福我觉得很平常。我最幸福的时刻是在我13岁过圣诞节的那一刻，我这一辈子都不会忘记。"

所有的人都愣住了，帕里斯说——

我小的时候，对汽水非常向往，觉得那是一种很神奇的东西，因为，我看到有钱人家的小孩喝了那东西后，会站到大街上一个接一个地呕气，那长长的呕气，让我羡慕得要死，我经常想，什么时候，我也能喝上那种神奇的饮料，能站在大街上对着来来往往的行人呕气，那该是多么幸福的事情呀。

可是，我家里太穷了，穷得常常连饭都吃不上，哪还有钱买汽水呢？母亲知道我对汽水的渴望，对我许诺说，到圣诞节的时候，就给我买一瓶那种神奇的会呕气的饮料。

于是，我天天盼望着圣诞节的到来。母亲每天都忙忙碌碌的，公司一有加班的机会，她就抓住不放。

终于，圣诞的钟声敲响了。那天，在我家的饭桌上，饭菜并不比往常丰富，但是，我看到，餐桌上多了一瓶汽水。我知道，那是母亲给我的圣诞礼物。

母亲微笑地看着我，她小心地拧开瓶盖，递给了我，我幸福地喝了一口，仔细地品味着舍不得咽下——原来，这种东西是一种酸甜甜的感觉呀。我伸脖子，等待着呕出一口长长的气来，可等了好久，根本就呕不出气来。

母亲在一旁紧张地看着我，说："你喝得太少了，多喝一点儿再试试。"可是，那一瓶东西就那么多，我喝完了，母亲不是连尝尝的机会都没有了吗？我对母亲说："你也喝一口吧。"母亲说："我喝过了，真的。"我不相信地看着母亲，然而，她一口也不肯喝。

为了能幸福地呕出那长长的气来，我每喝几口，都要等待一会儿，可是，直到我把那瓶酸酸甜甜的东西喝了个底朝天，我也没能呕出那幸福的气来。我疑惑地看着母亲，母亲也慌了，她说："怎么会这样呢，经理说那东西就是这个味道的。"我看看那瓶子上的字，不错，就是我见过的那种能呕气的饮料瓶子呀。就在这个时候，母亲突然抱着我哭了起来，她说："儿子，妈妈骗了你，那里面的东西，是妈妈自己制作的呀。"

原来，老板承诺圣诞节会发给妈妈加班的薪水。可圣诞节到来的时候，老板对母亲说，公司亏本，他根本没有钱再给妈妈发薪水了，也许，过了圣诞节，他的公司就会倒闭了。听了老板的话，无可奈何的母亲充满了惆怅。她突然问老板，汽水是什么味道。老板奇怪地看着母亲，耸耸肩说："你问这个干什么？那是一种酸酸甜甜的东西，就像是糖和醋同时放到水里混合在一起的味道。"母亲指着老板桌子上的空汽水瓶说："这个，可以给我吗？"

那天晚上，母亲用这个空汽水瓶子装上糖、醋和水。她尝了一小口，那种酸酸甜甜的味道很好喝。她想，也许，那种会呕气的饮料，就是用这些东西做成的吧。

听完母亲的话，我的眼里闪出泪花。我使劲地伸长脖子，咽下一口气又一口气，然后，真的呕出了一口长长的气来。我装作惊喜地对母亲说："妈妈，那些东西在我胃里面沉淀后，终于呕出气来了。你给我制作的这种酸酸甜甜的饮料，也会呕气呀。"

母亲的脸上挂着泪水，她说："是真的吗？帕里斯。"我说："是的，妈妈。"母亲说："儿子，我知道，你想呕气就能呕出来的呀。"母亲紧紧地把我搂在了怀里。所以，我现在最喜欢喝的饮料，就是自己调配的糖醋水，里面充满着浓浓的亲情。

帕里斯的故事讲完了，金碧辉煌的大厅里静得能听见一报针掉下地的声音，许多人的眼里也和帕里斯一样噙着泪花。帕里斯端着酒杯对那名记者说:“年轻人，我以我65年的人生经验告诉你，生命的幸福不在于环境、地位、财富和他所能享受到的物质。贫困的岁月里，人们也能感受到幸福，也许，那种幸福还会让你的记忆更深刻。就像我喝的那瓶糖醋水，那里面的囊福和亲情，虽然普通，却是人世间最真实的味道呀。”

那里面的幸福和亲情，虽然普通，却是人世间最真实的味道呀。”

无花也浪漫

我禁不住有些怀疑了，巴里是不是根本不爱我?

我们结婚的周年纪念日快到了。提前好几个星期就向丈夫频频暗示，我想要一副纯银耳环，有几个小圈圈套在一起的那一种。我甚至摊开了珠宝店的促销册子放在丈夫的书桌上，把我看中的那副耳环用红笔画了一个圈。他肯定会看见的，没问题。

那日子越来越近了。我巧妙地把话题扯到我心爱的圈圈耳环上:“啊，新税法出台了，白银的税要减征呢。”我眨眨眼睛，“昨天修理工说咱家的洗碗机该换条软管了。噢，对了，他夸我的银表好看呢，还说若是配上同样质地的耳环就更棒了！”我一路自顾自地说下去，“黄金市场跌得厉害，但白银……”

那日子终于到了，巴里也真为我准备了礼物:他竟然给我的车换了套崭新的轮胎。

“我的宝贝应该得到世界上最棒的礼物！”他一脸自豪的表情。

没有银圈圈耳环，没有绣着花边的内衣，没有香滑诱人的巧克力，没有鲜花，更没有“海可枯，石可烂，此情永不渝”的深情表白。什么都没有！

他竟然给我买了套轮胎！还是钢箍白胎壁的那种子午线轮胎。他看着我，咧开嘴傻笑，我心里不禁暗想，是不是他小的时候他妈总是不小心，把他大头朝下摔到地上好几次？

“怎么样？”他问道，傻笑不止，“喜欢不喜欢？”

“哦，是的，是的，我喜欢，我太……太……太喜欢了！”我不得不从喉咙里挤出几句言不由衷的话，否则他会这样不停地冲我傻笑1个钟头。听了我的回答，丈夫乐得很，抄起一块抹布，跑到院中擦起了车。

可我呢，实在笑不出来了，坐在门廊边的藤椅上自悲自怜起来。这个男人怎么这么没有情调？他是故意虐待我的感情怎么着？还是大脑麻木迟钝，根本是个傻瓜？我们彼此实在是缺乏理解，这种场面已不是第一次了。我们互相送礼物总是摸不透对方的心思，这都快成传统了。

就拿我送他的第一件生日礼物来说吧。唉，我都不好意思说，当时这事可真把我气得够呛。我为巴里买了件休闲西装，粉蓝色，弹力尼龙质地的，带两个兜，还附赠一条皮带。离他的生日还有一段日子呢，我又不想让他提早发现，就把衣服寄放在男装店，光寄存费就花掉我10美元。

他的生日临近了。我兴奋得要命，想象着他打开礼物盒，拿起他的第一件生日礼物仔细端详，满含感激深情地凝视我的双目，惊讶于我能如此摸透他的心思，竟然买了一件这么帅气的西装给他。

他生日的那天早上(我记得好像是他23岁的生日)，他坐在厨房餐桌旁边看着报纸，正好看到一则西装的广告，与我为他买的那件一模一样。我已经将衣服取回，用精美的盒子包好了放在衣橱里，想给他一个惊喜呢。然而我万万没有想到接下来发生的事情，他竟从鼻子里哼出一声不屑的轻蔑，说道：“难以想象！谁会穿这种破烂玩意儿？”

我差点儿给噎死。只好偷偷将西装拿回店中退掉，向店员解释说，我丈夫最近突然得了过敏症，穿不得尼龙质地的衣服，人家才答应给我退了。我又赶忙跑去买了一套电钻工具和一条工装裤，巴里一见喜欢得不得了。

还有一次，好像是母亲节，现在想起来依然难以释怀。巴里买了台吸尘器送给我，还不是个普通的吸尘器呢，硕大，像个怪物，美其名曰“家庭理容中心”，有各种各样的附件，从粉刷房屋，到给狗洗澡，无所不能，应有尽有。女儿们高兴得欢呼，又叫又跳，把它当成宇宙飞船，骑在上面满屋子跑了一个下午。巴里认为这是件最棒的礼物，他把吸尘器擦得锃亮，又做了一块小钉板好挂各样的附件，甚至提出要为它取个名字。

说实话，我不得不承认，原来的吸尘器已经坏了多日，好多次我总借邻居家的用。我也的确跟巴里央求过好多次，我需要一台新的吸尘器。但要命的是，他竟然在母亲节送给我一台吸尘器！

我口中说“谢谢”，可接下来一整天心里那个窝火啊……现在我坐在门廊旁边，看着他起劲地给车又洗又擦又上蜡。假如他真的爱我，他就应该知道我想要的是什么啊。许多时候，似乎我们的婚姻都快走到尽头了，但巴里却浑然未觉，傻傻地一笑，好像什么事都没有。这太可怕、太悲哀、太不幸了！

巴里继续擦着车，我的心思又飘回来，记起了我们的第一次约会。他找遍了缅因州北部的所有商店，要给我买一双7号的溜冰鞋，好带我去滑冰。

还有一次，我伤了后背，他帮我洗了伤处，穿好衣服，带我去看医生。夜里他就守在我的身边，和衣躺在病床旁的地板上，无论如何不肯离我半步。

往事一幕幕地浮现在我的眼前：最后一罐可乐他总让给我喝；将夹克脱下来披在我身上，自己却在寒风中瑟瑟发抖，还要尽量装做一点都不冷。不错，他从来没送给我任何首饰，也没有送给我鲜红的玫瑰，过什么节也没送过巧克力，难道这就意味着他不爱我吗？也许这只能说明，我们表达爱的方式不大一样。

巴里开始给车上蜡，我心里暗想，或许他选这礼物正是因为对我的深爱呢？至少他关心我的安全。说实话，我也注意到原来的轮胎已经磨得不成样子了，但我却从没想过自己去换一套。即使我从未用上过他送我的随身工具箱和闪光信号棒，但紧急救生带的确派过几次用场，吸尘器更是每天都得用。

也许，也许这个男人还是不错的。毕竟，花儿再美，终将枯萎凋谢，巧克力再甜，也不过穿肠过腹，落在厕所里。

心里的怒气渐渐平息了，我也拿了块抹布擦起后保险杠来。这样的场面或许够不上贺曼贺卡的广告片，但当时阳光从云中倾泻下来，我与丈夫一起干着活，汗珠滴落下来，那感觉真是难以言喻，浪漫非常！

结婚纪念日过去了，我的生日又快到了。这次我好想要一条粉红色丝质的内衣，并且我也暗示过他了，在维多利亚精品店就有得卖。不知道这回我又能得到什么呢？是轮胎标尺还是万用插座板呢？不知道。

不过，是什么都没关系啦，谁叫我有这么个不按常理出牌的丈夫呢？我知道他爱我，正如他知道我深爱着他一样。

当然，我还是很在意这个生日的。万一、万一他想起要送我一个浪漫又传统的礼物要吓我一跳呢？我还是决定把维多利亚精品店的册子摊开放在他的书桌上。

但转念一想，干脆我自己去买一条红色的丝质内衣吓他一跳好了。哈哈哈……

平淡，才是生活中的大部分。

为爱奔跑

他和她，不过是小城里两个平凡的上班族，共同经营着一份平常的感情。他已经忘了最初是怎么相识的，也忘了最初是怎么走到一起并相爱的。

说到"相爱"，他觉得用这两个字来形容他们之间的关系，似乎不太妥当，至少有些奢侈的味道——"相爱"应该是指"相互爱恋"吧？

当然，他感觉得到她是爱他的——从她每次悄悄凝视他，直至不自觉傻笑的脸上。

可是，他对自己的感情没有把握。用她的话形容，就是感情没到位。

其实也不是不喜欢她，他还是有些喜欢她的，要不他每天也就不会一想到什么或碰到什么，就打电话向她倾诉——但也仅限于此。

感觉上，他对她的感情，比喜欢多一点点，离爱，还少一点点。

他知道，凭她的聪慧敏感，也能感觉得出来。只是，她心里认定：事情可能会有转机，所以，她一直努力着。

他也心照不宣地配合着她的努力。

可是，这种事，总是不能勉强的，他们的努力，对他那种状态毫无帮助。

最后，夏日将尽的时候，她显得十分疲惫，终于轻轻地说："不如分开一阵子吧！"

他不做声，默认了这种提议。

虽然她极力控制住感情，想不失态、平静地从他身边离开，他还是看见她眼睛里的泪水慢慢地涌上来。他心里掠过一丝难过。

就这么分开了。最初，他不太习惯，像只无头苍蝇似地乱窜。过了一段时间，才平静了心情整理好情感。某天，他突然想起：交往那么久，他从来没去接过她。无意识地，他便踱到她办公楼的对面等待——其实也不知道等什么，他只想在她不知道的情况下去看看她。可惜，他并不知道她在哪间办公室上班，所以仍见不着她。于是，他又不自觉地CALL了她。一会，他看见对面的三楼上跑下一个身影。那个身影跑下三楼，穿过一条街，沿着一条50米岔道，直跑到另一条主街——那儿有一个公用电话亭。

他突然明白，为什么以前她每次回他的电话，呼吸都那么急促。

她说过办公室里有电话，但那是公共财产。况且，一贯冷静理智的她，怎么能当着全办公室人的面，低着头，红着脸说"我想你"之类的话？所以每一次回他的电话，她都要从办公室三楼跑下，穿过一条街，沿着一条50米岔道，直跑到另一条主街——用那儿的公用电话亭的电话。

每天，他CALL一次，她跑一次；他CALL两次、三次、多次，她跑两次、三次、多次……

阳光灼灼的夏日，一个微微有些胖的女子，在尘埃飞扬的街头气喘吁吁地奔跑——仅为回他一个电话。

他的心一动，就温柔地痛起起。

他忙大步流星朝那个为爱奔跑的女子走过去，他要告诉她：他现在是多么爱她！

他的心一动，就温柔起来。

告诉她你爱她

凯斯医生是一个老派的乡村医生，是我20年的密友。每次我去西部，都会在科罗拉多的那个小镇停留一下，去看望这个老朋友。有时他会给我讲一些我们认识的人的故事，这次是约翰和露易丝的故事。

约翰是个大农场主，人高马大，沉默寡言，没受过什么教育。他靠50只绵羊起家，兢兢业业干活，10年后，已有了2000只羊以及足够饲养它们的牧场。接着，他在小镇的郊外买下了一个有紫花苜蓿的牧场，在那儿喂养他的羊羔。45岁的时候，约翰已经是一个十分富有的人了。

约翰的妻子露易丝是个本地姑娘，读完了高中以后，在一家餐馆当招待。约翰第一次遇到露易丝是在一个夏天，当时她20岁。之后不久，约翰就开始每天驾车从紫花苜蓿牧场到镇上，10点钟准时与露易丝一起喝杯咖啡。约翰出发和到达的时间是如此精确，你完全可以照着他的行动时间来对表。他就像风车一样有条不紊，如同四季的更替一般可信而准确。

在约翰面前，露易丝如小鸟般地啁啾，跟他谈天气、庄稼以及镇上的一些无碍大雅的流言。约翰只是看着她，微笑着，点点头，完了他会说："我得去干活了，再见。"

他们就这样交往了三个月。一天早上，凯斯医生也到那里去喝咖啡，他听到了他们的谈话。约翰说："露易丝，我想让你嫁给我。"露易丝像是惊得噎住了，差点喷了咖啡。一时间，整个咖啡店似乎就剩下了他们俩。露易丝说："我也许会答应你，可是我要考虑一两天。"约翰点了点头，喝了口咖啡，然后说："我得去干活了，再见。"

两个礼拜后，他们结婚了。在科罗拉多州的泉城度完蜜月后，他们在紫花苜蓿牧场安了家。露易丝让人重新刷了房子，用她从丹佛买来的各式各样的东西布置他们的家。整整一年，约翰家的工人就没断过，厨房是新置的，走廊是用玻璃做的。

可是凯斯医生知道，他们并非事事顺心。约翰曾两次请凯斯医生出诊，给露易丝看病。凯斯医生发现露易丝不快乐，身体也不太好。她说她的头经常疼得厉害，可是凯斯医生并没有检查出她有什么毛病。第二次见到露易丝的时候，凯斯医生问她约翰对她好不好。露易丝说，没有比约翰更好的丈夫了——只是，他不怎么说话，其实女人也愿意聆听。几个星期后，凯斯医生又在镇上遇到了露易丝。露易丝对他说："我想很多疼痛大概是我臆想出来的，我已决定要像约翰那样强壮和坚强。"

之后，就再也没有他们的消息，直到18个月以后。一天凌晨3点半，凯斯医生被一阵急促的敲门声惊醒。敲门的是约翰，他的车停在门外，发动机还在响着。"凯斯医生，露易丝病得很厉害，你得想想办法。"露易丝在车子里，疼得快晕过去了。凯斯医生马上把露易丝安置到了他有四个床位的私家医院。露易丝的阑尾破裂了。手术后快到黎明的时候，凯斯医生对约翰说，24小时之内还很难说，不过露易丝好像已经度过了危险期。约翰像孩子似的哭了。"她一定得好，医生，她一定得好。"

但是到傍晚的时候，露易丝的病情恶化了。凯斯医生给她输了两次血，可她还是越来越虚弱。

"我想我的身子太弱了，医生。"露易丝无力地对医生说。

"可我记得你说过，你要像约翰那样强壮和坚强。"

露易丝面无血色地笑了笑："约翰太强了，他根本就不需要我。如果他需要我，他会说的，不是吗？"

"露易丝，约翰确实需要你，不管他说没说。"

露易丝摇了摇头，闭上了眼睛。

办公室里，凯斯医生对约翰说："露易丝她不想好起来。"

"她必须好起来，医生。"约翰大叫道，"要不再给她输点血？"

凯斯医生解释说露易丝已经输过血了。

"我说的是输我的血，我很强壮，我的血够我们俩用。"

凯斯医生把约翰引到大厅："告诉我，你爱不爱这个姑娘。"

"如果不爱她，我就不会娶她了。"约翰说。

"你告诉过她吗？"

约翰有点迷惑了，“我不是尽力把我能给的都给了她吗？除此之外，我还能做什么？”

“跟她说说话。”

“我不善于言谈，医生，她知道这个！”约翰抓住凯斯医生的肩膀，“把我的血给她。”

医生想了一下，把约翰带到了实验室。他取了约翰的血样，检查。最后凯斯医生说：“好的，约翰，10分钟以后我们输血。”

医生来到露易丝的病房，告诉她约翰要把自己的血输给她，他看到露易丝颤抖了一下。凯斯医生替她把脉，她的脉动非常虚弱，成功的希望渺茫。

待护士准备好一切，医生把约翰领到了露易丝的病房。手术台就在露易丝的床旁，中间拉起了一个帘子。

约翰伸出一只大而粗糙的手，握住了露易丝的手，他说：“露易丝，我现在要让你好起来。”

露易丝没有看他，只是轻声说：“为什么？”

“你认为是为什么？”约翰提高了声音，“你是我的妻子呀。”

露易丝那边没有回答。护士把帘子放了下来，用棉签擦拭约翰的手臂，然后把针头扎了进去。约翰的肌肉骄傲地收缩着。“就快好了。”他对露易丝说。过了一会儿，他又问：“她怎么样了，医生？”

在帘子的另一边，凯斯医生把针头插进了露易丝的手腕，接着放开了管子上的夹子。凯斯医生的手搭在露易丝的另一只手腕上。

“还好，约翰。”他说。

“你觉得怎么样，露易丝？”约翰问道。

“还行。”露易丝低声说。

“输完血后，你就可以跟我一样大声说话了。”

露易丝的脉搏好像稍稍强了些。

“约翰。”她轻呼。

“嗯？”“我爱你，约翰。”

一时的沉默。少顷，约翰说：“你一定要好起来！”

“为什么？”她细声地问。

“你一定要为我好起来，我需要你。”约翰犹豫了一下，声音哽咽了，“我爱你！”

露易丝的脉搏剧烈地跳动起来。

“你从来没有告诉过我。”

“我从来没想过应该告诉你。”

露易丝的脉搏平稳起来。“约翰，再说一次。”

约翰又踌躇了一下，然后重复了刚说过的话：“我爱你，露易丝，这个世界上你是我的最爱。我爱你，我需要你，上帝作证。我一定要让你好起来！”

医生把针头从露易丝的手腕中抽了出来，把血浆瓶和针头放在一边。他又检查了一下露易丝的脉搏。不可能！露易丝的脉搏变得平稳而有力起来。

“你怎么样了？”约翰问道，声音又一次失去了控制。露易丝没法回答，她在抽泣。

“她没事了。”凯斯医生说道，“你成功了，约翰。”医生给护士使了个眼色，护士把针头从约翰的手臂拔出，移走了手术台上的一个瓶子，把帘子拉开。护士和医生都离开了病房。

几分钟后，当凯斯医生再回到病房时，他看到约翰正握着露易丝的双手，跟她说话。

“当时露易丝仍然非常虚弱。”凯斯医生在结束他的故事，“但是我相信她会好起来的，她果真康复了。”

他摇头感叹：“这可真是个奇迹。约翰的血型与露易丝的根本不合，甚至有可能会使她死亡。不过，我给她输的是另一瓶血浆，约翰的血都流到了玻璃瓶里。露易丝需要的是约翰，她也的确得到了他。”

告诉他你爱她。

不，你才是我所爱的

爱德华·魏尔曼与老村子里的家人道过别动身去美国寻梦了。老爸递给他一个小皮包，全家所有的积蓄都藏在这。“这里的日子太难过了。”他边说边与儿子拥抱告别，“你是我们的希望。”爱德华登上了大西洋号货轮，每一个愿意去美国淘金的年轻人都可以免费搭乘大西洋号。如果爱德华果真在科罗拉多州的落基山脉淘到了金子，那么全家人都会搬过去。

几个月过去了，爱德华不知疲倦地劳作着，金脉稀薄，每天的收入也很微薄，但总算还稳定。每个晚上，爱德华都会渴望他钟爱的女子能出现在他的面前。还没有正式向英格里德求爱就来了美国，是爱德华这次探险唯一的遗憾。他还只是在教会野餐的时候，大胆地坐在了她的身边；还有为了能见一见她，曾编出一些拙劣的理由上她家坐坐。

爱德华家与英格里德家是多年的世交，他曾暗自希望英格里德能成为他的妻子。一头飘逸的长发、魅力四射的笑容，英格里德是亨德森家姐妹里最漂亮的。每夜在小屋里躺下的时候，爱德华都会渴望能把英格里德拥在怀里摸一摸她赤褐色的长发。思索良久，他提笔给老爸写信，希望老爸能帮助他美梦成真。

差不多1年以后，爱德华等到了他日思夜盼的电报。亨德森先生同意了送他的女儿去美洲。

她是个勤劳而有生意头脑的姑娘，她将与爱德华一起努力发展他们的金矿，希望一年以后能把两家都接过来参加他们的婚礼。

爱德华的心因为快乐而急速地跳动起来。接下来的1个月，他一直忙活着把他的两间房的小屋变成一个家。他买了一个帆布床放在起居室给自己睡，又努力地改造他以前的卧房，希望英格里德住得舒服。窗帘由粗麻布袋换成了有花样图案的面粉袋，遮住了脏兮兮的窗子。他从草地上拔来鼠尾草，晒干了，放在一个易拉罐做成的花瓶里，搁在英格里德的床头柜上。

爱德华等了一生的那一天终于来了。他手捧一束新摘的小雏菊来到了火车站。火车慢慢停下来的时候，蒸汽翻滚，车轮尖叫。爱德华往每一个窗子里探望，寻找那一头长发和那个动人的笑脸。

爱德华的心因为渴盼而怦怦直跳，突然一下子，他的心怦的一下跌落下来——车上下来的不是英格里德，而是她的姐姐玛塔。她垂下眼帘，害羞地站在他面前。爱德华盯着她——目瞪口呆。接着他们握过手，爱德华递给了她那束花：“欢迎。”他轻声说，眼里依旧冒着火。一丝微笑印在了她平凡的脸上。

“当爸爸说你要我过来的时候我很高兴。”玛塔抬头看了看他的眼睛又很快低下了头。“我来替你拿包。”爱德华不由衷地笑了笑。他们上了马车。

亨德森先生和爱德华的老爸都没看错，玛塔的确很有生意头脑。爱德华在矿上工作的时候，玛塔也在办公室忙碌着。她在起居室搭起一个临时的写字台，洋细地记下矿上的每一件事。

6个月后，他们的资产翻了一倍。

美味的佳肴，安静的微笑，这个小屋因为一个好女人而美丽起来。可这并不是我爱的女人，每晚爱德华瘫睡在帆布床上时都忍不住悲哀。他们为什么让玛塔过来？他还能见到英格里德吗？他会放弃娶英格里德为妻这一生的梦想吗？

这一年里，爱德华和玛塔一同工作、娱乐、开怀大笑，但从未曾相爱。有一次，玛塔在起身去她卧房的时候，亲了亲爱德华的面颊，爱德华很难看地笑了笑，没有其他表示。以后的日子里，玛塔似乎仍然心满意足，虽然他们仅仅是一起爬爬山，或是晚餐后在门廊交谈良久。

一个春日的下午，山石在倾盆大雨中滚落下来，挡住了他们金矿的入口。盛怒的爱德华将沙子装满口袋，把它们堆放在水流处。

全身湿透，精疲力竭，他疯狂的举动似乎一点效果都没有。突然，他看到玛塔站在他身边，手拿一个敞开的麻布袋。爱德华把沙子铲进去，接着玛塔像一个男人一样把装好的袋子堆放到其他沙袋之上。脚踩着齐膝深的泥巴，他们在大雨里待了好几个小时，直到雨停。然后，手拉着手，他们一道回了家。喝过热汤后，爱德华疲倦而又如释重负地叹了一口气："如果没有你，我肯定救不了那个矿了，谢谢你，玛塔。"

"不客气。"玛塔回答道，带着她惯有的微笑，然后静静地回到她的房里。

几天之后，他们收到了电报：亨德森和魏尔曼两家人下周抵美。爱德华压抑了又压抑，可是一想到就要看到英格里德了，他的心又如往昔一样剧烈地跳动起来。

他和玛塔一起来到火车站，他们看到了月台远处火车里兴奋不已的两家人。英格里德出现了，玛塔转头对爱德华说："去找她。"

爱德华诧异得结巴起来："你——是什么意思？"

"爱德华，我一直就知道我不是你心仪的姑娘，教会野餐的时候，我看到了你对英格里德的殷勤。"玛塔对走下火车的妹妹点点头."我知道你渴慕的妻子是她，不是我。"

"可是……"

玛塔的手指压在爱德华的嘴上。“嘘——”她不让他说话，“我确实爱你，一直都爱，正因为如此，我希望你幸福。去找她吧。”

爱德华移开她放在他脸上的手，握着。她盯着他，爱德华第一次发现她是如此的美丽。他记起了他们草地的漫步，壁炉前宁静的夜晚，还有在沙袋前与他一起流汗的她。这时，他才意识到已经潜伏在他心里数月的真实的想法。

“不，玛塔，你才是我所爱的。”他把她拥到怀里，用内心迸发出来的所有的爱来亲吻她。两家人聚集在他们身边欢呼着：“我们过来参加婚礼了。”

你才是我所爱的。

感恩的轮回

多年前一个感恩节的早上，有一对夫妇却不愿醒来。他们不知道如何以感恩的心度过这一天，因为他们实在穷得可怜，别说庆祝丰收的感恩节大餐，现在有一点简单的食物吃就算不错了。

贫贱夫妻百事哀，醒来没多久，这对夫妻就争吵起来。随着双方越来越激烈的咆哮，家里布满了呛人的硝烟。老早就起床等待感恩节大餐的男孩，吓得躲在角落里，一动不敢动。他有一双大得出奇的眼睛，清澈得让人想跳进去。

敲门声也赶来凑热闹，厌恶而刺耳。男孩试探地看了看父母，见谁也不动身，便悄悄走上前去开门。

一个高大的男人出现在门外，他穿着一身皱巴巴的衣服，满脸笑容，手里提着一个篮子，里头是各种各样的过节的东西：一对火鸡、塞在里面的作料、煮熟的玉米棒子、厚饼、甜薯及各式罐头……

一家人都愣住了。陌生男人说："这些东西是一个人让我送来的，他了解你们的需要，他也希望你们知道，总是有人爱着你们的。"

男主人极力推辞。陌生男人说："不关我的事，我只不过是个跑腿送货的。"然后，他把篮子搁在小男孩的臂弯里，说："孩子，你的眼睛太漂亮了。祝你们全家感恩节快乐！"随后，他转身而去。

原来，这个陌生男人是个货车司机，一年中有2／3的时间在外面奔波。遇上感恩节，他却总要回家的，这是他给妻子和6个孩子的承诺。可是，当他带着礼物回家时，这家窗户上映照出来的夫妻吵闹的剪影却刺痛了他。于是，他把带给妻儿的感恩节大餐送给了这户陌生人家。

这个举动改变了那个小男孩的一生。

他长到18岁的时候，虽然收入微薄，可是，每到感恩节都要买不少食物，假装是个送货员，开着自己那辆破车，四处留意着最需要食物和温暖的家庭。

这一年，当他敲开一座破落的住所时，看见开门的是一个瘸腿的老男人。

这个老男人有6个孩子，一次车祸让他无法再正常工作。所以，今天他不仅面临着断炊之苦，还有妻儿的抱怨。

年轻人开口说道："我是来送货的，先生。"

随即他转过身子，从车里拿出装满食物的篮子，里头有一对火鸡、塞在里面的作料、厚饼、甜薯及各式罐头等。见此，跟出来的女人傻了眼，而孩子们则发出了欢呼声。

女人一边亲吻年轻人的手，一边激动地喊着："你一定是上帝派来的！"

年轻人有些腼腆地说："噢，不，我只是个送货的。"接着，他把"雇主"的一张字条交给男人，上头写着："我是你们的一位朋友，愿你们一家过个快乐的感恩节，也希望你们知道有人在默默爱着你们。"

年轻人走了。女人仍然难以相信，不停地喃喃自语："会是谁呢?"

男人说："只看他的眼睛，我就知道他是谁了。"

只看他的眼睛，我就知道他是谁了。

发现感动

生活不是没有美，而是缺少发现美的眼睛。生活不是没有感动，而是缺少能够感动的心灵。很多的感动，或许，只是缘于瞬间的小事，让我们的心中充满感动。

飓风中的两个瞬间

2005年8月29日，飓风“卡特里娜”把美国墨西哥湾沿岸的4个州变成了人间地狱，密西西比州是遭飓风袭击最严重的地方，90%的建筑已“完全消失”。

飓风虽狰狞可怕，但人们的爱并没有退缩，爱心与奉献在这场灾难中演绎着一段段可歌可泣的故事。

飓风袭来时，有6个人刚刚从密西西比州首府杰克逊市的一个法院里走出来，他们是刚刚对簿公堂的原告和被告，为避灾难，他们情急之下不约而同地就近躲在一个立交桥下。当时的风力达到12级，连小汽车也被掀到了半空，靠着桥墩的6个人，随时都有被刮跑的危险。怎么办？危急时刻，一个人突然喊道，快把手拉在一起。喊声让人们恍然大悟，他们抛却了所有的恩怨与芥蒂，围抱着桥墩把手紧紧拉在一起，那一刻，他们感到别人的手对自己是那么重要。结果，飓风也对这同心联手的6个人无可奈何，6个人因此逃过了一劫。

强烈的飓风也使洪水泛滥成灾，路易斯安那州首府新奥尔良市由于地势低于海平面，80%的城区都被洪水淹没，有8个市民在洪水泛滥时坐在一条小船上逃生。但小船没走多远就因负载太重，在水里直打转，并慢慢下沉，眼看着一船人就要葬身水底。

就在这时，一位体态较胖的中年男子站起来说：“让我跳下去，大家就得救了！”听了他的话，其他几个人也要跳下去，想把生还的希望让给别人。但中年人对他们大声说：“谁也别争，跳下去的必须是我，因为我是所有人里最重的。”说完，他就跳下支了。

小船停止了打转并开始上浮，船上的人眼看着那个不知姓名的人被洪水吞没，都失声痛哭起来……

这是美国有史以来遭遇的最大的飓风。不可否认，灾难常常令人类狼狈不堪，灾难常会带来惨绝人寰的毁灭，但每场灾难都是对人类的严峻考验，就在这些考验中，我们往往会看到最光芒四射、最铿锵峻拔的美丽人性。

不可否认，灾难常常令人类狼狈不堪，灾难常会带来惨绝人寰的毁灭，但每场灾难都是对人类的严峻考验，就在这些考验中，我们往往会看到最光芒四射、最铿锵峻拔的美丽人性。

生命的美丽约定

晌午，安娜坐在医院外面的草坪上晒着太阳，虽然身旁有着一簇一簇鲜艳的小花，但她的脸上却始终是一副忧郁的表情，因为她被诊断患有绝症，而且时日不多了。母亲总是含着眼泪站在她身旁，为她梳着头发。她的头发一天天变少了，像秋风中摇曳的枯草。

在回病房的路上，一个男孩走了过来，在他们四目接触的一刹那，一种特有的神采闪在安娜的眼前。男孩拿起手中的风筝塞到安娜手里说，“你瞧这是一只小鹰，它是我的朋友，它很勇敢！我叫约克，现在把它送给你，希望你能快乐！”就这样他们聊了起来，原来约克也患有绝症，每天他在医院的草坪上经过时都会看见安娜在静静地发呆，脸上写满忧伤，约克觉得这么美丽的女孩应该有最灿烂的笑容，但是他什么也做不了，因为他的日子也不多了。今天，他看见安娜坐在草坪的花丛里，觉得应该让她像艳丽的花朵般笑起来，于是他鼓足了勇气和安娜讲话！这天傍晚，他俩已成了仿佛相识多年的老朋友。两颗已经濒临绝望的心相撞了，闪出了希望的火花。他俩在一起聊天，一起放风筝，这对少年仿佛拥有了整个天空。

终于有一天，他们都得知病情到了无法医治的地步，他们相拥而泣，但还是互相鼓励着，他们约定：好好地过完每一天，为对方祝福，永不言弃！但他们一直都会通信给彼此鼓励。

一晃两个月过去了，一个下午，安娜手中握着约克的来信，抱着那只小鹰风筝，合上了眼睛，嘴角边带着一抹淡淡的微笑。母亲流着泪默默地拿过约克的信，一行行有力的字跃入了眼帘：“……当命运捉弄你的时候，不要彷徨，不要害怕。因为还有我，还有很多爱你的人在你身边，你绝不孤单。”母亲拿信的手颤抖了，泪水一点点润湿了它。

母亲在安娜的抽屉中发现了一沓写好但尚未寄出的信，最上面一封写的是“妈妈收”。母亲疑惑地拆开了信，是女儿的字迹，上面写道：“妈妈，当您看到这封信的时候，也许我已经离开您了，但我还有一个心愿没有完成。我知道也许我无法履行我的诺言了，所以，在我走了之后，请您替我将这些信陆续寄给约克，让他以为我还坚强地活着，相信这些信能多给他一些活下去的信心……女儿。”

望着女儿这最后的遗言，母亲突然感到有一种豪情在涌动，她觉得有责任去见见这个男孩，要他好好活下去。

安娜的母亲拿着女儿的信，按信封上的地址找到了约克的家。她看到桌子正中镶嵌在黑色镜框中的照片是一个很阳光的男孩。她怔住了，当她转眼向那位开门的妇人望去时，那位母亲早已泪流满面。她缓缓地拿起桌上的一沓信，哽咽地说：“这是我儿子留下的，他一个月前就已经走了，但他说，还有一个与他相同命运的女孩在等着他的信，等着他的鼓舞，所以，这一个月来，是我代他发出了那些信……”说到这儿，两位母亲已泣不成声。

她们感到：这个美丽的约定，这一对少年的共同心愿就像一团火一样，将永远点亮着她们的生活！

爱的诠释

在美国芝加哥的西北角，有一个叫罗爱德的小镇。几个月前，该镇的教育主管部门为镇里一位名不见经传的女教师举办了一次庞大的摄影展览，展出的都是教师以女儿为主人公的生活照片。出人意料的是，从美国各地来了2800多名记者，打破了美国个人摄影展记者采访人数的历史纪录。

女教师名叫露易丝，是个普通的小镇居民。但她与众不同的，就是坚持每天给女儿詹妮照一张相，从女儿出生到20周岁，足足照了20年，照了7300多张。她把这项活动称为：女儿每天都是新的。

展览馆共有八层展厅，被分隔成宽3．5米、长1500多米的展道，全部都挂着詹妮的照片，从她出生到20周岁，以时间为序，一张连着一张。每张照片的规格都是一样的：高23厘米，宽20厘米，下边则写着拍摄时间(年、月、日、时)和简要的文字说明：

今天，詹妮呱呱哭着来到了人间；

今天，詹妮在妈妈怀里吃奶；

今天，詹妮会笑了；

今天，詹妮发烧竟然达到38摄氏度；

今天，詹妮会喊爸爸妈妈了；

今天，詹妮跟着妈妈上幼儿园……

据说，为了坚持不间断地拍摄，露易丝很少离开女儿詹妮，万不得已，她就请人代劳。20年间，她先后请丈夫和詹妮的爷爷、奶奶、外公、外婆等13人帮忙照了43张。

平心而论，这些照片，从拍摄技术到画面内容，都很平淡或平凡，甚至有千篇一律的弊病。比如：詹妮在襁褓中的照片有110多张，吃饭的有1500余张，看书的有140余张……

然而，就是这些平凡之至的照片轰动了整个美国，让全世界为之感动，因为它体现了露易丝对女儿詹妮永恒无私的爱。去年，露易丝因此被评为优秀教师。

永恒就是美丽，执著就是艺术，平凡造就伟大。这是人们对露易丝这种做法的崇高评价。

露易丝的伟大，在于她能够把众人都能够做却不屑于做的事，不但认认真真做了，而且一做就是20年。

永恒就是美丽，执著就是艺术，平凡造就伟大。

趁双亲还健在

曾读到过这样一个故事，既让人心酸又让人掩卷沉思：

旧金山的约翰给在纽约工作的儿子戴维打电话。

"我也不想让你感到难受，但是我不得不告诉你这个坏消息——我和你母亲已同意离婚，45年的煎熬我们受够了。"约翰的话音中有一些失落感。

"老天！你在说什么呀？老爸！"戴维大吃一惊。

接着戴维马上给芝加哥的妹妹打电话："苏珊，你一定要冷静，听着，老爸老妈想离婚，怎么办？"

"什么？上帝！我们得回去阻止他们！"苏珊在电话那边尖叫。

挂断哥哥的电话后，苏珊立刻拨通了家里的电话，是约翰接的电话。"你们不许离婚！我们明天就到，千万不要冲动！听见没有？"苏珊一口气嚷嚷完就挂了电话。

约翰放下电话后，转身对妻子说道："好了，他们能回来过感恩节了，但圣诞节我们怎么说？"

为了让儿女们回家过一个感恩节，做父母的竟然要采取如此"欺骗"的伎俩，对于长大了就远走高飞或长期在外工作的儿女来讲，我们该作何感想呢？我们是否忘记了对父母应该有最深的牵挂、最彻底的感恩之心？我们是否一次又一次地心存侥幸，反正父母们活得还很好，对他们的感恩不用太着急！

然而，即使我们对父母的感恩来得及，我们是否想过父母们等得及吗？假如有一天，父母们因为终于等不及而撒手而去，我们是否会因为我们的慵懒而充满无尽的懊悔呢？有一位作家就这样忏悔：

我不曾问过自己为什么爱戴并继续爱着我的双亲，尽管他们早就与世长辞。但是，我要说，在他们仙逝之后，我反而对他们爱得更深。这是为什么呢？

直到现在，在我成熟以后，我才真正认识到他们是怎样一些人，他们都为我做了些什么。他们为了我往往不顾自己，甘愿牺牲。

在我父亲卧床不起、病入膏肓时，为了让我去上学，他决定卖掉一块葡萄园和一头公牛——实际上是家里唯一的一头公牛。虽然他本身需要补养，需要为自己的病痛买些补品，但即使是在这种情况下，他仍然没有为自己着想而是为我操心。他用被子蒙住浮肿的双腿，装出一副健康的样子，舍不得花掉用来看病买药的"保命钱"，以这种方式缩短了自己所剩无几的寿命。

他为我卖掉了葡萄园和公牛，我却没有说一声"谢谢"。现在，没有说出口的这声"谢谢"使我越发感到沉重和悲哀，因为我父亲永远也不会听见这句"谢谢"了！

正因为如此，我要对所有那些爸爸妈妈都还活着的人们说："趁他们还健在时，去爱他们吧，说出对他们的爱吧！一定！这是因为，明天或许就晚了，到那时，那些没有说出口的感激的话语、爱的话语将如鲠在喉，使你感到沉重和痛苦，无法解脱！"

如果你想为父母买些苹果，你就赶快出手；如果你想说声"谢谢"，你就马上说出口。因为或许再过一刻，你和你的双亲，将永远失去快乐。

尊 严

我14岁那年，父亲因为生意失败破产了，我们家陷入了最悲惨的境地。我们不得不从富人区的复式楼搬到小公寓，而一直在家做家庭主妇的母亲也不得不第一次拿着打印出来的履历在外四处求职。

“当然，我们可以申请社会福利救济，但我不想让我们的孩子因此失去了他们的尊严。”我还记得当时母亲在房间和父亲争执时说的这句话，那是我第一次看到母亲在父亲面前如此严肃地表达自己的意愿。

为了能赚取一些零用钱，我央求同学在寒假帮我找了一份在一家快餐店打工的兼职。以前这样寒冷的冬天，我通常是坐在家里生着炉火的房间，惬意地喝下一杯滚烫的热咖啡，而现在，我却不得不面对这个现实，我只能给别人端咖啡喝。

有一天，我发现淘气的弟弟竟然把我心爱的棒球棍给弄坏了，我非常恼火。要知道，一开学我就要参加学校的棒球比赛了，而以我现在每天所赚的辛苦钱，至少要苦做一周，才能再买下一根这样的好棍子。

我生气地责骂着弟弟：“嘿，你这个坏家伙，你知道我得在店里受多少委屈，才能买回这个吗？”

当时母亲恰好从房间门口经过，她听到我的抱怨，吃惊地进门来对我说：“约瑟夫，你在店里很受委屈吗？有什么事你就告诉我们，我们会帮助你的。如果你在那里确实很受委屈，那么，你应该辞职回家。”

“回家？”我一阵冷笑地看着母亲手里刚刚打印出来的履历，脱口嚷道，“那么我就会连最廉价的棒球棍都买不起了！你们会帮助我，你们要怎么来帮助我，你甚至都找不到一份能赚钱的工作！”

天知道，我这些一时的气话有多么伤人，因为我已经看到母亲的脸色变得惨白。是的，我不该埋怨和挖苦他们。父亲自从生意失败后很长时间不能从内疚的情绪里解脱出来，而母亲呢，长时间地离开社会，我们又怎么能强求她一下子就能找到一个足以养家糊口的好工作呢！但我不明白，此时家里的状况，母亲为何还要死守住那些所谓的尊严，不愿意向社会福利机构求助呢？能保住尊严当然是最好，可最重要的是合理的生存呀！

“对不起！”我跑向母亲，抱住她孱弱的肩膀，泪水一下子涌了出来。我想，我们都已经快经受不住上帝给我们的这种考验了。

一天中午，一个打扮夸张的年轻人到店里吃午餐，我为他做点餐服务，他要了一块牛扒和一杯咖啡。几分钟后，我把厨房送出来的热咖啡端到他面前。正当我想要放到桌子上时，他突然一扬手碰翻了我端咖啡的托盘，滚烫的咖啡一下子洒了出来，烫得我直龇牙咧嘴，而他的身上也溅满了咖啡。可那人见状，都没问一下我烫伤的情况，就立刻站起来大声地指责我的过失，还要求店里赔偿他洗衣费用。

老板闻讯从后台赶来，他不愿意承担这样的损失，可又不想得罪顾客，便对我说，我的工作失误要由我来负责。无奈之下，我只好跟客人据理力争，说因为他突然扬手才弄洒了咖啡。他一听我不仅不肯赔偿，还说责任在他身上，当即大怒，在店里大发脾气。当时正是店里营业的高峰期，老板见事情越闹越大，只好向对方妥协说，我们店里愿意赔偿他的洗衣费用。没想到，那个客人此时已经不满足于这样的赔偿了，他说我的傲慢态度激怒了他，不仅要求我向他道歉，还提出一个非常无理的要求，要我跪下向他认错。

尽管他的要求是如此令人瞠目，但老板为了尽快了结此事，减少对店面营业的影响，还是建议我照客人的要求做，同时还暗示我说，如果我不肯妥协的话，就会立刻开除我，并且扣发我所有的工资。

我当时真的想立刻掉头就走，但脚却是那么地不听使唤。算下来我已经有59美元的工资了，而我也早就算好了这些钱的用途。我要买蒙特森的毛衫，还有新的棒球棍，去参加学校的春季棒球比赛。天知道，到时班上会有多少姑娘对我尖叫。但如果我离开的话，这一切梦想可就都泡汤了。

就在我忍着眼里的泪水不知所措时，一个女人突然冲了进来，拉着我的手说：“孩子，不要跪，男儿膝下有黄金。这件事不是你的错，就算他1分钱不给你，也不能承认你没有犯过的错误。”我一抬头，看到的正是我那瘦弱的母亲。

我不知道自己是怎么跟着母亲走出了喧闹的快餐厅回到家的，一想到辛辛苦苦工作赚的59美元全都没了，我真是太伤心了。突然，我没来由地怨恨起母亲来，要不是她的出现，也许我就能保住快餐店的工作了。

这些话，虽然我没对母亲说，但我想，她一定都感觉到了，因为那段日子里，我天天把自己关在房间里，哪儿都不去，就算是吃饭时面对母亲，也是一副冷冰冰的脸孔，我甚至都没有正视她一眼。

直到有一天，母亲突然敲门进来，递给我59美元，我才惊讶地抬头看她。母亲说：她到店找到老板理论了，还讨回了我的工钱。捏着这些钱，我破涕为笑地抱住了母亲。

很快，寒假就过完了，我用这来之不易的59美元买了漂亮的毛衫，还有坚固的棒球棍，学校棒球队已经邮寄给我春季的赛事时间安排表了。路上，我碰到了和我一起在快餐店打工的同学，他对我竖起大拇指说："好样的，约瑟夫，我真没想到，你连那么多钱都可以不要了。"我得意地告诉他，后来我母亲已经帮我到店里去拿到钱了，可同学一愣，对我说："这不可能，你母亲是去过店里了，可老板并没给她钱，因为老板已经把你的工钱赔给了那个小混混。"

这下，我愣住了，我不知道母亲给我的这59美元，到底是从何而来的。

在父亲的帮助下，我辗转找到了母亲工作的地方，那是个阴冷潮湿的地下停车场，一进去就闻到一股霉臭的味道，母亲在那里做清洁工人。我无法想象，当初坐在咖啡厅里喝高级咖啡的高贵母亲，如今竟然在这样的地方做清洁工。我走了进去，正看到一辆小车从停车场里飞驰而去，溅起的脏水洒在母亲的脸上，母亲追了上去，车厢里甩出一张钞票，母亲没有说什么，弯下腰捡起钞票，然后毫无尊严地将脏水轻轻抹去。

我能感觉到自己的泪水正一滴滴地落下来，原来，母亲一直是用自己的尊严买回了我的尊严，用59美元买回了我膝下的黄金。

多少年过去了，我从一个不谙世事的少年成长为今天在商界驰骋的成功商人，而在这个路途中，每当我的尊严受到挑战时，母亲在停车场抹去脸上脏水的那一幕就会出现在我的眼前。而事实也证明，母亲是对的，一个没有尊严的男人，不可能拥有成功的事业。

我的很多客户正是基于对我个人的钦佩和敬意，而选择了和我合作。

母亲用59美元买回的尊严，将使我一生受用不尽！

生命的支点

在土耳其旅游途中，巴士行经在1999年大地震的地方，导游趁此说了一个感人却也感伤的故事，发生在地震后的第二天……地震后，许多房子都倒塌了，各国来的救难人员不断搜寻着可能的生还者。

两天后，他们在缝隙中看到一幕不可置信的画面——一位母亲，用手撑地，背上顶着不知有多重的石块：一看到救难人员便拼命哭喊着："快点救我的女儿，我已经撑了两天，我快撑不下去了……"她七岁的小女儿，就躺在她用手撑起的安全空间里。救难人员大惊，卖力地搬移在上面、周闹的石块，希望尽快解救这对母女，但是石块那么多、那么重，怎么也无法快速到达她们身边。媒体到这儿拍下画面，救难人员一边哭、一边挖，辛苦的母亲一面苦撑等待着……透过电视、透过报纸，土耳其人都心酸的掉下泪来。更多的人，放下手边的工作投入救援行动。

救援行动从白天进行到深夜，终于，一名高大的救难人员够着了她的小女儿，将她拉出来，但是……她已气绝多时。母亲急切的问："我的女儿还活着吗？"以为女儿还活着，是她苦撑两天的唯一理由和希望。这名救难人员终于受不了，放声大哭："对，她还活着，我们现在要把他送到医院急救，然后也要把你送过去！"他知道，如果母亲听到女儿已死去，必定失去求生意志，松手让土石压死自己，所以骗了她。

母亲疲惫地笑了，随后，她也被救出送到医院，她的双手一度僵直无法弯曲。隔天，土耳其报纸头条是一幅她用手撑地的照片，标题"这就是母爱"。长得壮硕的导游说："我是个不轻易动感情的人，但是看到这篇报道．我哭了。以后每次带团经过这儿，我都会讲这个故事。"

其实，不只他哭了，在车上的我们，也哭了……

这就是母爱，你无法形容她的伟大。

第十一次敲门

瑞德公司的面试通知，像一缕阳光照亮了克里弗德焦急期待的心。面试那天,克里弗德精心地梳洗打扮了一番,又换了一条新领带,以祝福自己好运。上午10点钟,他走进了瑞德公司人力资源部。

等秘书小姐向经理通报后,克里弗德静了静心,提着手提包来到经理办公室门前,轻轻地敲了两下门。

“是克里弗德先生吗? ”屋里传出问询声。

“经理先生,你好! 我是克里弗德。”克里弗德慢慢地推开门。

“抱歉,克里弗德先生,你能再敲一次门吗? ”端坐在沙发转椅上的经理悠闲地注视着克里弗德,表情有些冷淡。

经理先生的话虽令克里弗德有些疑惑,但他并未多想,关上门,重新敲了两下,然后推门走进去。

“不,克里弗德先生,这次没有第一次好,你能再来一次吗? ”经理示意出去重来。克里弗德重新敲门,又一次踏进房间,“先生,这样可以吗? ”

“这样说话不好——”

克里弗德又一次走进去:“我是克里弗德,见到你很高兴,经理先生。”

“请别这样。”经理依然淡淡道,“还得再来一次。”

克里弗德又做了一次尝试:“抱歉,打扰你工作了。”

“这回差不多了,如果你能再来一次会更好,你能再试一次吗? ”

当克里弗德第10次退出来时,他内心的喜悦和憧憬已消失殆尽,开始有些恼火,心想,进门打招呼哪有这么多讲究? 这哪是招聘面试呀,分明是在刁难戏弄人。

克里弗德生气地转身离开,可刚走几步又停了下来。不行,我不能就这样逃开,即使瑞德公司不打算录用我,也得听到他们当面对我说。于是,克里弗德稍稍地舒了一口气，第11次敲响了门。这次，他得到的不是拒绝，而是热烈欢迎的掌声。克里弗德没有想到，第11次敲门，叩开的竟是一扇成功之门。

原来，瑞德公司此次是打算招聘一名市场调查员。而一名优秀的市场调查员，不仅要具备学识素质，更要具备耐心和毅力等心理素质。这11次敲门和问候就是考查一个人心理素质的考题。

生活里的苛责和难堪看上去虽是令人不舒服的遭遇，可是，如果你肯用耐心去化解，用毅力去稀释，用理智去包容，它也许就是你走向成功的垫脚石。

用耐心毅力去化解生活中的苛责和难堪，也许就是你走向成功的垫脚石。

芬芳的回报

在距离美国田纳西州不远的一个小镇上，住着格林先生和他的邻居约翰。他们两个年龄差不多大小，也同时拥有相同面积的大片农场。在整个小镇上，他们是实力最为雄厚的两个农场主。

格林先生尽管只有小学文化，但是，他勤奋好学，精于管理，再加上他为人忠厚和善，所以，在他35岁那年，农场面积已经扩大为邻居约翰的两倍还多。而约翰呢？虽然他是大学肄业，但是他却好吃懒做，又嗜赌如命，所以，他的农场经营每况愈下，还欠下了一大笔债务，以至于他不得不变卖大部分的土地来抵债。

一天，债主又带着一大帮人到约翰家来讨债，并扬言如果约翰再不偿还欠款，他们就将依照合同，把约翰家的剩余土地全部划到自己的名下。此时，农场已是约翰一家赖以生存的唯一经济来源，如果再失去仅有的农场，他们一家将无以为生。

约翰被逼无奈，只得跑到邻居格林先生家，向他借了两万美金，才算化解了这场危机。

一转眼8年过去了，约翰却一直没有把这笔钱还给格林先生，尽管他已经不缺这笔钱了。一天，约翰多喝了几杯后，突然间萌生了一个坏想法：如果杀了格林，那不就不用偿还那笔巨款了吗？于是，一天晚上，他趁格林先生开车进城的机会，自己驾驶着一辆重型卡车，加足马力撞向格林先生的轿车。“哐——”的一声，格林先生的轿车应声被掀翻，瞬间着起了大火。约翰以为格林这次再也活不成了，正打算扬长而去，不想，这时格林先生却从火海里爬了出来，他浑身血肉模糊，一条腿拖在地上。明显是被撞断了，手捂着胸口，不停地抽搐。约翰看格林还没有死，并认出了自己，为了免除后患，就跑上前，凶狠地在格林先生的头上猛踹了几脚，格林先生瞬间就失去了知觉。

后来，格林被送到了医院抢救。3天后，他从昏迷中艰难地苏醒过来，警察也赶到了格林的病房。然而，此时的格林先生却只说自己喝醉了酒，拒绝指认约翰伤害过自己。

半年后，格林先生因伤口感染，不幸在医院的病床上死去。临终前，他语重心长地对子女说：“我之所以当初没有让警察拘捕约翰，正是怕给他的家人再带来同样的伤害。你们要答应我，永远不要对约翰家的任何一个孩子说一句辱骂或仇恨的话，这样，他们才能和你们一样快乐地成长，成为社区里受人尊重的公民。毕竟，你们以后还要做邻居，心中装着憎恨的邻居是无法友好相处的，这样的生活也不会快乐……”

这的确是一个最难信守的承诺，尤其是对于几个十七八岁的年轻人。他们年轻气盛、容易冲动，但是，由于格林先生的遗言在先，为了让他的灵魂安息，两家暂且相安无事，没有再出现任何干戈。

同年冬天，越战爆发。格林先生的儿子吉姆和约翰的儿子布朗都应征入伍，恰巧两人又被分在同一个队伍里去参加了越南战争。不同的是，在一次战斗中，布朗不幸牺牲，是被一枚炮弹炸死的。其实，他原本可以不死，然而当那枚炮弹落在了战友的身边时，他还是毫不犹豫地推开了不知情的战友，让炮弹在自己的身边爆炸了！

那个被布朗救下的战友名叫吉姆·格林，正是格林先生的儿子！

当部队领导收拾布朗的遗物时，在他的日记里发现了这样一段话：

“如果你和他人之间只有一座独木桥，那么，请你以博大的胸怀去加宽这座生命的桥梁；如果你和他之间的关系只是一粒微小的纽扣，那么请用你宽广的心灵去拉长这条生命的半径……这些，我伟大的邻居都做到了！当我的爸爸害死了邻居格林先生时，是他们让心灵网开一面，才保住了我们完整的家庭。直到今天，我才感觉到了在这个世界上有一种最为美丽芬芳的花朵，它的名字叫做“宽容”。可惜的是，这是邻居一家栽种的花朵，如果有机会，我也会回报以我的邻居更加芬芳的一株！”

我才感觉到了在这个世界上有一种最为美丽芬芳的花朵，它的名字叫做“宽容”。

爱的示意

为给女儿黛娜找件衣裳好让她参加化装舞会，我在阁楼的旧衣箱里翻来倒去，目光突然触到一只用绸带系着的小盒。我早已忘了里面的东西，不过既然是用绸带系着，我想一定装着些有纪念意义的物品吧。

坐在阁楼里，我听见丈夫汤姆在托德的屋里叮叮当当地敲打着。星期六汤姆尽做这些木工活儿，上星期为我做了一只花架，今天又在给托德做采石标本箱。

我提起小盒匆忙解开绸带，就在揭开盒子的一刹那，我想起了里面的物品——我怎么忘得了呢！这里是我年轻时光的乐园，后来又盛下多少少女的梦幻！里面装有我第一件情人节的礼物，是汤姆送给我的：还有一条坠有金足球的链带，那是汤姆上大学时参加校运动队得的纪念品。

我一层层揭开我们相处的岁月：一朵枯萎的玫瑰；我18岁的生日项链；缠绵的情诗和略带伤感的书信……

往事如潮，我又回到初恋的时光，那金子般的岁月。有多少酸苦而又甜蜜的争吵和泪眼蒙蒙的和解；有多少青春的狂热和缱绻的相思。汤姆曾是那样专注，那么痴情。一颗泪珠滴到绸带上，我烦躁地揉了揉眼，提醒自己："兰·纳茜，34岁的人了，还有什么浪漫可言？"

一种近似悲凉的情绪袭上心头：好久了，汤姆再不送我华而不实的礼品。我从不怀疑他仍然爱我，当我俩躺在床上悄谈，当他的双臂有力地拥抱着我时，一切仍是那样充实甜美。可我仍然怀念以往溢于言表的恋情，盒里装着的爱的表白。

晚饭时我有些抑郁，托德和黛娜谈得正火热，丝毫没有留意我的情绪，可我知道，有一双眼睛正关切地注视着我。汤姆端了一盘碟子随我走进厨房："兰，有什么心事，能不能告诉我？"我似乎很为难，话说不出口。我揩干手，从罩衫里掏出那条足球链："还记得不？"

"嗨！"他容光焕发，高兴地咧嘴笑了，"从哪儿找到的？""阁楼的旧衣箱，一只小盒里。"

"盒里还有好多东西，"我说，"有礼品、有诗，还有我俩来往的书信。那时候我们多浪漫，多亲密！像是生活在梦里。"

"兰……"他看得出我要哭了，伸手把我搂在怀里。

"那时你爱我爱得——爱得那么深，"我贴着他的格子呢衬衫喃喃地说，"我们现在怎么了，汤姆？当初的柔情哪儿去了？"

"是生活改变了我们，兰，我们从梦中挣脱出来，开始了现实生活。"

"可它多美好！不该变的，我们不该失去那一切！"

他搂着我的手轻轻松开了。

"是的，那一切确实美好，可谁又能永远保持那种激情呢？总要变的。你觉得我们失去了什么，真叫我难过。"他从椅子上拾起报纸，离开了厨房。

我开始刷洗精致的餐具，抚慰自己心灵的创痛，没有考虑他是否也受到刺激。

我记起艾米莉姨妈生前送我餐具时说的话："记住，孩子，这餐具每天都要用。"看我不解的神情，她又说："只有不断使用的东西才有其永恒的价值，用的时间越长，它就越珍贵，而它自身也在不断地使用中增色。"

我看了一眼手中的银匙，它的光泽柔弱，却富丽深沉。这些年来我们的银餐具越来越漂亮，我知道，这些银餐具丰富了我生活的岁月，它们本身也更富有价值。

我凝视着窗外，花木丛生的庭院，融入淡淡的暮霭之中。艳丽的玫瑰，丛丛的花木都经过汤姆精心栽种和修剪。他搭的储藏室，此时多像一座童话世界的小木屋！

那时汤姆热切地拉着我的手，来看他安在储藏室的蓝色白边的门。

“我自知比不上莫戈帝的灵庙，”他得意地扬扬手，“不过还有点风格，对不对？”

“挺有风格哩！”我又是高兴又是羡慕地赞同。

哦，还有，还有他给我的非洲紫罗兰设计的花架，还有托德的采石标本箱——“水晶宫，妈妈，这简直是水晶宫，”——又是一幅爱的杰作。

这些不过是汤姆最近赠送给家庭的几件礼物，他送了我们多少礼物，这些礼物又倾注了一个真正理解了爱和关怀的男子多少心血！

我怎能因为他不再有爱的示意，就认为这是自己生活的缺憾呢？一只纸盒可能容纳我们婚前深深的爱恋，而这个家却包含了我们日益丰富的人生。

我在围裙上揩干手，听见电视机声，我想，汤姆一定在看晚间新闻，我去找他。

走到门前，我停住了脚步——屋里空无一人。我知道伤了汤姆的心，不过他总有解脱的办法：把每件事在脑中过滤，想法一一解决。

我正要走开，差点撞到他的怀里，他默默地站在我的身后。

“啊！”我的声音颤抖了，“我正找你哪！”

“我不是在这儿吗？”

“汤姆……”

他从背后伸出手，啊！一朵用信纸包着的玫瑰花——最心爱的花。

“小心点，”他说，“当心刺。”

我扑过去，紧紧拥抱着他。

“是真的，兰，我们不可能回到18岁，但爱的示意无论哪个年纪都是美妙的。”他吻了吻我的前额。

“本想再附首诗，可是……”他的双唇摩挲着我的脸颊，“有些东西远远不是语言能概括的。”

有些东西远远不是语言能概括的。

死神也怕咬紧牙关

那个惊心动魄的故事是这样的：

罗伯特和妻子玛丽终于攀到了山顶。站在山顶上眺望，远处城市中白色的楼群在阳光下变成了一幅画。仰头，蓝天白云，柔风轻吹。两个人高兴得像孩子，手舞足蹈，忘乎所以。对于终日劳碌的他俩，这真是一次难得的旅行。

悲剧正是从这个时候开始的。罗伯特一脚踩空，高大的身躯打了个趔趄，随即向万丈深渊滑去，周围是陡峭的山石，没有抓手的地方。短短的一瞬，玛丽就明白发生了什么事情，下意识地，她一口咬住了丈夫的上衣，当时她正蹲在地上拍摄远处的风景。同时，她也被惯性带向岩边，在这紧要关头，她抱住了一棵树。

罗伯特悬在空中，玛丽牙关紧咬，你能相信吗？两排洁白细碎的牙齿承担了一个高大魁梧躯体的全部重量。

他们像一幅画，定格在蓝天白云大山峭石之间。玛丽的长发像一面旗帜，在风中飘扬。

玛丽不能张口呼救，一小时后，过往的游客救了他们。

而这时的玛丽，美丽的牙齿和嘴唇早被血染得鲜红鲜红。

有人问玛丽如何能挺那么长时间，玛丽回答："当时，我头脑里只有一个念头：我一松口，罗伯特肯定会死。"

几天之后，这个故事像长了翅膀飞遍了世界各地。

人们发现，死神也怕咬紧牙关。

死神也怕咬紧牙关。

忍着不死的母亲

一位从越南归来的美国战地记者给MBA学员放影一卷他在战场上实拍的影片：画面上有一群人奔逃，远处突然传来机枪扫射的声音，小小的人影，就一一倒下了。放完了，他问同学们看见了什么。“是血腥的杀人画面！”他没有说话，把片子摇回去，又放了一遍，并指着其中的一个人影：

“你看！大家都是同时倒下去的，只有这一个，倒得特别慢，而且不是向前仆倒，她慢慢地蹲下去……”看到同学们还是看不懂的神色，他居然抽搐了起来：“当枪战结束之后，我走近看，发现那是一个抱着孩子的年轻妈妈，她在中枪要死之前，居然还怕摔伤了幼子，而慢慢地蹲下去。她是忍着不死啊。

“忍着不死！”何等伟大的母亲！其实世界上远不止人类有母爱。每一种生物，都有伟大的母爱！

到南美洲考察的科学家在风雪中经常看到成千上万的企鹅，面朝着同一个方向立着。是什么原因使它们能如此整齐地朝同一个方向呢？细细观察后，考察队员们终于发现，每一只大企鹅的前面，都有着一团毛绒绒的小东西。原来它们是一群伟大的母亲，守着面前的孩子，因为自己的腹部太圆，无法俯身在小企鹅之上，便只好以自己的身体，遮挡刺骨的寒风。

多么伟大的、壮观的母亲之群像！也许你就是职业经理人或一个企业家，在暴风雪来到的时候，在市场经济的遭遇战中不幸受到创伤的时候，如果你也能“忍着不死”，“孩子”也许就能避过伤害。

多么伟大的母爱。

再坚持一下

1950年，弗洛伦丝·查德威克因成为第一个成功横渡英吉利海峡的女性而闻名于世。两年后，她从卡德林那岛出发游向加利福尼亚海滩，梦想再创一项前无古人的纪录。

那天，海面浓雾弥漫，海水冰冷刺骨。在游了漫长的16个小时之后，她的嘴唇已冻得发紫，全身筋疲力尽，而且一阵阵战栗。她抬头眺望远方，只见眼前雾霭茫茫，仿佛陆地离她还十分遥远。“现在还看不到海岸，看来这次无法游完全程了。”她这样想着，身体立刻就瘫软下来，甚至连再划一水的力气都没有了。

“把我拖上去吧！”她对陪伴着她的小艇上的人说。

“咬咬牙，再坚持一下。只剩一英里远了。”艇上的人鼓励她。

“别骗我。如果只剩一英里，我就应该能看到海岸。把我拖上去，快，把我拖上去！”

于是，浑身瑟瑟发抖的查德威克被拖上了小艇。

小艇开足马力向前驶去。就在她裹紧毛毯喝了一杯热汤的工夫，褐色的海岸线就从浓雾中显现出来，她甚至都能隐隐约约地看到海滩上欢呼等待她的人群。到此时她才知道，艇上的人并没有骗她，她距成功确确实实只有一英里！她仰天长叹，懊悔自己没能咬咬牙再坚持一下。

挺住，再坚持一下！

善待生命——过好生命中中的每一天

人生的旅途中没有人会一路坦途、会有痛苦、会有磨难、会有风雨、但只要我们好好的活着，善待自己、善待生命、无论经历怎样的打击与不幸，只要活着，一切就会有希望。

来自天堂的玫瑰

罗丝最喜欢红玫瑰，她的名字也是玫瑰的意思。每年的情人节，丈夫都会送给她一些玫瑰花，花上系着漂亮的丝带。这一年，她丈夫去世了，玫瑰花依然送到了她面前，卡片上仍然像从前一样写着："做我的妻子吧！"

岁岁送花，他都写下这样的话："对你的爱今朝更胜往年，时光流转，爱你越来越深。"她想，这年的玫瑰一定是丈夫提前预定的，以后再也不会有玫瑰花了。一想到这些，罗丝禁不住泪如泉涌。

她心爱的丈夫并不知道自己会如此逝去。他总是喜欢把事情提前安排妥当，以往即使再忙的时候，凡事仍能从容办好。

罗丝修剪了玫瑰，把花插进一只很特别的花瓶里，花瓶旁摆放着丈夫满面笑容的遗像。她在丈夫心爱的椅子里一坐就是几个小时，伴着玫瑰花，痴望着他的相片，沉浸在美好的回忆中。

一年过去了，失去了丈夫的日子十分难熬，孤独和寂寞占据了她的生命。情人节前夕，门铃响了，有人送来了玫瑰花。

她把花拿进来，心中非常惊讶，是谁在恶作剧，为什么要惹她痛苦？于是她打电话给花店。

店主解释说："我知道您的丈夫一年前去世了，也知道您会打电话来询问究竟。您今天收到的花，是您丈夫提前预购的。您丈夫总是提前做好计划，万无一失。他预付了花款，委托我们每年送花给您。去年他还写了一张特别的小卡片，嘱咐说如果他不在了，卡片就在第二年送给您。"

她谢过店主，挂上了电话，泪水涌流而下，手指不住地颤抖，慢慢地打开了附在玫瑰花上的卡片。

卡片里是一张他写给她的便条，她静静地看：

"你好吗，我的妻子？知道我已经去世一年了，我希望挺过这一年你没有受太多的苦。我知道你一定很孤单,很痛苦。

“我们的爱曾使生活里的一切如此美好,我爱你千言万语道不尽,你是完美的妻子,是我的朋友和情人,让我心满意足。时光只过去了一年,请不要悲伤,我要你即使是流泪的时候也是幸福的,这就是为什么玫瑰花将会年年送来给你。当你收到玫瑰的时候,想想所有的快乐吧,我们曾经是多么幸福啊。

“我的妻子,你一定要好好地活着啊。请珍惜生命,追寻幸福吧。我知道那不容易,但是你一定要努力去做。玫瑰花每年都会如期而至。除非你不再应门,花店才会停止送花。那一天,花店的伙计会上门来访五次,以防你只是出门去了。但我们重逢相聚的地方。”

珍惜生命,追寻幸福。

受宠若惊

在开车前往海滨小舍度假途中,我在心里发了个誓,要在未来的两个星期里努力做一个爱妻子的丈夫和爱孩子的父亲,彻底地体贴他们,无条件地爱。

这个念头是我在车上听一位评论员的录音时想到的。他先引述了《圣经》上一段关于丈夫体贴妻子的话,然后说道:“爱是一种意志的行为。一个人可以自己决定要不要去爱。”我必须承认我是个自私的丈夫——承认我们的爱已经因为我对妻子不够体贴而褪了色。在许多小地方我的确是这样:责骂艾芙琳做事慢;坚持看我要看的电视节目;把明知道艾芙琳还想看的旧报纸丢了出去。好了,在这两星期里,这一切都要改变。

当真改变了。从我在门口吻了艾芙琳一下,并且说“你穿这件黄色新毛衣可真漂亮”起便改变了。

"啊，汤姆，你居然注意到了。"她说，神情既惊讶又愉快，也许还有一点迷惑。

长途驾车之后身感疲倦，我想坐下来看书，但艾芙琳建议到海滩上去散步。我本想反对，但随即想到，艾芙琳已单独在这里陪了孩子一个星期，而现在她想和我单独在一起。于是，我们便到海滩上去散步，让孩子们自己放风筝。

时间就这样过去了。一连两个星期，我没打过电话到华尔街我任董事长的投资公司；我们到贝壳博物馆去参观了一次，虽然我一向最怕去博物馆，但这回却很感兴趣；有一次我们要赴宴，但因为艾芙琳化妆而迟到了，我却一句话也没说。整个假期轻松而愉快地一晃就过去了。我又发了一个新誓，要继续记住体贴她。

但我的这次试验出了一个纰漏，艾芙琳和我至今一提起这件事便不禁失笑。在海滨小舍的最后一个夜晚，当我们正要上床就寝时，艾芙琳突然神情哀伤地望着我。

"你怎么啦？"我问。

"汤姆，"她说，声调凄惨，"你是否知道了一件我不知道的事？"

"这话怎讲？"

"嗯……几星期前我做过身体检查……医生……他对你说过什么关于我的话没有？汤姆，你待我太好了……我是不是快要死了？"

我一下子就全明白了，随即大笑起来。

"不，亲爱的。"我说着把她抱在怀里，"你并不是快要死了……是我才刚开始活呢！"

爱是一种意志的行为。

人生和信念

在美国纽约，有一位年轻的警察叫亚瑟尔，在一次追捕行动中，他被歹徒的冲锋枪射中了左眼和右腿膝盖。三个月后，当他从医院出来时完全变了个样，一个英俊的小伙已成了一个又跛又瞎的残疾人。

纽约市政府和其他组织授予了他许多勋章和锦旗。记者问他："你以后将如何面对自己的命运呢？"他说："我只知道歹徒还没有被抓住。"他那只完好的眼睛里透露出一种令人颤栗的愤怒之光。这以后，亚瑟尔不顾别人的劝阻，多次参与抓捕那歹徒的行动，他几乎跑遍了整个美国，有一次，甚至为了一个微不足道的线索去了欧洲。

九年后，那个歹徒终于在亚洲某个小国被抓获了，亚瑟尔在行动中起了关键的作用。在庆功会上，他再次成了英雄，许多媒体都称他是全美最坚强、最勇敢的人，然而半年后，亚瑟尔却在卧室里割腕自杀了。在他的遗书中，人们读到了他自杀的原因："这些年来，让我活下去的信念就是抓住凶手……现在，伤害我的凶手被判刑了，我的恨也消了，生存的信念也随之消失了。面对自己的伤残，我从来没有这样绝望过……"

或许生命什么都可以缺，譬如失去一只眼睛，或者失去一条腿，但就是不能失去信念。

失去信念。

欣赏生活

在亚里桑那沙漠过第一个夏天，斯蒂芬想自己会被热死的。华氏112度的高温快把人烤熟了。

第二年4月，斯蒂芬就开始为过夏天担忧，3个月的地狱生活又要来了。有一天，当他在凤凰城的一个加油站给车加油时，和主人希普森先生聊起这里可怕的夏天。

“哈哈，你不能这样为夏天担忧，”希普森先生善意地责备斯蒂芬，“对炎热的害怕只能使夏天开始得更早、结束得更晚。”

当斯蒂芬付钱时，他意识到希普森先生说对了。在自己的感觉中，夏天不是已经来了吗？开始了它为期5个月的肆虐。

“像迎接一个惊人的喜讯那样对待酷暑的来临，”希普森先生说着找给斯蒂芬零钱，“千万别错过夏天带给我们的最美好的礼物，而夏天的种种不适躲在装有空调的房间里就过去了。”

“夏天还有最美好的礼物？”斯蒂芬急切地问。

“你从不在清晨五六点起床？我发誓，6月的黎明，整个天际挂着漂亮的玫瑰红，就像少女羞红的脸。8月的夜晚，满天繁星就像深蓝色的海洋里漂浮的海星。一个人只有当他在华氏114度的高温里跳进水里，他才能真正体会到游泳的乐趣！”

当希普森先生去给另一辆车加油时，站在一旁的一位加油工轻声对斯蒂芬说：“好啊!你得到了希普森的特别服务——免费传授他的人生哲学。”

使斯蒂芬惊奇的是，希普森先生的话果然有效。他不怕夏天了，4月和5月也就自动与炎炎夏季区分开了。当高温天气真的到来时，清晨，斯蒂芬在天堂般的凉爽中修剪玫瑰花；下午，他和孩子们舒舒服服地在家里睡觉；晚上，他们在院子里玩棒球游戏，做冰激凌吃，痛快极了，整个夏天，他还欣赏了沙漠日出特有的壮观景象。

几年之后，斯蒂芬一家搬到北部的克来兰德，不到9月，邻居们就为过冬担忧了。当12月的大雪真的落下时，他们的孩子，10岁的大卫和12岁的唐真是兴奋极了，他们忙活着滚雪球，邻居们都站在一旁盯着看“这两个从没见过雪的愣头愣脑的沙漠小子”。

后来孩子们坐着雪橇上山滑雪去湖面滑冰，回来以后，大人、小孩都围坐在斯蒂芬家的壁炉旁，津津有味地吃热巧克力。

一天下午，一位中年邻居感慨地说：“多年来，雪只是我们铲除的对象，我都忘了它真能给我们这么多快乐呢!”

几年之后，他们又搬回沙漠。斯蒂芬开车到加油站，新主人告诉他希普森先生因年事已高把加油站卖了，在不远处又经营了一个小型加油站。

斯蒂芬开车到那儿，拜访希普森先生，并让他给自己加油。他更瘦了，满头银发，但是他那愉快的笑容依旧。斯蒂芬问他感觉怎么样。

"我一点儿也不担心变老，" 他说着从车篷下走出来，"在这里光欣赏生活的美都欣赏不过来呢!"

他边擦手边说："我们有三棵果实累累的桃树，卧室窗外还有一个蜂鸟窝，想想还没有我指头大的美丽的小鸟，看上去真像一只小企鹅。"

他开着发票，继续说："黄昏时，长耳大野兔奔跑跳跃；月亮升起来时，小狼在山坡上成群出现。我从来没有看到有这么多野生动物在春天活动。"斯蒂芬开车离开时，他向斯蒂芬喊到："去观赏吧！"

回家的路上，希普森这位可爱的老人的幸福秘诀一直回荡在斯蒂芬的脑际。

是呀，尽管生活会给人带来种种烦恼，但重要的是，你要学会发现和欣赏生活中的美。

学会发现和欣赏生活中的美。

人活着要有梦

在一个小城里，人们的生活并不富裕，甚至还有些艰苦，但每个人的脸上都洋溢着愉快的笑容。这是因为小城里有一位伟大的魔术师——老比尔。老比尔超神入化的魔术表演给人们带来了非比寻常的乐趣。

老比尔每天晚上在小城的大剧场里表演魔术，剧场里总是坐满了观众。虽然大家都知道魔术肯定是假的，但还是被老比尔魔术中营造出的梦境所吸引。大家尤其喜欢老比尔的几个经典魔术，在这几个魔术中，老比尔让不可能的事变成了现实。

一个魔术是穿山而过。人们眼看着老比尔从山这边的白纱布下消失，从山的另一侧揭开白纱布走出来。另一个是空中飞人，大家真切地看到老比尔从舞台上缓缓升起，在舞台上空自由地飞行。

好奇的观众不时地会问老比尔，那两个魔术到底是怎么演的？老比尔总是笑而不答。

老比尔老了，接替他的是小比尔。小比尔的演出像老比尔一样精彩绝伦，赢得了人们的赞叹和掌声。像过去一样，人们在小比尔的魔术中愉快地生活着。

一次演出的间隙中小比尔向大家展示了几个小魔术的表演方法，他发现大家对魔术的秘密非常感兴趣。于是，接下来每天的演出中小比尔不顾父亲的阻拦，把许多魔术的秘密揭示给大家。他认为观众的需要就是演员的职责。

大剧场出现了空前火暴的场面，每次演出时都坐满了观众，大家终于知道了多年来老比尔的魔术秘密。明白了穿山而过是山里从前就有一条密道。空中飞人是在表演者身上系着一条细细的透明钢丝。

小比尔演出回来总会把观众对魔术秘密的激情和狂热告诉老比尔，老比尔总是痛苦地摇着头。

小比尔每天晚上还是准时到大剧场里进行演出，然而，不知从哪一天开始，剧场里的观众越来越少了，最后几乎没有人再来观看魔术表演了。小城里的居民们也不再像从前那么快乐了，一天比一天变得愁眉苦脸起来。

一天，小比尔垂头丧气地站在父亲面前，他希望父亲能告诉他为什么会这样。老比尔说："魔术给人们编织了一个美妙的梦境，你揭示了魔术的秘密，同时也撕碎了人们心中的梦想。人活着需要有梦。"

人活着需要有梦。

假日心态

在夏威夷度假的最后一天，玛丽安和丈夫莱蒙沿着白色的沙滩做最后的散步。一路上，玛丽安把脚浸在海水里走着，悠闲地看着浪花在脚下碎成泡沫。莱蒙呢，穿着旅游鞋，小心翼翼地走在干燥的沙地上。

整个假期，这对夫妻都相互打趣，笑谈着他们完全相反的享受生活的方式。现在，玛丽安感到他们惯常的那种互不相让的态度正在回来。明天他们就将回去了，愉快的日子总是结束得很快。

和过去的十年间一样，今年，玛丽安和莱蒙来到夏威夷度假，这是每年他们给自己放的“恋爱假”。

在这样一个假期中，他们要像刚开始恋爱似的对待对方。甚至在驱车的旅途中，这对夫妻就开始放松，通情达理，相互谦让起来。

“我们是听磁带还是听广播？”玛丽安轻轻地问莱蒙。

“你想听什么就听什么吧。”

进了酒店的房间之后，玛丽安假装什么也没看见，任凭莱蒙把他的衣服揉成一团扔在昂贵的古董家具上，把堆积的快餐盒靠在维多利亚时代的墙纸上。莱蒙呢，最不喜欢逛商店的他，耐心地拖着步子跟在玛丽安身后，陪她逛遍了这里打折的商场和古董店。回到房间，莱蒙把所有的天气预报按区域全看了一遍，玛丽安也没有像往常一样讥讽他。

晚饭前，玛丽安花了很长时间在镜子前左顾右盼，整理头发，莱蒙也没有不耐烦地问还要等她多久。在这里，和在家里相反，他们各自的旧习惯在对方看来好像挺可爱似的。

但是，周末来了，现实也回到了这对夫妻身边。

“今晚我们就装车。”最后的散步结束后，莱蒙不耐烦地说，听起来像大兵营的军官，他指挥说，把明天早上要穿的衣服拿出来，然后把其余的都打进包里，要快。当莱蒙按他的“唯一最好办法”把行李交错地、像拼图玩具那样码放进车里时，玛丽安不以为然地翻了翻眼皮，白了他一眼。

第二天一大早，他们就上路了。在车上争论着是听磁带还是听广播的问题。最后，玛丽安决定不理莱蒙，自己埋头看起书来。

“你就不能坐上10里路不看书吗？”莱蒙命令说。

“那也比整个下午都看电视的天气预报强啊。”玛丽安反唇相讥。

还有两小时就到家了，他们停下来加油。在排队等待的时候，玛丽安和莱蒙听见排在他们前面的一对夫妇激动地谈论着夏威夷，很显然，他们的假期才刚刚开始。

到收银台交费时，那位丈夫说：“我妻子要一份热狗，我要一份牛奶圣代。”他并没有说她要减肥的俏皮话。而当那男人说了一句并不好笑的玩笑时，他的妻子竟笑得前仰后合。

但是，最令人吃惊的是，那女人宣布说，他们刚刚从夏威夷度过了“最愉快的假期”归来。

“是啊，”男人附和道，“我们都急切地盼着明年再去呢！”

“什么？他们刚刚度完假？”玛丽安不禁大吃一惊。

回到车上，玛丽安脑海里突然记起了一位圣贤的话：“相敬如宾，相亲相爱，相互宽恕，方为夫妻长久之道。”在余下的回家路上，这句话一直回响在玛丽安耳边，她若有所悟。

回到家后，玛丽安便开始忙碌起来，她有一大堆事情要做。她得喂狗，得把行李箱腾空，得检查信箱里的邮件，听听录音电话里谁留下了口信。玛丽安常能在一个时间内同时做好几件事，手里还最先把行李给安顿了。莱蒙比不过她，这让他着实气恼。玛丽安把要洗的衣服扔进了洗衣机，回来正巧碰上莱蒙还在整理鞋柜。

“对不起，亲爱的，”玛丽安喃喃道，停了下来，“为什么我们不能像那对在加油站遇上的夫妇那样……就像我们一直在度假似的？”

莱蒙目瞪口呆地望着她，好像没听懂，似乎觉得玛丽安在讲阿拉伯语。

“当然，他们俩好像有些过分夸张了，”玛丽安承认说，“可是，事实上，我们在外边的时候，对彼此都很宽容的。为什么我们在家里不能那样呢？不能有更积极的心态呢？”

“一种假日里的心态？”莱蒙领悟地、一字一顿地说，“好啊!那就试试看吧!!

相敬如宾，玛丽安想起来了，说：“莱蒙，你开了那么久的车，一定很累了，快坐下来，就让老婆我先敬你一杯冰茶。”

玛丽安极力想表现得好一点，整天如履薄冰。她决定给莱蒙做一顿特殊的饭菜。于是先动手烧肉。还没来得及把炉火调成微火的状态，电话铃响了。玛丽安在电话上和朋友聊了一会儿，突然闻到一股焦味儿。她冲进厨房，急忙翻炒锅里烧焦了的肉。一着急，碰翻了锅，里面的汤汤水水一下子倒了出来，洒在炉盘上，溅一墙、一地，还有她的鞋子也被油水浸湿了。

莱蒙跑过来，抓起纸巾就是一阵狂擦。“玛丽安，你怎么不小心点？”

“假日心态!”玛丽安大叫。

莱蒙赶紧深深地吸了一口气，然后努力想做出微笑的样子。把厨房收拾干净后，莱蒙到院子里去剪草。

玛丽安一直打量着在院子里干活的莱蒙，见他用一个草编的旧花盆反扣在自己头上当遮阳帽。有风的时候，他就用一根鞋带当系带。为防止吸入花粉，还戴了一个蓝色的外科手术口罩。穿的是一条松松垮垮的带大点图案的绿短裤。鞋呢，好像是被狗啃过似的!

玛丽安正想说：“你穿成那样，还好意思走出去？”假日心态!她提醒自己，马上住了嘴。

玛丽安决定驱车到超市买点东西回来，改做莱蒙最爱吃的香蕉布丁。她正把车从车库往外倒，忽听得一阵刺耳的响声。

“砰！“玛丽安赶紧刹车，跳下来。莱蒙闻声跑了过来。原来是车身碰上了车库门。只见车门凹进了一大块，车身的漆被刮掉了一长条。

“没听见我大声叫你停车吗？”莱蒙吼道。

“现在你没必要大声叫了！”玛丽安也吼叫起来。

玛丽安进房去给保险公司打电话，莱蒙跟了进来。她做好了思想准备，知道他会发脾气了。

“我在想，只是撞坏了金属，”莱蒙继续说，“花点钱就可以了，重要的是你没伤着。”他吻了吻玛丽安的额头，又出去了。接着，玛丽安听见院子里的剪草机又响了起来。

只有在这时，玛丽安才想起在夏威夷曾听见过的海涛声。

“相敬如宾，相亲相爱，相互宽恕，方为夫妻长久之道。”

这就是假日心态，我们所有人没有理由不在未来的生活中都这样。

“相敬如宾，相亲相爱，相互宽恕，方为夫妻长久之道。”

黄昏之恋

一个明媚的二月上午，我的电话铃响了。“玛乔莉·贺姆斯吗？”一个雄浑的男人声音问，“你救了我的命！我爱你。”

“真是个疯子，”我心想——不过我没挂断电话。我是作家，已习惯了听人家说话。他说他叫乔治·施梅乐，是住在匹兹堡的医生。八个月前他的妻子去世了，除夕夜，他伤心欲绝，就在那个时候，他发现了我的书——天啊，我须找个人谈谈。

“那是在她的遗物中发现的，”他说，“那夜我一口气把书看完，它使我明白生命多么宝贵。”

他是从马里兰州银泉镇他儿子家里打电话来的。“我知道你住在华盛顿市地区。我找到了你的夫姓。开始拨电话找这个姓的人。”最后，他找到了一个男子，那人说：“不错呀，她的丈夫是我的堂兄弟，在一年前去世了。我有她的电话号码。”

“假如你仍是自由之身，”乔治说，“我可以来看你吗？”

我很高兴，也很感动。但是很不巧，我告诉他，我就要出门去巡回演讲两星期。

“我会等你！”他说，“请答应我，你一回到家就打电话给我。”他的声音听起来很兴奋，不过有点焦急，“我们的时间不太多了。”

我演讲完毕回到家里,信箱塞满了盖着银泉镇邮戳的信封。里面是些短短的情书、笑话、诗歌和注上"有趣"两字的文章。

我遵守诺言打电话给他,并建议找个地方见面,一块儿吃晚饭。请他一定要来接我。

那是好久以来我的第一次约会。我满怀期待,又很好奇。

我想到除夕晚乔治发现我写的那本书时我自己在做什么。当时我正看着电视上双双起舞的俪影享受着一个人的寂寞。"你要出去玩玩,妈,"我女儿梅兰妮呵责我。她语带戏弄,但眼睛里洋溢着关爱。"虽然我们都爱爸爸,我们知道你的日子很难过。他病了那么久,而且……"她迟疑了一下,"你应该过些快乐的日子!"

那天傍晚,乔治比约定时间早一小时到达。梅兰妮和她丈夫哈里斯招呼着他。我赶紧去打扮,设法不让自己太慌张。最后,我深深吸一口气,出来会客。

一个颀长、英俊的男人从座位上霍地站起来,手里捧着一大束玫瑰花。他长着卷曲的灰发、八字胡,以及我从没见过的那么蓝的眼睛。他眉飞色舞,像个学生,把花递给我。

"你那么娇小!"乔治嚷起来,不过声音显得好高兴。"我真可以把你放进我的口袋去。"

"而你那么高。"

"没关系,我们会很相称。"

他张开双臂,突然间我们已拥抱在一起。

我们在我家附近一家餐馆吃饭。他殷勤有礼、沉着迷人,也很风趣。从没有人使我觉得像跟他在一起那么舒服。晚饭后我们走回汽车;他开始用我所听过的最甜美的男声唱出我们都记得的歌。

后来,我煮咖啡时,他打开那用旧了的医生手提包,拿出他家的照片给我看。他太太卡洛琳看来很苗条、文静,照片有两个英俊儿子和一个可爱女儿,有乔治和卡洛琳在他们每个冬天去度假的佛罗里达海滩上的,在他们去百慕达的游轮上的。"我们总是把婚姻放在第一位,"乔治解释,"不过每个夏天我们也花很多时间在我们的湖滨小舍和孩子在一起。"

"天哪!那你在什么时候行医?"我问。

"每次度完了假又未再去度假的时候,"他大笑着说,"我是努力工作的。工作与游戏并重,爱情与祈祷兼顾。这是我一直设法遵循的座右铭。爱情最重要——

首先爱上帝，其次爱妻儿。”

“不先爱上帝，”他说，“我对别人的爱就不可能那么深。”乔治停顿了一下，声音变得不大平静。“像我过去爱卡洛琳那样；也像现在爱你那样。”然后，他出其不意地吻了我。

我非常兴奋，但不知所措。我不能确定自己的感觉，也想不出说什么好，只是说：“那太美了。你太太的人生观一定跟你的一样。”

“哦，她是了不起的。”他接着描述他们的婚姻生活。

他告诉我，卡洛琳不仅是他的爱人和伴侣，还是他的秘书和护士。她突然在他们的避暑小舍去世时，他大受震惊，几个月都未能平复。

然后，他发现了我的那本书。“它使我知道你也受过苦，知道许多人都在受苦，但是凭着上帝的帮助，我们可以继续活下去。”

他原先的沉着消失了。“你会考虑嫁给我吗？”他问，满眼恳求的神色。

我摇摇头。“不行，乔治。你仍深爱着你妻子。而且我也永远不可能成为像她对你那样的妻子。”

“但过去的已成过去，”他激动地说，“就在我听到你声音的那刻，一些莫名其妙的事情发生了，那就像从漫长的噩梦中醒过来似的。还有，在我今晚真正看到你的时候！那不是由于你的书，而是你本人，是我们刚才几个小时内度过的美妙时光。我们彼此需要对方，请你至少尝试了解我。”

我解释那会很困难。他在匹兹堡行医，我则在忙于写新书。

“那么什么时候我再跟你见面？”

“一时恐怕不行。我明天就要出门参加一个书商会议。会后不久，我将飞往以色列逗留两个星期。”

“让我跟你一道去。”

“哦，不行，我抗议！”我坚决但和蔼地引他走向大门，并亲吻他晚安。

目送他的车消逝后，我不知道该笑还是哭。多么卓尔不群的男人。我错失的究竟是个什么机会？“好啦，让它去吧，”我想，“我很可能永远不会再看到他了。”

虽然乔治可以从我的书知道我曾经受过苦，但很少有人会猜想到我婚姻的秘密痛苦。自尊使我不愿把它显露出来。我丈夫林恩和我一直躲在大家以为是很成功的外表后面，过着“默然绝望的生活”。

真相是，他不能给我所渴求的爱意。他是个好人，受人尊敬，是个模范父亲，也是个公司经理。但是他的工作压力太大了，年深月久，他慢慢坠入酗酒的深渊。

跟酒徒生活在一起的寂寞是最难忍的寂寞。最后，在绝望之余，我打电话给我们的儿子马克。他终于说服了他父亲加入戒酒会。

那个造福社会的组织挽回了我们婚姻中余留的一点幸福，也很可能救了林恩的命。从那时起，他的生活有了目标，而且表现得很慷慨，又乐善好施。十五年后，在1979年，他撒手人寰。

那是四月，乔治和我一直通电话保持接触。我对他完全着了迷，但是他每次求婚，我都拒绝。

在飞往以色列的飞机起飞之前，机场的广播器传呼我去接听从匹兹堡打来的电话。"在你走以前回答我，你能不能嫁给我？"

我哈哈笑着打断他的话，"我知道了，亲爱的，但是他们在呼唤我那班机的乘客登机呢。我回来再告诉你。"

我原已同意回来时陪他去海滨，所以我们去了。我们度过开心、无忧无虑的几天，一起游泳、吃饭、跳舞。我原本已爱上乔治的性格，在我们的海滨之游结束之前，我还爱上了一样甚至更重要的东西——他的头脑。他对许多东西入迷，而且能非常有深度和机智地表达他的意见。

复活节是星期日，我们的假期即将结束。我们坐在教堂里等候礼拜开始时，乔治把我的左手拉过去，然后把他自己的结婚戒指套在我的手指上。他轻声地说："我，乔治，娶你，玛乔莉……"

我大吃一惊，设法阻止他出声。乔治却继续说下去："你……愿嫁给我吗？"有几个人转过头来看我们，我赶快轻声道："好吧，哦，好吧。"

他心花怒放，离开教堂后立刻打电话告诉他的家人。"什么？"他们问。"六月，"我听到乔治回答。"不，不行。"他挂断电话时我喊道。我解释说这个夏天我已经答应要做的事情太多了。"我们不可能在圣诞节以前结婚。"

"圣诞节？"乔治倒抽了一口冷气，"我们怎么能忍受分开那么久？"我们不得不忍受，我坚持。我们又不是小孩子。"正是这个道理，"他冷静地说，"我们没有那么多时间了。"

三个星期后，乔治开车送我到机场。我曾答应我的儿子一家去看他们。我们分手时都流下泪来，不过同时也很欢欣和老成。我们所盼望、期待的多得很呢。

第二天早晨在马克家里，我快乐极了，情不自禁地在淋浴蓬蓬下跳起舞来。我非常兴奋，尽力把腿踢高，接着就跌倒了，撞在浴缸的边上。

一时之间我痛得什么也不能想。他们立即叫来救护车，医生替我把四根断裂的肋骨用胶布固定位置。更糟的是，以后的那三天乔治都没有打电话来。我很伤心、困惑，甚至害怕。如果他的爱情在冷却，那怎么办？如果他的家人劝他重新考虑，劝他等一等，那怎么办？我第一次领会到我多么需要他。

最后，到了第三天夜里，他打电话来。马克告诉他那次意外的经过，然后把话筒递给我。我哭得很厉害，几乎不能讲话。

“亲爱的，我太抱歉了。”乔治说，“我是不想打扰你，我想你好好享受天伦之乐。”

“我们不要再等了，”我所能说的只有这句话，“你说得对。”

“谢天谢地。”他说。

我们在七月四日美国国庆日结了婚。在少女时期，我梦想嫁一个终生爱我如痴如狂的男人，结果事与愿违，我失望得很厉害。接着我慢慢成熟，接受了一些古老的真理：爱有多种，有浪漫的爱，也有至死不渝的爱。我们得到的警告是：浪漫的爱是瞬息即逝的。因此，我们必须安顿下来，安于现状。许多年来，我过的就是那样的生活。

接着乔治发现了我。在我们一起度过的十年六个月零八天里——他在1992年死于肺癌，我同时享有浪漫的爱和至死不渝的爱，而且我领会到幸福的真正意义。

我领会到幸福的真正意义。

自由的滋味

那一年是1980年，当时我15岁。

我们的船停靠在西贡外面的一个码头。我们的心跳声几乎可以盖过马达的声音。船舱里有120个人，我们的身体全都叠在一起，我们只有一个梦想：自由。

逃离压迫，即使必须以付出生命为代价，我们还是想要自由。若是被抓回去的话，我们就会被关在粗暴的劳改营里，永远也出不来了。

我知道那种恐惧。一年前，我们试图逃出来的时候，他们差点抓到我。我在一处稻田一直躲到天黑，然后才偷偷地坐公车回家。

我躲过了检查，因为我的衣服看起来像是士兵的黄色卡叽服。船在半夜偷偷开出去的时候，我们都悄然无声。到我们的目的地泰国只有几个小时的航程，却也可以说是千里之遥。我回想到几小时之前，和我的家人道别的情景。他们只能为我这个长子提供路费。我忽然想到一件事：即使我成功了，我或许再也见不到他们了。

船舱内的空气非常地紧张，我们的气息紧黏着我们的皮肤。我们仍然受到炮火的攻击。半岛上都是全身武装的士兵。我们需要一整天的时间，才能完全脱离侦察范围。

我们有两天的食物：一小背包的米、一些牛奶和两个钢罐的水。我们不能喝海水，因为水中的盐分会让我们脱水。钢罐内的污垢和锈让水变成橘色的，可是我们只有这些水，我假装这些水的味道跟妈妈挤的柠檬汁一样，否则我实在喝不下去。

逃过侦察的范围之后，我们就可以放松了——至少在心理上是可以放松的。

越南的气候非常潮湿，再加上120个人挤在只能容纳60人的船舱里，可以想象那种几乎要窒息的感觉。那天晚上，情况甚至变得更糟了：我们碰到了暴风雨。连续两天，狂风与怒涛威胁着我们。我们的排泄物和呕吐物所发出的恶臭简直令人受不了，我爬到甲板上去呼吸一点新鲜的空气，感到有一个东西在我的头上呼啸而过。

一道波浪忽然将我打回船舱里。我失去了知觉，等我醒过来的时候，一个女人抱着我，说我很幸运。“那道浪打在你后面。”她说，“你差点掉到海里去了。”

我闭一下眼睛，想起小时候，每天晚上母亲总会提醒我，老天爷一直在看护着我们。或许他当时真的在保护着我。暴风雨虽然如此恶劣，可是跟我们所面对的事情比起来，却不算什么。

暴风雨还没有完全结束的时候，另一项灾难就来临了。船长在暴风雨中遗失了罗盘——或许就是两天前袭击我的波浪同时也夺去了他的罗盘。我们不仅脱离了航线，而且船上的电、瓦斯都没了。

我们真是彻底绝望。最害怕的事情发生了，虽然逃过了政府的毒手，我们却要在无情的太阳底下死去。

我们漫无目的地漂流了好几天。有时我们会看到地平线上有船只，可是我们却不能向他们发信号求救，因为我们的信号弹掉到海里去了。虽然白天的时候，其他船只可以轻易地看见我们，可是却没有船停下来救我们。或许是因为我们距离他们太远了，我希望事实真的是如此。我不愿意去想象：有人可以经过一艘载满垂死乘客的船只，却不伸出援手。

粮食已经吃光了，我们的身体严重脱水，衣服都粘在皮肤上，有些人的衣服甚至粘在船底。虽然海里到处都是鲨鱼，还是有很多人跳到水里去——不是为了游泳，而是要把皮肤浸湿。

有些妇女舀海水上来，然后在里面加糖，可是我们只能喝一杯，因为实在是太成了。我们都又机又渴，这对小孩来说更难挨。有一个9岁的男孩趁大家都不注意的时候，喝下了所有的水，结果那天晚上他就死掉了；我们用毯子将他包起来，海葬了。他的死让我们觉得非常难过。他的父亲是名美国士兵，如果他可以活着到美国去的话，他一定会过得很好的。

我们虽然听天由命，却还是试着彼此安慰。我的朋友唐问我："在死前，如果你只能拥有一样东西，你会选什么？"

我并不想要很多东西。如果我不能拥有我的家人的话，那么一件家人的纪念物也可以。"一杯柠檬汁。"我回答，"那就真的是太棒了。"

那天晚上，当我们坐在甲板上的时候，我看到地平线上有一道灿烂的光芒。我戳着唐的肩膀，指给他看，我们马上把这个消息传出去，船上立刻就充满了希望。

我们看到了一座油井。几个男人想要用木板将我们的船驶近一点，可是没有办法，水流实在是太急了。到早上的时候，我们只剩下一个选择：游泳过去。可是这段距离很长，海里有大批的鲨鱼出没，而船距离油井还有好几里远。

有三个人自愿游过去。第一个人自此没有再游回来过，他不是溺水，就是被鲨鱼吃了。第二个人游了一个小时后就放弃了，因为水流一直将他往后拉。第三个人是个渔民，他朝斜角的方向游去，最后水流终于将他朝油井的方向推过去。虽然他因为脚抽筋而停下来好几次，12个小时之后，他终于还是抵达了油井。

第二天早上,他们就把我们接过去了,我们出港已经8天了。我们的嘴唇都已经干裂,而且在流血。皮肤青肿,而且发炎,胃都肿起来。我们不能吃固体的食物,所以他们就让我们吃稀饭,这是我的一生中吃过的最美味一餐了。

我们全都活了下来。这艘船将我们送到马来西亚的难民营去,后来我们获准到美国去,我们的自由美梦终于实现了。我于1990年入籍美国。我在罗杰斯大学读工程学,从1991年开始,我就拥有自己的公司。我的家人都以我为荣。

那8天的经验真是可怕,我希望别人永远都不要有这样的经验。可是这个经验却让我对人生有了透彻的看法,因此是值得的。我的人生路途并不总是平坦的,有时还是会遇到偏见的伤害,而且有时工作压力非常大。可是如果你曾经那么接近过死亡的话,那么那些压力就都不算什么了。

我妈妈说得对,老天爷从不给我们不能处理的事物,如果明天我就失去我的公司,我也会觉得无所谓。我知道自己在危境中活了过来,就这一点来说,我已经是个成功的人了。现在每当我喝柠檬汁的时候,我就会想起这一点。

人生路途并不总是平坦的。

不可能的奇迹需久候

二十岁是我出生以来最快乐的时光。我那时在体育运动方面非常活跃:擅长滑冰及滑雪、打高尔夫球、网球、篮球和排球。我甚至在板球队担任投手,而且几乎天天跑步。当时我创办了一家网球场建筑公司,前途一片光明。而且我和全世界最美的女子订了婚。但悲剧发生了。

我在一阵金属扭曲和玻璃破碎的震动声响中醒来。就在一切刚开始混乱时又马上归于寂静。我睁开双眼时,整个世界一片黑暗。而当我开始恢复意识时,可以感觉温热的血布满我的脸，之后便是一阵排山倒海而来的疼痛。在失去意识之前隐约听到有人在呼叫我的名字。

圣诞夜，我告别了加州的家人，和一位朋友开车前往犹他州。此行是要和我未婚妻达拉丝去度剩下几天的假期。这是我们结婚计划的一部分。我们婚礼将在一个月后举行。这次旅程中由我驾驶前面八小时，之后因感疲倦加上朋友在我开车时已先休息，所以由他接手，我到后座休息。我系好安全带，而朋友继续在黑暗中开车。他开了一个半小时后，竟然睡着了。之后，车子撞上了桥墩，又滚到路边，连转了好几圈。

当车子终于停下来时，我整个人已被弹了出去，摔到荒凉的路面上并跌断了颈椎，胸部也受伤瘫痪了。救护车送我到拉斯维加斯的一家医院，医生宣布我将会四肢瘫痪，双脚失去功能，胃肌、三块主要胸肌及右三头肌也将失去作用，肩膀及手臂失去力量，双手也不能动作了。

这就是我新生活的开始。

医生说我必须有新的梦想及价值观。因为我目前身体的状况，将永远不能再工作——对于这一点我倒是颇为兴奋，因为毕竟我身体不能正常运作的部分只有百分之三十九。他们告诉我永远不能再开车；我的余生在饮食、日常生活基本需求上，均需依赖别人帮助。我最好也别再梦想结婚了，因为……谁会想要我？他们的结论是我永远不能再从事运动或激烈的活动。这是我年轻的生命中第一次心生恐惧。我害怕万一他们所说的真的成为事实。

躺在拉斯维加斯的病床上，我想着我所有的希望和梦想已成泡影。

我想我的身体有没有可能恢复到和从前一样。我想着我是否可能再工作、组织家庭、有自己的家人，以及能否享受从前带给我极大乐趣的任何活动。

就在那段恐惧及怀疑的时光中，母亲来到我床边，轻声对我说："亚特，在困难的岁月中，不可能的奇迹虽需长久耐心等待，但终会来临。"刹那间，黑暗的房间顿时充满希望之光及信心，我相信明天将会更好。

那是十一年前母亲说过的话，而现在我已是一家我所创立公司的总裁。我目前是专业的演说家及作家，出版了一本书——《奇迹需待时》。

每年我旅行超过两万英里，与五百家公司、国立机构、推销组织及青年团体分享一个信息——"不可能的成功奇迹需久待。"每场观众都超过一万人。1992年，我被一个六州联合的中小企业管理协会封为年度青年企业家。1994年，《成功》杂志封我为年度伟大的东山再起者之一。我生命的梦想真的实现了。

从那天起我学会了开车。我可以去任何我想去的地方，做想做的。我完全可以独立照顾自己了。从那天起我对自己的身体又有了感觉，而且我的右三头肌已有部分功能恢复了。

在我严重受伤的一年半后，我和当初美丽的未婚妻结婚了。1992年，我的妻子，达拉丝赢得“犹他太太”贵冠，她还当选当年度“美国太太”第四名。我们有两个孩子——一个三岁的女儿麦卡欣·蕾妮和一个一个月大的儿子达顿·亚瑟——他们是我们生活快乐的源泉。

之后，我再度回到运动的世界里，我学会了游泳、潜水、航海及滑雪，同时我也学会了橄榄球。我了解到自己不会再被任何伤痛击倒。我也参加十公里轮椅竞走和马拉松。1993年7月10日，我成为世界上第一位四肢瘫痪却参加三十二公里赛跑的人，在七日内来回犹他的盐湖城和圣乔治——这也许不是我做过最优秀的事，但绝对是最困难的。

为何我会做这许多事？那是因为在很久以前，我决定听从母亲的话及自己内心的声音，而非外界的各种杂音——包括像医生那样的专业人士所说的话。我接受目前的情况并不意味着我必须放弃自己的梦想。我找到再度燃起希望的理由。学习到梦想永远不会为现状所击退；梦想乃是由心而生，也只有在心中，它才会永不消失。因为当困难阻碍愈多时，不可能的奇迹更需耐心久候。

奇迹需要耐心的等待。

边缘人

午夜。我张开手脚，躺在那个湿湿的阴沟里。

那条高速公路好长好长，好像永无止尽。我躺着观察月亮，怪异的月光有时会透过乌云照射出来。182天过去了，我穿着直排轮鞋；不知道自己还有没有力气继续自己的梦想。

我告诉自己，我要穿着直排轮鞋横跨加拿大，要不就在半路上死掉——要是死掉的话，我也许就可以坐着黑色的灵车，光彩地回家了。

那天是我最后一天上路了。这真是一个漫长的旅途。从去年5月以来，我得忍受着疼痛的肌肉，笨重的四肢、晕眩的头，以及"白血球增多症"。我每天都得滑行170公里，到目前为止，已经走78000公里了。现在剩下最后50公里。

我把头放在冰冷潮湿的泥土上，然后闭上眼睛休息。我必须继续下去，我的任务是就是要治好自已的病。我母亲也得了同样的病，来日无多。

我10岁的时候，妈妈就得了白血病。医生说她在我上高中之前就撑不下去了，要我们珍惜和妈妈在一起的每一分每一秒。

我开始这趟探险之旅的时候，已经18岁了，妈妈当时还活着，打破了医生的预言。但是当我出发的时候，妈妈已经发病了，而且病情急转直下。医生说她最多只剩6个月了。因此，我也只剩6个月来帮妈妈募款，好让她接受特别的实验疗程。

那是一场赌注。我每天看着日落，不知道自己还能不能和妈妈相聚。我觉得很无奈，只能看着时间一分一秒流逝。树叶已经变色了，季节也随之更替。同时，离我千里远之外的妈妈正走向生命的尽头。我听着她从电话的另一端传过来的脆弱的声音，祈祷妈妈能撑下去，哪怕是再撑一下也好。我多么希望自己能待在家陪妈妈啊！

但是，我没有其他选择。几个月前，当我们相互拥抱并说了再见之后，我听见她无力地说："如果你办得到，我也办得到。"妈妈想继续奋斗下去，她相信梦想会成真的。我必须证明她是对的。

每天我都重复同样的事：早上醒来，顶着冰冷的雨，穿着直排轮鞋，一滑就好几个小时。晚上就沿着结霜的路边，在阴暗的帐篷里睡觉。每天我也都面对着同样的痛楚：前方的路崎岖不平，每走一步就觉得背上一阵刺痛。休息的时候，我会换袜子，因为我脚上的水泡都已经破了，流了好多血。

我上了最后一个山丘，由上往下看，我看到远处城市的灯光在闪烁着。我停下脚步，看着那些灯火，难以相信自己已经办到了。我的眼泪顺着脸颊滑落下来。真是太美了！时间、感觉、心灵都好像瞬间恢复了。可是我也同时感觉到身体上的痛楚和精神上的折磨。

这趟历险，我一共换了两双直排轮鞋、11组轮子、4罐机油、60粒电池、4个随身听，手肘缝了11针，吃了4包抗生素，还吃了好多蛋糕，喝了150加仑的运动饮料。好不容易终于结束了。

从那时候开始，我知道一切的努力都非常值得。脚上每一个水泡、眼里每一滴眼泪、我必须爬的每一座雪山，都有它的理由。我所完成的事隐含了一个信息，它充满鼓励和希望，全都是用血、汗水和眼泪所写出来的。我通过这个信息向我们每一个人大声宣誓：我们是可以治好癌症的。我们可以完成自己的梦想。

我走进家门，妈妈紧紧地抱着我。她看起来好虚弱，头发也掉光了，因为她做了化学治疗，眼神充满了忧虑和疲惫。她的脸色苍白，好像松了一口气。她不敢相信我毫发无伤地回来了。

我总共募得了6万多美金，还不够做实验的疗程，于是我组织了一个基金会来募款。这个基金会将一直运作下去，直到找到治疗的方法。我妈妈的癌症宣告末期已经两年了，当时医生的话犹在耳边，可是她还活得好好的。我的梦想就是治好妈妈的病。

我相信，梦想总有一天会成真的。

基德曼的幸福感言

基德曼是一名出色的大金融家，在他70岁生日的时候，亲戚朋友们从四面八方赶过来为他祝贺，就连报刊和电台的记者也对他这次生日闻风而动。因为，基德曼平时即使一个小小的举动，都有可能给金融市场带来一次震动。

生日宴会上，当基德曼吹灭生日蜡烛，在金碧辉煌的大厅里与众多亲友举杯共庆的时候，一名记者微笑着向基德曼提问。他说："基德曼先生，你觉得一生最幸福的时刻是什么时候，是不是现在这一刻？"基德曼送到嘴边的酒杯停住了，他立刻说："不，不是这样的时刻。这样的幸福我觉得很平常。我最幸福的时刻是在我13岁过圣诞节的那一刻，我这一辈子都不会忘记。"

所有的人都愣住了，基德曼说——

我小的时候，对汽水非常向往，觉得那是一种很神奇的东西，因为，我看到有钱人家的小孩喝了那东西后，会站到大街上一个接一个地呕气，那长长的呕气，让我羡慕得要死，我经常想，什么时候，我也能喝上那种神奇的饮料，能站在大街上对着来来往往的行人呕气，那该是多么幸福的事情呀。

可是，我家里太穷了，穷得常常连饭都吃不上，哪还有钱买汽水呢？母亲知道我对汽水的渴望，对我许诺说，到圣诞节的时候，就给我买一瓶那种神奇的会呕气的饮料。

于是，我天天盼望着圣诞节的到来。母亲每天都忙忙碌碌的，公司一有加班的机会，她就抓住不放。

终于，圣诞的钟声敲响了。那天，在我家的饭桌上，饭菜并不比往常丰富，但是，我看到，餐桌上多了一瓶汽水。我知道，那是母亲给我的圣诞礼物。

母亲微笑地看着我，她小心地拧开瓶盖，递给了我，我幸福地喝了一口，仔细地品味着舍不得咽下——原来，这种东西是一种酸酸甜甜的感觉呀。我伸脖子，等待着呕出一口长长的气来，可等了好久，根本就呕不出气来。

母亲在一旁紧张地看着我，说："你喝得太少了，多喝一点再试试。"可是，那一瓶东西就那么多，我喝完了，母亲不是连尝尝的机会都没有了吗？我对母亲说："你也喝一口吧。"母亲说："我喝过了，真的。"我不相信地看着母亲，然而，她一口也不肯喝。

为了能幸福地呕出那长长的气来，我每喝几口，都要等待一会儿，可是，直到我把那瓶酸酸甜甜的东西喝了个底朝天，我也没能呕出那幸福的气来。我疑惑地看着母亲，母亲也慌了，她说："怎么会这样呢，经理说那东西就是这个味道的。"我看看那瓶子上的字，不错，就是我见过的那种能呕气的饮料瓶子呀。就在这个时候，母亲突然抱着我哭了起来，她说："儿子，妈妈骗了你，那里面的东西，是妈妈自己制作的呀。"

原来，老板承诺圣诞节会发给妈妈加班的薪水。可圣诞节到来的时候，老板对母亲说，公司亏本，他根本没有钱再给妈妈发薪水了，也许，过了圣诞节，他的公司就会倒闭了。听了老板的话，无可奈何的母亲充满了惆怅。她突然问老板，汽水是什么味道。老板奇怪地看着母亲，耸耸肩说："你问这个干什么？那是一种酸酸甜甜的东西，就像是糖和醋同时放到水里混合在一起的味道。"母亲指着老板桌子上的空汽水瓶说："这个，可以给我吗？"

那天晚上，母亲用这个空汽水瓶子装上糖、醋和水。她尝了一小口，那种酸酸甜甜的味道很好喝。她想，也许，那种会冒气的饮料，就是用这些东西做成的吧。

听完母亲的话，我的眼里闪出泪花。我使劲地伸长脖子，咽下一口气又一口气，然后，真的呕出了一口长长的气来。我装作惊喜地对母亲说："妈妈，那些东西在我胃里面沉淀后，终于呕出气来了。你给我制作的这种酸酸甜甜的饮料，也会呕气呀。"

母亲的脸上挂着泪水，她说："是真的吗？基德曼。"我说："是的，妈妈。"母亲说："儿子，我知道，你想呕气就能呕出来的呀。"母亲紧紧地把我搂在了怀里。

所以，我现在最喜欢喝的饮料，就是自己调配的糖醋水，里面充满着浓浓的亲情。

基德曼的故事讲完了，金碧辉煌的大厅里静得能听见一根针掉下地的声音，许多人的眼里也和基德曼一样噙着泪花。

基德曼端着酒杯对那名记者说："年轻人，我以我70年的人生经验告诉你，生命的幸福不在于环境、地位、财富和他所能享受到的物质。贫困的岁月里，人也能感受到幸福，也许，那种幸福还会让你的记忆更深刻。就像我喝的那瓶糖醋水，那里面的幸福和亲情，虽然普通，却是人世间最真实的味道呀。"

幸福其实就在身边。用心感受自己所拥有的幸福天地。

生命的召唤

记得小时候，我住在加拿大挪瓦斯科塔乡下时，发生过一件事。邻居一位太太去世，鳏夫整日酗酒，根本不管孩子。村中有位寡妇把那家的一个男孩带回自己家。她很贫穷，又没上过学，但却竭尽全力照顾这浑身发抖、性情孤僻的孩子。他好像转眼间变了，个子长高了，性格也开朗了。但是我们和他不熟，谁也不跟他讲话，这使他很自卑。

有一天，他的养母看见我们在玩耍，而那孩子却躲在一边抽泣，没人理睬。她把他带回屋里，然后对我们大动肝火："我不准你们这样待他！这孩子也是人。现在的生活会影响他的一生。每次我使他稍微抬起头来，你们又把他压下去。你们不想让他活吗？"

许多年过去，我总也忘不了这件事。它使我第一次领悟到深刻而严肃的人生哲理——人能成全他人，也能毁弃他人，互相帮助能使人奋发向上，互相抱怨会使人退缩不前。人与人之间的这种影响，就像阳光与寒霜对田野的影响一样。每个人都随时发出一种呼唤，促使别人荣辱毁誉，生死成败。

一位作家曾把人生比做蛛网。他说："我们生活在世界上，对他人的热爱、憎恨或冷漠，就像抖动一个大蜘蛛网。我影响他人，他人又影响他人。巨网振动，辗转波及，不知何处止，何时休。"

有些人专会鼓吹人生没有意义没有希望。他们的言行使人放弃、退缩或屈服。这些人之所以如此，可能是因为自己受了委屈或遇到不幸，但不论原因如何，他们孤僻冷淡，使梦想幻灭、希望成灰、欢乐失色。他们尖酸刻薄，使礼物失值、成绩无光、信心瓦解，留下来的只是恐惧。

这种人为数不多，但类似的冷言冷语我们都遇到过。例如，妻子因丈夫身体虚弱，收入微薄，便讥笑他："你也配做男人？"又如，妻子努力学习烹调，而丈夫的酬答却是"我看你根本不是那块料。"再如，学生写了一篇有才华有创见的论文，而老师却嫌他书法拙劣，有错别字。

这种人使人觉得没有办法应付人生，从而灰心丧气，自惭形秽，惊慌失措。而我们可能又会将这种情绪传染给别人。因为我们受了委屈，一定要向人诉苦。

但是那些生性爽朗，鼓励别人奋发，令人难以忘怀的人又怎样呢？和这些人在一起，会感到朝气蓬勃，充满信心。他们使我们表现才能，发挥潜力，有所作为。

我上小学时，遇到过这样一位好老师。她讲课生动，充满激情。她在课上念我们幼稚的作文时，我们看到她脸上惊喜的表情，听到她愉快的赞叹、会心的微笑或同情的低泣。每当我们的文笔有清新之处，她一定倍加鼓励。她的批评恳切而委婉："这里还可以加加工"，"那里还可以更深刻些。"

英国大诗人白朗宁也是这样的人。他使他的妻子伊丽莎白·巴莱特重获新生。伊丽莎白母亲去世很早，留下11个子女。伊丽莎白从小体弱多病，全家都对她特殊照顾，医生也怀疑她身患肺病，使伊丽莎白自己深信不移，整日闷闷不乐，生活毫无乐趣。

她40岁时，遇到白朗宁。他对她一见倾心。见面一两天后，就给她写来热情洋溢的信。他否认她有任何疾病，消除了她的恐惧。他把她带出病室，和她结了婚。她41岁时周游了世界，43岁生下了一个健康的孩子。她的才华得到了充分施展。她后来写的诗充满了激情。不热爱生活的人是写不出这样的诗句的。

我们谁不愿像他们，使别人的生命之火燃烧？最重要的是先要弄清自己是否热爱生命，是否具有活力。热爱生命的人才能分享于他人。不要按捺住自己的热情，应该拿出来为别人打通幸福的道路。

我们珍惜自己的生命，但也应该同样尊重别人的意志。我们应当了解别人的生活和理想与我们不同，应当倾听别人的诉说，找出他们的长处，给他们表现的机会。任何生物都要生长。生长是生命的过程——生命是棵生长着的树，不是毫无生机的雕像。

是的，人的一生非常曲折，甚至艰辛。但前途无穷，富有生机，充满机会。那些有希望的人都不是怨天尤人的人。

珍惜自己生命活力，便也使他人分享了你的活力。有给予，必有报答。人生和爱情一样，不会自己滋长，必须先给予而后才有发展。给予越多，生命便越丰富。

给予越多，生命便越丰富。

战胜不幸

罗吉的父母总是这样教导他："你残障的程度取决于你如何看待自己的残障。"他们从不允许罗吉为自己感到难过或因自己残障就去占别人便宜。

除了两只手和一条腿外，罗吉·克劳馥具备所有可以打网球的条件。罗吉的父母第一次看到儿子时，他们所看到的婴儿，右前臂直接突出一个像拇指的东西，左前臂则突出一只拇指和一根手指。他没有手掌，已萎缩的右脚只有三个脚趾，已干枯的左脚后来也被锯断了。

医生说罗吉得了一种新生儿无指症，这是很罕见的新生儿疾病，在美国出生的小孩，9万个当中只有一个会得这种病。医生说罗吉可能永远无法走路或照顾自己。

好在罗吉的父母不相信这位医生所说的话。罗吉的父母总是这样教导他："你残障的程度取决于你如何看待自己的残障。"他们从不允许罗吉为自己感到难过或因自己残障就去占别人便宜。

有一次，罗吉有了麻烦，因为他的作业一直迟交——罗吉必须用两只"手"抓住铅笔才能慢慢写字。他要求父亲写一张纸条给老师，请老师准许他晚两天再交作业。他父亲没这样做，反而督促他早两天开始写作业。

罗吉的父亲一直都鼓励罗吉运动。他教罗吉如何打排球和橄榄球。

罗吉12岁时，便在学校的橄榄球队占有一席之地。

每场比赛之前，罗吉会在脑海中想象他得分的美梦，然后有一天他真的逮到机会了！球掉到他手臂上，他用假肢尽其所能地向得分线奔去，他的教练和队友都疯狂地欢呼。但有一个敌队的球员在10码线上追上了罗吉，他紧紧抓住罗吉的左足踝，罗吉试着要抽出他的假肢，但没有成功，他的假肢被拔下来了！

罗吉还站着，不知道该怎么办，下意识地，他开始往得分线跳过去。裁判也跑过来,他的手在空中大力一挥,得分!拿着他的假肢的小球员脸上露出了惊愕的表情。

罗吉对运动的热爱与日俱增,自信心也渐增:但罗吉的决心也无法克服所有困难,在餐厅吃午饭就让罗吉觉得非常痛苦,因为其他的小孩看得到他吃饭的笨模样;打字课老是过不了关,也带给罗吉同样的困扰。罗吉说:"我从打字课学到了一个很好的教训,那就是你不可能每件事都会,最好的方式是,把注意力集中在你所能做的事上。"

罗吉能做的一件事便是旋转网球拍,美中不足的是,当他转拍子转得很快时,他无法紧紧地握好拍子,所以拍子常会掉下来。幸运的是,罗吉在一家运动用品店里意外地找到了一只看起来很古怪的球拍。当罗吉拿起这只球拍时,他出乎意料地刚好把手指伸入这只有两个把手的球拍,这"天作之合"使得罗吉可以转动球拍、发球和接球,就像一个四肢健全的选手。

他每天都练习,不久之后就开始参加比赛,当然也屡尝败绩。

但罗吉坚持下去了,他一再地练习,一再地参加比赛。左手两只手指的手术使罗吉更能握好他这只特殊的球拍,使他比赛的成绩大大进步了!虽然他没有前人可以指导他,罗吉对网球却越发着迷,不久他就开始赢球了!后来罗吉继续向大专杯进军,终其网球生涯,他获胜22次,输了11次。

他后来变成第一个被美国职业网球协会认可为专业教练的残障网球选手。

罗吉说:"你们和我之间的唯一差别就是你们看得见我的残障,而我看不见你们的。我们每个人都有障碍,当人家问我是如何克服身体的残障时,我告诉他们我什么也没克服,我只是学会了我原先做不到的事,像弹钢琴或用筷子吃饭,但更重要的是,我学会了能力所能达成的事,然后就全心全意地尽力为之。"

学会了能力所能达成的事,然后就全心全意地尽力为之。

会赚钱不等于会生活

1923年美国一些声名显赫的大企业家，最富有的商人，在芝加哥海岸酒店举行了一次会议。他们当中有：

美国最大的独立钢铁企业的领导人查尔斯·施瓦布；

世界最大的公用事业公司主席塞缪尔·英萨尔；

美国最大的煤气公司领导人霍华德·霍普森；

国际火柴公司的总裁埃娃·克鲁格；

纽约证交所主席理查德·德特尼；

投机商阿瑟科什顿和杰斯，利弗莫；

他们手中掌握了超过美国国库总额的财富，可谓富可敌国，举足轻重。

但25年后他们又怎样呢？

查尔斯·施瓦布在度过5年借债生涯后身无分文地死去了；

塞缪尔·英萨尔破产后死于国外；

霍华德·霍普森疯了；

埃娃·克鲁格和阿瑟科什顿死于破产；

理查德·德特尼差点进了监狱；

杰斯，利弗莫破产自杀了。

他们辉煌与悲惨的身世给人们留下了一个值得思考的问题：究竟发生了什么事情，竟使他们的命运发生了可以说是从天堂走进地狱的变化？

也许有人会说，1929年的美国经济大萧条严重地冲击和打击了他们的事业。

但是这些巨头们的资产即使再缩水，也不至于痛苦和绝望到走投无路、非死不可的地步。

也许还有许多世人无法说清的原因，但有一点至关重要的原因却可以肯定，就是这些人学会了赚钱的本事，却没有学会怎么生活。赚钱是为了生活，但生活的全部意义并不在于赚钱。赚钱并不是一切，懂得生活，快乐地度过一生，要比赚钱重要得多。毫无疑问，天底下比他们贫穷得多，可又比他们幸福得多的人，实在是不计其数。

生活中没有金钱是不行的，但金钱并不是万能的。金钱可以买到房屋，但买不到家；金钱可以买到珠宝，但买不到美；金钱可以买到药物，但买不到健康；金钱可以买到纸笔，但买不到文思；金钱可以买到书籍，但买不到智慧；金钱可以买到权势，但买不到学识；金钱可以买到献媚，但买不到尊敬；金钱可以买到伙伴，但买不到朋友；金钱可以买到小人的迎合，但买不到君子的志气；金钱可以买到服从，但买不到忠诚；金钱可以买到武器，但买不到和平；金钱可以买到一时享乐，但买不到一生的快乐和幸福。

会赚钱不等于会生活，会生活要比会赚钱重要千百倍。

自己先快乐起来

圣诞节前夕，威廉·里德洛和妻子及三个孩子一起到法国旅游。

一次，从巴黎到尼斯去。一连五天事事不顺，下榻的旅店勒索敲诈，租来的汽车又出了毛病，令人懊丧。圣诞之夜，威廉一家住进了一个又脏又暗的小旅店，心中早无欢度圣诞节的兴致。

天气寒冷，阴雨绵绵，威廉一家出外就餐，走进一家装潢草率、毫无生气的小饭铺。铺内油腻味特别重，只有五张饭桌，一对德国夫妇，两家法国人，还有一个没带伙伴的美国水兵。角落里坐着一位钢琴手，无精打采地弹奏着一首圣诞乐曲。

威廉心灰意懒，情绪低落，实在不愿再上它处了。环顾四周，发现其他顾客也都沉默地吃着饭，只有那位美国水兵似乎心境特佳，他一边用餐，一边写信，脸上露出笑意。

威廉的妻子用法语订了饭菜，可端上来的却是另外的东西。他责备妻子，她抽抽搭搭地呜咽起来，孩子们站在妈妈一边护着她。威廉真是心乱极了！

坐在威廉左边的那一家法国人，做父亲的因为一点鸡毛蒜皮的小事动手打了小孩子，小孩开始嚎啕大哭；右面，德国女人训斥起她的丈夫来。

这时，一股毫无清新之意、令人生厌的冷空气涌进屋内，大家不约而同地抬起了头——正门走进一个上了年纪的法国卖花女，她身穿一件旧外衣，水淋淋的，一双破烂的鞋子也湿透了。她挎着一篮花，从一张饭桌挪向另一张饭桌。

“买花吗，先生？只要1法郎。”

众人无动于衷。

卖花女疲惫地坐在美国水兵和威廉一家之间的桌子旁，朝店员喊道：“来一碗汤！整个下午连一束花也没卖出去。”紧接着，她又声音嘶哑地向钢琴手抱怨，“约瑟夫，圣诞前夕喝汤，你说是啥滋味？”

钢琴手指指挂在腰间空荡荡的钱袋子。

年轻的水兵用完了餐，起身准备离开。他穿好衣服，走到卖花女的桌旁。

“圣诞快乐！”他微笑着挑出两束胸花，“多少钱？”

“2法郎，先生。”

水兵将其中一束小巧的胸花压平，夹在写完的信中，然后交给卖花女一张20法郎的钞票。

“我没零钱，找不开，先生！”她说，“我跟店里的伙计先借一点儿。”

“不必了，夫人。”水兵俯身亲吻了一下她那苍老的面容，“这是我赠送给您的圣诞礼物。”

接着，他直起身，将另一束胸花拿在胸前，来到威廉一家的桌旁，“先生！”他对威廉说，“我可以将这些花献给您漂亮的女儿吗？”

他迅速将花递给威廉的妻子，祝愿他们一家圣诞快乐后便离开了店铺。

在座的每一个人都中止了用餐，望着水兵，寂静无声。转眼间，圣诞节的气氛像爆竹一样在店内骤然作响。

年老的卖花女跳起来，挥动20法郎，蹒跚地走到屋子中央，欢快起舞，并冲着钢琴手嚷嚷："约瑟夫，我的圣诞礼物!另一半归你，你也可以痛痛快快吃一顿了!"

约瑟夫急速弹奏《开明国王温西斯丽思》，他的十指魔术般地按着琴键，脑袋伴随节奏晃动不止。

威廉的妻子不失时机，随着音乐挥舞胸花。她热泪盈眶，容光焕发，仿佛年轻了20岁。她开始歌唱，三个孩儿也与妈妈一道，纵情高歌。

"妙，太妙了!"德国人大声叫喊，他们跳到椅子上，唱开了德国歌曲；店员搂抱着卖花女，摆动臂膀，用法语一展歌喉；动手揍孩子的那个法国人用餐叉敲击酒瓶打拍子，他的小孩骑在爸爸的膝上，咿咿呀呀；德国人为每一位顾客订了酒并亲自送上前来，与大家紧紧拥抱；另一家法国人要来香槟，逐卓敬酒，亲吻大家的双颊。店主开始高唱《第一个圣诞节》。大家都放开歌喉，一半人还哭了。

行人从街上拥入店内，许多人都无法入座。大家和着圣诞颂歌的节拍手舞足蹈，墙壁也随着振动。

在这个装饰简陋的饭铺内，一个原本让人沮丧的夜晚变成了最好的圣诞之夜。大家能拥有这样的经历，完全是因为遇见一位心灵中圣诞情意不灭的年轻水兵，他把大家因恼怒和失望而压抑着的爱情与欢乐释放了出来。他赠予了大家这个圣诞节!

自己先快乐起来，这样就可以生活更快乐。

不死的爱

1986年8月11日，对于芝加哥郊外的瓦格纳一家来说是一个繁忙的日子。25

岁的布莱特正在后院忙于割草，五岁的儿子布伦特在一旁“帮忙”。布莱特三岁的女儿布莱尔及两岁的儿子布莱涅在一个小小的塑料游泳池里做泼水的游戏。

布莱特的妻子德比·瓦格纳在厨房里为女儿的房间做窗帘。突然，布伦特冲了进来，尖声叫道：“妈妈，爹爹脸色苍白，在发抖。”

德比冲出屋子，发现布莱特在地上打滚，急忙奔回家，拨通911，呼叫救护车。医护人员很快赶到，风驰电掣般地把布莱特送往亚历克山兄弟医疗中心。

一星期后，医生把诊断结果给了德比，面带难色地说：“瓦格纳太太，我非常遗憾。”

布莱特的头脑中有一个肿瘤压迫了大脑神经，另外肺部也有几个肿瘤。她的丈夫已没有几个月可活了。

布莱特坚持要回家与他的家人在一起，虽然这并不容易。但是在亚历克山兄弟医疗队及其他朋友的帮助下，他回到了家里。

布莱特的肿瘤发展迅速，影响了他的平衡、情绪和短期记忆。但是他决心留下一份他对家庭的爱的遗嘱。

在以后的几个月里，布莱特集中精力在录像带上记录他的思想。他谈论着，有时含泪，有时带笑。

布莱特总共制作了四盒带子。他对孩子们说：“那将使你们了解一点关于我的事情，以及我是怎样感受重要事物的。”

脑瘤的压力，极度的紧张和药物的作用几乎将布莱特摧垮，他很快就累坏了，但是他还是坚持谈着。

“布伦特、布莱尔、布莱涅，我想使你们能够理解到所发生的事情，我知道这将是残酷的。我只有二十五岁，对这许多事，我自己也感到无法接受。有时候我感到我们似乎都遭到了抢劫，但是，这些事实是无法改变的，我们不得不接受它。永远不要自暴自弃。要试图去关心他人的感情，因为那些是你们可以相信及信赖的人。你们的母亲即是一个。”

布莱特和德比在肖姆伯格高中相遇的时候都才十五岁。德比很漂亮，有一双淡绿色的大眼睛。

德比回忆起他们初吻的确切时刻，是4月1日，早晨9:45分，在肖姆伯格的底楼。她事后对自己说，我要嫁给这个家伙。不久，他们就难舍难分了。

“德比和我在一起的时间如此之多，以致可以用手掐算出分开的时间。但是我第一次意识到自己坠入情网的时候，还是在一次争吵之后。我们互相说：‘哦，忘了吧。我们不要再相处下去了。'可是一旦分开，我心中感受到了某种东西，我才知道，我爱她！"

布莱特是个修理工，他12岁就开始干活了。上高中时，他在下午及周末为他的父亲工作。他的父亲吉尔是一个自动化机修工。毕业后，他开始全天与他的父亲一块工作。

1978年，德比毕业了，成了附近一家超级市场的出纳员。她攒了钱，为布莱特买了第一只工具箱。圣诞节前，德比坐在他家的餐桌旁，布莱特跪着单腿向她求婚。

1979年11月30日，在一次烛光招待会上，德比和布莱特结婚了。他们刚满19岁，还负担不起蜜月的费用。

"在我们最初的日子里，我们有过争吵。那是每个人都曾经有过的。但是你得解脱出来。婚姻就好比与你的兄弟或姐妹相处。你必须有所付出，他们也得有所付出。我总是喜欢给予你们的母亲。"

在他们结婚一周年的前两星期，德比做了个家内妊娠试验，然后，满怀喜悦地将结果放在柜台上，让布莱特自己去发现。

"布伦特，我在这儿望着你出世，我是那么的不安。你来到人世，你可能会感到不安，你会受到伤害，我希望你不要担心。因为每件事都会得到解决的。"

布伦特出生于1981年的8月，两年后，布莱尔随后而来，这个家仅仅依靠布莱特干修理活和德比在超级市场的打工收入勤俭度日。

在他们的女儿出世几个月后，布莱特做了节育手术。但第二个星期，德比发现，自己又怀孕了。

"布莱涅，你是多么特别，你悄悄地来到这儿，你也是我们爱的结晶，就像你的哥哥和姐姐一样，可那又怎么样呢？就照顾你们这些小孩子而言——为换尿布和装奶瓶，——我加了许多夜班。我对你们负有责任，因为你们是我生命的一半。你们都那么的像我，你们的妈妈老这样说'他们都像你，怎么回事？'也好，每天早上当你们醒来时，她就可以看到我了。"

在布莱涅出世后，家境时好时坏，过得很忙。德比和布莱特还是受着金钱的压力，但他们是幸福的。1985年，布莱特打算开他自己的店。

"我高中毕业后，从没有真正地为自己谋划过什么。和我父亲一样，我不再做机修工。我已经在小车上做了七年半，它已被融会在我的血液中了。没有我那些工具箱里的工具，就没有我们桌子上的面包。我想把我的工具传给布伦特和布莱涅,它们将被我留给你们。不要认为你们的爹爹想让你们成为机修工。最重要的是干你有兴趣的工作,并且将它做好。"

布莱特租了一个设有供暖设备的汽车修理厂。他工作起来既卖力又可靠。一些生意开始推荐给他。满意而归的顾客又去告诉其他人。

在布莱特租了这个修理厂的几个月后,布莱特决心租下厂前的屋子,并把家搬进去。这样他可以有更多的时间与德比及孩子们在一起。

搬进新屋十一天后,布莱特就被疾病击倒了。

"你们的母亲需要你们紧紧地拥住她。布伦特,你最能帮助她,因为你最大。你确实很聪明。我希望你不断学习,不断成长,去帮助你的弟弟妹妹。你是一个大家伙。你也许没有意识到这点,但你是的。

布莱尔,今天早上我在看你的一些照片。

你是个伶俐而逗人喜爱的姑娘,那么自在、洒脱,你总是有你自己的那么多快乐,保持住那份幸福吧。

布莱涅,你那么小,每个人都试着摆布你,但是我知道你会成为你自己的。你是一个挺棒的小家伙"。

最长的一盒录像带是德比和布莱特一起制作的,这正是布莱特最艰难的时刻。

德比强忍着泪水,坐在他的身旁提问题。

"我不在乎干清洁活或洗碗碟。尽管我没有这样的心情。我确实不是一个像你们的母亲那样爱清洁的人,她总是把屋子保持得非常干净。

永远不要忘记,你们的母亲始终是一个好的伴侣和妻子。她在我需要的时候总是和我在一起。我希望你们这些小家伙能尽可能多地帮助她。要记住,我爱你们。"

到了10月中旬,信托基金会开始向这个家庭提供经济援助。布莱特和德比还从未一块外出度过假。他们设法去夏威夷度过了一个迟到的蜜月。坐在落日黄昏中的板凳上。他们一块吃馅饼。他们游泳、做爱。布莱特租了一只喷气式滑雪橇,驾着它外出,看到了一只巨大的海龟。他告诉德比"它奇妙极了"。

不久,布莱特的病又一次发作,住进了医院,但他仍想和家人呆在一起。

德比竭力争取。其后的三星期,她使医护人员们确信,她能够给予他必要的药物治疗,并在吉尔的帮助下照料他。这样布莱特又回到了家里。

"我最喜爱的季节大约就是秋季了,因为一切都在变化中。我最喜爱的节日呢？我得说是感恩节，因为有火鸡，而且家人都团聚了，我喜欢围坐在一个大圆桌前聚餐。”

感恩节那天，德比为全家做了一餐，可布莱特已经半昏迷了。11月30日是他们结婚七周年纪念日，他竭尽全力振作精神，和孩子们谈话，保持联系，但很快又失去知觉了。

12月10日，布莱特已经奄奄一息，每个人，包括布莱特自己都明白，这一切将结束了。

吉尔，布伦特和德比，以及他们的朋友比尔都在他身旁。

“我们都在这儿，不要害怕。”德比把头靠在布莱特的胸口，轻轻地说：“再见了，我的爱，到上帝那儿去吧，我们爱你。”

“我知道你们都是战士。我会来看你们的，因为我确实相信有上帝。我想让你们知道我会到什么地方去，我仍旧惦念着你们，爱着你们，等着你们。

德比，时间过得太快了，我真抱歉现在的情景，我希望你们能够坚强些。

我永远不想跟你们说再见，永远不。我不认为我将去了，因为我还要再看看你们。

布伦特、布莱尔、布莱涅，当你们想要拥抱我的时候，就去拥抱你们的母亲，这就好像你们紧抱着我，因为她是我的一半。

我只希望我能再拥抱你们。”

当你们想要拥抱我的时候，就去拥抱你们的母亲，因为她是我的一半。